VINGANÇA LETAL

ROBERT BRYNDZA

VINGANÇA LETAL

TRADUÇÃO DE Mabi Costa

GUTENBERG

Título original: *Lethal Vengeance*

EDITORA RESPONSÁVEL
Flavia Lago

EDITORA ASSISTENTE
Natália Chagas Máximo

PREPARAÇÃO DE TEXTO
Julia Sousa

REVISÃO
Claudia Vilas Gomes

CAPA
Alberto Bittencourt
(sobre imagem de Adobe Stock)

DIAGRAMAÇÃO
Waldênia Alvarenga

Dados Internacionais de Catalogação na Publicação (CIP)
(Câmara Brasileira do Livro, SP, Brasil)

Bryndza, Robert
Vingança letal / Robert Bryndza ; tradução Mabi Costa. -- 1. ed. -- São Paulo : Gutenberg, 2026.

Título original: Lethal Vengeance.

ISBN 978-85-8235-851-1

1. Ficção inglesa I. Título.

25-323394.0 CDD-823

Índices para catálogo sistemático:
1. Ficção : Literatura inglesa 823
Aline Graziele Benitez - Bibliotecária - CRB-1/3129

A **GUTENBERG** É UMA EDITORA DO **GRUPO AUTÊNTICA**

São Paulo
Av. Paulista, 2.073,
Horsa I Salas 404-406 . Bela Vista
01311-940 . São Paulo . SP
Tel.: (55 11) 3034-4468

Belo Horizonte
Rua Carlos Turner, 420
Silveira . 31140-520
Belo Horizonte . MG
Tel.: (55 31) 3465 4500

www.editoragutenberg.com.br
SAC: atendimentoleitor@grupoautentica.com.br

CAPÍTULO 1

SEXTA-FEIRA, 13 DE JANEIRO DE 2023

Pelo amor de Deus, que isso não seja um pedido de casamento, pensou a detetive-inspetora chefe Erika Foster. Do outro lado do movimentado restaurante, observava Igor conversando com um dos garçons de smoking branco. Tinha coisa sendo armada. Talvez pedindo que escondesse um anel num suflê de chocolate?

Era meados de janeiro – uma sexta-feira 13, para ser mais exata. Tudo tinha aquele ar meio desbotado que dura um tempo depois das decorações de Natal serem removidas.

O restaurante ficava no alto da OXO Tower, e eles estavam em uma mesa junto à janela. Erika podia ver as margens do Tâmisa lá embaixo. O rio corria como uma faixa de tinta preta, refletindo a cidade iluminada em meio à escuridão. Ela estava exausta após um dia inteiro de papelada e de um dcpoimento em tribunal enfrentando o advogado hostil de um estuprador reincidente. Aquele lugar era sofisticado demais. Os garçons usavam luvas brancas e havia um excesso de facas e garfos cercando o prato. Além disso, ela estava desconfortável em seu vestido elegante.

– Merda – murmurou, quando Igor voltou à mesa, impecável em seu melhor terno preto.

Em voz mais alta, perguntou:

– O que foi aquilo?

– Fui me certificar de que o champanhe estava gelado – respondeu ele, com um sorriso.

O garçom apareceu com a garrafa envolta num pano branco, apresentando-a como se fosse um bebê recém-nascido. Igor examinou o rótulo por trás dos óculos de armação de tartaruga e assentiu. O garçom se esforçou um pouco e, então, puxou a rolha com um estalo.

– Que belo estouro – comentou Igor.

– Sim, senhor. É o padrão da casa – respondeu o garçom, no tom exato entre cortesia e uma leve superioridade. – Quer experimentar, senhora?

A senhora aqui adoraria que você deixasse a garrafa na mesa e sumisse, pensou Erika, mas apenas sorriu e assentiu.

Ele serviu um pouco na taça dela e recuou. Erika não ligava muito para champanhe e preferia uma latinha de cerveja gelada acompanhada de fritas, mas percebeu a expectativa no olhar de Igor e afastou o pensamento. Estava sendo implicante. Quantas mulheres não adorariam que seu amado as levasse a um restaurante elegante?

– Está ótimo – disse ela. O garçom completou as duas taças e olhou para o casal com expressão ligeiramente presunçosa.

– É alguma ocasião especial? Aniversário de casamento? – perguntou ele, ajeitando o balde de gelo no suporte e enterrando a garrafa de champanhe ali.

– Não somos casados – respondeu Erika.

– Ainda não – disse Igor, piscando. Erika sentiu o estômago revirar e tensionou a mandíbula.

Ai. Meu. Deus. Ele vai se ajoelhar no meio deste restaurante lotado.

Mesmo depois de mais de quatro anos, Erika ainda não sabia como definir o papel de Igor em sua vida. *Namorado?* Não, isso era coisa de adolescentes. *Amante?* Nem pensar. *Parceiro?* Sim, "parceiro". Talvez os fizesse parecer sócios de um escritório de advocacia, mas era o que soava melhor.

– A senhora gostaria de mais pão artesanal?

– Não.

– Não deixe de desfrutar nossos azeites selecionados. Combinam perfeitamente com o pão.

– Maravilha – disse Erika, forçando um sorriso.

– A senhora tem alguma dúvida sobre o cardápio?

– Não! – cortou ela.

O garçom juntou os calcanhares, fez uma reverência rápida e saiu. Do outro lado da mesa, Igor olhou para ela e ergueu a taça. Após o brinde, Erika tomou um gole hesitante, enquanto ele virou quase tudo de uma vez. O tecido do paletó dele esticou no peito, e ela notou um volume. Tinha algo no bolso dele. Ela sentiu um calafrio.

É um porta-aliança, ela pensou.

Igor estendeu a mão sobre a mesa, pousando-a na dela, e respirou fundo.

– Erika, eu...

Ela puxou a mão de volta e se levantou bruscamente.

– Preciso ir ao banheiro.

– Tá bom – disse ele, estranhando. – Está tudo bem?

– Aham. Tudo ótimo.

Erika atravessou o salão movimentado e quase esbarrou em dois garçons que traziam um bolo de aniversário coberto por velas acesas.

Preciso de ar. O corredor do restaurante era estreito e estava tomado pelo vaivém de funcionários. Ela entrou no elevador lotado e apertou o botão para o térreo. Sentia o pânico apertando seu peito. Não conseguia respirar. Os corpos apertados uns contra os outros na cabine minúscula pioravam a sensação. Assim que as portas se abriram, forçou a passagem, ignorando as expressões de desaprovação e irritação.

Foi somente quando saiu e respirou o ar frio e cortante que seu coração se acalmou. Fechou as mãos em volta da grade de proteção à beira do rio. A sensação do metal gelado contra sua pele era boa.

Embora o celular estivesse lá em cima, na mesa, a carteira e o distintivo estavam na bolsinha brilhante que trouxera consigo. Pensou em caminhar até a estação Waterloo e pegar um táxi. Ao menos adiaria o pedido. Tateando a bolsa, achou um pequeno maço de cigarros: velho e um pouco amassado, mas ainda fumável. Um homem passava; ela pediu o isqueiro. A chama iluminou o rosto magro e vincado dele enquanto ela fazia concha com as mãos para acender. Agradeceu e puxou o primeiro trago, aliviada.

– Não há muitos como nós por aí. Digo, fumantes – comentou o desconhecido, que sorriu e foi embora.

Erika soltou a fumaça e, sentindo a onda da nicotina, observou um rebocador que passava lutando contra a correnteza. Não fazia muito tempo que voltara a fumar. Um cigarro aqui, outro ali. Ultimamente, mais aqui do que ali. Igor ia mesmo propor que se casassem, assim, de repente? Não viviam juntos. Ele morava em um lugar próximo à casa dela, em Blackheath. Dormiam juntos alguns dias na semana. Se ele fizesse o pedido, tudo mudaria. Igor tinha um filho, Tom, fruto de seu primeiro casamento. Ela se tornaria esposa e madrasta.

Não. Ela amava Igor e era muito próxima de Tom, mas não conseguiria. Erika já havia sido casada. Mark trabalhava com ela na polícia e, quase nove anos antes, fora morto em uma operação malsucedida contra o tráfico, junto com outros quatro colegas. Erika estava no comando. Era a oficial responsável naquele dia e acabara responsabilizada pelo fracasso. Ainda carregava o peso da culpa. Era algo que jamais a deixaria.

Ela não podia ser uma esposa de novo. Mark fora, e ainda deveria ser, seu marido. O filme *De caso com o acaso* a impactara profundamente: ela se perguntava se existia outra versão de sua vida em que a van da polícia havia parado de funcionar naquele dia fatídico. A operação jamais teria acontecido, e Erika e Mark viveriam felizes para sempre.

O cigarro acabou em pouquíssimo tempo. Deu uma última tragada e atirou a bituca na água. Sentia-se mais calma ali, no frio e no silêncio. Seria honesta, só isso. Amava muito Igor e a vida que levavam juntos. Juntos, mas cada um com seu espaço – e isso teria que bastar. Ele teria que aceitar.

Erika só percebeu que havia entrado no prédio por uma porta diferente quando se viu sozinha no elevador, subindo. Já estava prestes a apertar o botão para voltar ao térreo quando o elevador parou, com um leve *ding*, e as portas se abriram para um corredor vazio.

Ouviu a voz de uma mulher ecoando:

– Sim, polícia, por favor... Tem um corpo. Um homem está morto.

Erika saiu do elevador. Onde ela estava? Aquele parecia ser um dos andares residenciais do prédio. Havia fileiras de portas brancas com números dourados, e uma mulher mais velha, vestindo calça legging e um suéter puído, estava ao lado de um carrinho de limpeza próximo a uma porta aberta no fim do corredor. Usava luvas de borracha amarelas e enxugava os olhos com o antebraço. O cabelo ruivo era uma confusão desgrenhada, e o rosto estava carregado de maquiagem laranja.

– É na OXO Tower, quarto andar, na marginal do Tâmisa. Isso, obrigada.

– Está tudo bem? – perguntou Erika.

A mulher encerrou a ligação.

– Este andar é privado – disse ela, em tom de voz grave. – Só para moradores.

– Sou da polícia.

A mulher olhou Erika de cima a baixo, reparando no vestido longo, que caía meio desajeitado no corpo. Erika se sentiu agradecida por estar com o distintivo. Quando o mostrou, a mulher mordeu o lábio. *Ah*, sua expressão parecia dizer, aliviada.

– Tem um cadáver lá dentro – falou ela, inclinando a cabeça na direção da porta aberta. – De um homem.

Ainda no corredor, Erika deu uma espiada no quarto. Viu uma sala moderna com conceito aberto, janelas amplas com vista para a iluminação noturna do horizonte londrino.

– Tem mais alguém lá dentro?

– Não. Ele está no quarto, na cama. – Erika notou um par de luvas de borracha pendurado na lateral do carrinho de limpeza. – Normalmente não tem ninguém quando faço a faxina. É a primeira vez que o vejo em... nossa, faz muito tempo.

Erika vestiu as luvas de borracha.

– Por favor, fique aqui – pediu, e, esquecendo-se completamente de Igor e dos temores sobre o futuro do relacionamento, entrou no flat.

CAPÍTULO 2

As tábuas de madeira do assoalho rangeram sob os pés de Erika. Havia uma estranha quietude no ar – aquele clima pesado que antecede uma tempestade. As luzes da rua invadiam a sala e a cozinha com um clarão cortante, e um leve zumbido rompia o silêncio. Um enorme aquário fora embutido na parede dos fundos, atrás de um sofá em L, grande e claro. Um grupo de águas-vivas de cúpula branca se movia dentro do tanque em sincronia com a bomba de ar, e dois peixes agourentos, achatados e cinza flutuavam, com os olhos vidrados, entre as bolhas.

A luz azul do aquário iluminava os armários e a bancada de aço escovado da cozinha. Nada ali parecia barato. Sem nenhum eletrodoméstico à vista, tudo limpo e sem vestígios de uso, era o tipo de ambiente usado apenas em eventos ocasionais, por bufês contratados.

Erika atravessou o recinto, passou por uma laje de rocha petrificada em tons de laranja e marrom, cheia de veios, e chegou a uma porta entreaberta que dava para um cômodo anexo à cozinha. Hesitou ao sentir aquele cheiro inconfundível e pútrido de morte ferindo suas narinas. Em seguida, empurrou a porta.

As grossas cortinas estavam fechadas, com uma abertura de uns 15 centímetros bem no meio. Um feixe alaranjado atravessava a fresta, iluminando o corpo pálido e nu de um homem branco e grande deitado sobre a cama.

Erika não encontrou o interruptor de luz, então, abriu as cortinas, deixando que a iluminação da cidade tomasse o quarto. Não havia móveis além da cama king-size com lençóis pretos. O homem estava de bruços, amarrado, com os braços e as pernas presos atrás das costas, puxados para cima por uma corda que os unia. A cabeça estava arqueada, virada para as cortinas, e havia fita adesiva cobrindo sua boca. A pele dele estava pálida e flácida, como uma massa crua de pudim. Erika estendeu a mão com cuidado e checou o pulso da vítima.

É. Estava mesmo morto.

Havia um par de calças bege, uma camisa e uma gravata jogados no chão, à direita da cama. Tentando não comprometer as evidências, Erika revistou os bolsos da calça. Encontrou uma carteira de couro e um envelope branco, quadrado e pequeno. A carteira estava vazia, exceto por um único crachá da Câmara dos Comuns, que pertencia a Neville Lomas, membro do Partido Conservador do parlamento, eleito por North East Surrey.

O envelope não estava lacrado. Dentro dele, havia três fotografias tiradas com Polaroid. As imagens mostravam Neville Lomas deitado na cama, vestido e aparentemente vivo, olhando fixamente para a câmera com um ar vazio. Na segunda, estava nu, deitado de costas; na terceira, aparecia amarrado com os braços e as pernas presos atrás do corpo. Segurando cada foto com muita delicadeza, bem na pontinha, Erika virou uma a uma. Todas estavam assinadas com uma caneta preta de ponta grossa, em uma caligrafia arredondada, quase infantil:

ANNABELLE

– Você está bem? – perguntou uma voz.

Erika levou um susto e quase deixou as fotos caírem. A senhora ruiva de voz grave estava na porta do quarto. Erika se lembrou de que seu celular ainda estava no restaurante com Igor. Devolveu as polaroides ao envelope e pediu:

– Posso usar o seu telefone, por favor?

Os olhos da mulher passaram do corpo na cama para Erika.

– Aham.

Erika cruzou o cômodo até a mulher e a conduziu de volta para a sala de estar. Precisava chamar a equipe forense com urgência. Sentia a pontada de adrenalina. O homicídio de um parlamentar de alto escalão se tornaria, sem dúvida, um caso de grande repercussão. A mulher parou ao lado do sofá e apoiou uma das mãos no encosto.

– Qual é o seu nome? – perguntou Erika.

– Ann-Marie Ross. – Ela soltou um longo suspiro. – Posso me sentar um pouco?

O rosto enrugado estava repentinamente pálido, e Erika notou que as mãos da mulher tremiam.

– Nunca tinha visto ele assim... tão detalhadamente.

Ann-Marie tateou os bolsos da legging e tirou um maço de cigarros amassado, uma pequena imagem de madeira da Virgem Maria e um celular antigo com a tela rachada. Estava prestes a deixar tudo na mesinha de centro, mas Erika esticou o braço e tomou os objetos da mão dela.

– Não pode, esta é uma cena de crime.

Foi então que Erika percebeu que o que pensara ser uma imagem da Virgem Maria era, na verdade, um isqueiro.

– Perdão. Fiquei meio tonta... Daqui a pouco melhoro. Isso é lá de Lourdes. – Ann-Marie seguiu o olhar de Erika. – Fui com a minha irmã e a minha mãe.

– Você é religiosa?

– Não. E isso não influenciou a gente. Brigamos o tempo todo.

Ann-Marie entregou o celular. Erika ligou para a central de Lewisham Row e pediu que uma equipe de reforço e a perícia fossem até lá.

– A que horas você chegou neste andar e abriu a porta do flat?

– Só uns minutinhos antes de você.

– Você trabalha aqui em tempo integral?

– Eu trabalho em tudo que é lugar.

– Esses flats são residenciais?

– São, sim. Mas eles preferem que a gente chame de "apartamentos". Tem esse andar, o de cima e o de baixo. Nós temos que limpar uma vez por semana.

– "Nós"?

– Sim, o pessoal da agência que me passa os trabalhos. Hoopers Limited.

– O homem morto é dono deste apartamento?

– Não sei. Ele está todo amarrado. – A voz dela falhou pela primeira vez, e Erika percebeu que a compostura que a senhora vinha mantendo era só fachada.

– Você conhece os moradores, alguém com quem eu possa falar?

– Você acha que eles dão conversa pra gente como a gente? Vejo todo tipo de pessoa entrando e saindo. Nunca são as mesmas. Às vezes, temos que faxinar depois das festas...

Ela franziu o nariz.

– Esse povo rico aparenta ser arrumadinho, limpinho... Mas é pura enganação. São uns nojentos.

Erika ouviu o barulho do elevador passando pelo andar.

– Obrigada por me deixar usar seu celular – disse Erika, devolvendo o aparelho, o maço e o isqueiro a Ann-Marie. Depois que ajudou a senhora a se levantar, as duas voltaram juntas até o corredor do edifício.

As portas do elevador se abriram com um *ding*, revelando dois policiais uniformizados. Um homem e uma mulher, ambos brancos. Os rostos jovens estavam avermelhados pelo frio lá fora, e gotas de chuva marcavam os coletes refletivos.

– Quarto andar, apartamento seis. Deve ser no final do corredor – disse uma voz pelo rádio preso à lapela da policial, repetindo o que Erika informara por telefone.

– Você é da equipe de limpeza? Pode, por favor, se retirar da área? – disse a policial, ao avistar a porta do apartamento escancarada. Em seguida, estendeu o braço para conduzir Erika e Ann-Marie para longe dali.

– Sou a detetive-inspetora chefe Erika Foster – respondeu Erika. Os dois policiais a examinaram dos pés à cabeça, notando as luvas de borracha e o vestido longo preto com lantejoulas.

– Eu vou é ficar feliz de sair daqui – disse Ann-Marie, segurando a alça do carrinho de limpeza e tentando virá-lo no espaço apertado.

– Sou a policial Dahlia Beck. Este é meu colega Glenn Constance – disse a jovem agente. Ela era linda, com olhos castanhos grandes e uma boca pequena, de lábios projetados. Fez Erika se lembrar de uma atriz novata escalada para o papel de policial em uma série de TV. O uniforme, de tão novo, mais parecia um figurino. O colega, Glenn, era igualmente bonito. Mandíbula bem marcada, cara de galã, mas sem a mesma confiança de Dahlia. Erika podia ver que ele engolia em seco o tempo todo e que os olhos revelavam certo receio.

– Boa noite, senhora – cumprimentou ele. Ann-Marie ainda tentava manobrar o carrinho no corredor.

– Pode deixar isso aí, por favor? – disse Erika. – Preciso que a senhora fique aqui e preste um depoimento.

O rádio de Dahlia apitou.

– Aqui é a central. Como posso ajudar? Câmbio – disse uma voz.

Dahlia manteve os olhos em Erika e apertou o botão do rádio.

– Há uma mulher aqui dizendo ser a detetive-inspetora chefe Foster, mas ainda não fizemos uma identificação formal. Câmbio – relatou.

Erika sentiu a irritação subir. *Identificação formal? Não sou o cadáver aqui.* Com 1,80 metro de altura, Erika era mais alta que Dahlia. Inclinou-se e puxou o rádio preso na lapela da jovem. Estava decidida a não apresentar seu distintivo para aquela novata insolente.

– Aqui é Erika Foster. É você, Vicky? Câmbio – disse, reconhecendo a voz com quem falara minutos antes.

– Sim, senhora. Câmbio.

– Pode confirmar para a policial Dahlia Beck aqui que já temos reforço e perícia a caminho? Câmbio.

– Eles estão a uns doze minutos de distância. Câmbio.

Erika soltou o rádio e viu no rosto de Dahlia que a irritação agora era mútua.

– Só estou fazendo meu trabalho, senhora – disse Dahlia.

Erika se virou para Glenn.

– Parece que o morto é Neville Lomas, membro do parlamento pelo Partido Conservador. Ainda não tenho uma identificação formal. Vá até a recepção, por favor, e veja se consegue mais informações.

– Sim, senhora.

– Eu tenho um trabalho para você – disse Erika, voltando-se para Dahlia. – Preciso que vá até o restaurante no último andar.

CAPÍTULO 3

Igor se perguntava se estava tudo bem com Erika, pela demora para retornar do banheiro. Sentia-se levemente embriagado, pois o garçom já enchera sua taça de champanhe duas vezes.

– Está tudo bem com a madame, senhor? – perguntou o maître.

– Não sei – respondeu ele, enxugando as mãos suadas na calça. De repente, a gola da camisa parecia apertar seu pescoço. O celular de Erika estava sobre a mesa, ao lado do prato.

– O chef informou que seus pratos estão quase prontos... devo pedir que espere um pouco? Isso agradaria à senhora?

Igor olhou para a porta e passou o dedo por baixo da gola.

– Não. Pode trazer. Vou ver como ela está.

A chuva tamborilava na janela, e Igor sentia que a noite virava um tiro no pé. Erika não ficara muito empolgada com a ideia de um jantar chique. Ele devia ter mantido o primeiro plano: peixe com fritas. Pousou o guardanapo sobre a mesa e estava prestes a se levantar quando uma jovem atraente, vestindo uniforme policial e jaqueta de alta visibilidade, entrou no restaurante e veio direto até sua mesa. O salão silenciou, e a música ambiente pareceu aumentar de volume.

– Você é Igor... Muck? – perguntou a agente, conferindo um bloquinho de anotações.

– Pronuncia-se "Mack", mas sou eu, sim. Aconteceu alguma coisa?

O maître reapareceu, com os olhos brilhantes e suando levemente.

– Boa noite. Posso ajudá-la?

Ela o ignorou.

– Sou a agente Dahlia Beck – disse a Igor, com um ar entediado. – Tenho um recado da detetive-inspetora chefe Erika Foster.

– O quê?

– Um recado – repetiu Dahlia, falando devagar. – Da Erika. Você a conhece? Ela disse que te conhece.

– Sim. Qual é o recado?

– Ela me pediu que informasse ao senhor que foi chamada para uma cena de crime...

Duas refeições fumegantes chegaram à mesa, e Dahlia se afastou para que os garçons pousassem os pratos.

– E pediu também que eu levasse o celular dela.

Igor olhou o relógio. Erika já estava fora havia vinte minutos.

– Que cena de crime?

Os garçons que trouxeram a comida olharam para Dahlia e voltaram à cozinha. O maître permaneceu diante da mesa e soltou um risinho ensaiado.

– Senhor, poderíamos tratar desse assunto em outro lugar?

– Onde é essa cena? Aqui no prédio? No banheiro? – insistiu Igor.

– Não posso dizer – respondeu Dahlia.

– Deve ser aqui no prédio. Era pra gente estar jantando!

Ela articulou em silêncio, apenas com os lábios: *Lá embaixo.*

– Este é o telefone dela?

Igor assentiu.

– A Erika está bem?

– Está, sim. – Dahlia se inclinou, pegou o celular da mesa e saiu. Um senhor idoso, assim como vários outros homens no restaurante, não conseguiu conter o olhar enquanto ela cruzava o salão, desfilando.

Igor ficou olhando para os dois pratos. O maître deu um sorriso bajulador.

– *Bon appétit.*

Quando Erika terminou de tomar um depoimento detalhado de Ann-Marie, o patologista forense Isaac Strong a chamou de volta à cena do crime. O apartamento agora estava cheio de peritos coletando amostras do chão da cozinha e do banheiro. Dahlia e Glenn pediram para acompanhar Erika na vistoria. Todos vestiram macacões brancos de perícia, e um conjunto de caixas metálicas, dispostas como um caminho de pedras em um rio, permitia o acesso ao corredor, à sala e ao quarto sem contaminar o local.

Embora as cordas no corpo do homem tivessem sido cortadas, ele ainda estava na mesma posição, com braços e pernas puxados para trás. Os olhos permaneciam arregalados. Uma maca estava a postos ao lado da cama, e um fotógrafo forense registrava cada centímetro da cena.

– Boa noite – disse Isaac. Apenas seus olhos castanhos estavam visíveis entre a máscara e a touca. O perito observou Erika por um momento. – Teve que mudar os planos?

Erika e Isaac eram amigos íntimos fora do trabalho. Naquele mesmo dia, ela havia contado a ele, por telefone, sobre o convite surpresa de Igor para jantar.

– Pois é... O que você pode me falar sobre isso tudo aqui? – perguntou Erika, olhando para o cadáver. – Dá pra estimar a hora da morte?

– Valeu a tentativa.

– Não pode nem arriscar um palpite?

Isaac suspirou.

– O corpo está nos primeiros estágios de *rigor mortis* – disse, apontando para os membros dobrados para trás. – De forma geral, eu estimaria a morte nas últimas 24 horas.

– Então, a partir das 8 da noite de ontem – disse Erika.

– Numa análise bem superficial, eu diria que há duas ou três costelas quebradas, e o braço direito está deslocado, o que pode indicar resistência violenta às amarras.

Parado ao lado de Erika, Glenn pigarreou com certa inquietação.

– Você acha que foi sexo consensual?

– Alguns caras curtem ser amarrados – disse Dahlia.

– Ah, e você saberia disso como?

– Vai à merda, Glenn.

– Ei! Um pouco de respeito, por favor – repreendeu Isaac, compartilhando a irritação de Erika com os oficiais mais jovens. Aproximou-se da cabeça do cadáver. – Pode trazer mais luz aqui? – pediu a um dos peritos.

Um deles ajustou o foco da luminária mais próxima. Os olhos arregalados do homem brilharam com o reflexo da lâmpada. Isaac pegou uma pinça de ponta chata, puxou a borda da fita adesiva e a retirou com cuidado. Por baixo, os dentes amarelos estavam à mostra em uma careta paralisada. Erika reconheceu o rosto – já o tinha visto na TV, durante um debate. A mesma expressão, só que mais animada. Isaac se endireitou e depositou o pedaço de fita num saco plástico de evidências e o entregou a um perito, que colou uma etiqueta.

– Ainda precisamos de uma identificação formal, mas eu diria que é Neville Lomas, o mesmo da foto do crachá da Câmara e das polaroides – disse Isaac.

Ele entregou as três fotos a Erika, agora em plásticos de evidência. Ela as examinou novamente devagar, o horror crescendo a cada imagem, já que pareciam progredir e contar uma história.

– Ele parece dopado – comentou Erika, olhando as fotos outra vez. Isaac assentiu.

– Quem chama a filha de Annabelle hoje em dia? – disse Dahlia, observando a assinatura nas fotos.

– Ou de *Dahlia*? – retrucou Glenn. Ela revirou os olhos.

– Vou tentar adiantar o toxicológico para te entregar o quanto antes – disse Isaac, lançando um olhar de canto de olho para os dois jovens policiais. Havia pó revelador nas fotos.

– Nenhuma digital nas polaroides. Uma pena – disse Erika, observando os peritos que procuravam por digitais na cabeceira da cama. Havia pó revelador na parede em que o móvel estava encostado e nos interruptores de luz. Ela saiu do caminho para que o fotógrafo registrasse a pilha de roupas que ainda estava no chão, ao lado da cama. – Este caso receberá muita atenção. Pode processar as digitais o quanto antes?

– Claro – disse Isaac.

– Isso é um sim?

– Sim.

– E a causa da morte?

– Erika, preciso fazer a autópsia.

Ela voltou a estudar as fotos.

– Mesmo que um parlamentar tivesse prazer em fazer... seja lá o que isso for... você acha mesmo que aceitaria ser fotografado assim?

Viu Dahlia e Glenn trocarem olhares.

– O que foi? Falem logo.

Dahlia apontou para uma perita parada no acesso ao quarto com um porta-guarda-chuvas cheio de chicotes de couro.

– Tem também um armário no corredor com revistas pornô de BDSM e DVDs – disse ela.

– Mais algum equipamento de equitação?

– Não. Acho que isso não era usado em cavalos...

– E quanto a substâncias ilegais?

Negando com a cabeça, a perita respondeu:

– Até agora nada.

– Obrigada. Ensaca tudo isso.

Erika voltou a olhar para as polaroides.

– Essa tal de Annabelle pode ser uma prostituta que ele contratou.

– Acho que a forma certa de se referir a ela é "profissional do sexo" – corrigiu Dahlia.

Erika a ignorou.

– Não há sinal de arrombamento. A faxineira usou a chave que tinha, entrou e encontrou o corpo. Pode ter sido um jogo sexual que deu errado e, quem quer que estivesse envolvido, entrou em pânico e fugiu. Ou isso aqui foi um assassinato montado para parecer um jogo sexual.

As palavras dela pairaram no ar por um tempo e só se ouvia o clique e o flash da câmera pericial.

– De um jeito ou de outro, temos um parlamentar morto e pouquíssimo tempo até que isso vaze para a imprensa – disse Erika.

CAPÍTULO 4

Já eram 10 da noite. Erika tirou o macacão e o entregou para a perícia ensacar. Checou o celular e viu uma sequência de mensagens de Igor, querendo saber o que estava acontecendo.

Ah, droga. Igor.

Dahlia e Glenn também tiraram os macacões, e Erika pediu que começassem a bater de porta em porta para coletar depoimentos dos apartamentos vizinhos ao número 6. Em seguida, foi conversar com o porteiro no térreo do edifício.

Ela percebeu que, pouco antes, tinha voltado do rio por uma entrada residencial separada do prédio, ao lado da entrada do restaurante. Encontrou um homenzinho sentado atrás do balcão da recepção. Ele não estava lá antes. Tinha o rosto avermelhado e desconfiado, com dentes projetados que o faziam parecer de um coelho de meia-idade. Quando Erika mostrou a identificação, ele a olhou com irritação.

– Qual o seu nome, por favor? – perguntou ela.

– Oliver Grant – respondeu ele, os dentes fazendo grande parte do trabalho no som de "a" de "Grant".

– O senhor esteve aqui o dia todo?

– Peguei às 6. Pelo que sei, aconteceu algo no quarto andar, não é? Veio me trazer mais informações? Sou responsável por este prédio e não gosto de ser deixado no escuro.

Atrás do balcão, Erika viu um pequeno painel com monitores de circuito interno mostrando diferentes ângulos do prédio.

– As suas câmeras pegam os corredores dos andares residenciais? – perguntou ela, olhando para o monitor da câmera da entrada principal.

– Essas câmeras não são *minhas*. São do prédio.

– Claro – respondeu Erika, sem cair na provocação daquele cara arrogante e irritadiço.

– Levamos a privacidade dos moradores muito a sério. Não temos câmeras nos corredores dos apartamentos.

– E dentro dos elevadores?

– Os dois principais, que servem a área residencial, não têm câmeras internas – respondeu ele.

– E o que exatamente as câmeras cobrem?

– A entrada principal, voltada para o Caminho do Tâmisa, a entrada de serviço, a doca de carga do prédio e do restaurante. O elevador de serviço do restaurante, a entrada do restaurante e do bar. E este saguão aqui.

– Os visitantes precisam se registrar?

– Claro.

– E os moradores?

– Não.

– E como vocês controlam isso?

– Bom... a gente sabe quem é morador.

– Entrei aqui mais cedo e o senhor não estava na recepção.

– Eu devia estar na sala dos fundos.

Erika notou a porta de um pequeno escritório no fim do corredor.

– Estava trabalhando aqui ontem à noite?

Antes que ele pudesse responder, a porta atrás deles se abriu, trazendo uma rajada de vento vinda do rio. Um homem alto e moreno, de quase quarenta anos, com o rosto marcado por cicatrizes de acne, surgiu acompanhado de outro sujeito, magro e calvo, que vestia um terno cinza e um sobretudo comprido. Era pálido, com uma marca de nascença marrom sob o olho esquerdo.

– Boa noite, senhor Grant – cumprimentou o mais jovem, ignorando Erika.

– Boa noite, superintendente Fisk – respondeu Oliver, exibindo um sorriso escancarado.

– Superintendente? – perguntou Erika, sem reconhecer nenhum dos dois.

– Sim.

– Sou a detetive-inspetora chefe Erika Foster – disse ela. Seu vestido de festa não passou despercebido pelos dois homens, que a olharam de cima a baixo.

– Sou o superintendente Dan Fisk, da delegacia central de West End. Obrigado por segurar as pontas – disse ele com um sorriso. Não apresentou o homem que o acompanhava, cujos olhos minúsculos e escuros varriam o saguão e percorriam Erika com inquietação.

– Segurar as pontas? Fui a primeira oficial a chegar à cena, senhor – disse Erika.

O homem de terno apontou para além do balcão, na direção do elevador recém-aberto.

– Vou subir – murmurou.

Dan assentiu.

– Quem é ele? – perguntou Erika, observando as portas do elevador se fecharem atrás do homem.

– Ah, essa pergunta provavelmente foge da sua alçada... e da minha – respondeu Dan. Não havia hostilidade em seu tom, mas o jeito jovial pareceu forçado. Ele baixou a voz. – Você tem ideia de... quem é a nossa vítima?

– Ainda não temos uma identificação formal, mas sei, sim.

– Ótimo. Certo. A partir de agora, vou assumir o caso, Erika. Obrigado por manter tudo sob controle.

– Espere. Senhor, quem foi que ligou para você?

Ele pareceu surpreso com a pergunta.

– Por que isso é relevante?

– Minha patente me dá autoridade para perguntar.

– Claro. Não é nada contra você. Fui avisado por uma outra oficial. Achou que eu gostaria de ser informado, devido à sensibilidade do caso.

– Quem?

– Quem me ligou?

– Sim, quem foi?

Ele pareceu ter que vasculhar a mente para se lembrar do nome.

– Uma das minhas agentes fardadas, Dahlia Beck. Ela atendeu ao seu chamado junto a outro policial da central de West End.

Erika o encarou por um segundo.

– Quando foi que ela ligou?

Dan deu uma risada. Erika não gostara dele. Agia como se ela estivesse sendo irracional.

– Há cerca de uma hora.

Foi enquanto Erika estava tomando o depoimento da faxineira, Ann-Marie.

– Só estou tentando entender por que uma agente uniformizada, recém-saída da academia, teria a iniciativa de ligar para você sem me informar.

– Você trabalha na delegacia de Lewisham Row, em South London, não é?

– Sim. Mas isso não tem nada a ver. Senhor, repassar informações à chefia é responsabilidade minha.

Ele assentiu e sorriu de um jeito irritante. Parecia não se abalar pelo que ela dizia. O celular dele tocou no bolso do paletó.

– Com licença. Preciso atender. Obrigado, Erika. Você já pode ir. Aproveite o restante da sua noite.

Ele atendeu à ligação.

– Sim, Peter. Acabei de assumir o caso.

Um elevador chegou, e ele entrou.

Erika ficou olhando enquanto as portas se fechavam. Ele já estava imerso na conversa.

Ela se virou para Oliver.

– Você estava trabalhando aqui ontem à noite?

– Não. Não estava. Se estiver de saída, terá que se registrar – disse ele, exibindo um sorriso vitorioso e escancarado.

Glenn Constance foi retirado do seu posto e encarregado de levar Erika para casa na viatura.

Em silêncio, Erika fervia de raiva enquanto deixavam o centro de Londres, descendo pela Old Kent Road. Cometera o erro de se sentar no banco de trás e podia ver que Glenn a observava pelo retrovisor.

– Nunca estive em Blackheath – disse ele, puxando assunto, enquanto passavam pela estação de New Cross e pelo hipermercado Sainsbury's. – Dizem que é uma área agradável.

– É, sim – respondeu Erika.

Ele assentiu.

– Moro em Croydon.

– Deve ser uma viagem e tanto até o centro de Londres.

– Nem tanto. Eu pego o trem.

– O superintendente Dan Fisk é seu superior lá na central de West End?

Ele sorriu.

– Qual é a graça?

O sorriso sumiu.

– Desculpe. É que não se ouve muito essa palavra, "superior".

– Pois é. Sou da velha guarda. Tinha outro sujeito com o superintendente Fisk que não se apresentou. Terno cinza, calvo, uma marca de nascença embaixo do olho.

– Ele queria ver o corpo.

– Ele mostrou alguma identificação?

– Não. O superintendente Fisk assinou a entrada por ele. Talvez fosse um funcionário público?

Erika assentiu e virou o rosto para a janela. Imaginou que não quisessem que a imprensa estampasse uma manchete sobre um parlamentar morto durante um jogo sexual bizarro, desviando o foco de políticas e relações públicas. Quando olhou de novo, viu que Glenn ainda a observava.

– Foi um prazer conhecê-la. Digo, trabalhar com você.

– É mesmo? Por quê?

Ele ficou sem graça.

– Durante meu treinamento em Hendon, estudamos um dos casos que você resolveu.

– É mesmo? Qual caso?

– Elias Mills. O dono de lanchonete que matou nove mulheres e as serviu com curry. Você suspeitou dele, mas o cara conseguia esconder tudo... Processava a carne para usar na comida, moía os ossos e jogava o pó nos ralos...

O caso fora o destaque dos primeiros anos dela como policial em Manchester. Mark trabalhara com ela naquela investigação.

– E você decidiu focar no que ele fazia com os cabelos. A namorada dele era cabeleireira num salão da região, e ela estava se livrando dos fios.

– E dos couros cabeludos – completou Erika, lembrando o dia em que solucionaram o caso e do cheiro da carne apodrecida.

– Foi inspirador – disse ele e logo pareceu constrangido com o entusiasmo.

– Quantos anos você tem?

– Vinte e cinco, senhora.

Jesus. Vinte e cinco. Já fazia 27 anos desde que Erika se formara na Academia de Polícia de Hendon. Uma vida. Naquela época, morava no Reino Unido havia seis anos, era noiva de Mark e nutria muitas esperanças quanto ao futuro.

Olhando o reflexo de Glenn no retrovisor, ela quis perguntar se ele também tinha esperanças, quais eram seus sonhos. Mas pareceu inapropriado. O momento passou e seguiram em silêncio até o destino. Erika não conseguia parar de pensar nos eventos da noite. O superintendente

Dan Fisk também era bem mais jovem que ela. Ainda assim, esfregou a patente superior em sua cara e simplesmente assumiu o caso. Erika tinha orgulho de seu cargo de detetive-inspetora chefe, mas sempre imaginou que subiria ainda mais.

Já fizera inimigos o bastante na corporação para enterrar qualquer chance de promoção. Até ali, sempre pautara a carreira por princípios – e muitas vezes isso significava arranjar desafetos –, mas ultimamente sentia-se frustrada. Estava estagnada.

Lembrou-se do longo dia que passara no tribunal, vendo um homem que ela sabia ser culpado de estupro sair impune, graças a um bom advogado. Será que algum dia conseguiria realmente fazer a diferença? Quanto tempo ainda restava até ser relegada e forçada a se aposentar? Cinco anos? Menos?

Quando chegaram a Blackheath, Erika mandou uma mensagem para Igor:

Me desculpa. Tá acordado?

Alguns minutos se passaram. Ele não respondeu. Quando se aproximaram da casa de Erika, viu que as luzes estavam apagadas.

Assim que o carro parou, Erika sentiu uma vontade repentina de dizer algo sábio, dar algum conselho a Clem, mas não conseguiu pensar em nada. Então, desejou uma boa-noite ao jovem policial e saiu.

CAPÍTULO 5

Erika foi recebida na porta por seu gato, George. Apoiado nas patas traseiras, pousou as dianteiras, que pareciam botinhas brancas, na perna dela.

– Oi, bolinha de pelos – disse Erika, grata por aquele amor incondicional.

Ela se agachou e fez carinho no felino. Ele rolou de lado, e ela coçou seu pelo preto brilhante. A casa estava quentinha e, embora o carpete novo tivesse sido instalado havia mais de um ano, o cheiro agradável de carpete recém-instalado ainda a recebia toda vez que entrava.

Foi até a cozinha e abriu a geladeira. Havia um resto de risoto, que colocou no prato e levou ao micro-ondas. Erika havia comprado o imóvel de uma senhora idosa que não mexia na propriedade havia anos. Quando se mudou, o lugar estava um caos: assoalho cru e reboco manchado de umidade se esfarelando nas paredes. Desde então, a casa inteira havia sido reformada aos poucos – em parte, graças a Igor.

Enquanto o risoto esquentava, Erika observou sua cozinha acolhedora, com bancadas de madeira clara e eletrodomésticos prateados reluzentes. Ela não devia ter deixado Igor sozinho no restaurante. Mesmo ciente disso, tinha ido embora.

Haviam namorado na infância, na Eslováquia, até que Erika se mudou para Manchester, aos 18 anos, para trabalhar como babá. Isso foi em 1990. Sem internet, sem celular. Ela cuidava de duas crianças pequenas, filhos de um patologista forense muito rígido e sua esposa. Não a maltratavam, mas também não permitiam que usasse o telefone fixo para ligar para casa. Depois de algumas cartas trocadas, o relacionamento com Igor foi esfriando, até que, um ano depois, Erika conheceu Mark – e sua vida tomou outro rumo.

Quando comprou a casa em Blackheath, há mais de quatro anos, eles se reencontraram quando Igor entregou a cama nova dela. Estava divorciado havia alguns anos e trabalhava como entregador da Argos.

Erika viu o crachá dele em cima do micro-ondas. Três anos atrás, ele teve a chance de se tornar maquinista do metrô de Londres, o Tube. Pouco depois, veio a pandemia – e os dois foram considerados trabalhadores essenciais. Igor se mudou para a casa dela para que pudessem formar uma "bolha" juntos. Funcionou surpreendentemente bem. Mais tarde, ele conseguiu se reerguer financeiramente e comprou um pequeno apartamento na esquina.

Tudo havia se encaixado. Por isso, Erika se apavorara com a ideia de um pedido de casamento entrando em sua vida feito uma bola de demolição.

O micro-ondas apitou, e Erika pegou o prato. Igor havia preparado o risoto na noite anterior, e ele estava ainda melhor no dia seguinte. Ela pegou o celular e ligou. Ele atendeu quando o telefone estava prestes a parar de tocar.

– Seu risoto é melhor que qualquer restaurante chique – disse ela.

Igor ficou em silêncio.

– Você esqueceu seu crachá aqui. Sei que seu plantão amanhã é à noite... Você ia dormir aqui, até eu abandonar você no restaurante.

– Você resolveu o assassinato?

Erika deu uma risada sem graça.

– Não. Já fui tirada do caso. Um recorde, até pra mim.

– Ah. Sinto muito – disse Igor, com uma sinceridade que fez Erika se sentir ainda pior.

– Não. Quem tem que pedir desculpas sou eu. Desculpa por ter ido embora.

– Por quê?

– Eu realmente encontrei um corpo. Saí pra tomar um ar e voltei pela porta errada.

– Por que você simplesmente não veio me contar? Mandou aquela novata metida.

Erika até se sentiu satisfeita por ele ter achado Dahlia metida.

– Eu entrei na cena do crime. Havia uma testemunha. Depois, a perícia.

– Você estava dois andares abaixo, e o sujeito já estava morto. Podia ter subido – disse Igor.

A lógica dele a fez se sentir ainda pior.

– Desculpa. É como uma doença... esse meu jeito obcecado com casos de assassinato.

Igor ficou em silêncio por um momento.

– Por que te tiraram do caso?

– Não sei. É um caso de grande repercussão, e eu tenho fama de surtada.

– Ei, ninguém chama minha namorada de surtada...

Erika riu. Espetou o garfo no risoto ainda fumegante.

– Aquela refeição chique me deixou nervosa. E... eu pensei... que você ia me pedir em casamento...

Igor se engasgou, e ela ouviu quando ele cuspiu a cerveja de volta na garrafa.

– O quê? Você achou que eu ia te pedir em casamento? *Você?*

– Não precisa protestar tanto! – disse Erika, aliviada. – Você estava com aquele terno elegante e o garçom todo cheio de pompa com o champanhe. Qual era a surpresa?

Igor suspirou.

– Não era bem uma surpresa. Era uma coisa que eu queria te perguntar. Quer saber? Já estou indo aí.

Dez minutos depois, Igor preparava a lareira na sala, enquanto Erika abria duas cervejas. George dormia tranquilamente no banquinho em frente ao piano.

– Tinha uma coisa que eu queria te perguntar no jantar – disse Igor, virando-se para ela.

– Diga – respondeu Erika, sentindo um leve pânico, mesmo depois de ele já ter descartado a hipótese de um pedido de casamento.

– Não faça essa cara assustada.

– Não estou assustada.

Ele ajeitou mais um pouco a lareira, onde a lenha e os jornais estavam cuidadosamente empilhados, e acendeu um fósforo. Encostou-o no papel, e, com um *estalo surdo*, o fogo ganhou vida.

Ele se virou novamente para Erika.

– Você tem uma boa relação com o Tom, né?

Tom era o filho de 16 anos de Igor com Denise, sua ex-mulher.

– Claro. Nunca quis ocupar o lugar de madrasta, mas a gente se dá bem. Sim.

– A gente queria colocar você como contato de emergência e incluir seu nome nas autorizações da escola. Caso algum dia você precise levar o

Tom. E, quando digo "a gente", quero dizer eu, a Denise... e o Tom. Ele tá empolgado com a ideia de ir pra escola num carro da polícia.

– Mas o meu carro não tem identificação – disse Erika, sorrindo.

– Mas tem sirene e luzes azuis.

Erika olhou para Igor. Aquele era um passo importante. Um sinal de que o relacionamento deles era sério, já que ela estava sendo incluída nos cuidados com o filho.

– Fico lisonjeada. Claro que aceito. Posso até levar o Tom de vez em quando, se der. Mas por que você achou que precisava me levar pra jantar num lugar chique só pra me pedir isso?

– Foi ideia da Denise.

– Eu sou bem diferente da Denise – disse Erika, tentando ser diplomática, mas deixando claro o recado.

– Fico muito feliz. Obrigado. É meio maluco, se você parar pra pensar. O jeito como as coisas funcionam hoje em dia. Na Eslováquia, nunca teve esse tipo de "arranjo" pra cuidar de criança.

– Eu sei. Eu atravessava a cidade inteira sozinha pra ir pra escola. Com 8 anos. Era outro mundo.

Ele se inclinou e lhe deu um beijo.

– Ótimo. Então fica combinado assim. Agora, tem mais comida?

– Você comeu no restaurante?

– Comi o meu prato... e o seu também. Mas as porções eram minúsculas. Ainda tô com fome.

Igor seguiu para a cozinha, e Erika ficou ali, ao lado da lareira. Uma pontada incômoda arranhava o fundo da sua mente – o medo de amar alguém de novo depois de Mark. O medo de depender de outra pessoa para ser feliz.

Ela estava feliz com Igor. E isso a assustava.

CAPÍTULO 6

As manhãs de segunda-feira em janeiro eram a época que Erika mais detestava no ano. Igor tinha passado o fim de semana com ela, e o despertador dele tocou às 5h30 da manhã. Erika ficou deitada no escuro, encarando o teto, enquanto ouvia o barulho do chuveiro sendo ligado. Ela passou o fim de semana em casa, mas o caso de Neville Lomas não lhe saía da cabeça. Chegou a configurar um alerta do Google para ser avisada assim que a notícia chegasse à imprensa – e seu celular apitou.

Sentou-se na cama, os olhos pesados de sono, e tateou a mesa de cabeceira em busca do telefone. Uma matéria recém-publicada no site da BBC dizia:

> Neville Lomas, parlamentar por North East Surrey durante 24 anos, morreu subitamente aos 66 anos. Oficiais da Polícia Metropolitana foram chamados ao seu apartamento no centro de Londres por volta das 20h05 de sexta-feira, onde o encontraram inconsciente. No momento, a morte não está sendo tratada como suspeita. Homem de família dedicado, Neville era conhecido por seu comprometimento com sua comunidade local e por ser o maior defensor de Surrey e da região.

Erika passou algum tempo pesquisando sobre Neville Lomas, e seu currículo parecia o estereótipo de político decadente: estudou em Oxford, onde conheceu a esposa, Isabella. Tiveram três filhos e moravam numa bela casa em seu distrito eleitoral. Ele havia sido eleito para o Parlamento, representando South West Surrey, em 1999. Durante a carreira, esteve envolvido em diversos escândalos – nenhum deles o tirou do cargo. Na verdade, a quantidade de votos só aumentava a cada eleição.

Era frequentemente acusado de fazer lobby em favor de empresas com interesses contrários aos da população britânica e foi mencionado em três escândalos sexuais em tabloides nos últimos vinte anos. Um jornalista conseguiu fotos dele numa "orgia movida a cocaína", em 1990, e, depois, numa "orgia sadomasoquista com prostitutas russas", em 1993. Alguns anos depois, em 1999, uma profissional do sexo vendeu à imprensa o relato de que Neville pagava para ser humilhado: gostava de ser amarrado, chicoteado e que urinassem nele.

Sua esposa, Isabella, o apoiou publicamente em todas as ocasiões, sendo fotografada duas vezes ao lado dele no jardim da casa, de semblante duro, vestindo um conjuntinho de tricô e uma tiara acolchoada, enquanto ele se desculpava profusamente com os jornalistas.

Os detalhes sórdidos da vida sexual de Neville Lomas faziam Erika se perguntar se a morte havia sido realmente acidental ou fruto de um jogo sexual que fugiu do controle. Mas algo ainda a incomodava: as polaroides assinadas por "Annabelle".

Igor apareceu ao lado da cama, já uniformizado para o trabalho no transporte público de Londres.

– Fiz um chá pra você – disse ele, pousando a caneca na mesa de cabeceira.

Erika se sentou e mostrou a matéria no celular.

– Então ele não foi assassinado?

– É o que estão dizendo.

– E você acha que foi?

Erika tomou um gole do chá e olhou pela janela, em direção aos galhos nus das árvores sob a luz alaranjada dos postes. Deu de ombros.

– É melhor assim. Menos um caso pra você se preocupar. Você vive dizendo que já está atolada. Te vejo hoje à noite? Peixe com fritas?

– Numa segunda?

– É, vamos viver perigosamente.

Erika riu.

– Tá bom.

Ele lhe deu um beijo na bochecha e foi embora.

A delegacia de Lewisham Row ficava a vinte minutos de carro de sua casa. Quando Erika chegou, às 7 da manhã, o estacionamento estava meio vazio. Os postes iluminavam uma grossa camada de geada sobre o asfalto. O frio cortava quando ela saiu do carro, e teve que apressar o passo para não escorregar nas poças congeladas diante da entrada principal.

Era horário de troca de turno, e os corredores estavam movimentados. Erika encontrou a inspetora Kate Moss na porta da copa. Lá dentro, os detetives Peterson e McGorry estavam agachados diante do micro-ondas, observando atentamente duas tigelas girando devagar.

– Bom dia, chefe. Bom dia, rapazes – disse Moss.

Ela era baixa e encorpada, usava corte chanel e tinha o cabelo de um ruivo intenso, cor de fogo. O rosto era coberto de sardas, e os olhos verdes gentis brilhavam.

– Bom dia – disseram Peterson e McGorry, virando-se ainda com os olhos pesados de sono.

– O fim de semana foi bom? – perguntou Moss, desenrolando o cachecol comprido e tirando o casaco.

Erika assentiu. Peterson e McGorry murmuraram um "sim" sem tirar os olhos do eletrodoméstico.

– Quem precisa de Netflix? – brincou Moss, juntando-se a eles. – O que estamos vendo? *Os crimes reais do mingau de aveia?*

– Haha – disse Peterson, sorrindo. – Isso aqui é... o quê?

– Mingau de aveia com leite de aveia e xarope de bordo adoçado com stevia – respondeu McGorry.

Peterson era um homem negro, alto e esguio, quase da altura de Erika – 1,83 metro –, com postura impecável. Sempre a fazia pensar em um soldadinho de brinquedo. John McGorry também era quase tão alto quanto a inspetora-chefe. Ela o conhecera ainda jovem e magro, mas agora, seis anos depois, estava bem mais encorpado.

O micro-ondas apitou, e ele retirou duas tigelas fumegantes de uma massa cinzenta.

Moss tirou um saquinho de papel do bolso do casaco.

– Tenho um croissant de chocolate sobrando. Quer?

– Quero, sim. Obrigada – respondeu Erika.

Erika se divertia ao ver Peterson e McGorry beliscando o mingau enquanto lançavam olhares invejosos às colegas, que saboreavam os croissants amanteigados.

– Estamos testando um aplicativo novo de dieta com plano alimentar – explicou Peterson.

Moss encheu a chaleira.

– Vão querer chá?

– Preto com limão – disse Peterson.

– Com leite de aveia pra mim – completou McGorry.

Moss olhou para Erika.

– Com leite e duas colheres de açúcar, por favor.

– Li o registro de plantão de sexta à noite – disse Peterson. – O parlamentar, Neville Lomas. Você estava lá.

– Estava. Mas um dos superintendentes da central de West End chegou e tomou a frente – respondeu Erika. – A gente sabe que a imprensa nem sempre recebe tudo, mas quem está alimentando os jornalistas foi bem rápido em descartar homicídio.

– Você acha suspeito? – perguntou McGorry.

Erika resumiu o que tinha visto.

– E o que o Isaac Strong achou? – perguntou Moss.

– Preferiu não se posicionar até concluir a autópsia.

– Você devia estar feliz de não ter caído na nossa mesa – disse Moss.

Erika pensou no que já estava em suas mãos: oito investigações de homicídio em andamento, dois casos de estupro – um com tentativa de homicídio – e duas acusações de homicídio culposo.

Moss tinha razão. Ela não tinha tempo nem recursos. Mas havia algo no caso de Neville Lomas que fazia seu instinto de detetive disparar, como um alerta invisível.

Quando Moss terminou de preparar o chá, Erika levou sua caneca até a própria sala. Ligou o computador e abriu o banco de dados HOLMES para verificar se a morte de Lomas já tinha sido registrada. Tinha. Mas havia poucos detalhes. O superintendente Dan Fisk era quem havia criado o arquivo.

Erika pensou no homem que estava com ele naquela noite. Quem era? Fisk não o apresentara como policial.

Fechou o HOLMES e procurou por Dan Fisk na intranet. Ele estava lotado na central de West End havia alguns anos. Foi promovido a superintendente aos 35 anos. Erika se recostou na cadeira. Fisk tinha agora 39 – onze anos mais novo que ela. Estudou em Cambridge e trabalhou no mercado financeiro antes de ingressar no programa de recrutamento rápido da Scotland Yard.

Assim como Erika – e muitos colegas dela –, ele também não passou anos patrulhando as ruas.

Erika tinha 50 anos. Poderia pedir aposentadoria antecipada em cinco. Mas já sentia que estava sendo colocada de escanteio – tratada como um dinossauro. Bastava lembrar o jeito como aqueles dois policiais mais novos se comportaram perto dela, como se ela fosse peça de museu.

E talvez ela fosse mesmo. Erika bateu a ponta da caneta nos dentes e encarou a pilha de pastas sobre a mesa. Tantos casos exigindo sua atenção. Tanta papelada que às vezes se sentia mais uma burocrata de luxo do que uma detetive. Aquele sentimento voltou – o de estar à deriva, sem leme.

Olhou em volta da salinha apertada, mobiliada com peças ordinárias, cuja única vista era uma parede de tijolos.

Pegou o telefone e ligou para o escritório de Isaac, no necrotério.

CAPÍTULO 7

O necrotério parecia sugar o pouco de calor que ainda restava no corpo de Erika enquanto ela descia apressada o longo corredor iluminado por lâmpadas fluorescentes em direção ao escritório de Isaac Strong. Sentia-se culpada por ter faltado à reunião semanal da equipe e pedido a Moss que a substituísse em cima da hora.

A porta estava aberta, e ela bateu de leve no batente. Isaac estava sentado à escrivaninha. Usava uma camisa azul com o colarinho aberto, calça jeans preta justa e Crocs. O cabelo escuro, penteado para trás, deixava a testa larga à mostra. Como sempre, ele transmitia uma aura de calma e organização em contraste com o estado atribulado de Erika. A luz cinzenta de janeiro entrava pela janela alta na parede. A sala era cercada por estantes de livros, todas cheias de manuais de medicina.

– Bom dia – disse Isaac em tom suave. – Você chegou rápido.

– Acabei de faltar à reunião semanal da equipe e pedi para Moss me cobrir. Ela não gostou... E esse nem é meu caso.

– Não estou te julgando.

– *Eu* mesma me julgo. Estou velha demais pra isso.

– Pra quê?

– Não sei... Pra sempre confrontar a autoridade.

– Alguém te proibiu de ver o corpo?

– Não.

– Eu tenho jurisdição sobre o corpo de Neville Lomas. Fui eu quem te convidou pra vê-lo. E chega desse papo de "velha". Nós temos a mesma idade, Erika. Obrigado – disse ele, fingindo indignação.

– Sim, claro, ainda somos jovens.

Isaac sorriu e se levantou. Ela o acompanhou pelo corredor até uma porta alta de aço. Ele encostou o cartão no sensor, e a porta emitiu um *bip* e se abriu.

O ar gelado pareceu descer e envolvê-los. A sala de autópsias era uma mistura intensa de aço e azulejos vitorianos de porcelana. Ao longo de uma parede, uma fileira de portas de inox; no centro, três mesas de necropsia cercadas por canaletas. O corpo estava sob um lençol branco na que ficava mais perto da porta.

Isaac vestiu um par de luvas de látex e dobrou suavemente a parte superior do tecido. Neville Lomas parecia ainda mais pálido e corpulento. O rosto, flácido, formava papadas, e o queixo repousava sobre uma pilha de outras três. A única cor vinha do grosso fio roxo dos pontos que fechavam a longa incisão em forma de Y no peito, costura que se erguia junto ao monte de carne do abdômen.

– Li na imprensa que você declarou a morte dele como causas naturais? – perguntou Erika.

– Não. Na verdade, classifiquei como *veredito em aberto* – respondeu Isaac. – Mas também encaminhei o caso a um colega.

Um veredito em aberto significava exatamente isso: admitia que um crime poderia ter sido cometido, mas sem apontar culpado ou a causa definitiva da morte.

– Quem soltou o comunicado à imprensa?

– Não sei – disse ele em voz baixa.

Erika fixou o olhar no rosto dele.

– Deixa eu adivinhar: você recebeu a visita de Dan Fisk e do outro homem de terno cinza... baixo, calvo, com uma mancha marrom sob o olho esquerdo?

Isaac assentiu.

– Ele explicou que Neville Lomas era conhecido por se envolver em práticas sexuais perigosas e, às vezes, violentas. E que todos sabiam que ele estava em péssimo estado de saúde. Também me disseram com discrição, ou nem tanta assim, que duas profissionais do sexo já tinham vendido histórias para os tabloides sobre o gosto dele por apanhar, ser chicoteado e como gostava que simulassem sufocamento nele. E que o líder da bancada do Parlamento ficaria feliz em me passar mais detalhes, extraoficialmente.

Erika voltou-se para Neville Lomas e se lembrou da cena do crime, onde haviam encontrado chicotes de montaria e pornografia sadomasoquista. Pensou também nas polaroides... e na expressão de medo nos olhos dele.

O cadáver – imóvel e acinzentado – era como um pedaço de carne apodrecida.

– O que você acha que foi, de fato, a causa da morte?

– Sufocamento, que levou à insuficiência cardíaca. Havia pequenas hemorragias petequiais e pulmonares. Claro, ele pode ter pedido para ser sufocado, como parte de um jogo sexual.

– Você sabe como ele foi sufocado?

Isaac assentiu.

– Há hematomas leves ao redor das narinas e do queixo. Achei que fosse reação à fita adesiva. Mas acredito que alguém pode ter tapado o nariz dele e pressionado o maxilar para cima, mantendo a boca fechada. – Ele se inclinou em direção a Erika e demonstrou suavemente no rosto dela com as mãos.

– Isso é horrível, mesmo por alguns segundos – disse Erika, afastando-se.

– Perceba que eu disse “pode ter” – acrescentou Isaac. – Neville Lomas também teve o ombro direito deslocado e três costelas quebradas. Ele pode ter se ferido tentando lutar contra as amarras, mas veja: há também duas contusões circulares no esterno.

Ele apontou dois círculos arroxeados de cada lado da incisão em Y no peito de Neville.

– A cartilagem costal foi rompida.

– O que é isso? – perguntou Erika.

– A caixa torácica é formada por vinte e quatro costelas, doze de cada lado – explicou Isaac, indicando as laterais do próprio peito. – Na frente, temos o esterno, que é formado por um osso em formato de losango aqui em cima. – Ele pousou a mão no peito de Neville, próximo à garganta. – E um mais longo embaixo, como... como uma língua comprida. O esterno se conecta a cada costela por meio da cartilagem costal, que é mais flexível do que o osso.

Erika assentiu, observando-o abrir as mãos sobre o tórax do morto, uma de cada lado.

– As costelas quebradas de Neville eram na parte superior do peito – continuou Isaac –, e a cartilagem costal também havia se desprendido do esterno. Isso, somado às duas contusões, me faz pensar que quem o sufocou ajoelhou-se sobre o peito dele enquanto tapava sua boca e o nariz. É conhecido informalmente como técnica de Burke e Hare. Já ouviu falar em Burke e Hare?

– Claro. Foram aqueles dois caras que matavam gente no século XIX, vendendo os cadáveres a escolas de medicina. Burke e Hare embebedavam as vítimas e, em seguida, um se ajoelhava sobre o peito da vítima enquanto o outro cobria-lhe a boca com a mão ou com um pano. Isso impede a vítima de inspirar e força o ar para fora dos pulmões.

– Exato. Mas, de novo, estão me orientando a considerar que Neville Lomas poderia ter pedido a uma profissional do sexo que se ajoelhasse sobre seu peito e o sufocasse.

– E quanto à toxicologia? – perguntou Erika.

– Ele estava dez vezes acima do limite legal de alcoolemia e tinha flunitrazepam no organismo.

– Um sedativo? – completou Erika. – Se fosse sexo consentido, por que ele usaria um sedativo?

Isaac balançou a cabeça.

– Ele de fato sofreu uma insuficiência cardíaca, possivelmente provocada e agravada pelo sufocamento. Na verdade, me surpreende que ainda estivesse vivo até então. Ele tinha danos pulmonares graves causados pelo cigarro, artérias obstruídas, osteoporose, esteatose hepática, gânglios linfáticos inchados e um tumor volumoso no estômago. Era obeso mórbido, diabético tipo 1, e havia dois abscessos nos dentes, sendo que um deles estourou durante a autópsia.

Erika percebeu que Isaac estava tenso. Era raro vê-lo demonstrar isso. Ela pousou a mão em seu braço.

– Quando Fisk e aquele homem de terno cinza vieram ao necrotério, eles te ameaçaram?

– Não. Claro que não. – Isaac se corrigiu rápido: – Não diretamente. Mas você sabe como essas pessoas são. Têm uma aura sombria de poder. Tenho certeza de que teríamos classificado como veredito em aberto, mesmo sem a influência deles. Só gostaria de ter tido a opção de esperar o retorno do colega para quem encaminhei o caso. Mas agora já divulgaram para a imprensa os detalhes da morte de Neville Lomas.

Eles voltaram os olhos para o corpo e ficaram em silêncio por alguns instantes.

– Quando o superintendente Fisk veio ao necrotério com o outro homem... o que eles pediram a você? – perguntou Erika.

– Não pediram nada. Foi mais como se quisessem me impor a ideia de que Neville Lomas gostava de sexo muito violento... violento o suficiente para causar um ataque cardíaco – respondeu Isaac.

– Nada sobre as polaroides da Annabelle?

– Nada. – Ele sustentou o olhar dela. – O que você quer fazer?

Erika hesitou e observou Isaac recolocar cuidadosamente o lençol sobre o corpo.

– Tenho oito casos de homicídio em andamento. Talvez seja melhor me concentrar neles... e deixar esses caras se preocuparem com isso.

DOIS MESES DEPOIS

CAPÍTULO 8

SEGUNDA-FEIRA, 6 DE MARÇO

Era cedo, numa manhã de segunda-feira da primeira semana de março, e Erika estava levando Tom para a escola pela primeira vez. Houve um desencontro nas agendas de trabalho de Igor e de Denise, e por isso ele pedira que Erika deixasse o filho lá.

O dia estava nublado, e os coletes refletivos dos dois orientadores de trânsito que organizavam a fila de carros na entrada da escola quase feriam os olhos dela.

Erika gostava de Tom. Ele era um garoto divertido, tranquilo, mas era a primeira vez que ficava sozinha com ele, e isso a deixava nervosa.

– É sempre assim de manhã? – perguntou ela, enquanto se juntavam à longa fila de carros. A frente do prédio tinha uma ampla escadaria que levava até o acesso principal, e em cada extremidade do imenso edifício de tijolos vermelhos havia portas menores com as placas "MENINAS" e "MENINOS".

Tom assentiu. Tinha cabelo castanho-escuro encaracolado, o rosto em formato de coração da mãe e o nariz forte de Igor. Herdara o melhor dos dois e estava naquela idade em que já não era menino, mas ainda não era homem.

– Tem máquina de tíquete de estacionamento?

– Não é aeroporto – respondeu ele, abrindo um sorriso.

Os horários para deixar os alunos eram escalonados, das 8h às 8h45. Igor havia dito a Erika que o horário deles era 8h32, o que sempre gerava uma dose de estresse. Eram 8h28, e Erika se sentia satisfeita por ter conseguido. Passara num pequeno teste. Competência para cumprir o leva e traz escolar.

– O que é isso? – perguntou Tom, inclinando-se entre os bancos e apontando para a luz magnética, com cúpula plástica azul, no assoalho do lado do passageiro.

– Essa é minha luz azul. Uso quando preciso ligar a sirene.

– É quando você tem que perseguir os bandidos?

– Isso mesmo.

– Você já usou só para chegar mais rápido a algum lugar?

Erika sorriu.

– Alguns policiais fazem isso. Eu não.

Tom espiou entre os bancos, até a fila de carros parada mais adiante. O motorista do carro da frente conversava com os dois guardinhas de trânsito.

– Imagina se você ligasse agora. Ia poder furar a fila. Como se liga a sirene?

– Esse pequeno botão aqui – disse Erika, apontando no painel.

– Faz muito barulho dentro do carro?

– Pode fazer.

A fila começou a andar de novo.

– Você coloca criminosos aqui atrás? Tipo quando prende alguém?

– Quase nunca. Sou detetive à paisana. Não tenho as grades de metal para transferir presos.

Tom olhou em volta, observando o interior do carro, e assentiu, completamente absorvido.

– Já levou algum criminoso no banco de trás?

– Sim. Semana passada, uma senhora que matou o marido. Como não foi considerada risco de fuga, fui eu quem a levou – contou Erika.

– Essa mulher assassina se sentou bem aqui?

Erika hesitou.

– Sim.

Os olhos de Tom se arregalaram. Ele chegou a pular um pouco no banco, como se ainda pudesse sentir a marca deixada pela assassina.

– Como ela matou o marido?

– Envenenou.

– Veneno? Caram... digo... uau. Que veneno? Pode me contar?

– Anticongelante. Foi colocando na comida dele, um pouco de cada vez. Até que...

Tom ficou em silêncio, os olhos ainda mais arregalados.

– Até que ele... tipo... vomitou?

– Ele vomitou por muito tempo. Achava que estava doente.

Já estavam quase no ponto de desembarque, e Erika pensou que deveria conduzir a conversa para algo menos macabro.

– Quantas vezes ele vomitou?

– Não sei. Muitas.

– Se ele vomitasse lá fora, no frio, e tivesse comido anticongelante, será que o vômito não congelaria?

– Você é esperto. Foi assim que pegaram ela.

– Mas ele morreu, né? Porque você disse que ela foi presa por assassinato.

– Morreu.

– Quando você a colocou no carro, na hora da prisão, fez aquele negócio de pôr a mão na cabeça dela pra ela não bater ao entrar?

– Fiz.

– Meu pai brincou que você ia fazer isso comigo hoje, quando me trouxesse.

Erika riu. Já estavam na entrada principal.

Havia uma mulher magra, de cabelo loiro, rosto fino e contraído e olhos azuis vibrantes. Vestia um colete fluorescente por cima de um casaco elegante *pied-de-poule*. Ela se aproximou da porta de Tom e fez sinal para que ele descesse.

– Boa aula – disse Erika.

– Valeu pela carona. Você vai me buscar na saída?

– Sua mãe vai te buscar hoje à noite.

– Ah, tá. – Ele hesitou. – Você pode me trazer de novo outro dia?

– Sim, claro.

Tom saiu do carro e subiu os degraus até encontrar dois amigos que o esperavam. Eram igualmente altos e bonitos, com cabelos castanho-escuros e brilhantes. Tom disse algo, e os três se viraram. Erika levantou o polegar, achando que isso o constrangeria menos do que um aceno.

A mulher de colete fluorescente fez sinal para que Erika abrisse o vidro. Uma lufada gelada entrou quando o vidro deslizou.

– Bom dia, Denise. Ah, quem é você?

– Sou a detetive... – Erika hesitou. Estava acostumada a se apresentar pelo cargo. – Sou Erika. A... é... do pai do Tom.

Ela não completou a frase. Dizer "namorada" a fez estremecer.

– Eu sou Felicity Brogues-Houghton. Não fomos avisados de que você traria Thomas.

– Estou na lista de contatos.

Felicity exibiu um sorriso gélido.

– Ah, sim. Você é a *namorada*.

Erika se surpreendeu com o jeito venenoso como a mulher havia escolhido se apresentar.

– Também sou policial.

Felicity ergueu uma sobrancelha.

– Ah. Certo.

– Isso. Certo.

O celular de Erika começou a tocar. No painel, piscava o número da central de controle da polícia.

– É melhor eu ir. Foi um prazer conhecê-la.

Antes que Felicity pudesse dizer mais alguma coisa, Erika subiu o vidro, avançou com o carro e atendeu a chamada.

– Bom dia, Erika. Acabamos de receber uma chamada. O corpo de um homem de 23 anos foi encontrado nos apartamentos Greenwich One.

– Fica ao lado do Greenwich Park e do observatório – disse Erika, já inserindo os detalhes no GPS do carro.

– A chamada de emergência foi feita pela mãe da vítima...

– Certo.

– Ainda não foi confirmado, mas a vítima é Jamie Teague.

Demorou um instante para Erika perceber a importância do nome.

– Ele é jogador de futebol?

– Sim. Esse caso pode atrair muita atenção da imprensa, então estamos enviando reforço junto com a equipe de perícia forense.

O GPS calculou a rota, e a trajetória apareceu na tela.

– Estou em Catford, a apenas alguns quilômetros, mas é hora do rush. Estarei lá o mais rápido possível.

A fila de carros à frente não andava. Pelo retrovisor, Erika viu Felicity Brogues-Houghton marchando em sua direção com uma expressão determinada e sombria. Ela bateu no vidro. Erika o baixou.

– Preciso que você preencha outro formulário se for deixar Thomas novamente – disparou Felicity, erguendo uma folha de papel. – E, se *é* mesmo policial, posso ver sua identificação?

Erika pegou a luz azul magnética, ergueu o braço e a prendeu no teto do carro.

– Desculpe, Felicity. O dever me chama.

A luz e a sirene dispararam de repente, fazendo Felicity se sobressaltar. A fila de carros se abriu, e Erika deixou os portões da escola, enquanto Felicity permanecia boquiaberta, ainda segurando o formulário.

CAPÍTULO 9

O edifício Greenwich One era um arranha-céu de luxo recém-construído com vista para o Greenwich Park. Erika estacionou e atravessou uma praça ajardinada, pavimentada com pedras de tom amarelado. O Greenwich One tinha 24 andares de vidro espelhado azul. Refletia a paisagem do parque com um tom acinzentado estranho, como se fosse uma cena mostrada em flashback. Onde as janelas de vidro eram transparentes, na base do prédio, havia um Starbucks, com apenas algumas pessoas lá dentro. A única pista de que uma investigação de assassinato estava em andamento era a van preta da perícia estacionada na entrada principal, ao lado de uma viatura policial.

A entrada não era acessível ao público, e Erika precisou apertar o interfone. Quando juntou as mãos em concha e espiou pelo vidro, viu um rosto conhecido no saguão. Era a policial Dahlia Beck, que se apressou até a porta e a abriu para Erika.

Ela usava um elegante terno azul e tênis azul-claro da Prada. O longo cabelo escuro estava preso em uma trança.

– Olá, detetive-chefe Foster... *Erika*?

– O que você está fazendo aqui? – perguntou Erika, antes de conseguir se conter.

– Estou de plantão, senhora.

– De plantão? Mas você não está de uniforme.

– Acabei de ser promovida para trabalhar à paisana. Estou muito feliz por me juntar à sua equipe esta semana, na divisão de homicídios de Lewisham Row.

Erika ficou olhando para ela, tentando processar toda aquela informação. Quantos anos Dahlia tinha? Doze, talvez? E agora estava de roupa civil e prestes a integrar sua equipe? Erika engoliu em seco e se recompôs. Não queria que aquela... garotinha percebesse que a tinha deixado sem reação.

– Fico feliz em ouvir isso – disse Erika, tentando soar sincera.

Dahlia abriu um sorriso radiante, e Erika se perguntou se estava falando com a mesma mulher de dois meses atrás. Essa versão de Dahlia parecia polida. Talvez só mostrasse o lado agradável quando precisava.

– Já esteve na cena do crime? – perguntou Erika.

– Não. Acabei de chegar e estava conversando com o porteiro. Ele disse que a equipe da perícia já está lá dentro. Há também alguns policiais de uniforme no andar de cima. Foram eles que atenderam a chamada do serviço de emergência. A vítima é o jogador de futebol Jamie Teague.

Dahlia conduziu-as pelo piso de mármore até uma grande recepção, onde um homem franzino, de cabelos ralos, ergueu as calças. Franziu os lábios e inclinou a cabeça, curioso, para Erika. Ela se apresentou e mostrou sua identificação.

– Sou Norbert Pope, gerente da recepção. A senhora já tem conhecimento da identidade do jovem falecido?

– Acreditamos que seja Jamie Teague – disse Erika.

Norbert balançou a cabeça, entristecido.

– Ele era um bom zagueiro. Um dos nossos melhores. Sou torcedor do Chelsea. Sempre fui. Ele tinha acabado de se mudar para a cobertura, há apenas algumas semanas.

Norbert falava pausadamente e tinha um forte sotaque de Kent. Parecia deslocado naquele vasto saguão de mármore.

– O corpo já foi identificado formalmente? – perguntou Erika.

Ele lançou um olhar rápido e penetrante para ela e para Dahlia.

– A mãe dele encontrou o corpo e disse que era o filho. Acho que a própria mãe o reconheceria, não é? Está arrasada, como é de se esperar. Um dos seus policiais está com ela no escritório da administração do prédio.

– Podemos subir até a cobertura?

Ele assentiu e entregou a Erika um cartão branco.

– Aqui está. Use o cartão no sensor e aperte "C" no elevador... "C" é de "cobertura".

– Obrigada.

Norbert assentiu e sentou-se.

– O que devo dizer se a imprensa aparecer?

– Nada. Não deixe ninguém entrar – respondeu Erika.

Elas seguiram até o conjunto de quatro elevadores. O primeiro estava aberto.

– Eu sigo o Jamie Teague no Instagram – disse Dahlia, já dentro da cabine, enquanto as portas se fechavam.

Erika pressionou o botão marcado com "C".

– Ele tem quatro milhões de seguidores.

O estômago de Erika revirou num pequeno solavanco quando o elevador disparou para o 24º andar. Dahlia segurava o celular, que parecia grande demais para caber nos bolsos justos da calça. Ela tocou a tela e mostrou a Erika o perfil de Jamie Teague.

Na primeira fileira de posts havia uma foto dele de cueca branca, em um ensaio fotográfico numa praia exótica; outra mostrava-o de boné, visitando crianças carentes em uma escola da periferia urbana; e, em uma terceira, estava de terno, posando no gramado vazio de um estádio de futebol.

– Dizem que este prédio é o mais seguro de Londres, rivalizando com o The Shard – comentou Dahlia. – Muitos árabes e gente do setor de tecnologia investiram em imóveis por aqui.

Erika lembrou-se de Norbert na recepção, que parecia prestes a cair morto a qualquer momento, e fez uma anotação mental para perguntar sobre os esquemas de segurança.

O elevador se abriu para um amplo saguão envidraçado, com vista para o observatório de Greenwich, o palácio e Canary Wharf, um complexo de edifícios comerciais do outro lado do parque. Erika nunca tinha visto a cidade assim. As árvores estavam nuas, o dia era cinzento, e os vidros escurecidos davam a tudo um tom estranho, como se estivessem assistindo à cena em uma tela de vídeo gigante.

Do saguão principal, partia um espaço menor à esquerda, onde estenderam a fita de isolamento policial. Tudo parecia inquietantemente calmo e desconectado do mundo real. Mais adiante, um lençol branco cobria o carpete diante de uma porta aberta; um perito estava de joelhos, coletando amostras do batente.

– Bom dia, senhora – disse o policial quando Erika exibiu sua identificação.

Ela detestava ser chamada de "senhora", mas já aprendera que ninguém ouvia quando reclamava, então deixou passar. Dahlia puxou sua identificação do bolso justo da calça e a ergueu; o olhar do policial varreu o documento como se lesse um código de barras.

– Em que etapa a perícia está? – perguntou Erika.

– O patologista Isaac Strong informou que a senhora já pode entrar.

Ele levantou a fita, e as duas se abaixaram para passar.

CAPÍTULO 10

Erika e Dahlia vestiram os macacões descartáveis e entraram no apartamento de Jamie Teague. Deram de cara com uma ampla sala vazia com piso de madeira. Uma parede de vidro dava vista para o Greenwich Park e o horizonte de Londres, além de um terraço enorme, com plantas perenes e uma jacuzzi, de onde escapava vapor por baixo da tampa. Erika calculou que o teto devia ter 4 ou 5 metros de altura. *Nada parecido com o típico apê de um jovem de 25 anos*, pensou. As paredes brancas e o ambiente estavam desnudos, exceto por um pequeno sofá azul voltado para uma enorme televisão de tela plana.

O apartamento estava cheio de peritos em trajes brancos. Erika contou quatro na sala principal, levantando amostras, fotografando e coletando impressões digitais, e outros dois na cozinha, pulverizando pó em várias garrafas de champanhe vazias e taças sobre a bancada de mármore escuro. Uma longa fileira de caixas metálicas baixas fora montada, permitindo que cruzassem o espaço sem contaminar o piso. Isaac esperava por elas do outro lado dessa passarela improvisada.

– Bom dia – disse ele, a voz abafada pela máscara.

– Bom dia – respondeu Erika. – Você se lembra da detetive Beck?

– Lembro, sim. Espero que tenha estômago forte, detetive Beck.

– Tenho, muito forte – respondeu Dahlia, mas Erika percebeu a tensão na voz dela.

– Estamos no quarto principal – disse Isaac.

Elas atravessaram a fileira de caixas, que se prolongava por um corredor até o quarto. Isaac deixou que Erika entrasse primeiro.

O cômodo tinha o mesmo pé-direito alto e janelas do chão ao teto voltadas para o Greenwich Park. As paredes eram brancas, e o ambiente estava quase vazio, como a sala de estar. A única peça de mobília era uma cama de dossel no centro. Tinha um tom metálico escuro e, ao olhar mais de perto, Erika percebeu que era de cobre, assim como o candelabro. A equipe de perícia havia instalado refletores, que faiscavam contra a estrutura da cama em tons acobreados e, em alguns pontos, as obrigavam a semicerrar os olhos.

O corpo de Jamie Teague estava deitado de lado, frouxo, amarrado em posição de *hogtie*: braços e pernas presos atrás das costas e puxados com uma corda que os conectava. A cabeça estava arqueada para cima e para trás, de frente para as janelas, e havia fita adesiva sobre a boca.

Era magro e musculoso, mas a pele tinha um tom amarelado e sem vida. Erika sentiu um arrepio de déjà-vu diante daquela cena do crime.

– É ele mesmo... – disse Dahlia, levando a mão ao rosto.

– As roupas dele estavam empilhadas ao lado da cama, e isto foi encontrado no bolso esquerdo, dentro de um pequeno envelope branco – disse Isaac.

Ele entregou à detetive chefe um saco plástico de evidências. Dentro havia três polaroides. Erika virou-as, uma a uma, sentindo um peso no peito.

Na primeira, Jamie Teague aparecia de cima, deitado na cama de dossel, usando apenas cueca. Olhava para a câmera com os olhos desfocados e as pupilas dilatadas, mas havia um lampejo de desafio em seu olhar. Como se uma parte dele ainda tentasse resistir.

A segunda era um close do rosto, e ele se encolhia, reagindo a algo. *Foi ao clarão do flash? Ou outra coisa?*, pensou Erika.

Na terceira, ele estava amarrado com cordas, e uma mão enluvada de preto surgia no enquadramento, apertando seu nariz com os dedos e a palma pressionados contra sua boca. Os olhos estavam abertos, e os músculos e tendões do corpo se destacavam, como se ele lutasse contra as amarras.

As imagens traziam a mesma assinatura na faixa branca inferior:

ANNABELLE

Um olhar carregado passou entre Erika e Isaac.

– Quando a mãe encontrou o corpo... ela chegou a ver estas fotos? – perguntou Erika.

– Não sei. Elas ainda estavam no bolso da calça quando chegamos – respondeu Isaac.

Erika olhou em volta do quarto.

– Ele tem três costelas quebradas – ele acrescentou, indicando o peito de Jamie Teague, e, na posição de lado em que estava, Erika conseguiu ver os ossos fraturados sob os músculos tensos e magros. – E duas lesões circulares no tórax.

– Neville Lomas – murmurou ela.

– Eu sei – respondeu Isaac.

Dahlia permaneceu em silêncio, mas os olhos corriam entre os dois, ansiosos.

– E a hora da morte?

– Setenta e duas horas, ou mais. O *rigor mortis* já se dissipou, e ele foi visto vivo pela última vez nas primeiras horas da manhã de sábado. Vou saber mais quando realizar a necropsia.

Erika voltou a olhar para as polaroides, para as pupilas imensas de Jamie Teague. Os olhos eram como buracos negros, e isso a gelou.

– E, claro, vou confirmar tudo com a toxicologia assim que possível – completou Isaac.

– O lugar está tão vazio. Onde está toda a mobília?

– Há outro quarto ao lado cheio de caixas.

– Ele postou no Instagram na semana passada que estava se mudando para um novo apartamento – disse Dahlia.

O fotógrafo da cena do crime aproximou-se e começou a registrar closes do corpo de Jamie Teague, enquanto Isaac se afastava para falar com um dos outros peritos.

Erika se sentiu incomumente abalada pela cena do crime e pelo corpo de Jamie Teague. Elas entregaram os macacões usados e, em seguida, se abaixaram novamente sob a fita de isolamento no final do corredor.

– Está bem? – perguntou Dahlia.

– Claro. E você?

– Acho que sim. Meu irmão mais novo tem um pôster dele na parede. Parece mais difícil quando é alguém famoso, alguém que você admira.

Um homem franzino, de cabelo ralo, saiu de um dos elevadores. Estava impecavelmente vestido com um terno risca de giz de três peças, e o lenço azul de bolinhas no bolso combinava com a gravata.

– Bom dia. Vocês são da polícia? – falou com sotaque francês, exibindo dentes muito brancos.

Erika e Dahlia mostraram suas credenciais.

– Meu nome é Jaques Durand. Sou gerente do Greenwich One. Janice Teague está esperando no meu escritório. Como podem imaginar, ela está muito abalada e começando a ficar um pouco impaciente.

– Gostaria de falar com ela – disse Erika. – Pode providenciar o envio de todas as imagens do circuito interno do prédio das últimas 72 horas? – acrescentou, entregando-lhe seu cartão de visitas. – Está aí meu contato para o envio. Imagino que o sistema seja digital, certo?

– É, sim. E claro. – Ele guardou o cartão no bolso. – Vocês têm o responsável pela imprensa da Polícia Metropolitana que eu possa contatar?

– Dahlia, pode colocar o senhor Durand em contato com Colleen Scanlan? Ela é a nossa porta-voz de mídia. E podemos pegar uma declaração sua?

– Minha? Por quê? – Jaques franziu a testa.

– O senhor é o gerente do edifício, e essa morte lamentável aconteceu dentro do prédio.

– Entendo... – disse ele, em tom gélido.

Erika virou-se para Dahlia:

– Talvez, se você se sentar com o senhor Durand por alguns minutos, ele possa explicar melhor.

– Peço que compreendam que tenho clientes de alta visibilidade pública que prezam a discrição e assinei acordos de confidencialidade.

Erika deu um passo à frente, e ele pareceu notar, pela primeira vez, que ela era quase meia cabeça mais alta do que ele.

– Senhor Durand, esta é uma investigação de homicídio – disse ela em voz baixa. – E o senhor sabe tão bem quanto eu que acordos de confidencialidade não se aplicam ao prestar esclarecimentos sobre uma investigação policial. Uma investigação de *homicídio*.

– Homicídio? – repetiu ele, arregalando os olhos. O sotaque soou ainda mais carregado.

– Sim. Então, por favor, se puder nos atender agora, será de grande ajuda. Claro que também podemos agendar um horário para o senhor comparecer à delegacia.

– Não, não, não. Isso não será necessário, detetive.

– Inspetora chefe. Detetive-inspetora chefe. Ótimo. Agora, por favor, pode me levar até a senhora Teague?

CAPÍTULO 11

Erika entrou sozinha no escritório. A mãe de Jamie Teague estava sentada em um sofá no canto, como um zumbi, olhando fixamente à frente com os olhos vermelhos e inchados. Parecia desleixada, com o rímel borrado. O cabelo preto-azulado tingido fazia contraste com a pele pálida.

Erika se apresentou, mostrando sua carteira com o distintivo e a credencial.

– Senhora Teague, peço desculpas pela demora.

Ela assentiu e mordeu o lábio, pressionando um lenço de papel amarrotado contra o nariz. Erika observou o escritório elegante. Havia fotos nas paredes tiradas durante a construção do prédio, rematadas por duas imagens: na primeira, o então primeiro-ministro dava início às obras; na outra, o príncipe Charles revelava uma placa para marcar a abertura do edifício.

– Esta é apenas a terceira vez que venho aqui – disse Janice, acompanhando com o olhar o ponto em que a detetive observava as fotos. A voz dela falhou de emoção. – Jamie tinha acabado de se mudar.

Erika lhe deu um momento.

– A senhora está em condições de responder a algumas perguntas? Quanto antes conversarmos, mais frescas estarão as lembranças.

– Quanto antes? Que seja agora então – respondeu.

Erika tirou o bloco de anotações e a caneta. Janice usava jeans velho com um suéter. Sobre o braço do sofá, estava jogado um casaco impermeável, e a seus pés repousava uma bolsa Chanel de aparência cara, destoando de todo o resto.

– Posso perguntar a que horas a senhora chegou aqui hoje? – perguntou Erika.

Janice engoliu em seco e manteve o lenço de papel pressionado contra o nariz.

– Deve ter sido por volta das 7h30. Hoje é o dia em que eu lavo as roupas dele. Entrei com minha própria chave. Fazia assim no apê antigo e fiz o mesmo aqui.

– A senhora tem uma chave?

– Sim, acabei de dizer que entrei sozinha. Ele é meu filho. – Houve uma pausa.

Erika não a corrigiu para o tempo passado, mas Janice pareceu perceber, sozinha, o que teria de fazer dali em diante.

Ela ergueu os olhos para o teto e, fechando-os, respirou fundo.

– Sim, eu tenho a chave. Era para ele estar no treino hoje.

– A senhora mora perto?

– Em Deptford. Fica aqui perto, descendo a rua, mas é outro mundo. Foi onde Jamie e a irmã cresceram.

– A porta estava aberta ou trancada quando a senhora chegou?

– Trancada.

– Algum sinal de arrombamento?

– Não.

– Sabe o que Jamie tinha planejado fazer no fim de semana?

– Ele ia passar a sexta-feira no treino e depois se encontrar com uns amigos. Um deles, Leon, tinha acabado de se tornar pai, e eles iam sair para *molhar a cabeça do bebê*. Foi quando... falei com ele pela última vez.

Mesmo depois de mais de trinta anos no Reino Unido, Erika ainda achava estranho de onde vinha essa expressão – quando o pai e os amigos saem para beber em comemoração ao nascimento de um bebê. Sabia que, às vezes, essas noites terminavam em confusão.

– A senhora sabe o nome dos amigos?

– Claro que sei – respondeu, ríspida. – Leon Bromfield e Finn Horton. Eles estavam na academia de futebol com Jamie quando eram mais jovens. Sei que ele estava animado para vê-los.

– Vou precisar dos números de telefone.

Janice assentiu e pegou o celular, rolando a tela.

– A senhora sabe para onde eles iam?

– Algum clube chique e caríssimo no West End. Jamie gastava uma fortuna para ser membro desses clubes elegantes... Ele não podia simplesmente ir a um pub. Seria abordado por uma multidão. E...

– E o quê?

– Stalkers. Ele tinha vários. O último apartamento dele, em Highgate, foi arrombado. A imprensa o perseguia sem trégua. Todo santo dia saía matéria em tabloides, quase sempre mentiras. Ele não podia ter uma vida de verdade.

– Conte-me sobre o arrombamento.

– Vocês foram inúteis. Graças a Deus ele não estava em casa quando entraram.

– Algo foi roubado?

Janice suspirou, exasperada.

– Vocês deveriam ter essa maldita informação! Ele falou com a polícia. Eu também... – Ela observou Erika escrevendo. – Quanto tempo isso vai levar? Charles, meu marido, está na Austrália. Trabalha numa empresa de plásticos. Ele ainda não sabe... Não consegui falar com ele. São onze horas de diferença. Ele vai ficar... Ai, Deus. Não sei como vou contar.

Janice ergueu os olhos, cheios de súplica, e Erika sentiu uma onda de empatia.

– Há outros familiares que possamos contatar?

– Não. A Karen, irmã do Jamie... Já liguei e deixei recados. Só de pensar que eu sei e nenhum dos dois sabe... – De repente, Janice ficou imóvel. Olhou fixo para Erika. – Eu vi o que fizeram com ele. As... cordas. Estou dizendo aqui e agora: ele não era pervertido. Nenhuma mãe deveria ver o filho daquele jeito.

– É claro – disse Erika.

– O que você sabe? Tem filhos?

Erika pensou em Tom e em como se sentiria se encontrasse o corpo dele daquele jeito, amarrado. Seria aterrador.

– Não. Não tenho filhos.

– Já teve que ver uma pessoa que amava morrer de forma trágica assim? – cuspiu Janice.

Erika continuou escrevendo.

– Estou fazendo uma pergunta, detetive – ela insistiu.

Erika ergueu os olhos.

– Sim. Meu marido foi baleado diante de mim. Morreu nos meus braços.

As palavras saíram um pouco duras demais.

– Quando?

– Oito anos atrás. Vai fazer nove em alguns meses.

A expressão de Janice suavizou.

– Sinto muito.

– Obrigada.

Houve um longo silêncio enquanto Erika atualizava as anotações.

– Eu sinto essa raiva. Como se fosse me consumir se eu não extravasar. Dá vontade de te dar um soco. Mas não vou.

– Eu me senti assim por muito tempo, sabia...

Janice ergueu a mão.

– Não. Não quero ouvir papo de psicólogo. Está me ouvindo?

– Estou aqui só para fazer perguntas e descobrir quem fez isso.

Erika sabia que precisava manter Janice focada e extrair o máximo de informação possível, enquanto tudo ainda estava fresco na memória dela – antes que os mecanismos e responsabilidades do luto tomassem conta.

– O que mais você quer saber?

– Havia mais alguma coisa fora do comum no apartamento? – perguntou Erika, sem querer induzi-la sobre as polaroides.

– Não. Não. Ele tinha acabado de se mudar. Estava tudo em caixas.

– Jamie tinha uma câmera Polaroid?

– O quê? Não. Acho que não. Ele tirava fotos no celular.

– Jamie estava em um relacionamento?

– *Garotas*. Ele gostava de garotas – disse Janice, apressando-se em corrigir qualquer suposição.

– Tinha namorada?

– Não.

– O nome Annabelle significa algo para a senhora?

Janice encarou as próprias mãos, pensativa.

– Não. Ele nunca mencionou esse nome. Estava solteiro havia tempos. Sei que tinha farras. Ele era jovem. E jogador de futebol. Suponho que vai me perguntar sobre as acusações?

Erika hesitou, revirando a memória. Acusações? Sim. Jamie Teague, o jogador. Três anos antes, fora julgado por estuprar uma jovem e fora absolvido.

– Sim. Eu sei do julgamento por estupro – disse Erika.

A porta se abriu nesse instante, e uma mulher atarracada, de terno preto caro de corte quadrado, entrou acompanhada de um homem calvo de meia-idade. A mulher parecia ter entre 50 e 60 anos. O cabelo loiro platinado estava preso num rabo de cavalo; o rosto esticado, preenchido, os olhos puxados como os de um gato.

– Meu Deus! Acabei de saber. Sinto tanto, querida – disse a mulher, dirigindo-se a Janice. Também tinha sotaque escocês, mas a voz era grave e rouca. Elas se abraçaram. A mulher se afastou e fixou o olhar em Janice.

– Querida, o que posso fazer?

– Cheri, me tira daqui. Não consigo falar com Charles nem com Karen.

– Eu sou Cheri Shelton, agente esportiva do Jamie. Este é o advogado dele, Jack Grover – disse, lançando um olhar avaliador a Erika.

O advogado, que estava com as mãos nos bolsos, fez um aceno constrangido e baixou os olhos, como se tivesse entrado sem querer no vestiário feminino.

Erika mostrou sua credencial.

– Eu só estava fazendo algumas perguntas.

– Preciso levar a Janice para casa – disse Cheri, nitidamente contrariada por Erika estar interrogando Janice sem a presença dela.

– Já estou quase terminando.

– Janice está presa?

– Não.

– Ótimo. Então ela é livre para ir.

– Tenho só mais uma pergunta. Jamie tinha inimigos? Alguém com quem tenha brigado recentemente?

Janice se levantou, e Cheri estendeu o braço para conduzi-la, mas ela hesitou na porta. A resposta surpreendeu Erika.

– Ele estava tão feliz com o sucesso da carreira... O problema era encontrar gente que se alegrasse por ele.

Cheri fez um gesto impaciente para Jack.

– Ah, sim. Aqui está meu cartão – disse ele. – Se precisar falar com Janice, ligue para mim, e podemos marcar uma reunião quando as coisas se acalmarem.

Eles saíram, e Erika ficou olhando para o cartão.

Marcus, Smoad e Pilkington. Um escritório de advocacia de peso – e caro.

CAPÍTULO 12

Naquela tarde, Erika se reuniu com a equipe para uma reunião de emergência na sala de investigação, no porão da delegacia de Lewisham Row.

– Boa tarde a todos – disse.

A equipe reunida diante dela incluía a detetive-inspetora Moss, o detetive-inspetor James Peterson, o detetive John McGorry e o sargento Crane, um policial de cabelo loiro e jeito tranquilo, sempre descontraído. Também estavam presentes alguns funcionários civis da administração da polícia e Dahlia, participando de seu primeiro briefing como integrante oficial da equipe.

– Hoje de manhã, o corpo do jogador de futebol Jamie Teague foi encontrado em seu apartamento no novo complexo Greenwich One. Ainda estamos aguardando a causa oficial da morte. Não havia sinais de arrombamento. Ele foi visto pela última vez na noite de sexta-feira, no clube privado Red Velvet, exclusivo para sócios, em Soho, com dois amigos.

A superintendente Melanie Hudson entrou na sala e ficou no fundo. Era miúda, de cabelo platinado, vestida de modo informal com um agasalho preto da Adidas. Estava de férias, e o fato de ter interrompido seu descanso para comparecer à reunião indicava que algo sério estava em jogo.

Erika apagou as luzes, e as fotos da cena do crime de Jamie Teague apareceram projetadas nos enormes quadros brancos que cobriam a parede da frente. O silêncio reinou quando surgiram as imagens do corpo nu dele, amarrado em posição *hogtie* na cama.

– Os resultados da toxicologia e da autópsia ainda não chegaram, mas estamos tratando a morte como suspeita. Também foi encontrado no local um envelope com três polaroides da vítima, ao lado da cama, no bolso da calça dele – explicou Erika. As digitalizações das polaroides apareceram na parede. – Vejam que todas foram assinadas com o nome "Annabelle", com algo parecido com caneta preta de ponta grossa, tipo marcador permanente... Vocês se lembram do assassinato do deputado Neville Lomas, há dois meses? Eu fui a primeira a chegar à cena, e o corpo dele foi encontrado amarrado da mesma forma, com fita adesiva na boca.

As fotos da cena de Neville Lomas, também amarrado e deitado na cama, apareceram na tela. Embora fosse um homem muito maior e mais corpulento que Jamie Teague, as semelhanças no modo como haviam sido amarrados eram chocantes.

– Três polaroides também foram encontradas em um envelope branco, no bolso da calça da vítima, ao lado da cama. Todas assinadas com "Annabelle".

As imagens apareceram projetadas. Sob o clarão do flash da câmera, a pele pálida e suada de Lomas parecia ainda mais grotesca.

– Se bem me lembro, a morte de Neville Lomas não foi classificada como veredito em aberto? – perguntou Moss, apoiando-se na beira de uma mesa com uma xícara de café.

Erika já havia tentado ligar para Isaac para discutir o assunto, mas o escritório dele dissera que estava ocupado.

– Exato. Mas agora temos duas cenas de crime assustadoramente semelhantes, com conjuntos idênticos de polaroides assinadas. – Erika hesitou. Lembrou-se da conversa que tivera com Isaac no necrotério em janeiro, quando ele descrevera a visita do homem de terno cinza. – O caso Neville Lomas nunca foi nosso. O superintendente Dan Fisk, da central de West End, o assumiu, e, pelo que entendi, Fisk foi "orientado" a não aprofundar os antecedentes de Lomas.

– Erika, isso é especulação – interrompeu Melanie, falando pela primeira vez. Alguns policiais que ainda não haviam notado sua presença se viraram, surpresos.

Aham, é por isso que você está aqui, pensou Erika. *A morte de Neville Lomas era um assunto delicado.*

– Para ser justa com o superintendente Fisk – continuou Erika –, se as evidências e circunstâncias da morte de Neville Lomas tivessem sido apresentadas em tribunal na época, somadas ao histórico sexual e aos problemas de saúde dele, seria difícil sustentar a tese de homicídio e não um jogo sexual consensual que terminou mal. Contudo, a ligação com a morte de Jamie Teague lança as circunstâncias da morte de Lomas sob uma nova luz. E nós vamos investigar. – Ela direcionou a última frase a Melanie.

– E a pessoa, ou profissional do sexo, que estava com Lomas quando ele morreu? – perguntou McGorry. – Poderia ser processada por não comunicar a morte às autoridades. Chegaram a encontrá-la?

– Acabei de solicitar o arquivo do caso – respondeu Erika. – Devo recebê-lo ainda esta tarde.

– Só para esclarecer, mais uma vez, Erika – disse Melanie. – Estamos aqui hoje para iniciar a investigação da morte de Jamie Teague. Essa é a nossa prioridade. O caso Neville Lomas será revisado oportunamente.

Erika tinha grande respeito por Melanie. Era uma das poucas chefes que a tratava com consideração e a apoiava. Ainda assim, era incomum vê-la descer até a sala de investigação e intervir daquela forma.

– Certo – disse Erika. – Nosso foco hoje é Jamie Teague. A primeira coisa que precisamos confirmar é se alguém voltou ao apartamento dele na noite de sexta-feira. Conversei com a mãe esta manhã, e o antigo apartamento do filho, em Highgate, havia sido arrombado recentemente. Ela também mencionou ter registrado ocorrência contra um stalker. Precisamos investigar tudo isso.

A porta da sala de investigação se abriu, e o comandante Marsh entrou. Era alto, de traços rudes, porém atraentes, com o cabelo loiro cortado bem curto. O ambiente caiu em silêncio. Era raro um oficial de alta patente da Polícia Metropolitana aparecer pessoalmente na área operacional da delegacia.

– Boa tarde a todos. Desculpem por interromper. Erika, Melanie, podemos conversar um instante? – pediu.

Erika olhou para Moss, que arqueou levemente as sobrancelhas.

– Pode tocar daqui? Distribua as tarefas e abra o caso no sistema para colocar em andamento.

– Claro – respondeu Moss.

Erika percebeu que Marsh estava suando e parecia muito pálido. Seguiu com Melanie para o corredor.

CAPÍTULO 13

Erika, Melanie e o Marsh seguiram em silêncio pelo corredor. O que quer que ele tivesse a dizer, seria em particular.

– Como você está, Erika? – perguntou ele quando entraram no elevador rumo ao último andar.

– Bem, obrigada. E o senhor? Tudo certo?

– Sim. Tem sido um período bastante agitado nos últimos meses. Mudei de escritório de novo, e isso sempre é um transtorno.

Melanie concordou com a cabeça.

– Achei que a corporação já tivesse sido transferida para o prédio do New Scotland Yard há alguns anos – disse Erika.

– Sim. Eu só subi um andar.

– Queria uma vista melhor?

– Não, Erika. Foi uma decisão de eficiência.

– E está se sentindo mais eficiente?

– Sim. O comandante Tate e eu dividimos uma secretária agora.

– Então vocês dois podem azucriná-la ao mesmo tempo – comentou Erika.

Seguiu-se um silêncio constrangedor. Melanie os observava como quem acompanha um daqueles documentários de natureza narrados por David Attenborough: a chita caçando a gazela. Erika gostava de pensar que era a chita.

– Eu não colocaria nesses termos – retrucou Marsh, altivo.

Erika se perguntou como seria o novo escritório dele. Lembrava-se de quando ele fora superintendente em Lewisham Row: a sala parecia o quarto bagunçado de um adolescente, com papéis espalhados, xícaras de café usadas e até pratos de comida esquecidos. Ela e Paul Marsh se conheciam de longa data. Haviam treinado juntos em Hendon, e ele fora amigo próximo de Mark. Tudo aquilo parecia de outra vida, ainda mais agora que era comandante, com o uniforme engomado. A fileira de botões prateados brilhava sob a luz fria do elevador. Intocados pela ralé. O único confronto que Marsh parecia encarar, hoje em dia, era com o estofado das cadeiras da sala de conferência.

– Como está o Igor?

– Está bem. E a Marcie?

– Muito bem. Ela tem uma exposição em breve. Barcos... ou talvez frutas? Acho que vai convidar você.

– Que ótimo – disse Erika, forçando um sorriso. As pinturas da esposa de Marsh eram horríveis.

O elevador apitou, e Melanie pareceu aliviada ao sair.

– Por aqui, por favor – ela disse, cedendo passagem a Marsh. Ele seguiu à frente e, ao entrarem em sua sala, tomou o assento dela, obrigando Melanie a se sentar ao lado de Erika, do outro lado da mesa.

Típico de um babaca, pensou Erika.

Ele ajeitou o paletó, tirou o quepe e o colocou sobre a mesa.

– Pois bem. Fui designado para supervisionar o caso Jamie Keegan.

– É Teague – corrigiu Erika. – Jamie Teague, senhor. Talvez o senhor tenha confundido com o jogador Kevin Keegan, que ainda está vivo e já passou dos 70.

– Sim, Jamie Teague – repetiu Marsh, corando de leve pelo erro. – Fui chamado porque esse caso envolve vários vetores sensíveis que se cruzam.

– Vetores sensíveis que se cruzam? – repetiu Erika, trocando um olhar com Melanie, que parecia tão confusa quanto ela.

– Sim. Jamie Teague era um jogador da Premier League, figura pública de grande destaque. Famoso, com enorme presença nas redes sociais, rosto de várias marcas importantes. Como também sabem, Neville Lomas, um deputado conservador influente, foi assassinado há alguns meses com o mesmo *modus operandi*.

– A morte de Neville Lomas foi registrada como veredito em aberto – disse Erika. – E, muito rapidamente, anunciada à imprensa como morte por causas naturais.

Marsh hesitou antes de assentir.

– Sim. Então creio que concordam que temos os ingredientes para o caos. Um potencial assassino em série que está mirando figuras de destaque.

– Calma aí, Paul – disse Erika. – Pela primeira vez, sinto que estamos nos lados errados da mesa. Normalmente sou eu quem tira conclusões precipitadas. Os assassinatos podem estar ligados pelas polaroides deixadas na cena, mas esse é apenas o segundo homicídio. Um assassino em série só é classificado a partir de três.

– Eu sei muito bem o que é um assassino em série, Erika! – retrucou Marsh. – O nosso problema é que a temporada da Premier League ainda está em andamento, e Jamie Teague jogaria até maio. Além disso, temos uma eleição suplementar contenciosa em duas semanas, desencadeada pela morte de Neville Lomas. E tudo isso em um momento delicadíssimo da política britânica. Fui instruído por vários membros do Ministério do Interior, e existe a preocupação de que esses dois assassinatos possam gerar agitação social.

– Agitação social? – repetiu Erika.

– Acho que o comandante está se referindo à pior das hipóteses – começou Melanie.

– Por favor, não coloque palavras na minha boca – cortou Marsh. – Temos um caos perfeito: inflação descontrolada, a Grã-Bretanha atravessando a pior onda de greves desde os anos 1970 e um discurso político mais polarizado do que nunca. Jamie Teague era um ídolo da classe trabalhadora. E a classe trabalhadora está...

– Bem revoltada? – completou Erika.

– Eu não diria dessa forma.

– Eu, sim.

– Há muito sofrimento. E a morte de Jamie Teague, se não for gerida corretamente pela mídia e por nós, a polícia, pode se tornar um estopim de protestos.

– Sério? – perguntou Erika. – Achei que as pessoas protestariam por salários e custo de vida.

– Se parecer que a causa da morte de Neville Lomas foi minimizada, ou até acobertada, e que um indivíduo gravemente perturbado acabou matando Jamie Teague, torcedores de futebol podem se revoltar, gerando protestos.

– A morte de Neville Lomas *foi* acobertada? – perguntou Erika.

Marsh se remexeu, desconfortável, na cadeira.

– Neville Lomas era uma figura polarizadora do Partido Conservador. Da extrema direita, de origem privilegiada. Vamos ter de recuar na cobertura que tratou a morte dele como causada por "morte natural".

– Veredito em aberto – corrigiu Erika.

– Sim! E isso, ligado à morte de Jamie Teague, pode alimentar teorias da conspiração e gerar uma impressão negativa da Polícia Metropolitana.

– Entendo. Mas isso não é tudo bastante especulativo? – disse Erika. – Não está sendo alarmista?

Melanie ergueu a mão.

– Certo. Obrigada, comandante. Entendi o que o senhor está nos dizendo. O que quer que façamos?

Marsh se mexeu na cadeira e engoliu em seco. Ele voltou a corar e esfregou as têmporas.

– O quê? – disse Erika. Já sentia para onde aquilo estava indo.

– Você não pode estar neste caso, Erika. Sinto muito – disse Marsh.

– Por quê? – perguntou Erika.

– A cúpula acredita que você seja imprevisível, uma peça fora de controle. E, convenhamos, tenho certeza de que até você admitiria isso, não é?

– Não concordo. E o senhor agora *é* a cúpula, comandante. Então, está me dizendo, diretamente, que sou uma bomba-relógio?

Marsh revirou os olhos, o que sempre o fazia parecer um adolescente birrento.

– O superintendente Dan Fisk foi o oficial responsável pelo caso Neville Lomas. Ele deve assumir a liderança.

– Não. Senhor, *eu* fui a primeira a responder no caso de Neville Lomas. E, novamente hoje, fui a primeira a chegar!

Erika sentiu a raiva se misturar a um frio horrível no estômago. Sabia que era uma das melhores investigadoras da força policial; sempre trazia resultados. Mas sua franqueza e o jeito direto já lhe haviam rendido muitos problemas. A cúpula queria alguém diferente, controlável, que obedecesse sem questionar e se encaixasse no sistema.

Ela olhou para Melanie.

– Sei que o comandante pode aconselhá-la, mas não pode me substituir diretamente.

Melanie ficou em silêncio.

Erika voltou-se para Marsh.

– Paul, você sabe a experiência que eu trago em casos de homicídio. O superintendente Dan Fisk tem onze anos a menos de carreira que eu. Nunca patrulhou nas ruas. Até você já fez isso. Patrulhamos juntos, lembra?

Ela recordou o tempo em que eram recrutas, andando lado a lado pelas ruas de Manchester.

Seguiu-se mais um silêncio constrangedor. Melanie se inclinou para frente e colocou a mão sobre a mesa, entre Erika e Marsh.

– Comandante, respeito sua visita e sua intervenção, mas não tenho outro oficial com a experiência de Erika disponível para conduzir essa investigação. Ela não apenas tem a bagagem necessária, como também conta com o respeito de uma grande equipe de agentes talentosos e dedicados. Além disso, sabe conduzi-la... Talvez Dan Fisk possa ser trazido como consultor?

Erika recostou-se e cruzou os braços.

– Não. Desculpe, Melanie. Se estou à frente de um caso, preciso estar à frente e ter a palavra final. Se quiserem me promover a superintendente, façam isso agora. Já esperei o suficiente... – Ela ergueu as mãos. – Pode ser aqui mesmo.

Marsh bateu a mão na mesa, fazendo as duas pularem na cadeira.

– Droga, Erika! Sinto que vivo um maldito *Feitiço do tempo* com você. Estamos sempre repetindo a mesma conversa!

– Pois bem, senhor – disse Erika, com calma. – Eu aceito a comparação, porque, como o senhor sabe, sempre acontece a mesma coisa. – Inclinou-se para frente e bateu o dedo na mesa. – Eu sempre pego meus assassinos.

Levantou-se, tomada por uma onda de firmeza.

– E agora, se isso é tudo, tenho um caso de homicídio para investigar.

CAPÍTULO 14

Quando deixou a reunião, Erika tremia. Aquilo estava acontecendo de novo. Por que nunca era suficiente? Ela sempre fora correta, irrepreensível. Nunca corrupta. Sempre fizera o que era certo, e ainda assim estava ali. De novo.

Precisava de ar e não queria cruzar com Marsh na saída, então pegou o elevador até o térreo e saiu pela porta dos fundos, na parte de trás da delegacia. Dois policiais estavam sob o toldo de plástico na entrada da área de custódia junto de um homem alto e elegante, na casa dos 50 e tantos anos, vestindo terno. A mão direita dele estava algemada a um dos agentes, enquanto na esquerda segurava um cigarro aceso e um maço de Marlboro Gold. Era ali que os detidos eram recebidos depois da prisão.

Chovia, e o céu estava cinzento. O som das gotas martelava no toldo. Erika respirava com dificuldade e, para seu horror, sentiu uma lágrima brotar. Rapidamente a enxugou com as costas da mão. Os dois policiais a olharam de relance. Um voltou ao celular, enquanto o outro mantinha os olhos no homem elegante.

– Está com cara de quem precisa de um cigarro – disse o homem.

– Parei de fumar.

Ele estendeu a mão, oferecendo o maço.

– Todos nós já dissemos isso.

Que se dane. Erika se inclinou e pegou um cigarro.

– Obrigada – disse.

– Pode fazer a gentileza de acender, policial? – pediu ele ao agente com o celular.

– Hã... claro. Aqui está, senhora – disse o policial, remexendo os bolsos e lhe entregando um isqueiro cor-de-rosa. Erika acendeu, tragou e soltou a fumaça.

– Senhora? – repetiu o homem, erguendo uma sobrancelha. – É a rainha, por acaso?

– Gosto de pensar que sim. Embora pouca gente aqui concorde – respondeu Erika.

Os dois policiais riram sem graça.

– Por que está preso?

– Algumas pessoas acham que eu as enganei para tirar dinheiro.

– Ah. E enganou mesmo?

– Seu tempo acabou – disse o policial a quem ele estava algemado.

O homem fez uma careta, como se lamentasse o fim repentino da conversa.

– Salvo pelo gongo. Obrigada pelo cigarro – disse Erika.

– Quem sabe nos vemos de novo?

– Quem sabe. Inocente até que se prove o contrário.

Ele sorriu e assentiu. Os dois policiais acenaram para Erika e o levaram de volta para dentro.

Ela permaneceu fumando sozinha por um momento, sentindo a nicotina apaziguar os nervos. Fechou os olhos, deixou a chuva bater em seu rosto e viu, na mente, os corpos de Neville Lomas e Jamie Teague. *Agitação social. Sério? Que baita bobagem.* Tudo não passava de uma cortina de fumaça. Alguém não quis que a morte de Lomas fosse investigada, e agora não havia mais como evitar. Por que simplesmente não a demitiam em vez de continuar com toda essa encenação? Seria muito mais fácil.

Erika pegou o celular e encontrou o número de Dan Fisk. Ele não atendeu, a ligação foi direto para a caixa postal. Ela deixou um recado curto pedindo que retornasse.

Peterson saiu pela porta dos fundos, e Erika percebeu que ele também carregava um maço de cigarros.

– Não sabia que você fumava – disse ela, jogando a bituca no meio de uma poça.

– Acabei de voltar ao vício – respondeu ele, com voz áspera, acendendo um cigarro. – Moss terminou o briefing – acrescentou, inclinando a cabeça para trás e soltando a fumaça em direção ao céu cinzento.

– O que você acha?

– Os dois casos estão ligados, e este pode ir mais longe. O assassino já estabeleceu um *modus operandi*. Tem uma assinatura com as polaroides. A toxicologia encontrou flunitrazepam e álcool no sangue de Neville Lomas.

O flunitrazepam é uma droga facilitadora de estupros, e isso lança uma nova luz sobre o suposto consentimento dele em jogos sexuais violentos.

Erika concordou.

– A mãe de Jamie Teague mencionou o julgamento por estupro quando falei com ela.

– Ele foi absolvido. Mas houve um tumulto danado nas redes sociais quando saiu o veredito de inocência.

– Imagino.

Erika já havia perdido a conta dos julgamentos por estupro que vira ruírem – ou terminarem em absolvição. Era desanimador.

– Crane puxou o arquivo do caso de estupro. Está na sua mesa.

Erika assentiu, mas sua mente voltou ao discurso de Marsh sobre *agitação social*. Ele não havia mencionado o julgamento por estupro. Será que sabia? Marsh nunca fora um homem de detalhes.

– E a novata, a Dahlia, passou oito meses trabalhando com análise das câmeras de segurança. Pediu para ser ela a analisar as imagens de Greenwich One quando chegarem.

– Pediu, é?

Peterson se virou para ela.

– Você não gosta dela, não é? Nem a apresentou oficialmente como parte da equipe.

– Não tive tempo.

– Eu conheço você melhor do que pensa.

Erika e Peterson tinham se relacionado por alguns meses, chegando a ser algo sério. Ele fora o primeiro relacionamento real dela depois da morte de Mark. Mas então Peterson se ferira em serviço, e as coisas esfriaram – esfriaram ainda mais quando a ex-namorada dele apareceu à porta, anos depois, com um garoto e a notícia de que ele era pai. Agora ele estava casado e com outro filho a caminho, e Erika estava feliz por ele. *Quase* feliz.

– Dahlia estava na cena na noite em que Neville Lomas foi assassinado – disse Erika. – Era policial de patrulha e estava na área por acaso. Não gostei da atitude dela. Passou por cima de mim e ligou direto para o superintendente Fisk. Ele, então, assumiu o caso. E agora ela foi promovida e designada para a minha equipe.

– Quem a designou?

– Não sei. Só descobri há poucas horas, quando ela apareceu na cena do assassinato de Jamie Teague.

Peterson refletiu por um momento.

– E o que Melanie diz sobre isso?

– Ainda não tive a chance de perguntar. Acabei de sair de uma reunião tensa com ela e Marsh... Ele quer me tirar do caso e colocar o Fisk. Melanie me apoiou. Por enquanto.

Peterson acenou levemente com a cabeça. Erika pensou em continuar, mas se conteve. Já não havia entre eles a mesma liberdade de antes – aquela em que podia desabafar sobre o trabalho. Ela era sua chefe agora.

– Acho que o McGorry gosta da Dahlia. Temos que correr atrás dele e limpar a baba.

Erika revirou os olhos e riu.

– E você? O que acha dela?

– Não vou desperdiçar baba com ela.

– Resposta interessante. – Erika olhou o relógio. – Certo. Você vem comigo. Quero visitar a boate em Soho onde Jamie Teague esteve com os amigos na sexta. E diga ao Crane que quero que ele, e só ele, revise as imagens das câmeras de segurança de Greenwich One quando chegarem. Te encontro no meu carro em cinco minutos.

Peterson assentiu, jogou a bituca na poça, e os dois voltaram para dentro.

CAPÍTULO 15

Londres sempre impressionava Erika pelo tamanho. Já morava ali fazia oito anos e ainda tinha cantos que podia perder de vista num piscar de olhos e lugares por onde nunca tinha passado. A entrada do Red Velvet ficava em um beco estreito, paralelo à Old Compton Street. As paredes pareciam se fechar à medida que eles avançavam, e a luz era turva quando chegaram ao beco sem saída com uma portinha. Erika ergueu o olhar para a faixa de céu cinzento acima.

– Este é um clube exclusivo? – murmurou Peterson.

Erika olhou para trás, para o movimento na rua. Nenhuma das pessoas que passavam parecia notar a entrada do clube. *Talvez essa fosse justamente a intenção.* Ela ficou satisfeita ao ver, na parede à esquerda, uma pequena cúpula de acrílico protegendo uma câmera voltada para a rua. Virou-se de volta para a porta: feita de aço liso, embutida no paredão de tijolos, sem maçaneta. Ao lado do interfone, havia apenas um quadrado de acrílico vermelho.

Peterson apertou o botão. O celular de Erika vibrou no bolso. Ela o pegou. Melanie ligava pela terceira vez.

– Você devia atender – disse Peterson.

Erika ignorou, guardando o aparelho de volta. A porta se abriu.

Uma mulher mais velha, de rosto miúdo e expressivo, ergueu os olhos para eles.

– Olá. Podemos falar com o dono ou gerente? – perguntou Erika, mostrando a credencial. Peterson fez o mesmo.

– Eu sou a dona – respondeu a mulher, com voz rouca de fumante.

– Seu nome, por favor?

– Tulip Frost – disse. Observou-os enquanto eles guardavam as credenciais. – Isso é sobre o Jamie Teague?

– Por que pergunta?

– Porque está em todo lugar nas notícias – disse. – Como ele morreu?

Peterson lançou um olhar rápido a Erika. Ela detestava ser pega de surpresa, mas manteve o rosto neutro.

– Lamento, mas não podemos comentar sobre isso. Jamie Teague esteve aqui na sexta à noite?

– Sim. – Ela espiou o beco. – Querem entrar?

– Por favor.

Tulip abriu a porta, e eles a seguiram por um corredor comprido, quase como um túnel iluminado por fitas de LED. As paredes eram cobertas por várias lâmpadas pequenas. Erika pensou que devia ficar impressionante quando tudo estivesse aceso.

A quantidade de veludo vermelho na decoração do bar era desconcertante – piso, paredes e teto eram todos revestidos do mesmo material. Eles atravessaram a pista de dança no centro, onde havia um carrinho de limpeza parado. No balcão, um rapaz que parecia ter apenas 16 ou 17 anos empilhava copos em uma lava-louças. Era de uma palidez quase doentia e vestia uma camiseta branca sem mangas.

– Este é Peter, meu gerente de bar – disse Tulip. – Estes são policiais. Vieram perguntar sobre Jamie Teague.

O garoto concordou debaixo do boné, mas não pareceu abalado com a presença deles.

– Querem café? – perguntou.

– Sim, obrigado – respondeu Peterson. Erika apenas assentiu.

Tulip os levou até um dos sofás fixos em um canto, e eles se sentaram.

– Jamie Teague era freguês assíduo – disse Tulip.

– Com que frequência? – perguntou Erika.

– Vinha pelo menos uma vez por semana, geralmente na sexta ou no sábado à noite.

– E os membros têm que pagar uma taxa? – indagou Peterson.

– Claro. Temos que manter a exclusividade.

– Com quem ele costumava vir ao clube? – quis saber Erika.

– Às vezes, com uma ou duas garotas. Outras vezes, com colegas de time. Costumava trazer a agente dele também, Cheri Shelton. Nós só permitimos a entrada de jogadores da Premier League. Mantemos de fora a ralé da segunda e terceira divisão.

– E o quanto você conhece a agente dele? – questionou Peterson.

– O suficiente para saber que os dois tinham o mesmo gosto por mulheres.

– Ela esteve aqui com ele na sexta-feira à noite? – sondou Erika.

– Não. Ele chegou com dois rapazes.

– A que horas eles chegaram? – disse Peterson.

O barman, Peter, se aproximou trazendo duas canecas brancas contendo algo que parecia café instantâneo com leite. Pareciam deslocadas quando ele as colocou sobre o veludo macio da superfície da mesa.

– Pete, você lembra a hora? Acho que por volta de 9, 9h30 da noite.

– Sim, acho que sim. Posso confirmar nas câmeras. Ele se sentou aqui – disse Peter, enfiando a bandeja debaixo do braço magro e apoiando-se no encosto do banco. – Estava com os amigos e um grupo de garotas. Todas... bem, todas pareciam assustadoramente iguais. Um dos seguranças até fez uma piada, dizendo que parecia uma falha na Matrix.

– Como assim? – perguntou Erika.

– Sabe, no filme *Matrix*? Tem aquela cena em que o mesmo cara de óculos escuros aparece várias vezes. Elas eram assim. Não usavam terno nem óculos, mas eram quatro ou cinco, todas de minivestidos de renda preta, cabelo preto idêntico, mesma maquiagem. Parecia que estavam imitando alguém, mas não uma pessoa famosa.

– Já viu alguma delas aqui antes? – sondou Erika.

– Não. E você, Tu? – Ele se voltou para Tulip.

Ela negou com a cabeça.

– Nem reparei muito. A maioria das vadias que aparecem aqui costuma ser assim.

– Nem todas são idênticas. Algumas são loiras, outras de etnias diferentes – disse Peter.

– Essas mulheres eram todas brancas? – prosseguiu Erika.

– Bronzeadas artificialmente, mas, sim, brancas.

– Elas interagiram muito com Jamie? – foi a vez de Peterson perguntar.

– Sim. Estavam todas neste sofá junto com os amigos dele. Jamie tinha reservado uma mesa, com bebidas inclusas.

– Como funciona isso? – continuou Peterson.

– Eles ficam com este sofá e a mesa à noite toda, com três garrafas de destilados premium, doze cervejas e energéticos. Precisam trazer no mínimo quatro convidados e pagam à parte por qualquer outra coisa.

– Que tipo de coisa? – insistiu Erika.

– Se pedem vinhos ou champanhes, é extra.

– Este é um clube exclusivo, então vocês têm registro de todos os convidados que entram? – inquiriu o detetive.

– Oficialmente, cada membro pode trazer dois convidados, mas com clientes de alta visibilidade pública pode ser mais – explicou Tulip.

– Certo, vieram essas quatro ou cinco mulheres que pareciam iguais. Sabe de quem eram convidadas? – perguntou Erika.

Tulip suspirou.

– Vou ter que revisar o registro de entrada que temos. Vai levar um tempo.

– Houve mais alguma coisa que chamou atenção na visita de Jamie Teague? Algum problema? Algo fora do normal? – indagou Erika.

Peter lançou um olhar para Tulip. Ela suspirou e balançou a cabeça.

– Um dos amigos dele foi marcado pelo nosso segurança. Achou que o rapaz estava vendendo drogas. E isso a gente não tolera aqui, de jeito nenhum. Estou te dizendo: se alguém é flagrado com drogas, está fora e chamamos a polícia. Estão me ouvindo? – disse Tulip, encarando os dois.

– Claro – respondeu Erika. – O que aconteceu?

– O segurança o abordou e o levou de lado para revistá-lo na hora. Não tinha nada com ele.

– O que o segurança achou que ele estava vendendo? – quis saber a detetive.

– Ele disse que parecia estar com comprimidos. Ecstasy, ou algo do tipo – disse Peter. – Estava conversando com uma dessas garotas "falha na Matrix", lá no final do bar.

– O segurança acha que ele vendeu ecstasy para a garota? – continuou Peterson.

– Sim. Mas ele foi revistado e não tinha nada. Aí veio o problema de descobrir qual delas era.

– E vocês não quiseram expulsá-los porque estavam com um cliente muito lucrativo? – deduziu ela.

Peter ergueu as mãos.

– Foi o segurança quem viu tudo. O rapaz aceitou ser revistado de boa vontade. E não tinha nada. Nada mesmo.

– Você sabe o nome dele? – perguntou Erika.

– Jim ou Finn. Finn. Era isso.

Tulip acompanhou toda a conversa de forma desconfiada.

– Ouviram bem? Não havia nada. Nenhuma droga. Cooperei com vocês até agora e vou continuar, mas não quero problema nem intimidação.

– Entendido, e garanto que não haverá – disse Erika. Ela tirou o cartão do bolso. – Se puder me enviar a lista de convidados, junto com todas as imagens daquela noite. De todas as câmeras. Seríamos muito gratos.

CAPÍTULO 16

Quando Erika e Peterson voltaram para a rua, ela olhou o relógio. Já eram quase 5 da tarde. Não havia almoçado.

– Está com fome?

– Morrendo – respondeu Peterson.

Erika pediu quatro croissants de queijo e dois cappuccinos em uma cafeteria na Old Compton Street. Eles se sentaram junto à janela, observando o movimento intenso da rua. Erika estava faminta e prestes a morder o croissant quando o celular vibrou sobre a mesa. O nome de Melanie apareceu na tela.

– Atende – disse Peterson, mastigando.

Erika encarou o aparelho. Já era a quinta ligação da superintendente, e ignorá-la não estava ajudando em nada.

– Vejo que está viva – disse Melanie, quando atendeu.

– Eu e Peterson estávamos falando com a gerente do clube onde Jamie Teague foi visto pela última vez.

– Certo. E?

Erika resumiu rapidamente o que havia acontecido e, ao contar em voz alta, teve de admitir que não era grande coisa.

– Continuo no caso?

– Sim.

– E o Marsh?

– Quer que eu o mantenha informado de tudo. Atualizações diárias... o que significa que você precisa atender quando eu ligar.

– Desculpe.

– A família de Jamie Teague acabou de divulgar uma nota por meio da agente dele, Cheri Shelton. Não nos deram nenhum aviso prévio.

Erika percebeu a irritação na voz de Melanie.

– Onde foi divulgada?

– Nas redes sociais dele e nos perfis da própria agente. Está sendo replicada pela Associated Press.

Peterson, já no segundo croissant, ergueu o celular.

– Certo, já encontrei aqui – disse Erika, lendo a nota.

> É com profunda tristeza que anunciamos que Jamie Teague foi encontrado morto nesta manhã em sua casa em Londres. Estamos trabalhando em estreita colaboração com a Polícia Metropolitana de Londres e não podemos fornecer mais informações neste momento. Pedimos, por favor, que a privacidade da família de Jamie seja respeitada neste período difícil de luto. Os pensamentos e as orações de todos na Cheri Shelton Management e no Chelsea Football Club estão com sua família, amigos e entes queridos. Um novo comunicado será divulgado em breve.

– Marsh gostaria que fizéssemos uma coletiva de imprensa amanhã à tarde com a família – disse Melanie.

– Ainda estou esperando os resultados da autópsia, toxicologia, imagens do sistema de segurança. E testemunhas. O que vamos dizer em uma coletiva?

– Você já pediu as imagens das câmeras?

– Sim, de todos os lugares. Estou esperando chegar a qualquer momento.

– Então você tem 24 horas. Precisamos apenas de imagens dele saindo do clube e voltando para o apartamento, para fazer um apelo por testemunhas.

– E quanto a Neville Lomas, se os dois casos estiverem ligados?

– Não sei. Vou ter que te atualizar sobre isso.

– Mas os casos estão ligados. Não vejo o que há para me atualizar.

– Erika – disse Melanie, com cuidado –, estou do seu lado. Eu te atualizo em breve.

– Posso te perguntar sobre a Dahlia Beck, a detetive recém-designada para mim? Quem autorizou isso? – Houve uma pausa do outro lado da linha. – Foi você?

– Não. Por quê? Há algum problema com ela?

– Não sei. Em janeiro, ela estava de patrulha na noite em que fomos chamados para a cena de Neville Lomas. Ela passou por cima de mim e chamou Dan Fisk, que chegou uma hora depois e assumiu o caso... E hoje, quando cheguei a Greenwich One, a Dahlia já estava lá, me esperando. Já tinham dito a ela que faria parte da minha equipe. – Erika quase mencionou o homem de terno cinza que aparecera com Fisk naquela noite, mas um incômodo a fez guardar isso para si. – Acho que há outra coisa acontecendo. Não estou dizendo que a Dahlia seja uma policial ruim, mas alguém lá de cima está forçando a presença dela neste caso.

Houve um longo silêncio.

– Erika, segure as pontas. Evite tirar conclusões precipitadas. Vou verificar. Pode ser até útil tê-la com você, já que ela trabalhou na investigação de Neville Lomas em janeiro. Agora preciso ir, tenho uma reunião com Marsh e Colleen Scanlan sobre a coletiva de amanhã.

A ligação foi encerrada.

Erika olhou para os dois croissants que ainda estavam no prato, pegou um e deu uma mordida.

– O que ela disse que te irritou? – perguntou Peterson.

– O que estão escondendo no caso Neville Lomas? Nunca te contei: Isaac Strong recebeu a visita de um sujeito de terno cinza durante a autópsia. O cara o incentivou a registrar um veredito em aberto sobre a morte do Lomas.

– Pensei que o Isaac fosse corretíssimo... profissionalmente falando.

– Ele é. Disse que ia registrar como veredito em aberto, mas encaminhou o caso a um colega para uma segunda opinião. Só que alguém correu e soltou um comunicado de imprensa dizendo que o Lomas havia morrido de causas naturais.

– É, e não teve aquela baboseira toda sobre ele ser um homem de família e blá-blá-blá?

– Hoje em dia não é novidade que políticos tenham vida sexual. Mesmo quando se envolvem em coisas extremas, como *bondage*.

– Ou pode ter sido algo ainda mais sombrio – disse Peterson.

Erika estremeceu.

– E essas polaroides da tal Annabelle são perturbadoras. Jamie Teague e Neville Lomas tinham passados problemáticos com mulheres e sexo. Se houver coletiva de imprensa, precisamos manter os detalhes sobre as polaroides em sigilo. Isso vai nos ajudar a filtrar os malucos e os que só querem chamar atenção.

– Erika, você não pode falar "malucos".

– Mentalmente perturbados, então?

– Também não.

– E como devemos chamá-los?

– *O público em geral?* – disse Peterson, após uma pausa.

Erika riu.

– Vai, fala. Você acha que estou paranoica.

Ele engoliu em seco e respondeu:

– Não acho que esteja paranoica. Mas penso que a resposta pode ser bem mais banal. E se Dan Fisk estiver trepando com Dahlia? Quero dizer, eu... – Ele se calou no meio da frase.

– Quer dizer que você também a pegaria?

– Ela é atraente, tem que admitir.

– E daí que é atraente? Ela é uma boa policial? É alguém em quem posso confiar? Até agora, minhas respostas para as duas perguntas são não.

– Você percebe que, tirando a Moss, não tem nenhuma outra mulher na sua equipe? – provocou Peterson.

– Metade da equipe administrativa de apoio é formada por mulheres.

– Mas elas são...

– Vai dizer o quê, James? Que não são gostosas?

– Não. Ia dizer que são mais velhas. Mais maduras.

Era verdade. As mulheres da equipe de apoio eram excelentes no que faziam e tinham um ar maternal, o que deixava Erika à vontade.

– Está dizendo que eu devia dar uma chance a ela, como um dia deram para mim? E lembrar de como era quando eu estava começando?

– Não precisa exagerar. Só seja civilizada com ela. E resista à vontade de dar um tapa.

Erika sorriu. Era um bom conselho.

Peterson pegou o segundo croissant do prato dela.

– Ei. Larga meu almoço, guloso.

Ele devolveu.

– Então para de falar e come. Quer mais alguma coisa? Vou lá no balcão.

– Um muffin de mirtilo, de sobremesa.

Peterson se levantou e foi até o balcão. Erika pegou o croissant e deu uma mordida generosa, saboreando-o. Olhou pela janela. Uma van vermelha dos correios avançava lentamente atrás de dois rapazes de cabelo azul brilhante que andavam bem no meio da rua, distraídos conversando. Em Soho, as fronteiras entre calçada e asfalto se desfaziam, e todos agiam como se a via fosse só para pedestres. O motorista da van perdeu a paciência e buzinou; os dois rapazes atravessaram.

Do outro lado da rua havia um sex shop. Três manequins prateados, sem cabeça, musculosos, vestiam suspensórios de couro com tachas. Erika notou uma pequena câmera de segurança em uma cúpula de acrílico acima da porta. Levantou-se, atravessou a rua e entrou para pedir as imagens.

Quando voltou, Peterson a esperava com dois muffins de mirtilo.

– Foi perguntar se eles têm o tamanho do Igor? – brincou, inclinando a cabeça em direção à loja.

Erika riu.

– Não. O dono tem câmeras. Pedi que nos enviasse as imagens da sexta passada, caso Jamie Teague e os amigos tenham passado por aqui antes de ir ao Red Velvet.

Eles se sentaram novamente para terminar o que Erika ainda chamava de almoço, embora já fossem 5h30, e a luz começasse a cair.

CAPÍTULO 17

Erika chegou em casa por volta das 8h30. A casa estava um pouco fria, e George a esperava na sala. Ele circulou pelas pernas dela, roçando-se em seus tornozelos, e ela tirou o casaco, inclinou-se e coçou atrás de suas orelhas.

Ele a seguiu até a cozinha, andando de um lado para o outro, impaciente, enquanto ela colocava a comida dele em uma tigela. Enquanto ele lambia o prato com a pequena língua cor-de-rosa, Erika tentava decidir se ainda estava com fome depois de ter almoçado tão tarde. Preparou uma torrada com patê, fez uma xícara de chá e levou tudo para a sala, com George logo atrás.

Erika ligou a televisão e se ajoelhou para acender a lareira. Mantinha uma antiga caixa de madeira ao lado da grelha, cheia de jornais velhos e gravetos. George sentou-se ao lado dela, observando-a montar uma pirâmide de pequenos pedaços de lenha e a rechear com folhas amassadas de jornal. Ela acendeu um fósforo e o encostou no papel. Em instantes, os gravetos estalavam, e um brilho agradável se espalhou pelas paredes.

O telejornal da noite começou, e Jamie Teague era o destaque. O comunicado da família causara uma onda de especulações, e já se dizia que o corpo havia sido encontrado em "circunstâncias suspeitas". A reportagem enfatizava Jamie como herói nacional do esporte, exibindo trechos de suas melhores partidas e imagens dele, de terno, recebendo a medalha de MBE – Membro da Ordem do Império Britânico – em Buckingham Palace. Janice aparecia ao lado, com um chapéu enorme e um sorriso ainda maior.

Erika pensou no arquivo que leu sobre o julgamento por estupro.

No fim de 2019, ele fora acusado de drogar e agredir uma jovem de 19 anos em sua mansão de 3,8 milhões de libras em Highgate. A identidade da vítima nunca fora revelada, por razões legais, e Erika já havia solicitado que o nome fosse liberado para fins de investigação. Durante os dois meses de julgamento na Southwark Crown Court, Teague manteve a versão de que a jovem quisera transar com ele e o havia perseguido naquela noite. O que ele dissera no tribunal ficou gravado na mente de Erika.

Ele afirmara ao júri que era "normal" dormir com várias mulheres diferentes e que, sendo um jogador de futebol famoso, era "fácil demais" sair de uma boate com mulheres e levá-las para casa.

Erika se perdeu por um instante, fitando as chamas que lambiam a lareira. O celular tocou, e ela viu que era Igor.

– Alô. Em casa? – ele perguntou.

– Sim. E você?

– Também. Tom acabou de ir dormir. Estava me contando tudo sobre o assassino do anticongelante.

Demorou um segundo para Erika se lembrar da conversa que tivera com Tom no caminho da escola.

– Ah, sim. Desculpa. Acabei deixando escapar, não queria entrar em detalhes.

Igor riu.

– Tudo bem. Mas você realmente descobriu que a esposa era a assassina porque o marido vomitou lá fora e o vômito não congelou? Por causa do anticongelante?

Erika sorriu com o jeito dele usar "vomitou", como Tom tinha feito.

– Na verdade, foi o médico de plantão que percebeu. Eu apenas fiz a ligação.

– Como?

– Bem, tivemos o...

– Vômito?

– O vômito dele analisado depois que morreu.

– Tom contou isso a um professor, e ele disse que anticongelante tem gosto muito amargo.

– Ah, não... não incentivei o Tom e os amigos a beber anticongelante, né?

Igor riu de novo.

– Não. Foi o professor de Educação Física. Ele disse que a esposa não poderia ter colocado anticongelante na comida do marido, porque tem gosto amargo e é azul brilhante.

– Isso é verdade com o anticongelante comum, vendido em postos de gasolina. É extremamente amargo. O que ela usou é feito de etilenoglicol; em sua forma pura, é inodoro e levemente adocicado. A esposa foi esperta.

Tinha um caso com um homem que trabalhava em um grande centro de dados no norte de Londres. Esses centros usam etilenoglicol puro nos sistemas de resfriamento dos servidores.

– Ah. Então o amante conseguiu para ela?

– Sim. O etilenoglicol puro é um químico estritamente controlado, mas o sujeito conseguiu desviar uma pequena quantidade. A mulher achou que ninguém faria a conexão entre eles. Mas eu fiz. – Erika segurou o celular entre o ombro e o queixo e acrescentou mais lenha ao fogo.

– Impressionante.

– Falo agora como se fosse simples, mas levou muito tempo, energia e becos sem saída até eu ligar os pontos.

– Mesmo assim... Deve ter ficado orgulhosa de si mesma.

Erika se recostou, pensativa. Fazia esse trabalho havia tanto tempo que já começava a perder de vista o motivo de continuar. Lembrou-se do dia em que prenderam a mulher. Teria parado para refletir sobre o êxito? Não.

– Tom também disse que você foi pega pela Felicity Brogues-Houghton... e que ligou a sirene e saiu correndo! – Igor riu.

– Não foi bem assim. Fui chamada para uma cena de homicídio.

– Sério?

– Sim. E fui educada com ela. Disse que precisava ir. Não dei no pé sem mais nem menos.

– Quem foi assassinado? – perguntou Igor.

Erika hesitou.

– Felicity disse que não tinham a papelada provando que eu estava autorizada a buscar o Tom.

– Tinham, sim. Eu falei com a escola mais cedo. Foi erro dela.

– Foi, é?

– Felicity gosta de ser difícil. Tom perguntou se você pode levá-lo de novo esta semana.

– Eu adoraria. – Erika se sentiu aquecida e feliz ao saber que Tom queria que ela o levasse à escola novamente.

– Quem foi assassinado? Não foi o Jamie Teague? Você ouviu falar disso?

Igor provavelmente estava brincando, mas Erika demorou um segundo a mais para responder.

– Não. Quer dizer... sim. Ouvi.

– Caramba, Erika. Foi ele, não foi?

– Não posso falar sobre isso.

– Certo. Mas Jamie Teague foi assassinado? O noticiário disse que encontraram o corpo em circunstâncias suspeitas.

– Teremos uma coletiva de imprensa amanhã. Igor, isso não pode sair daqui.

– Você não me contou nada. Eu deduzi. E, claro, não vou dizer nada. Mas, meu Deus... quem iria matar ele?

– É o que preciso descobrir.

– Esse caso vai ficar com você?

– Sim.

– Uau. Isso é incrível.

Erika soltou uma risada seca.

– Pode-se dizer que sim.

– Ele era um jogador extraordinário. Tinha a carreira inteira pela frente. Quando estava no Manchester United, era nosso maior trunfo. Aquele pênalti... fiquei arrasado quando o Chelsea o contratou. É curioso como, na mídia tradicional, ele aparece como herói. Você viu as redes sociais?

– Não.

– Lá a conversa é *bem* diferente. Tem gente falando que ele escapou depois de estuprar aquela jovem. Muito ódio rolando.

Erika cutucou o fogo novamente. De repente, sentiu um cansaço profundo. Sabia que seria um caso de altíssima repercussão e temia não ter energia para resolvê-lo.

– Tá aí? – perguntou Igor.

– Estou. Mas sabe que não posso comentar nem te contar nada. Foi um dia longo.

– Quer vir aqui pra casa? – perguntou Igor.

– Desculpa, não.

– Quer que eu vá até aí? Estou com tesão... prometo ser rápido. Você não precisa fazer nada. Não vou me ofender se só quiser ficar deitada aí com aquela cara de paisagem.

Erika riu.

– Por mais tentador que pareça, não. Ainda tenho trabalho a fazer.

– Não te pagam o suficiente. Tá bom, então. Vou desligar. Boa noite. Te amo.

– Também te amo. Boa noite.

– Ah, vê se tem uma manhã livre pra levar Tom à escola esta semana.

– Vou ver.

Erika encerrou a ligação. Estava prestes a comer a torrada fria quando o celular tocou de novo. Era o sargento Crane.

– Desculpe ligar tão tarde – disse ele. – Você está com o notebook aí? Encontrei algo nas imagens da câmera de segurança do apartamento de Jamie Teague.

CAPÍTULO 18

Erika foi até a cozinha, abriu o notebook e o ligou.

– Você ainda está na delegacia? – perguntou a Crane, sentando-se à mesa.

– Sim. Já tomei café demais. E minha esposa está começando a se perguntar se eu ainda existo – disse ele com uma risada irônica. – Encontrei algo nas imagens do Greenwich One. Acabei de mandar os arquivos para você, se puder abrir o primeiro.

O e-mail chegou com quatro arquivos de vídeo anexados. Erika abriu o primeiro.

– Juntei trechos das imagens do sistema de segurança – explicou Crane. – Esse primeiro mostra quando Jamie Teague voltou para o Greenwich One na madrugada de sábado. Não tem áudio, como era de se esperar.

Erika apertou o play.

O vídeo mostrava o saguão do prédio, filmado de uma câmera atrás da recepção, voltada para as portas de vidro. Lá fora, ainda estava escuro, e o registro marcava 3h06. Jamie Teague entrou no lobby acompanhado de dois rapazes e de um grupo de cinco mulheres. Todas usavam minivestidos pretos de renda idênticos, luvas pretas, saltos prateados e carregavam pequenas carteiras de mão, também pretas. Tinham cabelos longos e escuros, maquiagem pesada e aparência quase caricatural.

A câmera cortou para outro ângulo, mostrando o grupo à espera do elevador no saguão.

– Uma falha na Matrix – murmurou Erika.

– O quê?

– Foi como o barman do Red Velvet descreveu essas mulheres. Todas iguais, como se fossem clones. E veja: eram cinco... e todas voltaram com Jamie para o apartamento. Usando luvas pretas.

A cena mudou para o interior do elevador, lotado com os oito. Depois, mostrava-os saindo no andar da cobertura, cruzando o lobby e entrando no corredor que levava ao apartamento de Jamie Teague.

– Clique no segundo vídeo – pediu Crane.

– Certo, estou vendo.

A gravação marcava 5h16. Jamie não aparecia mais. Eram só os dois amigos dele, voltando pelo corredor depois de deixar o apartamento. Pararam perto do elevador; um deles mexia no celular, o outro se virava como se chamasse alguém. Então, duas mulheres se juntaram a eles. As portas do elevador se abriram, e mais duas correram para entrar antes que se fechassem.

A imagem cortou para o térreo, onde o grupo saía às 5h19 e deixava o prédio.

– Todas foram embora, exceto uma – observou Erika.

– Veja o terceiro vídeo – disse Crane. – Mostra a quinta mulher saindo do apartamento de Jamie às 11h14.

– Quase seis horas depois das outras... – Erika reprimiu um arrepio.

– Repare como ela sai do apartamento e caminha até o elevador – comentou Crane.

Na gravação, já de dia, a câmera mostrava o corredor da cobertura. A mulher, com os cabelos um pouco desgrenhados, atravessava o espaço olhando fixamente para a câmera. Levava uma pequena carteira preta na mão.

– Espera aí... Ela está saindo só com uma bolsa pequena. E quando chegaram? O que elas carregavam? – perguntou Erika, voltando ao primeiro vídeo.

– Todas estavam com bolsinhas pretas – confirmou Crane.

– Carteiras de mão idênticas. E eu nem sou do tipo que repara em bolsas, mas sei que não cabe quase nada ali dentro. E quanto às cordas usadas para amarrá-lo? E as polaroides? Uma câmera Polaroid é grande e pesada. Como tudo isso entrou no apartamento se nenhuma delas tinha espaço para carregar?

O silêncio se instalou. Erika ouviu o toque das patinhas de George no piso de madeira. O gato enfiou a cabeça pela porta da cozinha para espiar.

– Volta no trecho dentro do elevador, quando eles subiram pro apartamento – pediu Crane.

Erika clicou de volta e deu play. A câmera captava o grupo espremido no elevador. As cinco mulheres mantinham os olhos fixos na lente, imóveis, durante toda a subida.

– Elas estão encarando a câmera – disse Erika.

– Sim. O tempo todo. Como se fosse de propósito.

Erika pausou e deu zoom nos rostos.

– Você não acha que os narizes parecem estranhos?

– É. Como se todas tivessem feito a mesma plástica – respondeu Crane.

– Ou estivessem usando narizes postiços. Parece bobo dizer isso, mas os rostos lembram máscaras. Os narizes são grandes demais para elas...

– Todas elas têm a mesma cor estranha nos olhos. As íris parecem pretas – acrescentou Crane.

– Elas parecem... parecem cúmplices. Como se fizessem parte de algo – completou Erika, incapaz de encontrar uma definição melhor.

Voltou e assistiu de novo, as cinco mantendo o olhar fixo na câmera. Erika estremeceu. Sentiu como se olhassem direto para ela, através da tela, ali mesmo na cozinha. Deu um pulo e soltou um grito quando algo roçou sua perna.

– Está bem? – perguntou Crane.

Erika olhou para baixo. George miava para ela.

– Desculpa. Foi o gato.

– Erika, você acha que *todas* elas mataram Jamie Teague? – perguntou Crane.

– Os dois amigos dele também teriam que estar envolvidos. Ainda não temos o horário exato da morte com Isaac. Mas e se a intenção fosse justamente dificultar que se descobrisse qual das cinco o matou? Parece que elas combinaram de encarar a câmera ao mesmo tempo, como se quisessem garantir que fossem registradas.

Erika assistiu à saída do grupo do elevador com Jamie e os rapazes. Até o último instante, cada mulher mantinha os olhos fixos na câmera.

– Você tem as imagens do Red Velvet? – perguntou ela.

– Esse é o quarto arquivo que te mandei – respondeu Crane.

– Achei.

Erika deu play.

– Eles chegaram às 22h13 – disse Crane. – Não há câmeras lá dentro. Só essa na entrada do beco. Repare: elas fazem a mesma coisa. Olham todas para a câmera.

O vídeo curto mostrava o beco estreito que levava à porta do clube. As cinco mulheres caminhavam juntas, coladas umas às outras, até a entrada. Ao passarem, desaceleraram e levantaram o rosto para a câmera, ao mesmo tempo.

– A que horas saíram? – perguntou Erika.

– Às 2h26. Já pedi à Prefeitura de Westminster as gravações da rua principal.

– E o dono do sex shop em Old Compton Street? Ele mandou alguma coisa?

– Ainda não.

Assistiram ao grupo de mulheres deixando o clube com Jamie e os amigos, às 2h26, seguindo pelo beco até a rua. Os faróis de um carro que passava estouraram a lente da câmera com um clarão. Quando a imagem se estabilizou, o grupo já tinha desaparecido.

CAPÍTULO 19

Annabelle ouviu o som de uma chave arranhando o cano no corredor, do lado de fora do dormitório. O ranger de metal contra metal ecoava pelas paredes de pedra, cada vez mais alto à medida que ele se aproximava.

No orfanato, o apelido dele era "Pipes". Oficialmente, era um cuidador. Pago para cuidar. Era risível pensar que esse fosse o seu cargo. Durante as rondas noturnas, as crianças sempre sabiam onde Pipes estava pelo som da chave arranhando o metal. Se andava depressa, o som ficava mais agudo. Se diminuía o passo, o rangido se tornava mais grave – a ponta da chave se prendendo nos arranhões e reentrâncias do velho cano de aquecimento que serpenteava pelo prédio.

O pior era quando o barulho diminuía... e parava bem diante da sua porta.

O medo continuava real, mesmo depois de tantos anos. Pipes já não existia, mas qualquer ruído de arranhado, quando estava sozinha despertava em Annabelle uma resposta involuntária: o suor frio descendo pelas costas, a náusea, o tipo de terror que apaga qualquer possibilidade de sentir algo bom.

Nos anos em que viveu no orfanato, Annabelle não se lembrava de muitas noites sem o medo de ouvir aquele som. Às vezes, as crianças ficavam acordadas até tarde visitando os dormitórios umas das outras pelo longo corredor para brincar ou dividir doces. O arrastar ameaçador da chave era um bom sistema de alerta.

– Pipes está vindo! – sussurravam, agarrando-se umas às outras, o medo misturado a uma pontada de empolgação.

Então, quem estivesse fora do quarto corria tentando calçar chinelos, esconder brinquedos ou apagar os vestígios de um banquete clandestino, enquanto o rangido grave se aproximava.

Ser pego fora da cama depois do apagar das luzes não significava apenas levar umas palmadas nas pernas. Se tivesse sorte e fosse surpreendido por outro cuidador, era só isso que acontecia. Mas Pipes podia ser cruel, e ai da pobre criança apanhada pelo facho da lanterna dele depois da hora.

Muitas vezes nem era preciso estar fora da cama. O som da chave arrastando parava do lado de fora do dormitório... e então a porta se abria lentamente. O arco de luz da lanterna varria o quarto e, mesmo de olhos fechados, cegava.

Pipes nunca arrastou Annabelle para fora da cama, mas isso acontecera com as meninas ao redor dela. Silencioso e furtivo. Passos leves, um ruído discreto, o estalo elétrico quando os lençóis de náilon eram puxados para trás. Algumas choravam, mas quem já tinha passado por aquilo aprendia que o melhor era ficar calada. Annabelle se lembrava de ouvir um sussurro: um "não", ou um "por favor, não me machuque".

Naquela fria noite de março em Londres, o som da chave arranhando o cano infiltrou-se nos sonhos de Annabelle. Ela acordou suando, gritando no escuro. Mesmo depois de acender a luz perto da cama, ainda conseguia ouvir aquele barulho. Levou alguns minutos até se lembrar de que agora era adulta. E que morava sozinha, em seu próprio apartamento em Londres, num luxuoso e seguro complexo erguido bem acima da cidade. E o silêncio reinava.

Annabelle tomou um gole de água do copo sobre a mesa de cabeceira, tentando recuperar o fôlego enquanto a realidade se impunha. O único som era o de Londres. Sempre presente, como um ruído branco. Empurrou os lençóis para o lado e atravessou o carpete até a janela, descalça. A cidade se espalhava diante dela como um manto de luzes, pequenos pontos de cor contra a mancha difusa da poluição luminosa. Uma claridade intensa que só se percebia quando se chocava com o céu noturno em faixas alaranjadas, apagando as estrelas. Mas dali de cima, tão alto, Annabelle ainda conseguia ver algumas estrelas tênues. Até os aviões pareciam próximos, riscando o céu.

Ao se apoiar no parapeito da janela, Annabelle voltou de vez à realidade. Fazia anos que não ouvia aquele som em seus sonhos. Era porque estava perto de concluir seu trabalho e encerrar de vez o passado.

Às 2 da manhã, tudo permanecia imóvel. As ruas, muito abaixo, quase desertas, exceto pelos faróis solitários de alguns carros avançando devagar.

Uma luz vermelha cruzava o céu, e Annabelle se perguntou se seria um jato particular. Aviões comerciais não voavam à noite.

Muito em breve, ela também embarcaria em um, com uma passagem só de ida, deixando tudo aquilo para trás. Longe de Londres, da Inglaterra, e da memória de Pipes e de sua chave arranhando o cano.

CAPÍTULO 20

Do outro lado da cidade, Erika também não dormiu muito, revirando-se durante a noite. A imagem das cinco garotas "falha na Matrix", desaparecendo no clarão de luz do lado de fora da boate Red Velvet, não saía de sua cabeça. George passou a noite deitado sobre suas pernas e, sempre que se mexia, aquele corpinho quente e inquieto parecia arrancá-la do sono mais uma vez.

Às 5 da manhã, os pássaros começaram a cantar na janela, e Erika se levantou para tomar banho. Estava prestes a vestir uma calça escura e um suéter quando se lembrou de que havia uma coletiva de imprensa marcada para a tarde. Parou diante de seu guarda-roupa modesto, detestando ter de escolher algo mais formal. E talvez precisasse passar um pouco de maquiagem. Como diria Mark, ela estava com cara de poucos amigos.

Acabou optando por um conjunto de calça e blazer preto, que ainda estava dentro do plástico desde que o mandara para a lavanderia, um ano antes, e por uma blusa azul-escura de mangas levemente bufantes e frente plissada, que comprara no ano anterior pela internet, para a festa de Natal da Moss. Vestida, voltou à cozinha, preparou um café e pegou a pequena bolsa preta onde guardava graxa, panos e escovas de sapato.

George observava enquanto ela abria a latinha redonda de graxa Cherry Blossom, mergulhava as cerdas da escovinha dura e começava a polir seus scarpins pretos de salto baixo.

O cheiro da graxa e da velha bolsa fez Erika se lembrar de seus tempos como patrulheira. No início dos anos 1990, as mulheres na corporação ainda eram chamadas de agentes básicas da polícia feminina. Em Manchester, ela havia recebido um uniforme que incluía saia preta, meia-calça preta e uma pequena bolsa de couro preta – a mesma onde agora guardava a graxa. A bolsa estava gasta e rachada, e a alça fina já se rompera fazia muito tempo. Havia até um pequeno cassetete de madeira, feito especialmente para caber dentro dela, mas ele se perdera em algum lugar.

Seus superiores eram rigorosos quanto à aparência: o uniforme devia estar sempre impecável, nada de meias desfiadas e, acima de tudo, os sapatos precisavam estar brilhando. Uma oficial em particular ficara gravada em sua memória: a rígida e antiquada Nanette Crosby – ou Nanny Crosby, como era conhecida. Mesmo depois que as regras mudaram, permitindo que as policiais usassem calças, Nanette insistia em usar saia. Costumava repetir: "Senhoras, quero seus sapatos tão brilhantes que os bandidos consigam se olhar no reflexo antes de vocês acertarem um chute nas bolas deles".

Erika sorriu ao lustrar os sapatos até que ficassem reluzentes. Tinha a sensação de que seria a única tarefa do dia com um bom resultado.

Alimentou George, reuniu suas coisas e saiu de casa pouco depois das 6 da manhã.

O céu estava azul-escuro no horizonte, e uma fina névoa preenchia o ar gelado enquanto ela dirigia em direção a Lewisham. Ao verificar o celular, viu que havia uma mensagem de Isaac, enviada de madrugada. Quando a reproduziu pelo viva-voz do carro, a voz dele soava cansada e distante:

– Boa noite, ou melhor, bom dia. Santo Deus, já são quase 3 da manhã... Acabei agora a autópsia de Jamie Teague. Encontrei flunitrazepam e álcool no organismo dele... A hora da morte foi entre 6h30 e 7h da manhã do sábado. Ele tinha cinco costelas quebradas, hematomas no peito e hemorragia petequial nos pulmões, o que indica asfixia. Eu iria longe a ponto de levantar a hipótese de que ele foi asfixiado da mesma forma que Neville Lomas, com a técnica de Burke e Hare, sobre a qual falamos. Minha assistente vai enviar os arquivos por e-mail amanhã cedo. Achei que você gostaria de saber.

Erika reproduziu a mensagem mais uma vez, enquanto o céu clareava, dando lugar a um cinza sombrio. Os dois amigos de Jamie e quatro das garotas haviam deixado o apartamento às 5h16 da manhã de sábado. Se a quinta garota, a que ficou para trás, o matou entre 6h30 e 7h, o que ela esteve fazendo até 11h14, quando finalmente saiu do prédio? E Isaac acreditava que teria sido usado o mesmo método Burke e Hare para sufocá-lo, além das polaroides. Erika sentiu arrepios na nuca. Tinha a sensação de que aquilo estava apenas começando.

A delegacia estava vazia quando ela chegou. Erika subiu para sua sala com um copo do café intragável da máquina do lado de fora da sala de investigação. Passou uma hora revisando os vídeos de câmeras de segurança do Red Velvet e do Greenwich One, e gerou uma série de imagens estáticas que poderiam ser usadas no apelo à imprensa.

Em seguida, imprimiu os relatórios de autópsia e toxicologia feitos por Isaac. Por que a única droga em seu organismo era o flunitrazepam? Além de ser conhecido como "boa noite, Cinderela", seu uso original era para tratar insônia severa ou como auxílio em anestesia em procedimentos médicos. Por que Jamie Teague tomaria isso em uma noite de diversão com amigos, misturando com álcool? Seu drinque teria sido batizado? Erika anotou que precisava perguntar isso aos amigos da vítima.

Depois puxou novamente o relatório da autópsia de Neville Lomas e o releu com atenção. Não tinha reparado antes, mas Isaac havia registrado até os tipos de nós usados nas cordas que amarraram tanto Neville Lomas quanto Jamie Teague. Ambos haviam sido presos com um nó *Munter hitch* e um *Cow hitch*.

Erika afastou os relatórios para o lado, abriu o banco de dados HOLMES e fez uma busca por casos de homicídio com vítimas do sexo masculino que apresentassem flunitrazepam e álcool no sangue, cujos corpos tivessem sido amarrados, com fita adesiva sobre a boca, costelas quebradas na parte superior do tórax e sufocamento como causa da morte.

Seis resultados apareceram. Quando Erika refinou a pesquisa, acrescentando o detalhe de que haviam sido amarradas de forma de *hogtie* usando os nós *Munter hitch* e *Cow hitch*, os resultados caíram para apenas um.

Uma terceira vítima.

CAPÍTULO 21

Erika desceu para a sala de investigação para a reunião das 8h30 e examinou os quadros brancos enquanto esperava a equipe chegar. Agora eles estavam cobertos de fotos e mapas do Embankment, de Soho e da região do entorno do Greenwich One, mostrando a linha do tempo do caso até então. Fotos das duas cenas de crime estavam expostas lado a lado para destacar as semelhanças. Erika reparou na foto da cozinha de Jamie Teague, com garrafas de champanhe vazias e taças espalhadas pela bancada. Já a cozinha do apartamento de Neville Lomas estava limpa e vazia. Não havia garrafas nem copos. Em que momento ele ingeriu álcool e flunitrazepam?

– Bom dia – disse Moss, entrando com o cabelo desgrenhado pelo vento e um ar levemente aflito. – Trouxe um cappuccino pra você, mas o barista escreveu "Enrique" no seu copo e "Moses" no meu. Ou ele é surdo, ou um fã religioso de Enrique Iglesias.

– Obrigada – disse Erika, pegando o copo. Deu um gole. – Está perfeito. Eu estava prestes a enfrentar o café da máquina do corredor.

Moss se sentou e começou a organizar a papelada empilhada em sua mesa. Peterson chegou em seguida, junto com Crane e McGorry, e os outros membros da equipe foram entrando aos poucos. Dahlia foi a última a chegar. Estava no horário, mas Erika notou que havia esperado até o último instante possível.

Erika começou com um resumo dos acontecimentos do dia anterior. Em seguida, Crane passou pelos vídeos do sistema de segurança que havia enviado a Erika na noite anterior, destacando as cinco jovens idênticas que voltaram ao Greenwich One com Jamie Teague e seus amigos. Melanie entrou na sala de investigação, mas fez sinal para Erika continuar.

– Temos o horário da morte de Jamie Teague, que foi depois que todos deixaram seu apartamento às 5h16 da manhã de sábado, exceto uma das jovens. Portanto, podemos descartar a hipótese de que mais de um membro do grupo que o acompanhou até em casa o matou... Também tenho outra atualização. Acredito que possa haver uma terceira vítima.

A sala ficou em silêncio. Melanie parecia chocada.

– Ressalto o "possa haver" uma terceira vítima. E, se eu estiver certa, ele teria sido a primeira em ordem cronológica. Tenho fotos para o quadro.

McGorry se levantou e apagou as luzes. Erika clicou em seu notebook, e uma imagem de um homem idoso, nu, amarrado sobre um lençol encardido, surgiu projetada na parede.

– Este é Terry DeVille, 77 anos. Seu corpo foi encontrado em sua casa em Barnes, oeste de Londres, na segunda-feira, 7 de novembro do ano passado. O escritório do legista registrou um veredito em aberto para sua morte. Assim como Jamie Teague e Neville Lomas, seu corpo foi encontrado em posição de *hogtie*, com fita adesiva sobre a boca.

– Ele tinha álcool e flunitrazepam no sangue, e suas costelas estavam quebradas na altura do esterno. Também apresentava duas contusões circulares no peito, o que indica que pode ter havido pressão no tórax para asfixiá-lo. Terry DeVille também foi amarrado com os nós *Munter hitch* e *Cow hitch*. Os mesmos usados para prender Jamie Teague e Neville Lomas.

– E quanto às polaroides? – perguntou Moss.

– Nenhuma polaroide foi encontrada na cena, assinada com o nome "Annabelle". O processo também registra que foi encontrada uma grande quantidade de pornografia violenta em sua casa, além de materiais, como chicotes e restrições, que indicavam que ele praticava sexo sadomasoquista. Um vizinho contou à polícia que sempre havia homens em sua casa, muitas vezes tarde da noite, especialmente nas semanas que antecederam sua morte.

– Então, não há polaroides, e essa vítima era homossexual. Enquanto Neville Lomas e Jamie Teague eram heterossexuais? – perguntou Melanie. Erika percebeu a decepção na sala pelo fato de não haver polaroides que confirmassem o elo.

– O fato de a casa estar cheia de pornografia com cenas de sexo sadomasoquista pode ter feito com que quaisquer polaroides deixados na cena, mostrando Terry DeVille amarrado, fossem ignoradas. Especialmente se já havia muitas fotos no mesmo estilo. Sim, eu vejo as diferenças, mas há semelhanças demais para não investigarmos.

– Precisamos nos preparar para um apelo à imprensa mais tarde hoje. O que vamos dizer sobre esse caso? Vamos mencionar que as mortes de

Jamie Teague e Neville Lomas estão ligadas? E quanto a esse homem, Terry DeVille? – perguntou McGorry.

– Preparei algumas imagens do elevador e do saguão no prédio de Jamie Teague, focando especificamente nessas cinco mulheres que o acompanharam. Ainda não temos imagens do prédio de Neville Lomas no dia em que foi morto.

Erika se lembrou daquela noite no saguão do prédio de Neville Lomas. Quando Dan Fisk chegara com o homem de terno cinza, ela estava justamente discutindo com o porteiro grosseiro sobre as imagens do sistema de segurança.

– Dahlia, você trabalhou no caso depois que Dan Fisk assumiu. Sabe o que aconteceu com o sistema de câmeras?

– Pelo que lembro, a morte dele foi classificada como veredito em aberto muito rapidamente, então nenhuma gravação do prédio chegou a ser solicitada – respondeu ela.

– Certo. E isso nos traz um problema, caso o prédio de Neville Lomas só guarde as imagens por um período limitado antes de deletá-las.

– Fiz o pedido ontem à tarde – disse Crane. – Vou reforçar hoje.

– Ótimo. E podemos revisar a declaração que colhi da funcionária da limpeza que encontrou o corpo de Neville Lomas e qualquer informação da varredura porta a porta nos andares residenciais?

– Não conseguimos nada. Ninguém estava em casa – respondeu Dahlia.

– Então talvez você possa refazer as diligências? Além disso, precisamos investigar a morte de Terry DeVille e descobrir tudo que pudermos. Só peço a vocês que aprofundem com a mente aberta.

Todos da equipe assentiram, exceto Dahlia, que parecia contrariada.

– Como sempre digo, não existem perguntas estúpidas. Tudo pode ser explorado. Acredito que o sistema de segurança do apartamento de Jamie Teague mostra que quem o matou pode ter sido uma mulher. Mas quem garante que uma dessas cinco mulheres idênticas não era, na verdade, um homem?

Houve um silêncio desconfortável. Os policiais na sala se remexeram, visivelmente incomodados.

– Só quero que vocês continuem fazendo perguntas. Nunca será errado questionar quando lidamos com um assassinato brutal... Agora, alguém tem algo a acrescentar?

– Então vamos mencionar os outros dois assassinatos no apelo à imprensa? – insistiu McGorry.

Erika olhou para Melanie, que aguardava para falar, ao fundo da sala.

– Vou ter uma atualização sobre isso em breve. Agora, mãos à obra.

A equipe começou a conversar animadamente. Melanie se aproximou de Erika.

– Prefiro que você organize os fatos antes de falar em "um homem de vestido". Muito menos ir à TV falar disso – disse em voz baixa.

– Eu sei.

Erika a acompanhou até o corredor. Podiam ver a equipe pela parede de vidro, já mergulhada no trabalho.

– Estamos marcando a coletiva de imprensa para as 4 da tarde, na sala principal de conferências. E a família de Jamie Teague estará presente.

– E quanto a Neville Lomas?

Melanie franziu os lábios e balançou a cabeça.

– Marsh quer focar a coletiva em Jamie Teague. Como você mesma disse, só temos as imagens de câmera das cinco mulheres. Nada de Neville Lomas. Você sabe como essas coisas funcionam. Em um apelo público, a mensagem precisa ser clara e concisa.

– Mas pode haver um assassino em série à solta.

– Vamos nos reunir antes do almoço para finalizar tudo. Você terá chance de falar com Marsh – disse Melanie, o que Erika considerou um tanto evasivo. – Temos os dois amigos de Jamie Teague, Leon Bromfield e Finn Horton, esperando por você em um dos escritórios, lá em cima.

Erika se surpreendeu.

– Eles estão aqui agora?

– Sim.

– Vieram voluntariamente?

– Sim, com um advogado. Além disso, a agente de Jamie Teague, Cheri Shelton, quer se reunir às 11h. Pode reservar um tempo para conversar com ela sobre a coletiva? Marsh estará presente.

– Achei que essa reunião seria antes do almoço.

– Não. Essa é outra, antes.

– Então, uma reunião para falar sobre outra reunião?

Melanie suspirou.

– Cheri Shelton é extremamente bem relacionada com a mídia, o que pode ajudar em nosso apelo. Vou providenciar uns sanduíches lá na minha sala. Será bem informal.

– Espero que ela esteja pagando e não usando o dinheiro dos contribuintes.

– Sim, será ela.

– Nesse caso, vou pedir o item mais caro do cardápio.

Melanie riu.

– Nos vemos às 11h. E me avise como for a conversa com Finn Horton e Leon Bromfield.

CAPÍTULO 22

VERÃO DE 2006

Annabelle não começou a vida em um orfanato. Cresceu com a mãe e o padrasto em um apartamento no último andar de uma longa casa geminada, numa rua movimentada da Grande Londres. Era apenas mais uma das milhares de ruas agitadas na periferia da cidade, onde as pessoas trabalhavam, corriam de um lado para o outro e tentavam se divertir, vivendo em apartamentos e quitinetes espremidos entre cafés, salões de beleza, restaurantes chineses e indianos, imobiliárias, lojas de frango frito e, se tivessem sorte, uma agência dos correios – e, se fossem muito afortunados, até um dentista.

As primeiras lembranças de Annabelle eram de sua mãe no quarto ao lado gritando enquanto Mac, o padrasto, a espancava. E depois, quando os gritos cessavam, Bren entrava no quarto de Annabelle e se enfiava em sua cama. O corpo quente, o rosto molhado de lágrimas. Annabelle observava a mãe limpar os ferimentos com antisséptico do kit de primeiros socorros quando as surras eram mais pesadas.

Quando Bren finalmente se acalmava, agarrava Annabelle e dizia que Mac não era um homem mau. Que cuidava delas. Que tinha uma vida muito estressante. Annabelle se lembrava bem do cheiro da mãe: pêssegos misturados ao aroma cortante do antisséptico.

O prédio em que moravam tinha uma loja de frango no térreo. O cheiro de gordura impregnava tudo, e Mac era uma presença constante, sempre subindo e descendo as escadas, resmungando e fumando seus horríveis cigarros de palha, ou conversando com outros homens parecidos com ele, no pequeno quintal de concreto nos fundos da casa. O quintal era fechado por um muro alto de tijolos e um portão verde de tinta descascada.

Esse portão dava para uma ruela estreita atrás da casa e permanecia aberto durante o dia para as entregas de óleo, frango e batatas da loja. Mas, de vez em quando, à noite, chegavam outras entregas diferentes.

Mesmo tão pequena, Annabelle se perguntava o que a mãe fazia de tão errado para deixar Mac tão furioso. Bren tentava esconder os hematomas nos braços e, às vezes, no pescoço, cobrindo-os com mangas compridas e golas altas, mesmo nos dias sufocantes atrás da fritadeira. Certa vez, na apresentação de Natal da escola, quando Annabelle fez o papel de anjo, Bren apareceu com um lábio inchado e um olho roxo, que tentou camuflar com maquiagem. Não funcionou.

Quando Annabelle tinha 8 anos, Mac espancou a mãe de forma brutal, e ela caiu da escada e morreu.

Annabelle se lembrava pouco daquela época de trauma e perda. Pouco tempo depois, surgiu uma mulher chamada Tina. Cruel e dura. Foi ela quem obrigou Annabelle a vestir uma meia-calça áspera e um vestido de veludo azul para ir à igreja no dia em que o caixão de Bren deslizou pelas cortinas e foi consumido pelo fogo.

A lembrança seguinte e mais clara de Annabelle era de um sábado de manhã, algumas semanas após o funeral. Ela estava no quarto, assistindo a desenhos animados na pequena TV sobre a cômoda, quando Mac entrou. Ele era um homem feio, com rosto redondo e avermelhado e dentes tortos e amarelados. Raramente aparecia no quarto dela e, quando o fazia, geralmente a ignorava.

Naquele dia, ele foi direto às cortinas das janelas que davam para o quintal e as arrancou. Elas não se encontravam bem no meio, e Bren costumava prendê-las com pregadores para bloquear a luz da rua à noite. Os clipes saltaram, tilintando pelo chão de madeira.

Mac ergueu a janela de guilhotina e se inclinou, metade do corpo para fora, com a bunda projetada pelo vão. Na TV, Tom perseguia Jerry por um tapete que se embolava sob suas patas. Com a música acelerada ao fundo, Annabelle percebeu que o tapete do quarto também se enrugava sob os pés de Mac enquanto ele se esticava para fora. A camiseta subira, revelando a pele pálida e peluda das costas. Ele apoiava uma das mãos no parapeito e, com a outra, tentava abrir uma pequena tampa de metal da chaminé no telhado da extensão da cozinha. Algumas vezes, Annabelle vira a mãe fazer o mesmo, como se escondesse algo ali. Mas os braços de Bren eram mais longos; ela conseguia alcançar.

Naquele sábado ensolarado, com o quintal vazio iluminado pelo sol, Annabelle viu uma oportunidade de castigá-lo. Não se lembrava de pensar friamente naquilo; foi instintivo. Os pés de Mac estavam suspensos, e suas botas surradas balançavam bem acima da cabeça dela. Annabelle era pequena, e o esforço foi mínimo. Sem refletir sobre as consequências caso desse errado, posicionou-se entre as pernas dele, colocou as mãos sob os calcanhares e levantou os tornozelos. Era como se ele fosse leve como uma pluma. As pernas deslizaram pela janela, junto com o corpo.

Mac gritou – mas apenas por um segundo. O som cessou bruscamente com um estalo horrível quando ele caiu de cabeça no quintal de concreto, três andares abaixo.

Tina entrou correndo no quarto instantes depois e encontrou Annabelle parada junto à janela aberta. As duas olharam, em silêncio, para o corpo estatelado de Mac.

– Ele caiu – disse Annabelle.

CAPÍTULO 23
TERÇA-FEIRA, 7 DE MARÇO DE 2023

Erika levou Peterson com ela até o quarto andar, onde Leon Bromfield e Finn Horton a esperavam. Eles haviam escolhido uma pequena sala de conferências para conduzir os interrogatórios, já que eram informais e voluntários. Mas o fato de os rapazes terem contratado representação legal deixava os sentidos de Erika mais aguçados.

Eles falaram primeiro com Finn Horton. Era um sujeito grande, largo, peludo, com uma espessa barba loira e cabelo comprido até os ombros.

– Obrigada por vir falar conosco – disse Erika, enquanto ela e Peterson se sentavam de frente para ele.

Finn usava jeans, botas Timberland robustas e uma camisa xadrez vermelha de lenhador. Tinha um leve odor de suor. Seu advogado usava um terno caro e ostentava um sorriso excessivamente simpático – o tipo geralmente contratado por homens ricos acusados de agressão sexual.

– Não há muito o que contar – disse ele. Seu sotaque do norte era forte. Seus olhos deslizavam de Erika para Peterson e de volta para Erika. – Você é do norte?

– Não. Sou da Eslováquia. Meu marido era de Slaithwaite, e eu aprendi inglês lá, então acabei pegando o sotaque.

– Não é uma doença. Embora muita gente aqui no sul pareça achar que seja. E você, parceiro? – perguntou ele a Peterson.

– Sim. Nascido e criado em Londres.

Finn assentiu. Olhou para o advogado.

– É pra eu começar a falar?

– Bem, isto é só uma conversa informal. Você pode ir embora a qualquer momento, então espero que os detetives tenham algumas perguntas para você – disse o advogado, com uma voz cortante, quase caricaturalmente afetada.

– Finn, podemos perguntar com o que você trabalha? – disse Erika.

– Trabalho com construção.

– Tem sua própria firma?

– Não.

– Como conheceu Jamie Teague?

– Nós treinamos juntos na Academia do Chelsea Football Club.

– Quantos anos você tinha quando se conheceram? – indagou Peterson.

– Onze. Minha mãe e meu pai nos trouxeram pra cá no ano anterior, quando meu pai conseguiu trabalho no Crossrail. Você sabe, os túneis ferroviários. Ele trabalhou nas equipes de construção.

– Quantos anos você tem agora? – Erika continuou.

– Vinte e quatro. Um ano mais novo que Jamie.

– Imagino que você não tenha se tornado jogador profissional – disse Peterson.

Os olhos de Finn se estreitaram, e ele revirou-os.

– Isso mesmo, senhor Sherlock. O que fez você deduzir isso?

– Você disse que trabalha com construção.

Finn assentiu e se afundou mais na cadeira, com os braços cruzados.

– Eu ia ser. Eu era melhor jogador do que o Jamie. Tive uma lesão feia no joelho quando tinha 15 anos. Me ferrei todo. Não pude jogar por um ano e depois me disseram que nunca poderia ser profissional. Então, cá estamos.

Erika podia ver a arrogância mascarando a vergonha e sentiu um pouco de pena dele.

– Mas você continuou amigo do Jamie?

– Sim, mantivemos contato. Você já falou com Leon?

– Ainda não.

– Ele sempre foi o que uniu todos nós, na verdade. Sou muito amigo do Leon; ele também estava na academia e manteve todos em contato. Saímos na outra noite para comemorar o bebê do Leon.

– É sobre isso que precisamos da sua ajuda – disse Erika. – De quem foi a ideia de ir ao Red Velvet?

– Do Jamie. Eu só queria ir a um bom bar. Tem alguns no centro de Londres, escondidos. Sabe, daqueles com ferraduras de cavalo e garçonetes com cara de cavalo, esse é o meu estilo... – Ele deu um pequeno sorriso com a própria piada, mas logo perdeu o brilho quando percebeu que ninguém a retribuiu.

– Você já tinha ido ao Red Velvet antes? – perguntou Peterson.

– Deus me livre, não. Jamie paga uma fortuna para ser sócio lá, 25 mil libras, e ainda tem as bebidas. Prefiro nem imaginar quanto ele gastou, mas nós tínhamos uma mesa enorme, com um balde de gelo abarrotado de garrafas de cerveja, champanhe e destilados.

– E sobre o grupo de garotas com quem vocês passaram a noite? – perguntou Erika. Ela abriu uma pasta e tirou algumas imagens do sistema de segurança: das jovens chegando pelo beco até o clube e depois no elevador, subindo para o apartamento de Jamie.

– A mãe do Jamie acha que foi uma delas – disse ele, encarando as fotos.

– Quem eram?

– Garotas – respondeu, dando de ombros, como se fosse resposta suficiente.

– Você sabe os nomes delas?

– A gente bebeu bastante, e todas tinham nomes parecidos, rimando: uma era Anna, outra Joanna, acho que outra era Savanna. Uma até disse que se chamava Rihanna, mas levamos na esportiva.

– E o nome Annabelle?

Ele suspirou e balançou a cabeça.

– Não. Esse não era. Já disse, todos os nomes rimavam.

– Como elas se juntaram ao grupo de vocês? – perguntou Peterson.

– Uma delas chegou em mim e perguntou sobre Jamie. Tinha visto a gente junto e queria saber se podiam conhecê-lo.

Erika hesitou.

– Eu sei que você está aqui voluntariamente, mas a dona do clube disse que o segurança te questionou sobre vender drogas.

Houve um silêncio tenso. O advogado olhou para Finn e então se ajeitou na cadeira.

– Meu cliente não está aqui para perder tempo. Ele veio para falar sobre os eventos que antecederam o assassinato de Jamie Teague.

Finn lançou um olhar atravessado ao advogado e depois pareceu se afundar ainda mais na cadeira.

– A garota me perguntou se eu tinha comprimidos. Eu não tinha. Aí ela tirou umas pílulas ou sei lá o quê – disse, fazendo um gesto vago com a mão.

– Eram comprimidos de prescrição médica, num frasco? Ou alguma droga ilegal? – perguntou Erika.

Ele deu de ombros.

– Não vi mais nada, porque o segurança chegou na hora. Ela mostrou pra ele o que era. Tinha um rótulo de farmácia. A música estava alta. Ela falou com ele, acalmou a situação, e ele nos deixou em paz. Disse que tinha me feito um favor e que, em troca, eu devia apresentá-la a Jamie, junto com as amigas. E eu apresentei.

Erika quis perguntar exatamente como aquilo tinha sido um "favor", mas decidiu se manter focada nas perguntas sobre as cinco mulheres.

– Você achou estranho que todas as mulheres fossem tão parecidas? – perguntou Erika.

– Achei. Foi esquisito. Elas disseram que tinham participado de um teste de elenco para um filme, ou talvez uma série de TV, sobre várias irmãs e que ainda estavam com a mesma maquiagem. A música estava alta no clube, e a gente só dançava. E, sei lá, isso até podia ser verdade, afinal, Londres é Londres.

– O que aconteceu quando vocês saíram de lá?

– Jamie convidou todo mundo para ir até o apartamento novo dele. Tivemos que esperar na rua por uma daquelas vans grandes de táxi, para levar a turma toda.

– Você chegou a descobrir algo mais sobre as garotas?

– Eu e... bom, na verdade, eu fiquei com uma delas. E as outras três estavam em cima do Jamie e...

– Qualquer coisa que disser para nós ficará em sigilo – disse Peterson.

– Não sei se isso é uma promessa que vocês podem fazer – retrucou o advogado, com uma risada irônica.

– Leon também flertou ou até dormiu com alguma das mulheres? – prosseguiu Peterson.

– Não sei.

– Mas ele não acabou de ter um bebê?

– Perguntem pro Leon – respondeu Finn.

– Certo, vamos mudar de assunto. Houve algo de estranho nelas? Algo que te fez desconfiar de quem eram?

Finn pensou por um instante.

– O nariz delas era esquisito. Tipo... todos iguais. Ficava bem em algumas, mas nas outras parecia grande demais pro rosto. E, olha, eu transei com duas, tá? Só que elas não queriam beijar nem deixar que eu tocasse no rosto delas. Achei que fosse porque eram prostitutas, mas parecia que não queriam que eu encostasse no nariz delas... Eu estava muito bêbado, tá?

Mas fiquei pensando se não eram narizes falsos, sabe? Daqueles bem-feitos. Sei que soa estranho, mas como elas falavam que tinham saído desse teste de elenco, eu não questionei.

– Todas carregavam uma bolsinha preta. Você sabe o que tinha dentro? – perguntou Erika.

– Não. Vi uma delas tirar um batom, mas só isso. As bolsas eram pequenas. Não sei se tinham dinheiro. E, olha, foi estranho: nenhuma delas ficou no celular. Normalmente, garotas numa noitada com um jogador famoso tiram selfies, postam... mas elas não.

– O que vocês fizeram no apartamento do Jamie? – continuou Peterson.

– Uma festa.

– Pode detalhar?

Finn lançou um olhar duro para ele.

– Jamie abriu várias garrafas de champanhe que tinha na geladeira. Tentou convencer as meninas a irem pra jacuzzi na varanda, mas elas não quiseram. Só ficaram dançando com o canal da MTV ligado.

– Jamie parecia bêbado? Fora de si? – sondou Erika.

– Um pouco. A gente já tinha bebido bastante.

– Você acha que colocaram alguma coisa na bebida dele?

Finn pensou um pouco.

– Não. Ele tava dançando feito um louco, mas achei que fosse só por causa da bebida.

– Jamie ou Leon dormiram com alguma das garotas?

– Falo por mim: fui pro quarto de hóspedes com duas delas. As outras ficaram com Jamie e Leon, mas pode ser que só tenham bebido, não sei.

– Quais delas você levou pro quarto? – o detetive indagou.

Finn suspirou.

– Não sei.

– As imagens do sistema de segurança mostram que vocês chegaram ao apartamento do Jamie, no Greenwich One, às 3h06. Depois, você e Leon saíram com quatro das mulheres às 5h16 da manhã de sábado – disse Erika, puxando uma das fotos da pasta e empurrando-a pela mesa.

– Bom, é... se é o horário que está aí, então deve ser.

– Você sabe por que a quinta jovem ficou no apartamento do Jamie?

– A gente tinha uma ideia, mas não imaginava que ela fosse... – Ele empalideceu, a expressão endurecida dando lugar, pela primeira vez, a um ar abatido.

– Você consegue se lembrar do nome da jovem que ficou? – interveio Peterson.

– Pode ter sido Anna, Savanna, Joanna, Rihanna... Acho que a quinta disse que se chamava Hannah... Lembro que as outras quatro estavam nos apressando, a mim e ao Leon, pra irmos embora. Foi como se já tivessem combinado que a quinta ficaria com o Jamie.

– E o que aconteceu depois que vocês saíram do Greenwich One?

– Elas disseram que iam pegar um táxi. Eu não vi nenhum. Eu e Leon fomos até Greenwich, ficamos rondando até um café abrir às 6, aí comemos e fomos pra casa.

– Você ouviu algo do Jamie depois que saiu?

– Não. Nada. Essa foi a última vez que a gente viu ou falou com ele.

CAPÍTULO 24

O mesmo advogado representava Leon Bromfield, mas o contraste entre Leon e Finn não poderia ser maior. Leon exalava calma e confiança, algo que impressionou Erika. Era alto, magro e se portava com elegância. Enquanto Finn se encolhia e evitava contato visual, Leon fazia exatamente o oposto. Levantou-se e apertou as mãos deles, como se estivesse recebendo convidados. O advogado também parecia mais relaxado na sua presença.

– Sabemos que você treinou na Academia do Chelsea Football Club com Jamie e Finn, mas e hoje, o que faz? – perguntou Erika.

– Sou professor do ensino primário – respondeu Leon. – E tenho orgulho disso, inclusive – acrescentou, direcionando o comentário a Peterson.

– E você acabou de ter um bebê.

– Sim. Danny. Ele tem seis semanas. E já está dormindo à noite toda. Isso explica a ausência de olheiras – disse, sorrindo.

Peterson retribuiu o sorriso e assentiu, e Erika percebeu que ele se esforçava para não ser contagiado pelo carisma de Leon.

– Obrigada por conversar conosco. Agradecemos muito. Queríamos apenas que você nos contasse, com suas próprias palavras, como foi a noite que passou com Jamie – disse Erika.

Leon explicou o motivo da saída, repetindo a história parecida com a de Finn: o plano inicial era ir a um bar comum, mas Jamie, preocupado em ser reconhecido, insistiu em ir ao Red Velvet. Em seguida, descreveu o grupo de garotas como modelos e, sem precisar de estímulo, comentou que todas pareciam estranhamente semelhantes, até nos nomes: Anna, Savanna, Joanna, Rihanna e Hannah. Ele também não achava que alguma delas se chamasse Annabelle.

– Acho que elas tinham participado de um teste para um reality show. Foi o que uma delas me disse. E que tinham sido instruídas a se vestirem todas iguais – concluiu Leon.

– Uma das garotas lhe disse isso? – perguntou Erika.

Ele concordou.

– Tive a impressão de que estava feliz com o pagamento.

– Pagamento? Quer dizer que conseguiram o trabalho? O teste foi bem-sucedido?

– Ela deu a entender que tinham sido pagas para esse serviço.

Erika e Peterson trocaram um olhar.

– Elas eram prostitutas?

Leon ergueu as mãos.

– Ei, não foi isso que eu disse. O que aconteceu foi que uma delas se aproximou do Finn na boate e pediu para se juntar a nós no camarote VIP, ou o que fosse. Jamie não estava pagando nada a elas.

A calma se desfez, e Leon pareceu subitamente agitado.

– Tudo o que falarmos aqui permanece em sigilo. Se não tiver relação direta com a investigação, não é algo em que vamos interferir – disse Peterson.

Leon respirou fundo, e Erika notou que suas mãos tremiam.

– Finn contou que eu fiquei com uma das garotas no apartamento do Jamie?

Peterson confirmou, mantendo contato visual. Houve um longo silêncio.

– Eu amo a minha esposa, tá bem? E o meu filho.

– Como disse, estamos aqui para investigar o que aconteceu com Jamie e quem o assassinou. Não nos importamos com casos de infidelidade – respondeu Peterson.

– Eu e minha esposa temos um acordo. Um relacionamento aberto – disse Leon.

Erika se perguntou se esse acordo ainda valia agora que o casal tinha um bebê, mas apenas acenou com a cabeça.

– Podemos voltar às cinco mulheres? – pediu Erika, retirando uma foto do sistema de segurança que mostrava o grupo no elevador subindo para o apartamento de Jamie. – Há algo que possa nos dizer sobre elas? Conseguiu ouvir algum sobrenome? Alguma informação que possa nos ajudar a encontrá-las? Qualquer detalhe, por menor que pareça.

Leon se inclinou, puxou a foto para si e a analisou por um longo tempo. Depois recostou-se e balançou a cabeça.

– Era barulhento. Estávamos todos bebendo. – Ele franziu a testa.

– Qualquer coisa que se lembre pode ser útil.

– Uma das garotas com quem eu estava conversando parecia meio triste, deprimida. Disse que não tinha permissão para ficar com o celular.

– Na boate?

Leon deu de ombros.

– Ela estava sendo evasiva. Comentou que tinha um filho em casa e não podia ligar para a babá.

– Quantas vezes você ligou para a sua esposa naquela noite? – indagou Peterson, de propósito. Erika lançou um olhar, não era hora de cutucar Leon.

– Fiquei mandando mensagens à noite toda – disse Leon, fitando Peterson.

– O que impedia essa garota de ter um celular? – perguntou Erika.

– Não sei. Foi estranho. Ela reclamou de outra garota, que parecia estar no comando.

– Qual delas parecia estar no comando?

Leon puxou a foto de novo, estudou-a e suspirou.

– Difícil dizer. Todas eram iguais. Mas, pensando bem, nenhuma parecia ter celular, exceto uma.

– Qual?

Ele encarou a foto mais uma vez e balançou a cabeça.

– Não sei dizer. Mas lembro que nenhuma delas parecia ter dinheiro. E a garota com quem eu conversei, quando abriu a bolsa, vi que era velha e desgastada.

– Era vintage?

– Não. Era só suja mesmo. A marca também me chamou a atenção: Folger. Nunca tinha ouvido falar, e minha esposa é viciada em bolsas. Essas garotas pareciam todas ligadas em moda. Normalmente, esse tipo de maria-chuteira anda com bolsas de grife ou pelo menos réplicas.

Erika anotou o detalhe. Era a primeira pista concreta sobre as jovens.

– Você viu o que ela carregava na bolsa?

– Não. Só vi o forro quando ela a abriu.

– Olhando a foto, consegue identificar qual foi a jovem que ficou no apartamento do Jamie depois que vocês saíram?

Leon analisou mais uma vez e balançou a cabeça.

– Queria poder, mas a noite foi virando um borrão.

– Você acha que Jamie estava drogado? Ou que alguém tenha colocado algo na bebida dele?

Leon voltou a negar.

– Não. Parecia apenas bêbado.

– E sobre a garota com quem você transou no apartamento do Jamie? O que pode nos dizer?

Leon encarou a mesa.

– Nada.

– Você acha que ela estava usando um nariz falso?

Ele ergueu os olhos e, depois, olhou para o advogado.

– Vocês estão falando sério?

– Sim.

– Não sei... Acho que não. O que sei é que não valeu a pena. Eu amo minha esposa.

Ao saírem do interrogatório, Erika pensou em como Leon parecia arrasado quando respondeu à última pergunta.

Erika e Peterson encontraram Moss no corredor.

– Chefe, uma mensagem da superintendente: a coletiva de imprensa agora será à 1h30 da tarde, e foi transferida para o Marriott Hotel County Hall, no Embankment. Pode encontrá-la na recepção?

– Agora?

– Sim.

Erika conferiu o relógio. Eram quase 10 horas.

– Como foi? Com Finn e Leon? – perguntou Moss.

– Eles não gastaram muita energia tentando conhecer aquelas jovens. Foi apenas uma noitada regada a álcool. E achamos que as garotas deram nomes falsos.

– Nunca ouvi falar de um grupo de mulheres envolvidas num assassinato assim – disse Moss.

– Uma delas deixou escapar que tinham sido contratadas para a noite – comentou Erika.

– Contratadas? Como garotas de programa? Por quem?

– Não sabemos.

Elas começaram a descer as escadas de volta à sala de investigação.

– A marca Folger te diz alguma coisa em relação a bolsas? – perguntou Erika.

– Bolsas? – repetiu Moss, com uma risadinha. – Tá perguntando pra pessoa errada. Eu sou do time da mochila. Mas Folger não é uma marca americana de café?

– Pode verificar isso? Leon Bromfield disse que viu a marca Folger dentro da bolsa de uma das garotas. Se for algo obscuro, e todas tiverem bolsas idênticas, pode ser uma pista – disse Erika.

– Claro. Você sabe se vão divulgar um e-mail ou telefone para o apelo público à imprensa durante a coletiva? – perguntou Moss. – Vamos precisar de gente aqui para atender, caso criem uma linha direta.

– Assim que eu souber, te aviso.

– Ah, também vim te dizer: a jovem que acusou Jamie de estupro se chama Rebecca Reid. Ela estava registrada numa agência de modelos chamada Rush Models e foi contratada para acompanhar Jamie a uma estreia de cinema. Depois do julgamento, assinou um acordo de confidencialidade e recebeu uma grande quantia da Cheri Shelton Management. Hoje ela vive numa fazenda em Devon.

– Consegue descobrir se ela toparia falar conosco?

– Claro.

Elas chegaram à sala de investigação, e Erika pegou o casaco e a bolsa em cima da mesa justo quando seu celular tocou. Era Igor.

– Pode falar? – ele perguntou.

– Sim. Está tudo bem?

– Sei que é pedir muito, mas você poderia buscar o Tom na escola hoje às 5 da tarde, depois do treino de futebol?

– Não. Desculpa. Tenho uma coletiva de imprensa, que foi transferida para o centro de Londres. Gostaria de poder. Tem mais alguém que possa?

– Posso me ajeitar, mas Tom queria que eu perguntasse. Acho que ele gostaria de ouvir mais sobre o "assassino do anticongelante".

Erika olhou para a sala de investigação. O ambiente estava fervilhando de atividade: Dahlia fixava fotos ampliadas dos rostos das garotas "falha na Matrix" nos quadros ao fundo, enquanto Crane e McGorry colavam as novas imagens da cena do crime de Terry DeVille. Ela se lembrou mais uma vez de que amava seu trabalho. Fazia algo de que realmente gostava todos os dias.

– Vou arranjar um tempo, uma noite desta semana, para contar mais histórias macabras pra ele. Posso ir jantar aí?

– Ele ia adorar. Eu também – disse Igor, rindo baixinho.

Erika ouviu um bip no celular e viu que Melanie estava ligando.

– Desculpa, tenho que atender. Me assiste na TV por volta da 1h30 da tarde, tá?

– Já programei a TV pra gravar – respondeu Igor.

CAPÍTULO 25

Annabelle tinha uma ponta solta para resolver.

Debatera longamente consigo mesma se precisava realmente amarrá-la, ou se deixá-la solta poderia gerar mais confusão na investigação policial. Não. Precisava ser presa. Bem firme.

Do seu apartamento até a Kensington High Street, levou apenas uma hora. Mas sua jornada começara horas antes, fazendo um grande circuito pela periferia de Londres para evitar câmeras de segurança sempre que possível. Seu disfarce era sutil, como devem ser os bons disfarces: uma peruca de cachos loiros de boa qualidade, óculos vermelhos, lentes de contato marrons e maquiagem para alterar suavemente os traços – lábios desenhados menores, olhos mais felinos. Estava vestida com jeans, tênis e um moletom preto com capuz. Uma bolsa de viagem grande era sua única bagagem. O celular descartável estava desligado, e ela o sentia contra o quadril, dentro da bolsa, ao lado de uma chave inglesa metálica novinha.

O céu estava claro quando Annabelle desceu na estação de metrô Kensington High Street. Fitou cada câmera de vigilância, deixando que registrassem bem seu disfarce. Seu compromisso era às 2 da tarde, e ela chegara adiantada.

Scarsdale Villas era uma rua suburbana tranquila, repleta de casas recuadas em relação à High Street. Annabelle já havia feito duas ou três visitas de reconhecimento nas últimas semanas. Os detalhes importavam: a rua era de mão dupla, então não desviava grandes fluxos de tráfego por ser via secundária; era arborizada e cheia de casas geminadas convertidas em apartamentos. Isso significava que havia um movimento constante de pessoas indo e vindo.

Annabelle tocou a campainha às 2 em ponto. Um momento depois, ouviu Jessica Goldman pelo interfone cheio de chiado.

– Alô? – disse Jessica, com uma voz calorosa, que fazia até um simples "alô" soar como algo que você queria ouvir.

– Oi, é a Casey – disse Annabelle. Na vida real, sua voz era típica do sul de Londres, mas, quando assumia Casey, falava num tom mais agudo, suave, com um sotaque mais elegante.

– Ei, Casey, pode entrar. Fico no térreo, fim do corredor.

O zumbido da trava elétrica ecoou, e a porta principal destravou. Annabelle respirou fundo e empurrou-a.

O piso do hall comunitário era de taco gasto, e as paredes mantinham o estilo Art Déco do prédio. Um cheiro acolhedor de cera se misturava com a poeira. À esquerda, uma escada; à direita, duas portas pintadas de verde-ervilha. Jessica morava no número 2, à direita. Annabelle fechou a porta atrás de si, o zumbido cessou e a fechadura travou novamente. Ela apressou o passo pelo corredor.

Jessica abriu a porta e a encarou, irritada.

– Por que você está usando peruca? E cadê os sacos de roupa que eu te dei? – disse, notando a bolsa volumosa.

– Eu queria te mostrar como a peruca ficava boa – respondeu Annabelle. Por um instante, pensou que Jessica teria percebido algo estranho e não a deixaria entrar. – E fiquei com medo de amassá-la no metrô se levasse numa sacola... – acrescentou.

– Você usou isso no metrô? – Jessica tocou os cachos. – Se estiver com cheiro, vou ter que cobrar a limpeza.

– Relaxa – respondeu ela, com leveza. Casey era meio aérea, mas adorável, e Annabelle manteve o personagem.

Jessica revirou os olhos, sorriu e deu um passo para trás.

– Tá bom. Entra. Quero ver tudo.

Annabelle cruzou o batente e fechou a porta atrás de si com um clique. Estava dentro.

– Quer um chá? – perguntou Jessica, seguindo pelo corredor. Annabelle foi atrás. O espaço era estreito, com o mesmo piso de madeira do hall. Havia uma mesinha à esquerda com um telefone sem fio e uma pilha de correspondências. Acima, um espelho alto e fino.

– Quero, sim.

– Espero que tenha trazido o suporte da peruca que te emprestei. Não são baratos... Se não, vou cobrar outro.

– Tá dentro da bolsa – disse Annabelle, dando tapinhas na bolsa contra o quadril. De repente, sentiu o nervosismo aumentar. No fim do corredor, havia um banheiro minúsculo; à direita, um quarto. Seguiu Jessica até a porta à esquerda.

O espaço era uma ampla sala integrada à cozinha iluminada pelas janelas nos fundos. No centro, uma mesa comprida, coberta com o arsenal de trabalho de Jessica: potes de cola e todo tipo de maquiagem. Três cabeças de poliestireno exibiam componentes de um rosto prostético: narizes, queixos, fragmentos de látex que afinavam as maçãs do rosto.

Não havia sofá, e a televisão estava fixada na parede, voltada para a mesa. No fundo, dezenas de fotos mostravam o trabalho de Jessica em projetos de cinema e TV.

Enquanto Jessica ia até a pia encher a chaleira, Annabelle abriu discretamente a bolsa. A chave inglesa estava embrulhada num saco plástico, sobre uma muda de roupas. Nos bolsos internos, duas luvas de látex. A ideia era colocá-las, mas já percebia que não haveria tempo.

Jessica ainda estava de costas, mexendo na torneira. O espaço entre a mesa e a parede era estreito demais para Annabelle e sua bolsa. Uma onda repentina de nervosismo a atingiu. Ela matara os homens com um propósito; mas gostava de Jessica. Não era culpa dela ser uma ponta solta. Por um momento, Annabelle se perguntou se haveria outra maneira de resolver aquilo sem matá-la.

Não.

– Leite e açúcar? – perguntou Jessica, virando-se com a chaleira na mão.

– Sim, os dois.

Jessica a encarou fixamente. Segurando a chaleira.

– O que você disse?

Merda, pensou Annabelle. Havia respondido com sua própria voz. Sua voz grave, de Londres.

Enfiou a mão suada dentro da bolsa e puxou a chave inglesa junto com um pedaço de corda fina.

– Me desculpa de verdade – disse Annabelle. – Eu gostava muito de você.

CAPÍTULO 26

Erika encontrou Melanie nos degraus em frente à delegacia.

– Mudança de planos – disse Melanie.

– Sim. Hotel Marriott County Hall, perto da Ponte de Westminster. O que havia de errado com a sala de conferências aqui na delegacia?

– Cheri Shelton acha que vamos ter um alcance maior na imprensa se a coletiva for no centro de Londres. Ela pediu isso por meio do Marsh.

Erika revirou os olhos.

– "Alcance maior na imprensa." Então é Cheri Shelton que está no comando?

– Não é bem assim... – A voz dela morreu quando Finn Horton e Leon Bromfield saíram ao lado do advogado. Estavam em um grupinho.

Um bando de garotos, pensou Erika. *Todos juntos, cuidando uns dos outros.*

– Obrigada mais uma vez, rapazes, por virem conversar conosco – disse Melanie, toda charmosa. Eles não responderam, apenas concordaram com a cabeça antes de entrar na BMW preta do advogado. – O loiro parece um baita idiota – acrescentou Melanie.

O carro arrancou, levando os dois no banco de trás, olhando fixamente para a frente, de cara fechada.

Erika resumiu o que haviam discutido.

– Precisamos encontrar alguém que possa nos dizer mais sobre esse grupo de garotas, ou melhor, de jovens mulheres. O sargento Crane está aguardando imagens do sistema de segurança da área em torno do Red Velvet. Também precisamos localizar o motorista de táxi que os levou até o apartamento do Jamie Teague... Já estou preocupada com a quantidade de pessoas envolvidas neste caso, e agora estamos investigando também os assassinatos de Neville Lomas e Terry DeVille...

Uma limusine preta virou na rua principal e parou diante da cancela do estacionamento.

– É a Cheri Shelton? – perguntou Erika.

– Ela disse que mandaria o carro dela para nos buscar. – Melanie lançou um olhar para a recepção da delegacia. – Não pega bem a gente entrar numa limusine.

A cancela se abriu, e o carro deslizou para dentro, brilhando tanto que fazia a pintura na lataria parecer líquida. O vidro escurecido baixou.

– Bom dia, senhoras – disse Cheri.

Um motorista jovem, alto, de uniforme e chapéu, saiu para abrir a porta para Erika e Melanie.

– Tem espaço de sobra – disse Cheri, movendo-se no banco de couro comprido para dar lugar. Usava um blazer preto, e seu cabelo loiro escapava debaixo de uma boina preta. A maquiagem era pesada: base clara demais, sombra esfumada nos olhos, cílios enormes e boca minúscula desenhada com batom vermelho. Erika se perguntou se ela estava tentando parecer enlutada, mas só lhe faltavam luvas brancas para fazer número como mímico de rua. – Querem uma bebida? Café? Algo mais forte? – No canto havia um barzinho com refrigerantes, água, vinho e cerveja.

– Estamos trabalhando – disse Erika.

– Só uma água, obrigada – acrescentou Melanie.

– Este é meu escritório sobre rodas, e aqui eu posso fumar. Diferentemente de táxis, trens, aviões e praticamente qualquer outro lugar. – Cheri acendeu um cigarro e ofereceu o maço. As duas recusaram. – Se incomodam se eu fumar? – perguntou, abrindo uma fresta da janela e soltando a fumaça.

– Vá em frente – respondeu Erika. Viu que Melanie também acenava positivamente, embora odiasse o cheiro. O coração de Erika afundou: estava claro quem tinha o controle da situação.

A limusine arrancou. Cheri tinha uma personalidade dominante, e Erika sabia que ela e Melanie precisariam impor sua autoridade ali.

– Então, como estão as coisas? – perguntou Cheri. – Tiveram alguma sorte em encontrar o desgraçado? – Ela sacudiu a cinza pela fresta da janela. Suas unhas eram longas e verdes; e os dedos, cheios de anéis.

– Acreditamos que uma das cinco mulheres que foram ao apartamento do Jamie na madrugada de sábado o matou.

– Jesus. Alguma delas deixou DNA?

Erika pensou nas luvas pretas, nas taças de champanhe vazias, nas camas do apartamento.

– Ainda estamos aguardando os resultados – respondeu.

O celular de Cheri, no colo, começou a vibrar com alertas. Quando o pegou, Erika viu a tela repleta de mensagens. Melanie também checou o dela.

– Deve ser um momento estranho para você. Equilibrar negócios com o luto – disse Erika.

Cheri não tirou os olhos do aparelho.

– É. E tenho jornalistas rondando, esperando a hora certa para publicar matérias de ataque.

– Ataque?

Cheri ergueu a sobrancelha.

– Não finja, detetive. Você sabe tão bem quanto eu o que anda circulando nas redes sociais.

– Jamie já usou os serviços de profissionais do sexo?

Melanie levantou os olhos do celular, onde rolava a tela.

– Pode ter dormido com alguma, e, se dormiu, duvido que ela tenha cobrado.

– Ele era heterossexual?

– Era. Pelo que sei. E eu sabia praticamente tudo sobre ele.

– Estamos investigando a morte do Jamie em conjunto com a de Neville Lomas...

– Aquele porco imundo de deputado?

– Sim, ele era parlamentar. – Erika explicou a ligação com a possível presença de uma profissional do sexo em sua morte. – Também estamos começando a identificar outra vítima.

– Não. Jamie nunca pagou por prostitutas. Ele tinha mulheres se jogando aos pés dele.

– E quanto à Rebecca Reid?

Cheri hesitou e abriu um sorriso cheio de dentes.

– Rebecca assinou um acordo de confidencialidade e recebeu uma boa bolada. Agora vive em paz numa casa linda na costa de Devon. Um baita pagamento por uma única noite deitada de costas.

Erika ficou chocada com o veneno em suas palavras.

– Você não acredita que Jamie a estuprou?

– Claro que não. Jamie não era um homem violento, e ele não está aqui para se defender... – A voz dela vacilou antes de se recompor.

– O crucial é que um juiz e um júri, em tribunal, decidiram por unanimidade que ele era inocente. – Erika percebeu que ela estava se exaltando. – Sim, as coisas saíram do controle, mas Rebecca tinha histórico de abuso de drogas e de violência contra ex-namorados. A defesa do Jamie também teve acesso ao celular dela. Havia mensagens em que ela planejava acusá-lo para conseguir um acordo financeiro ou um contrato com jornal. Entendeu? *Capisce*?

– Nunca vi um caso de assassinato em que a suspeita pudesse ser uma prostituta – disse Erika.

– E ainda estamos falando em "poderia ser" – interveio Melanie, lançando-lhe um olhar de reprovação.

O silêncio gelou o ar. Cheri as encarou, impassível. O celular vibrou de novo, mas ela o largou no colo e acendeu outro cigarro.

– Sou amiga próxima do comandante Marsh. Do Paul – disse. – Eu e a esposa dele, Marcie, estudamos juntas em Benenden. – Era uma das escolas femininas mais prestigiadas do país. Cheri estava mostrando conexões. Não queria discutir Jamie Teague nem prostitutas. – O Paul me garantiu que esse apelo à imprensa vai se concentrar em achar o assassino do Jamie e não em inventar histórias para manchar o nome dele.

– Este é meu caso, que está evoluindo rápido, e...

– Por que não aproveitamos para falar sobre sua relação de trabalho com o Jamie e como ele estava nos dias que antecederam o crime? – interrompeu Melanie, lançando outro olhar para Erika.

Cheri alternou o olhar entre as duas.

– Eu estava tentando convencê-lo a aceitar segurança 24 horas. Era um grande ponto de discórdia entre nós. Algumas semanas atrás, alguém tinha invadido o apartamento novo dele no Greenwich One e deixado uma garrafa de champanhe na cama com um bilhete.

– O que dizia? – perguntou Erika.

– Era uma carta de amor. Bem explícita, mas não havia nada violento. E era um champanhe de qualidade, nada vagabundo.

– Estava assinado?

– Não. Acho que não. Deve estar no meu escritório.

– Gostaríamos de ver essa carta – disse Melanie.

Cheri assentiu.

– Você chamou a polícia? – perguntou Erika.

– Sim, mas me disseram que não havia muito o que pudessem fazer.

– E as câmeras de Greenwich One? Registraram o invasor? – quis saber Melanie.

Cheri suspirou.

– As câmeras não estavam funcionando. O prédio é novo, estavam em manutenção ou algo assim. E tinha muita gente entrando e saindo: operários, entregadores... Quem quer que tenha entrado conseguiu fazê-lo sem ser visto por ninguém. Também não queria que Jamie soubesse. Era a casa nova dele. Se soubesse, contaria para a mãe, e Janice tinha feito uma cirurgia de ponte de safena tripla no ano passado. Se soubesse da invasão, ficaria arrasada. Eram muito próximos.

– Mas você não disse que queria que ele tivesse segurança particular?

– Sim. Mas havia outros motivos. Jamie era muito famoso.

Erika puxou uma foto das câmeras de Greenwich One mostrando as cinco jovens no elevador com Jamie e passou para ela.

– Estas são as cinco mulheres que voltaram com ele do Red Velvet. Reconhece alguma?

Cheri procurou algo na bolsa, tirou um par de óculos de armação tartaruga e o colocou.

– Não. Mas parecem do tipo.

– Que tipo?

– Do tipo que vive atrás de jogadores de futebol – disse, com desprezo. – Por que estão todas de luvas pretas?

– Ainda não sabemos. Talvez para não deixar impressões digitais.

– Você nunca viu nenhuma delas rondando Jamie? Nem e-mails estranhos, ameaças, nada nos últimos meses? – perguntou Erika.

Cheri voltou a encarar a foto, séria; a autoconfiança desaparecera.

– Havia muitas garotas... Ele sempre estava cercado de mulheres quando saía, mas nenhuma destas me parece familiar.

– Vamos tornar a credencial delas a peça-chave do apelo à imprensa – disse Erika.

– E garantimos que será um apelo respeitoso à memória de Jamie e à sua família – acrescentou Melanie.

CAPÍTULO 27

A limusine as deixou diante da ampla fachada de pedra Portland do antigo prédio do County Hall – agora o Marriott Hotel. Elas seguiram por um túnel arqueado imenso, com sete andares de altura, que conduzia a um pátio interno.

Cheri estava concentrada no celular, e os toques de novos alertas ecoavam sob os arcos de pedra atrás de Erika e Melanie.

– Por que você ficou fazendo promessas pra ela? – perguntou Erika.

– Recebi ordens do Marsh para mantê-la satisfeita.

– Ordens?

– Sim, Erika. Eu sei que você tem histórico com o Marsh, mas lembre-se de que, como oficial, ele ocupa o quinto posto mais alto na Polícia Metropolitana.

– Não precisa me dar aula sobre isso.

– Talvez precise. Não esqueça que eu sou sua superior – disse Melanie, acelerando o passo rumo à porta, com a expressão fechada.

No pátio, uma fonte jorrava água ruidosamente, e Erika parou por um momento. O borrifo gelado não era de todo desagradável depois da viagem abafada no carro. Os degraus da entrada principal passavam por uma placa: o edifício fora inaugurado pelo rei George V e pela rainha Mary em 1922. Servira ao governo e ao Conselho de Londres antes de ser fechado, abandonado e, depois, vendido para virar um Marriott Hotel.

Ao entrar no lobby, Erika ficou impressionada com o esplendor palaciano do prédio. Encontrou Melanie com Marsh e Colleen Scanlan, a assessora de imprensa da Polícia Metropolitana, no elegante restaurante do hotel, o Library. Ele trajava uniforme formal, impecável como sempre. Ao lado, Colleen parecia um pouco desalinhada, de saia longa e blusa xadrez. A mesa deles ficava junto à janela, com vista para o cinzento Embankment e para a London Eye. Lá fora, o vento do Tâmisa empurrava as pessoas pela calçada.

– Ah, oi, Erika. Onde está a Cherry? – perguntou Marsh.

– Está lá fora, ao telefone.

– Soube que a viagem de carro foi meio tensa.

Erika olhou para Melanie e ia responder, mas Cheri entrou no lobby nesse momento.

– Paul, *querido*, como vai?

Marsh se levantou e inclinou-se para beijá-la na bochecha.

– Cherry, que bom ver você. Estou bem, tudo ótimo. O café aqui é excelente. Quer um? – Erika notou que ele pronunciou o nome da empresária errado duas vezes, e Cheri não o corrigiu. Ele a apresentou a Colleen.

Erika viu Janice Teague entrar no lobby com Fiona Watson – a oficial de ligação da polícia com a família, que ela reconheceu vagamente. Com elas vinham um senhor baixo de terno preto e uma jovem alta, de cabelos loiros compridos, de vestido curto e jaqueta.

Devem ser o pai e a irmã de Jamie, pensou Erika, notando como Janice e a filha eram um pouco mais altas que o pai.

– Onde vocês querem que eu os coloque? – perguntou Fiona, indicando a família hesitante no saguão. Os olhos de Janice estavam vermelhos, à beira do choro. O homem parecia desconfortável; e a jovem, um pouco atônita, admirada com o lugar.

– Temos um espaço reservado, não? Para eles aguardarem – disse Marsh. – Mas devemos cumprimentá-los.

– Janice, querida! – chamou Cheri, acenando. – Charles! Karen! Como vocês estão?

Ela os abraçou um a um.

– Podia ser melhor – disse Charles, com forte sotaque escocês.

– Este é o comandante Marsh, da Polícia Metropolitana, e a superintendente Melanie Hudson. Você já conheceu a detetive-inspetora chefe Erika Foster, certo?

– Já – respondeu Janice.

– Quero expressar meus mais profundos pêsames – disse Marsh, passando pela família Teague e apertando as mãos. – Quero assegurar que estamos fazendo o possível para encontrar a pessoa terrível que fez isso. Meus melhores oficiais estão trabalhando dia e noite. Garanto a vocês.

Janice e Karen esboçaram sorrisos fracos.

– É bom conhecer os senhores – disse Charles, com um breve aceno.

– Eu trouxe algumas fotos. Achei que poderiam ajudar no apelo – disse Janice. Tirou da bolsa uma pasta plástica com fotos fofas de Jamie criança, inclusive uma foto escolar, aos 8 ou 9 anos, imagens dele na academia de futebol na adolescência e mais algumas em família.

Marsh olhou as fotos com entusiasmo um tanto exagerado.

– Perfeitas. Perfeitas. Cherry? Não acha que podemos usar estas durante o apelo?

– Sim, fotos ótimas, absolutamente *ótimas* – concordou ela.

Ao fundo, um grupo de seis profissionais surgiu no lobby. Eles pararam na entrada. Dois homens carregavam equipamentos de filmagem: um microfone boom longo, uma câmera em tripé e outros acessórios.

– Olá, somos da BBC News. Eu sou Alana Goldsmith, produtora – disse uma das mulheres. Apresentou-se a todos, oferecendo condolências à família Teague.

– Sim. A coletiva será aqui – disse Cheri, indicando o interior do Library com uma foto de Jamie e Karen, ainda pequenos, montados num burrinho no Zoológico de Banham.

– Eu trouxe algumas fotos – repetiu Janice, abrindo-as nas mãos como um leque de cartas.

– Ótimo. Podemos usar, claro – disse Alana, com um entusiasmo protocolar. Em seguida, virou-se para Cheri. – Temos a unidade móvel estacionada lá fora. O porteiro está dificultando nossa entrada.

– Colleen, vamos levar os Teague para a sala de espera no segundo andar – disse Marsh. – Eles podem tomar um café e comer alguma coisa enquanto o pessoal prepara a transmissão. – Sorriu, um tanto sem jeito, e endireitou o uniforme.

Quando Colleen tentava conduzi-los para fora do Library, outra equipe de TV e um produtor chegaram, e dois funcionários do hotel apareceram carregando pilhas de cadeiras.

Erika sentiu que tudo caminhava para o caos e pediu para falar com Marsh e com a produtora.

– Eu preciso estar em toda conversa sobre o apelo na TV – disse Cheri.

Marsh esperou os Teague saírem com Fiona e então indicou a Erika, Melanie e Cheri que fossem para uma mesa num canto do lobby.

– Eu gostaria de aproveitar a coletiva para fazer um apelo mais amplo, incluindo duas vítimas além de Jamie.

– Espere – disse Marsh, erguendo a mão. – Duas vítimas adicionais?

Erika explicou rapidamente como chegara a Terry DeVille.

– Algo que surgiu há poucas horas? Não – disse Marsh.

– Então podemos, ao menos, mencionar a morte de Neville Lomas? Conseguimos vincular os casos pelas polaroides assinadas. Eu gostaria de reter esse detalhe da imprensa por ora, mas é suficiente para seguirmos uma ligação direta.

– A família do Jamie não sabe das polaroides – disse Cheri. – E você realmente quer abalá-los a tão pouco da coletiva?

– Eles vão ficar abalados de qualquer jeito – disse Erika. – E eu acabei de dizer que não queremos mencionar as polaroides neste momento.

Melanie e Cheri olharam para Marsh. Ele começou a falar, mas Alana voltou com um iPad. Erika notou que ela agora usava um fone no ouvido.

– Desculpem interromper. Tenho os materiais visuais para a transmissão.

Erika estendeu a mão, mas Alana entregou o iPad a Marsh. Ele rolou as imagens estáticas das cinco mulheres, de Jamie e dos amigos no elevador do Greenwich One.

– Estas não são as imagens que eu selecionei – disse Erika.

Alana olhou de Erika para Marsh e tocou o auricular.

– Precisam de mim na unidade externa. Posso deixar isto com vocês para confirmarem o quanto antes?

Erika assentiu e pegou o iPad.

– Enviei as imagens do sistema de segurança para a assessoria e para a Colleen esta manhã. Estas são diferentes.

– Ah, sim. Parece que estas são as capturas enviadas pelo meu gabinete – disse Marsh.

– E esta não é a declaração que eu redigi – disse Erika, deslizando até um documento no final.

– Sim. Eu fui convidada a colaborar em nome da família, não é, Paul? – disse Cheri.

– Erika, isto é apenas um caso de duplicação acidental – disse Marsh.

– Eu sou a responsável pelo caso. Alterar a declaração não é “duplicação acidental”.

– Erika, estas imagens são ou não são do sistema de segurança da noite em que Jamie Teague foi assassinado? – perguntou Marsh.

– São, sim.

– E esta declaração traz os fatos sobre a vida do Jamie e seus últimos passos, certo? A Cheri sabia tudo sobre ele, então faz sentido eu pedir a contribuição dela. Certo?

Erika devolveu o iPad. Não gostou de ver Marsh tentando pintá-la como irracional.

– Só acho que não é bom, para a coerência do trabalho, termos dois gabinetes fazendo o briefing de um mesmo caso, senhor. Minha equipe, minha excelente equipe, está tocando a investigação em Lewisham Row, então toda comunicação deveria passar por eles, via assessoria de imprensa.

Alana voltou à mesa.

– Está tudo aprovado?

Marsh, Melanie e Cheri olharam para Erika, que ainda segurava o iPad – e ela percebeu que estava em minoria.

CAPÍTULO 28

Uma hora depois, Erika saiu da reunião e tentou encontrar algum lugar para fumar. A única opção era uma pequena área isolada por cordas, num canto do pátio interno.

Ela acendeu o cigarro e observou enquanto uma terceira unidade móvel de transmissão chegava, destruindo a brita bem alinhada em volta da fonte, em frente à entrada do hotel.

Um emaranhado de grossos cabos de televisão agora serpenteava até o interior do prédio, atravancando a porta giratória. Hóspedes do hotel eram redirecionados para uma entrada lateral menor, o que deixava o porteiro, de casaca, cartola e luvas, visivelmente contrariado.

Era estranho perceber como uma equipe de televisão e um hotel de luxo transformavam a morte de Jamie Teague em um verdadeiro circo.

O hotel havia instalado barreiras de contenção de metal no pátio, e já havia pessoas se aglomerando por trás delas, observando a movimentação.

De onde essas pessoas saíram?, pensou Erika. *Será que sabem mesmo o que está acontecendo? Ou foi a Cheri que mandou chamar?*

Erika tragou o cigarro e observou enquanto uma das equipes de notícias começava a filmar o público atrás das grades.

Ela pegou o celular e ligou para Moss.

– Como estão as coisas por aí? – perguntou Moss.

– Uma farsa – respondeu Erika. – Acabei de sair de uma reunião com Marsh, Melanie, produtores da BBC e da ITN e a empresária do Jamie Teague. Parece que esse apelo público virou uma espécie de tributo memorial a Jamie Teague.

– O quê?

– O material que enviei pelo gabinete de imprensa foi parar nas mãos da Cheri Shelton, via escritório do Marsh. E agora eles querem encher a coletiva com aquelas fotos fofinhas de infância dele... Além disso, a mãe escreveu um poema que quer ler. É curto, mas mesmo assim.

– E as imagens do elevador, das meninas-falha-na-matrix?

– Sim, vão incluir. Mas só isso. A ideia é focar nessas imagens e divulgar um telefone e um e-mail para que qualquer pessoa com informações entre em contato.

– E quem vai atender essas linhas e e-mails? – questionou Moss.

– A Melanie deve te ligar.

– Isso significa hora extra. Não que seja problema, mas ninguém fala nada com a gente... além de você – acrescentou Moss.

– Eu sei. Desculpa.

– Não é culpa sua.

Erika tragou fundo o cigarro, e seus olhos se prenderam a um enorme painel com o logotipo da Polícia Metropolitana, que dois homens retiravam da traseira de uma van para carregar até dentro do hotel.

– Recebi ordens diretas do Marsh: nada de mencionar o assassinato do Neville Lomas, nem o do Terry DeVille – disse Erika. – Até entendo sobre o Terry, mas o Neville Lomas...

– Falei com o porteiro do prédio do Lomas. Aquelas câmeras só guardam as imagens por trinta dias antes de apagarem. Não temos nada da noite em que ele foi morto – informou Moss.

– Já imaginava que seria assim – respondeu Erika, com um peso na voz.

– O Crane também entrou em contato com um conhecido dele no Conselho de Southwark. Eles administram as câmeras da orla, que cobrem o caminho do Tâmisa perto dali. Mas a política é a mesma: depois de 31 dias, se não houve crime registrado oficialmente naquele local, as imagens são deletadas.

– Então, só nos resta torcer por um milagre – comentou Erika, seca.

Moss hesitou um instante antes de continuar:

– Consegui mais informações sobre o Terry DeVille. Há um corretor tentando vender a casa dele em West London. Ele morreu sem deixar testamento, não tinha herdeiros diretos, e o imóvel está caindo aos pedaços, com infiltrações e problemas estruturais. Parece que ninguém mexeu em nada desde que a perícia terminou o trabalho, em novembro passado.

– Você consegue mandar alguém até lá para dar uma olhada?

– Só amanhã de manhã.

Erika suspirou.

– Certo. Já é alguma coisa. Bom trabalho.

Do outro lado da linha, houve um silêncio breve.

– Essa coletiva vai ser transmitida ao vivo? – perguntou Moss, enfim.

– Vai.

– Pois bem... em transmissão ao vivo, qualquer coisa pode acontecer.

Erika puxou a última tragada do cigarro, apagou-o sob o sapato e murmurou:

– Exatamente o que eu estava pensando. Melhor eu ir – disse ela enquanto olhava em volta para o movimento crescente no pátio do hotel. – Só garanta que a Melanie te ligue sobre o plantão da linha de apelo.

Annabelle caminhava devagar de volta para a Kensington High Street. A rua estava cheia: muitas duplas de mães e filhas, todas vestidas como Kate Middleton, com cabelos lisos, rostos rosados e brilhantes. Contrastavam fortemente com os simples mortais que precisavam trabalhar para viver – entregadores e atendentes de loja.

Para sua surpresa, Annabelle sentiu fome. Comprou um bagel e um café em uma lanchonete chique e seguiu para o Kensington Palace. Seu banco favorito estava livre, e ela se sentou. Tirou o bagel do saquinho de papel: pão de papoula tostado, recheado com manteiga de amendoim. Estava prestes a dar a primeira mordida quando notou um minúsculo ponto de sangue no pulso, bem sobre aquele osso saliente. O sangue estava seco. Pegou um guardanapo da embalagem e esfregou com força. De repente, o apetite desapareceu.

O celular vibrou com uma notificação. Ela largou o bagel, tirou o aparelho e percebeu, com interesse e um certo receio, que dois dos alertas que configurara no Google haviam disparado ao mesmo tempo. O de Jamie Teague vinha pipocando sem parar nos últimos dias, como esperado. Mas o de Neville Lomas – silencioso por meses – agora soava sem parar.

Clicou no primeiro link e viu que tinha sido acionado por um apelo policial à imprensa. Com as mãos trêmulas, abriu o vídeo.

Na tela, uma mulher magra, de ar cansado e cabelos curtos e loiros, falava diante de um grande painel da Polícia Metropolitana. À sua frente, em uma placa sobre a mesa, lia-se: DETETIVE-INSPETORA CHEFE ERIKA FOSTER.

– Também nos preocupa que o assassinato de Jamie Teague possa estar ligado à recente morte do deputado Neville Lomas... – dizia ela.

– Devemos reiterar que este apelo é sobre Jamie Teague – interrompeu uma voz masculina. A câmera se afastou, revelando um oficial sentado ao lado dela. A placa à sua frente trazia: COMANDANTE MARSH. O enquadramento mais amplo mostrava a mãe de Jamie, de olhos vermelhos, sentada ao seu lado, o marido abraçando-a pelos ombros.

– Sim. Mas temos provas que ligam o assassinato de Neville Lomas ao de Jamie Teague – insistiu Erika Foster, falando com paixão, enfática. – Também pedimos que qualquer pessoa que estivesse próxima à OXO Tower ou aos apartamentos residenciais no Tâmisa na sexta-feira 13 de janeiro deste ano e tenha visto algo ou alguém suspeito, entre em contato pelo número na tela.

Ficava claro que a detetive saía do roteiro combinado. Houve um silêncio constrangedor; a câmera alternou rapidamente entre os policiais e os familiares à mesa. Depois mostrou a plateia: fileiras e mais fileiras de jornalistas com blocos de notas, microfones e câmeras posicionadas nos quatro cantos da sala.

– Gostaria apenas de reiterar que estamos em busca de qualquer informação sobre essas mulheres vistas com Jamie Teague na noite em que morreu – disse Marsh, ajeitando o microfone. Em seguida, exibiram o vídeo da câmera de segurança dos elevadores do Greenwich One.

As mãos de Annabelle tremeram ao ver as cinco garotas, todas de vestidos pretos rendados, perucas longas e maquiagem pesada, usando as próteses criadas por Jessica.

Jesus. A *Jessica.* E se ela tivesse visto aquilo? E se tivesse ligado para a polícia? Annabelle sempre fora meticulosa em cobrir os rastros, mas naquele instante percebeu que acertara ao visitar Jessica.

O vídeo congelou em uma imagem dos cinco rostos olhando para a câmera do elevador. O zoom aproximou cada um deles.

– Acreditamos que essas mulheres usaram nomes falsos e talvez algum tipo de disfarce para se parecerem tanto entre si – concluiu Marsh. – Estamos pedindo que se apresentem e colaborem com nossas investigações.

O clipe terminou. O apelo havia acabado de ir ao ar, mas o celular de Annabelle já vibrava novamente com mais notificações sobre Jamie Teague e Neville Lomas.

Ela ergueu os olhos. O parque estava quase vazio, exceto por uma mulher distante passeando com um cachorrinho.

Tinha acontecido. A polícia havia ligado os pontos entre Jamie Teague e Neville Lomas. O jogo começara.

Annabelle recostou-se, fechou os olhos e sentiu o sol fraco aquecendo seu rosto. Euforia e medo corriam em doses iguais pelas veias. Seria interessante ver se alguma das quatro mulheres entraria em contato com a polícia. Nenhuma a vira sem o disfarce, apenas Jessica. E agora essa ponta solta estava amarrada. Por pouco: mais uma ou duas horas e ela poderia ter visto o apelo.

Pegou o celular de novo, abriu a transmissão da coletiva desde o início. Não era todo dia que alguém se via na TV. Digitou o número da linha direta em seu telefone descartável e fez a ligação.

CAPÍTULO 29

Erika chegou em casa às 6 da tarde, exausta. Pediu um delivery e decidiu acender a lareira. George veio se sentar ao lado dela enquanto ela montava uma pirâmide de gravetos, preenchendo-a com páginas amassadas do jornal local.

Acendeu um fósforo, e o papel estava tão seco que pegou fogo rapidamente. Em poucos segundos, os gravetos crepitavam em chamas. Erika se inclinou para pegar mais lenha na velha caixa ao lado da lareira e encontrou apenas um tronco enorme e irregular. Grande demais para colocar tão cedo no fogo. Precisaria alimentá-lo com pedaços menores de madeira – o que significava ir até o galpão.

Pegou a caixa, destrancou a porta da cozinha e saiu para o jardim. A luz de segurança sobre a porta se acendeu, iluminando o gramado escuro, e ela apressou o passo até o galpão no fim do pequeno quintal. George ficou dentro, observando-a do tapete da cozinha. O frio beliscava suas mãos expostas enquanto ela lutava com o trinco da porta.

Erika detestava o galpão e o jardim à noite. Um beco corria ao longo do muro no fundo, e mais de uma vez ela ouvira passos arrastados ali, tarde da noite. Ela hesitou, achando ter ouvido algo novamente, mas o jardim estava silencioso.

A porta do galpão rangeu levemente, e Erika iluminou a pilha de lenha com a lanterna do celular. Mas havia algo ainda pior ali dentro: aranhas. Engolindo a repulsa, pegou o máximo de pedaços que conseguiu carregar na velha caixa. Por sorte, nenhuma aranha surgiu, mas a luz do celular revelou uma teia enorme e translúcida no canto direito do galpão.

– *Argh*!

Com cuidado, Erika enfiou a mão novamente no monte e juntou mais alguns pedaços de lenha. Quando se virou, uma figura estava parada na entrada do galpão.

Erika gritou, derrubando a caixa e o celular, cuja luz a cegou momentaneamente.

– Não vou machucá-la – disse uma voz masculina.

Erika pegou o celular de volta. O homem careca, de terno cinza com listras prateadas, ostentava uma mancha de nascença sob o olho. Ele ergueu a mão para bloquear a luz.

– Não vou machucá-la – repetiu. A voz era suave, mas seca.

Erika estava presa na porta estreita. Tentou sair, mas ele se moveu, bloqueando sua passagem.

– Quem é você? – perguntou, notando o tremor em sua voz.

– Por favor, abaixe a luz.

Ela desviou o facho do rosto dele. As listras do terno cintilavam no clarão duro da lanterna.

– Quem é você?

– Posso ser um amigo.

– Como entrou aqui?

Seus olhos enormes se voltaram em direção ao portão, que estava entreaberto. O branco dos olhos fazia Erika pensar em ovos cozidos cheios de veias. Ele voltou a fitá-la, e as pupilas se contraíram na luz.

– Sempre espero ter que me explicar apenas uma vez. Você não vai querer uma segunda visita minha. – A calma em sua voz carregava um hipnotismo sinistro.

– Pode sair da frente? – pediu Erika. Aranhas já não eram o problema; só queria sair daquele galpão apertado e empoeirado.

Ele ergueu a mão e coçou o nariz. Os dedos eram curtos e grossos, e um anel de ouro com um brasão verde estava enterrado na carne do indicador.

Um miado se fez ouvir. George se aproximava do homem.

Ele pegou o gato no colo e o ergueu acima da cabeça, deixando as patinhas penduradas.

– Quem é este jovem cavalheiro?

– Ponha-o no chão.

– Acho que ele gosta de mim. – George miou mais alto. O homem o baixou e o embalou nos braços, acariciando o pelo preto com os dedos grossos. O gato se debateu para escapar.

– Ele não gosta de você.

O homem apertou mais forte, até que George parou de se debater, erguendo os olhos como se tivesse sido capturado.

– Você pode dizer o que quiser sem machucar meu gato.

– Posso? Você parece bem à vontade para desobedecer ordens... Shhh, shhh, isso. – Ele acariciava George, que se debatia para fugir. – Neville Lomas é vítima de homicídio, parte da sua investigação. É melhor andar com muito cuidado, detetive.

– Por favor, solte-o e eu escuto você.

Ele aproximou o gato do rosto e beijou-lhe o pescoço. Depois, o largou. George saltou para o chão e disparou para os arbustos.

– O que Neville Lomas fez?

– *Fez*? Ele morreu, detetive. Foi vítima de um assassinato brutal. Qualquer outra coisa que descubra é irrelevante.

– Você sabe quem é o assassino?

Ele riu baixo.

– Isso está muito abaixo do meu nível: caçar assassinos comuns e ordinários. Estamos felizes em deixar que você os pegue.

– Preciso das imagens do sistema de segurança do apartamento de Neville Lomas.

– Detetive, não estou aqui para tratar de expediente ou miudezas.

– O que você quer de mim?

– Há fatos sobre o senhor Lomas que ninguém precisa conhecer. Eu poderia ter quebrado o pescoço do seu gato com um só movimento, mas não. Ganhei a confiança dele. Confie em mim, e nada de ruim lhe acontecerá.

– Não gosto de encobertamentos – disse Erika, a voz fraca.

– Siga ordens e terá uma carreira longa e bem-sucedida.

– E se não? – arriscou Erika, mas a bravata não alcançou a voz.

Ele já não estava lá. Sumira pelo portão dos fundos, engolido pelas sombras.

Apesar do frio, Erika suava e tremia. Encostou-se à porta por um momento, respirou fundo e correu até o portão. Iluminou o beco com o celular, mas estava vazio. Lembrou-se do que Isaac havia dito sobre a visita do homem de terno cinza: que ele tinha “uma aura de poder sombrio”. Na hora, soara exagerado. Agora, ela concordava.

Fechou o portão, atravessou o gramado às pressas e entrou em casa, bateu a porta e a trancou.

O fogo havia se apagado, e ela começou a reacendê-lo, tentando se acalmar, tentando não se deixar abalar.

A campainha tocou, fazendo-a sobressaltar. Logo em seguida, o celular vibrou. Sua comida havia chegado. Mas o apetite tinha desaparecido.

CAPÍTULO 30

Erika não dormiu muito na noite seguinte à visita do homem de terno cinza. George voltou pela portinhola de gato nas primeiras horas da madrugada e se aconchegou na curva de suas costas em busca de carinho.

Ela acordou com o celular tocando às 6 da manhã e ficou aliviada ao ver que era McGorry ligando.

– Bom dia – murmurou rouca, limpando a garganta antes de repetir: – Bom dia.

– Bom dia, chefe. Está bem? – perguntou McGorry.

– Estarei depois de um café.

Houve uma pausa.

– Se serve de consolo, acho que você fez a coisa certa ontem... A equipe toda acha. Até a Dahlia.

Erika ficou grata pelo apoio. Chegava a ser curioso descobrir que até Dahlia estava do seu lado.

– Obrigada, eu aprecio isso. Agora, o que posso fazer por você?

– A Moss me passou o contato do corretor responsável pela casa de Terry DeVille, e ontem à noite consegui as chaves. Quer ir comigo dar uma vasculhada? Imaginei que talvez você quisesse evitar a delegacia por um tempo.

Pela primeira vez, Erika ficou satisfeita de a ligação não ser sobre Neville Lomas.

– Sim, seria bom.

– Ótimo. É em Barnes. Estou te mandando o endereço agora.

Quando desligou, Erika viu várias mensagens irritadas de Melanie e Marsh, exigindo que ela comparecesse a uma reunião. George ronronava e esfregava a cabeça na perna dela.

– Queria poder te ensinar a me fazer café da manhã quando o Igor não está aqui para isso – disse ela, coçando atrás de suas orelhas. Na noite anterior, desejara com força a presença de Igor em sua cama, só para se sentir mais segura.

George ronronou e a encarou com seus lindos olhos verdes.

– Está bem? Me desculpe por ter entrado em pânico. Eu devia tê-lo acertado.

George miou em concordância. Erika o pegou nos braços e desceu em busca de cafeína.

Erika saiu de casa uma hora depois. Gostava de dirigir, e uma viagem mais longa era uma boa desculpa para clarear as ideias. Barnes era uma pequena vila às margens do Tâmisa, quase no limite oeste da Grande Londres.

Terry DeVille morava em uma casa grande, no fim de um beco sem saída paralelo à rua principal. McGorry já a esperava em seu carro, estacionado em frente. Tinha trazido um café para ela, gesto que Erika agradeceu. Ele não comentou nada sobre a coletiva de imprensa do dia anterior.

– O corretor disse que tem tido dificuldades para vender desde a morte de Terry DeVille. Há problemas de infiltração e de estrutura; caso contrário, já teria sido vendida num piscar de olhos. É por aqui – explicou McGorry, guiando-os por um beco entre duas casas geminadas em ruínas. Eles saíram em um pequeno pátio diante de casa baixa e comprida, com janelas de guilhotina. A porta principal tinha vidro colorido na moldura.

Erika pegou a chave das mãos de McGorry e abriu a porta. Sentiu a resistência de cartas acumuladas no capacho. O interior era mal iluminado e cheirava a mofo e umidade.

– Faz quatro meses que ele morreu – disse Erika.

– O advogado contou que veio aqui duas vezes nesse tempo, só para verificar. Mas nada foi mexido desde que a polícia deixou a cena do crime.

– Sabemos se levaram alguma coisa?

– Não.

– Descubra.

Eles entraram na penumbra. Do lado esquerdo, uma fileira de casacos ocupava a parede, e precisaram se espremer para passar. Ao fundo do corredor, havia uma escada do lado direito. O pelo da nuca de Erika se eriçou, e ela ficou alerta. Lançou um olhar a McGorry, que parecia igualmente desconfortável. Erika abriu a porta diante dela.

O cômodo estava abarrotado de móveis e com as cortinas fechadas. Ela contornou as formas escuras até encontrar o cordão e puxou. A luz inundou o ambiente. Uma fileira de janelas se abria para um pátio, atrás de uma cerca viva baixa, e logo além corria o Rio Tâmisa, marrom e turvo.

– Eu não sabia que ele morava bem na beira da trilha do Tâmisa – comentou McGorry.

– Essa cerca é muito baixa. Seria fácil alguém pular.

Eles se voltaram para observar a sala de estar. Havia sofás antigos empoeirados, com franjas, e as paredes eram cobertas por estantes rangentes. Em um canto, uma velha TV Trinitron, daquelas de tubo, repousava sobre rodinhas, coberta de jornais e revistas. Acima dela, uma prateleira longa estava tomada por fitas VHS.

Uma lareira funda, de tijolos grossos, separava as estantes. No canto, um piano estava soterrado sob vasos de barro com plantas costela-de-adão, agora secas e amareladas. Poeira dançava nos feixes de sol.

Na estante ao lado da TV, uma fileira de álbuns pretos chamava atenção. Na lombada, estampava-se a marca Polaroid. Erika puxou o primeiro, abriu-o. Esperava encontrar fotos assinadas por Annabelle, mas, dentro dos plásticos, havia dezenas de fotos de teste: em cada uma, um jovem encarava a câmera, segurando uma folha com o nome escrito em marcador preto.

McGorry se aproximou. Ao folhearem, as fotos iam ficando mais informais, e alguns rapazes apareciam sem camisa. Enfiado numa aba no fundo do álbum havia um maço de polaroides de jovens nus, posando em um sofá listrado de rosa e verde, encardido.

– É este sofá – disse McGorry.

Erika apoiou o álbum no joelho, examinou, depois recolocou as fotos dentro dele e puxou outro da prateleira. Folheou mais imagens semelhantes. No fim, novamente, fotos ainda mais explícitas: um jovem de joelhos fazendo sexo oral em um homem não identificado; outro, de barba preta, deitado na cama, abrindo as pernas para a câmera. McGorry fez uma careta.

– Que tipo de testes esse cara fazia? – perguntou.

– Vários programas de TV britânicos, comerciais, alguns filmes.

– E esses garotos fariam qualquer coisa por uma chance?

– Gostaria de saber quando essas fotos foram tiradas. Não há datas. – Erika olhou a estante. Havia mais de vinte álbuns. – Precisamos recolher tudo isso e levar. Depois, vasculhar cada prateleira.

– E se essa Annabelle só começou a deixar polaroides na segunda cena do crime? – sugeriu McGorry.

Erika olhou ao redor da sala abarrotada. Então franziu o nariz.

– Que cheiro é esse? Parece carne. – Ao lado da lareira havia uma caixa de lenha, outra com latas vazias e, sobre uma bandeja, um pão e um pacote de patê de fígado, meio comido. Erika tocou o pacote. – Está gelado. Se Terry foi morto há quatro meses, de onde isso veio?

De repente, ouviram um rangido no andar de cima. Passos atravessavam o teto.

– Por favor, não me diga que é o fantasma dele – sussurrou McGorry.

Erika levou o dedo aos lábios, e eles deixaram a sala.

Agora o corredor estava mais claro, iluminado pela luz que vinha das janelas descobertas. Avançaram em silêncio até outra porta. Erika abriu. A pia da cozinha transbordava de louça suja, a torneira gotejava lentamente. Uma fileira de persianas claras e manchadas cobria as janelas, mas eram finas o bastante para deixar a luz passar.

Eles seguiram pelo corredor em direção à escada. O som de passos se moveu pelo teto. Ficaram imóveis por um instante, em silêncio, e então Erika ouviu a escada ranger, como se alguém estivesse subindo lentamente de volta.

– Quem está aí? – chamou Erika. – Somos policiais. Meu nome é Erika Foster, este é meu colega John McGorry. Você está invadindo uma propriedade.

O silêncio durou um instante. Então um homem muito alto e magro desceu com as mãos erguidas. Usava jeans desbotados e um suéter preto. O rosto era anguloso; a barba, espessa e escura.

Algo se projetava do bolso de trás, sob o suéter.

– O que tem aí?

Ele puxou uma garrafa pela metade de xarope de groselha-preta da marca Robinsons.

– Não é puro, diluí o resto. – O sotaque de Liverpool era carregado. Erika não conseguia definir sua idade: poderia ter 20 ou 40.

– Quem é você?

– Meu nome é Russel Milligan.

– Por que está aqui?

– Tô sem casa. Quer dizer, tava. Conhecia o Terry. Tínhamos uma relação. Ele era meu namorado, de certa forma, até alguém dar cabo dele. Descobri que a casa continuava vazia. Vim morar aqui. Não arrombei nada.

– Você é um dos caras que ele fotografava? – perguntou McGorry.

Isso pareceu acender um gatilho em Russel.

– Como sabem disso? – disse, avançando sobre eles e elevando a voz. Parou ao pé da escada, e, de perto, Erika sentiu seu cheiro: suor velho e cabelo ensebado.

Ela ergueu a mão.

– Calma. Você não está encrencado.

– Espero que não. Não é ilegal tirar fotos íntimas em privado, entre adultos consentindo.

– O quanto você conhecia o Terry?

– Já disse. Éramos um casal, de vez em quando.

– Estamos investigando o assassinato dele.

– Não fui eu. Não tava aqui quando ele morreu. Tava viajando, em turnê. Só soube que tinham matado ele quando voltei a Londres.

– Tem tempo para conversar com a gente? – perguntou Erika.

– Tenho todo o tempo do mundo.

CAPÍTULO 31

Russel Milligan parecia gostar de ouvir a própria voz. Sentou-se em uma das pontas de um sofá afundado e respondeu às perguntas sem hesitar.

– Estou morando aqui, de vez em quando, nos últimos quatro meses. Tenho a chave – disse, tirando-a do bolso do jeans. – Chave que o Terry me deu, diga-se de passagem, e nunca pediu de volta. Então não podem me acusar de arrombamento. E vou logo avisando: paguei a última conta de luz e de água. Mais de 200 libras, inclusive. Estavam prestes a cortar.

– Terry deu a chave para mais alguém? – perguntou Erika.

– A faxineira tinha uma. O advogado tem outra. Aposto que ele distribuiu para outros namoradinhos no passado. E chegou a ter até uma assistente de elenco de verdade, por um tempo.

– Como assim "de verdade"? – indagou Erika.

– Uma moça jovem. Foi a única vez que ele contratou alguém profissional para o trabalho, e não um namorado qualquer.

– Qual era o nome dela?

– Eve... Eva... Evie? Alguma coisa com E, não lembro direito.

– Quando foi isso?

– Uns três, quatro anos atrás. Ela não durou muito. Terry brigou com ela por uma bobagem.

– Você tem algum contato dela?

– Não. Mas o número dela pode estar por aqui, perdido nesse caos – disse, abrindo os braços para o ambiente abarrotado.

– Já vimos as fotos nos álbuns da estante – disse McGorry, indicando-os.

– Sim. Fotos de teste.

– E as que estão soltas no fundo?

– Também de teste. Você gosta disso, é?

– Sou hétero.

– É o que todos dizem... até umas cervejinhas depois, quando estão sem roupa e com os tornozelos atrás das orelhas.

McGorry ignorou a provocação.

– Muitos desses rapazes parecem bem jovens. Você estava presente quando essas fotos foram tiradas, Russel? Foi você quem segurou a câmera?

Russel balançou o dedo em negação.

– Não, não, não. Eram encontros consensuais. Olhem as fotos: todos têm pelos. Terry fazia questão disso.

Erika notou a expressão de desgosto no rosto de McGorry, sentimento que compartilhava.

– Terry era gay? – perguntou.

– O papa é católico? – retrucou Russel, inflando as narinas. Pegou um maço de cigarros amassado no bolso e, ao tentar acender, deixou o isqueiro cair. Erika foi mais rápida e o apanhou do chão.

– Escute aqui, Russel. Você pode achar isso engraçado, um showzinho, mas estamos investigando um assassinato brutal. E você... bem, devo listar? Relações sexuais com menores, produção de material explícito com menores...

McGorry, teatral, já vestia luvas de látex. Abriu um saco plástico de evidências e começou a guardar os álbuns de polaroides da estante.

– Então sugiro que leve nossas perguntas a sério.

Russel empalideceu, endireitando-se. Erika devolveu-lhe o isqueiro. Ele acendeu o cigarro, agora com as mãos trêmulas e a voz mais submissa.

– Eles não eram menores. Terry sempre pedia documento. Tinham que ter mais de 16.

– Que tipo de documento? – perguntou McGorry, guardando três álbuns dentro do saco e colocando-o sobre a mesa de centro.

– Passaporte, carteira de motorista – respondeu, nervoso.

– E se não tivessem? Pedia as duas últimas contas de luz, era isso? – ironizou McGorry.

– Russel, você sabe os nomes desses rapazes das fotos escondidas? – perguntou Erika.

– Nem todos.

– Como Terry os encontrava?

– Ele não procurava. Eles é que vinham até ele. Terry era conhecido no meio e tinha dinheiro. Sei que essa casa não parece, mas ele vivia saindo para os clubes de Londres, gastando à vontade. Sempre havia garotos atrás dele. Sem falar naquele reality show, uns anos atrás, procurando a próxima estrela de novela... Esqueci o nome, mas era tipo *The X Factor* para elenco de TV ruim.

McGorry ergueu um álbum, mostrando a foto de um rapaz nu, deitado no sofá onde Russel estava sentado.

– E o que eles ganhavam com isso?

– Sexo. Excitação – respondeu Russel, apagando o cigarro em um cinzeiro que estava transbordando. Levou a mão ao rosto, os olhos úmidos. – Eu sei o que parece, mas não era tudo... sujo. Foi duro, sabe? Perder ele.

Erika, tentando afastar da cabeça a imagem de todos os corpos nus que já deviam ter passado por aquele sofá, foi direta:

– Você já viu alguma polaroide assinada com o nome "Annabelle"?

– O quê? Não. Terry nunca fotografou garotas. Mulheres.

Erika lançou um olhar para as janelas que davam para a trilha do Tâmisa.

– Este lugar não parece nada seguro. Já tiveram problemas com invasões?

Russel acompanhou seu olhar, como se notasse a vulnerabilidade pela primeira vez.

– Não que eu saiba. A trilha do Tâmisa ali fora fica 2 metros abaixo do nível do jardim.

– O relatório policial diz que foi a funcionária da limpeza quem encontrou o corpo de Terry.

– Sim.

– Você a conhecia?

Ele assentiu.

– Sim. Era a Bev. Trabalhava com Terry há anos.

– Conversou com ela depois da morte dele?

– Sim.

– Ela sabe como o assassino entrou?

– Não. E não houve sinais de arrombamento. A polícia disse que Terry deve ter deixado a pessoa entrar.

– Sabe onde ela está agora?

Russel respirou fundo, olhando pela janela.

– Foi demitida.

– Por quem?

– Pela empresa... ou melhor, pelos advogados encarregados de decidir o que fazer com os bens do Terry. Se não encontrarem herdeiros, a casa será leiloada e o dinheiro vai para o Estado... É tipo *Downton Abbey*. Estão tentando achar algum primo distante, ou algo assim, mas sem sucesso. Eu é que devia ter me casado com ele.

– Pode nos dar o número da Bev?

– Posso. Mas não vai adiantar. Ela morreu de infarto logo depois do Natal.

– E as outras pessoas da vida do Terry?

– Estão olhando para elas. Ele tinha a vida pública, superficial. E a privada: eu, Bev... e a mãe dele, enquanto era viva.

– O que aconteceu com o telefone do Terry?

– A polícia levou.

O silêncio caiu sobre a sala, interrompido apenas pelo crepitar dos sacos plásticos de evidência sendo fechados por McGorry.

– Quero dar uma olhada na cozinha – disse Erika.

Russel, curvado com o maço de cigarros nas mãos, concordou.

Eles atravessaram o corredor. Assim como a sala, a cozinha era uma verdadeira caverna do Ali Babá: três aparadores de madeira lotados de plantas murchas, livros de culinária, panelas e bugigangas.

– A polícia revirou tudo – disse Russel. – Foi a primeira vez que vi uma casa ficar mais arrumada depois de uma batida. Bev também deu uma limpada.

McGorry abriu a velha geladeira enferrujada. As prateleiras de baixo estavam cheias de picles e condimentos. Na de cima, caixas de filme Polaroid. Erika pegou uma: Polaroid Color i-Type, oito fotos por cartucho. Várias caixas soltas estavam alinhadas à frente, e um lote inteiro estava embalado em celofane.

– Terry usava muito filme? – perguntou McGorry.

– Sim. Para os testes. Comprava no atacado, como despesa de trabalho. Tudo legal.

McGorry fechou a geladeira. Erika percorreu o cômodo com os olhos. Entre uma pilha de roupas sujas, notou uma caixinha de joias infantil, branca com estrelas prateadas descascadas.

– Sabe de onde veio isso? – perguntou.

– Não. Achei que fosse da mãe dele, mas ela era uma senhora de classe. Nunca teria uma coisa dessas, de menina adolescente. A polícia recolheu impressões digitais, como em tudo. Bev encheu um saco do aspirador com aquele pó.

Erika pegou a caixinha e abriu a tampa. Era do tipo que trazia uma bailarina que girava quando se dava corda. O interior era feito de um material sintético que imitava veludo, já riscado por dentro. Achou a pequena chave, com bordas arredondadas e lisas, embaixo e girou uma vez. A melodia da "Dança da fada açucarada", de *O Quebra-Nozes*, soou, e a bonequinha rodou com um sorriso plástico perturbador. Erika sentiu um arrepio. Meninos ganhavam tanques, caminhões, coisas que se moviam. Meninas, bonecas que giravam sem parar, bonitas e inúteis.

Ela ia colocá-la de volta quando um pensamento estranho a fez parar: a lembrança de um filme de suspense. Erika nunca teve uma dessas caixinhas de joias quando era pequena, mas apalpou o revestimento na parte de trás da tampa, enfiou a unha sob o material sintético e puxou. Ele se soltou com um estalo. Atrás do fundo falso, havia um pequeno envelope branco.

– Merda, merda... – disse McGorry, tirando outro par de luvas do bolso e entregando-o a Erika. Ela vestiu apressada, com dificuldade. McGorry achou uma faca limpa e passou a ela.

Segurando o envelope pelas bordas, Erika abriu-o cuidadosamente.

Dentro, havia três polaroides.

As fotos mostravam um homem mais velho, amarrado sobre um colchão encardido. Na primeira, preso com cordas do mesmo jeito que Neville Lomas. Na segunda, olhava atônito para a câmera. Na terceira, tinha um brinquedo sexual enfiado na garganta, os olhos arregalados.

Em todas, a mesma assinatura em marcador preto:

ANNABELLE

CAPÍTULO 32

Foram necessárias duas viagens para levar os álbuns, ensacados como evidência, até o carro. Erika sentiu uma onda de adrenalina. Agora tinham outro conjunto de polaroides. Ela podia conectar os três assassinatos. Também haviam colocado a caixinha de joias em um saco de evidências.

– O que faremos com este lugar... e com ele? – indagou McGorry. Do lado de fora, o vento havia cessado, e Erika conseguia ouvir o som do rio, do outro lado da casa.

– Quero que a perícia volte e dê outra olhada. As polaroides foram ignoradas dentro da caixa de joias.

– Quer que eu tente conseguir uma vaga de emergência para ele, em algum abrigo? – sugeriu McGorry.

Russel surgiu do beco, usando um longo casaco *pied-de-poule* encardido e óculos escuros enormes.

– Para onde está indo? – perguntou Erika.

– Vou dar uma volta... bater na porta de alguns amigos. Tenho uns favores que posso cobrar – respondeu.

– Pode me passar seu telefone?

Russel suspirou e ditou o número para Erika, que o anotou em seu caderno.

– Quer que a gente te dê uma carona? – perguntou McGorry.

– Não. Prefiro andar. Vou tomar um café e ler o jornal. Colocar as ideias em ordem.

Eles o observaram se afastar pela rua, sem pressa. Erika teve uma sensação estranha. Não exatamente inveja, mas... percebeu que não se lembrava da última vez em que simplesmente saíra para tomar um café sem plano, sem pensar no que faria em seguida. Espantou o pensamento.

As polaroides. Agora as tinha.

E, com elas, tinha o respaldo para seguir com a investigação – e manter a cabeça erguida.

Erika reuniu a equipe naquela tarde na sala de investigação. Havia uma nova energia no ar, e ela sentiu que tinha todos ao seu lado, mas estava cautelosa quanto à forma de abordar a investigação sobre Neville Lomas, depois da sua visita.

– Agora temos nove polaroides – disse Erika, indicando-as projetadas no quadro branco ao fundo da sala. – Não gosto de fazer suposições, mas essa Annabelle parece estar jogando a longo prazo. Passou os últimos quatro meses observando e aguardando que encontrássemos as polaroides escondidas na cena do crime de Terry DeVille. Ela não as escondeu nas cenas de Neville Lomas e Jamie Teague, e mudou o *modus operandi*. Nas duas cenas mais recentes, ela as colocou num envelope branco nos bolsos das roupas das vítimas... Na casa de Terry DeVille, estavam escondidas. Já testamos essas polaroides, mas, como as outras, não há impressões digitais.

– Temos alguma coisa do apelo à imprensa de ontem? Alguma das cinco mulheres entrou em contato? – perguntou.

– Ainda não – disse Moss, erguendo um maço de papéis. – Temos as ligações de costume: conspiracionistas e gente que só quer nos fazer perder tempo. O cara que insiste em dizer que foi responsável por matar a princesa Diana deixou novamente uma mensagem. Também estamos lidando com um número significativo de mulheres e alguns homens relatando terem sido vítimas de violência sexual de Jamie Teague.

– Vi que a coletiva gerou muita polêmica sobre a absolvição anterior dele por estupro nas redes sociais – disse Erika.

– Sim. Recebemos orientação para encaminhar esses casos a outro departamento. Obviamente precisamos levar tudo a sério, mas vai levar tempo para analisarmos cada um.

– Certo. Usem toda a equipe necessária para passar por isso rapidamente. E as câmeras do sistema de segurança?

Crane levantou a mão.

– Isso fica comigo, o que já está com a vista quadrada de tanto olhar pro monitor. E com o Peterson.

– Somos dois pares de olhos quadrados – disse Peterson.

– Ontem à tarde, recebemos uma enorme carga de dados dos sistemas de câmeras de Chelsea e Westminster para a área de Soho, e estamos trabalhando em tudo.

– Nem cheguei a ir pra casa – acrescentou Peterson.

– Vejo que vocês estão bem animados apesar de terem virado a noite – comentou Erika.

– Sim. Começamos a rastrear o trajeto dessas cinco jovens antes de encontrarem Jamie Teague e os amigos – disse Crane. Ele tocou alguns botões no notebook, e apareceu uma visão de Londres central no Google Maps. – Ok, as jovens foram ao clube de táxi, mas não desceram no Red Velvet. O táxi as deixou na Old Compton Street, em frente ao Prince Edward Theatre... – Crane apertou um botão, e uma janela com um clipe da câmera de um poste do lado oposto surgiu sobre o mapa. A qualidade era boa. A rua estava movimentada e bem iluminada com luzes coloridas. As cinco garotas "falha na Matrix" saíram do táxi e ficaram na calçada enquanto a última a descer se inclinava para pagar o motorista. Erika observou as outras mulheres enquanto esperavam. Todas estavam de luvas pretas.

– Não parecem muito animadas para uma noitada – disse Erika. – Olhem só, estão todas paradas na calçada, com cara de poucos amigos, sem conversar entre si.

– Podem ter discutido no táxi – disse Dahlia, falando pela primeira vez. – Eu ainda tenho meu grupo de amigas da escola. Somos próximas, mas, quando saímos e bebemos um pouco, sempre rola alguma implicância.

Erika inclinou a cabeça e observou o vídeo enquanto as cinco seguiam pela calçada. O táxi arrancou.

– E ali. Pá! – disse Crane, pausando o vídeo. Ele deu zoom na placa do táxi.

– E temos uma placa legível. Bom trabalho – disse Erika.

– Era um táxi registrado, então consegui rastrear o motorista – disse Peterson. – O nome dele é Samuel Rocanoe. Deixei recado há algumas horas. Estamos aguardando resposta. Também solicitamos a câmera interna do táxi, na esperança de ser um dos modelos mais modernos equipados com isso.

– Caramba, bom trabalho – disse Erika.

– Tem mais – disse Crane. Outra janela de vídeo surgiu sobre o mapa na tela. – Nosso grupo de jovens passa em frente ao teatro e à boate G-A-Y. Elas entram na boate, mas, antes disso, entram na loja de conveniência duas portas adiante.

Eles observam as mulheres saindo do campo da primeira câmera e entrando no alcance de outra, do lado oposto à loja. Esse vídeo era mais borrado que o primeiro. Do lado de fora, havia expositores com revistas e pilhas de jornais. As garotas entraram em fila na loja.

– Ficam lá dentro por dois minutos – disse Crane. As pessoas na rua e nas calçadas de repente passaram a correr enquanto ele adiantava o vídeo. As mulheres saíram de novo, em velocidade normal.

– Nenhuma delas está com revista ou outra coisa que se esperaria, tipo bebida ou mesmo cigarros – disse Peterson.

– A menos que tenham colocado o que compraram nas bolsas – disse Erika.

– E então entram na G-A-Y – disse Crane.

– Uma delas está com a mão na cabeça – disse Erika, enquanto viam o grupo voltar e entrar na fila curta à porta da boate G-A-Y.

– Podem ter entrado na loja para comprar analgésicos – disse Dahlia.

– Verdade – disse Erika.

– Mas, se uma comprou analgésico, não teria que comprar bebida para tomar os comprimidos? – perguntou Peterson.

– Não necessariamente. Eu tenho cólicas horríveis todo mês e estou tão acostumada que engulo comprimido seco – disse Dahlia.

Erika notou Moss e mais duas mulheres da equipe assentindo em simpatia.

– Pode ter sido cigarro ou analgésico... ou droga – disse Erika. – O estabelecimento pode vender "coisas" por baixo do balcão... O que elas fazem em seguida?

– Certo, então entram na G-A-Y e ficam lá pelos próximos quarenta minutos – disse Crane. – Juntei os trechos seguintes. – Ele minimizou as duas janelas e abriu mais duas. – Há outras duas câmeras que pegaram o trajeto até o Red Velvet. Saíram da G-A-Y às 23h14, subiram a Old Compton Street, dobraram à direita na Frith Street e saíram do alcance das câmeras quando viraram à esquerda na Romilly Street.

A Old Compton Street agora estava bem mais cheia do que uma hora antes, e era difícil distinguir muita coisa enquanto as mulheres atravessavam a multidão. Eles as viram passar pela câmera no topo da Frith Street.

– E então as temos chegando ao Red Velvet, descendo o beco até a entrada – disse Peterson quando apareceu o clipe do sistema de segurança do Red Velvet.

– Continuam com uma cara péssima – disse Erika. – Como se estivessem indo trabalhar... Excelente trabalho, pessoal.

– Agora que sabemos exatamente quando elas chegaram, vamos tentar refazer o caminho para descobrir de onde pegaram o táxi, assim que conseguirmos falar com o motorista – disse Crane.

– Não tivemos sorte com o sistema de segurança do Southwark Council na noite em que Neville Lomas morreu. Tudo das câmeras ao redor do apartamento dele, no Embankment, é apagado a cada 31 dias.

– Eu imaginava – disse Erika, e detestou sentir, secretamente, um certo alívio. – Não sei se teremos muita sorte com o sistema de segurança perto de onde Terry DeVille morava, mas vejam o que dá para fazer. E o nome Folger? O amigo de Jamie Teague, Leon, viu essa marca quando uma das garotas abriu a bolsa.

– É um galpão de aluguel de figurinos – disse Dahlia.

– Onde? – perguntou Erika.

– Eles têm um espaço grande em Acton, no oeste de Londres. Alugam figurinos para cinema e TV. Estou tentando contato, mas ninguém atende.

Erika olhou para a equipe e depois de volta para a imagem final das mulheres congeladas sob a câmera do lado de fora do Red Velvet.

– Pode ser isso. Figurino. Elas estão usando figurino.

CAPÍTULO 33

Erika decidiu levar Dahlia para visitar a Folger Costume Hire. Queria conhecê-la melhor, receosa de ter julgado rápido demais. Também queria retomar e sondar a respeito do caso de Neville Lomas.

A saída de Lewisham foi caótica, passando por Camberwell e Peckham, e Dahlia ajudou Erika na navegação. Só quando passaram a dirigir ao longo do rio em direção a Battersea é que o trânsito fluiu, e um silêncio constrangedor se instalou no carro.

– Como você está se saindo? Já se enturmou com a equipe? – perguntou Erika.

– Sim. Todo mundo tem sido legal.

A jovem tinha o hábito de passar os dedos pelos cabelos longos e dar volume. Fez isso agora e olhou pela janela. Erika sabia que não devia questionar a vida privada de uma policial e estava mais interessada no caso do que no que Dahlia fazia no tempo livre.

– Posso falar com você sobre o assassinato de Neville Lomas? – perguntou Erika. Dahlia alisou o cabelo e voltou-se para ela.

– Sobre o quê?

Havia cautela em sua voz.

– Você percebeu algo estranho na investigação? – Houve um longo silêncio. – Alguma coisa pareceu esquisita? O que você me disser é confidencial.

– É mesmo confidencial? – retrucou Dahlia, olhando-a. Erika pensou em como ela parecia cansada. Cansada, mas ainda muito bonita.

– Sim. Você está na minha equipe agora, e eu cuido dos meus policiais.

– Achei que você não gostava de mim.

– Muita gente pensa assim. Na noite na OXO Tower, eu fui a primeira a chegar quando o corpo de Neville Lomas foi encontrado. Depois você apareceu com o outro policial...

– Glenn.

– Isso. Pedi que começassem as buscas porta a porta, mas você decidiu chamar o Dan Fisk, passando por cima de mim... – Dahlia abriu a boca para protestar. – Não estou brava com você. Só quero saber por quê. Foi por iniciativa sua?

– Achei que você soubesse.

– Soubesse o quê?

– Que o Dan tinha um interesse direto no caso.

Erika respirou fundo.

– Que interesse direto?

– Ele contou pra gente quando estávamos no patrulhamento. Havíamos sido instruídos a ficar de olho nos apartamentos da OXO Tower.

– Como agente de rua, você deve ficar de olho em tudo.

– Não. Era uma vigilância *específica*. No mês anterior, perto do Natal, houve um incidente em que uma jovem, coberta de sangue, cheia de hematomas, foi encontrada vagando ao longo do Embankment.

Erika apertou o volante.

– Você estava de plantão?

– Não. Outro policial a encontrou. Providenciou que ela fosse levada ao hospital, e ela quis prestar queixa contra Neville Lomas. Disse que ele a espancou. Ela era de uma agência de acompanhantes, e o parlamentar disse que ela o atacou.

Erika sentiu como se o assoalho do carro estivesse cedendo.

– E depois?

– A mulher teve alta por conta própria antes que pudéssemos tomar o depoimento e sumiu.

– E a agência de acompanhantes? Ela *era* mesmo de uma agência? – insistiu Erika.

– A empresa diz que presta serviços de secretariado – disse Dahlia, desconfortável.

Erika bufou. Dahlia hesitou.

– Eles prestam esses "serviços" para muita gente de alta visibilidade pública. Políticos. Outros famosos.

– Pediram que vocês mantivessem as informações em segredo, o que aconteceu com Neville Lomas e essa jovem, e encobrissem?

– Não. Não para encobrir. Até hoje não sabemos o nome verdadeiro dela. E a moça recebeu alta por conta própria antes que o caso avançasse.

– Não vi nada registrado sobre isso. Por que você não mencionou antes, nem na sala de investigação?

Erika viu que Dahlia estava ficando tensa e na defensiva.

– Achei que você soubesse. Você é alta patente. É minha superior.

– Certo, então após esse incidente com a jovem, o Dan Fisk pediu que você ligasse para ele se algo mais acontecesse no flat de Neville Lomas?

– Sim. Foi uma ordem. O Dan Fisk era meu superior.

– Sim, policial. Agora *eu* sou sua superior, Dahlia... E, quando Neville Lomas morreu, o que aconteceu? Alguém voltou àquela mesma agência que fornece "serviços de secretariado"?

– Não.

– Por quê?

– A investigação nunca chegou a começar. A morte do Neville Lomas foi rapidamente classificada como acidente. O caso acabou em poucos dias. Soltaram a nota na imprensa e só. Então, você não sabia de nada disso?

– Não. Fui tirada do caso, ou o caso nunca foi meu. Você lembra o nome da agência que presta os "serviços de secretariado"?

– Era... Diamond Companions.

– Que soa ao mesmo tempo chique e sórdido.

Erika lembrou que havia deixado recado para Dan Fisk. Segunda-feira. Por que ele não retornou?

– Você ainda tem contato com o superintendente Fisk?

– Não.

– Nem por mensagem, nem em redes sociais?

Dahlia repetiu, desafiadora:

– Não.

Elas foram interrompidas pelo GPS avisando que tinham chegado ao destino.

Pararam diante de um galpão comprido de zinco, com cancela de acesso e uma guarita de vidro minúscula, onde um senhor idoso lia o *Daily Sport*.

Erika parou e abaixou o vidro. Ele ergueu os olhos lacrimejantes para ela. Tinha as sobrancelhas mais longas que a detetive já vira – embora os pelos do nariz estivessem quase empatando na disputa.

– Folger Costume Hire? – disse ela, mostrando o distintivo. O velho apertou um botão, e a cancela subiu.

– À esquerda – foi tudo o que ele respondeu. Erika entrou. O estacionamento imenso estava vazio, mato nas rachaduras das bordas.

– Acton. Já foi um polo grande de produção de TV – disse Dahlia enquanto Erika estacionava perto da entrada.

– É?

– Meu pai trabalhou na BBC. Havia um complexo enorme de salas de ensaio em Acton. Ensaiavam todas as séries e programas lá. Demoliram o lugar há alguns anos e agora virou um conjunto de apartamentos.

– E sua mãe?

– Era modelo antes de ter meu irmão e eu. Fazia principalmente catálogos, mas depois começou a posar para publicações masculinas, o que eu desaprovo completamente.

– Quando cheguei ao Reino Unido, fiquei chocada com o suplemento Page Three, do *The Sun* – disse Erika. – Não tínhamos nada assim em casa. Especialmente durante o comunismo.

– Como eu disse. Sou *completamente* contra – repetiu Dahlia. Ela soltou o cinto. A conversa tinha acabado. Erika observou Dahlia sair do carro. Incomodava que ela não tivesse pensado em dizer nada sobre Neville Lomas. Se Erika fosse uma jovem agente no lugar dela, teria dito alguma coisa. Teria questionado e não ficado sentada presumindo que Erika sabia. Teria que manter um olho em Dahlia. Gente estúpida é que costuma ter tanta certeza de si. Erika detestava ter alguém na equipe em quem não pudesse confiar completamente, de quem não pudesse depender. Talvez tivesse que dar um jeito nisso.

Ela soltou o cinto e alcançou Dahlia enquanto andavam pelo estacionamento até a entrada. O prédio parecia vazio. Havia uma lista de empresas ao lado de um interfone, e Erika encontrou o botão da Folger.

– Sim – disse uma voz no interfone. Erika explicou quem eram e que queriam fazer algumas perguntas sobre roupas alugadas. – Vão pelos fundos – disse a voz. Um instante depois, a porta fez "clique" e abriu.

CAPÍTULO 34

Elas passaram por um corredor comprido com janelas de vidro, de onde podiam ver escritórios vazios. Fileiras e mais fileiras de mesas compridas compartilhadas estavam vazias e cobertas de poeira e detritos. No fim do corredor havia uma porta branca pequena com uma placa: FOLGER COSTUME HIRE LTD.

Uma mulher de cabelo ruivo, longo e encaracolado abriu a porta. Parecia ter uns 50 anos e usava um casaco comprido estampado com rosas vermelhas, jardineira azul e suéter roxo. O cabelo estava preso com uma faixa de tecido azul.

– Vocês são mesmo da polícia? – perguntou.

Erika e Dahlia mostraram os distintivos.

– Qual o seu nome, por favor?

– Rah, soletra R-A-H. Rah Zahora. Entrem... Não estou acostumada a receber gente por aqui.

– Que outra entrada tem? – perguntou Erika, passando pela porta.

– Temos a doca de carga na avenida – disse, apontando com o polegar por cima do ombro. – Quase ninguém usa essa porta.

Rah as conduziu por um corredor curto e bem iluminado até outra porta, que correu de lado, abrindo um galpão enorme de pé-direito altíssimo. Estava gelado e cheirava a poeira e suor corporal. Prateleiras e prateleiras de figurinos lotavam o espaço – em alguns trechos, as araras estavam em dois níveis. Erika olhou para Dahlia, que ergueu a sobrancelha.

– Meu escritório é por aqui – disse Rah, guiando-as entre as fileiras. Os corredores eram tão estreitos que Erika sentiu o ombro roçar um tecido áspero que parecia traje de homem das cavernas.

– Então vocês trabalham com aluguel de figurinos? – perguntou Erika enquanto os cabideiros davam lugar a fileiras e mais fileiras de sapatos.

– Lave essa boca com água e sabão – respondeu ela, fingindo indignação. – Eu forneço figurino para cinema e TV... Às vezes, algumas pessoas vêm pedir peças emprestadas para festas, mas geralmente são do meio. Não sou o tipo de lugar de peruca sintética e fantasia de "enfermeira safadinha".

Chegaram a uma porta de madeira entreaberta. Dentro havia um escritório pequeno e aconchegante. Uma mesa bagunçada ficava ao lado de um sofá xadrez grande e fofão, e sob a mesa estava deitado um galgo magricela, de olhos meigos, coberto por um cobertor de tricô. Ele soltou um rosnado tímido.

– Wolsey, seja bonzinho. É a polícia – disse Rah. Wolsey bocejou e se sentou. Erika olhou ao redor e viu uma parede coberta de fotos variadas de atores, algumas presas sobre outras já enrolando nas bordas. O cão bocejou de novo e se deitou, fechando os olhos. Um aquecedor portátil estava ligado, banhando o cômodo em calor e um brilho avermelhado.

– Tá sempre frio pra caramba aqui – continuou Rah, vendo Erika olhar para o aquecedor. – Querem chá ou café?

Erika e Dahlia pediram café. Rah indicou o sofá.

– Estamos aqui para perguntar sobre alguns figurinos que você pode ter alugado – iniciou Erika.

– Certo. Bem, é o que eu faço – Rah respondeu enquanto conferia uma fileira de canecas encardidas e escolhia duas. Erika pegou o celular e abriu uma foto aproximada de uma das bolsas que as cinco garotas carregavam nas imagens de segurança.

– É uma bolsa preta. Potencialmente cinco bolsas – disse Erika, mostrando a tela.

– Bolsas pretas pequenas de mão? – perguntou Rah, virando-se depois de encaixar uma cápsula na cafeteira ao lado da impressora.

– Sim.

Rah apertou um botão, e a máquina começou a roncar e encher a primeira caneca. Wolsey rosnou e latiu para o zumbido baixo do aparelho.

– Xiu. Desculpa, é máquina nova. Ele não gosta do barulho.

Wolsey deu um latidinho de concordância e tornou a deitar.

Rah pegou o celular de Erika e examinou a foto.

– É. As bolsas pretas foram alugadas junto com vestidos rendados pretos e luvas pretas... O que isso tem a ver com o caso de vocês?

Ela devolveu o celular e começou a preparar a segunda cápsula.

– Achamos que uma dessas mulheres foi responsável pelo assassinato de Jamie Teague.

Rah congelou com a caneca na mão.

– Sério?

– Sim.

Ela apertou o botão, e houve silêncio, quebrado só pelo cachorro latindo de novo. Entregou uma caneca a cada uma.

– Eu estava acabando de ver a matéria no maldito jornal – acrescentou, indo à mesa e pegando um exemplar de *The Sun*. Ergueu para Erika e Dahlia. Havia uma manchete sensacionalista, ainda mais do que Erika esperava: TEAGUE E LOMAS: LIGAÇÃO ENTRE ASSASSINATOS.

– Eu não tinha visto isso – comentou Erika, sentindo um leve enjoo com a manchete e pensando no que o homem de terno cinza acharia.

– Eu vi hoje de manhã – falou Dahlia, balançando a cabeça.

De novo, Erika se perguntou por que ela não tinha comentado nada. E elas tinham conversado sobre o jornal no carro. Erika voltou-se para Rah.

– Este grupo de jovens esteve com Jamie Teague e os amigos, e uma delas o matou quando voltaram para o apartamento dele, em Greenwich – contou Erika.

Ela passou os olhos pela matéria e virou a página. Lá estava a foto do sistema de segurança das garotas da "falha na Matrix" no elevador com Jamie Teague e os amigos. Também havia um mosaico de fotos de Neville Lomas: em uma, ele aparecia discursando na tribuna do Parlamento; em outra, em uma foto festiva formal com a esposa e os dois filhos ao lado de uma árvore de Natal. Os dois meninos vestiam suéteres natalinos iguais e herdavam os traços grosseiros infelizes do pai. A esposa era uma mulher alta, bonita, de maxilar marcado que destoava um pouco do corte de cabelo loiro em camadas, do conjunto de tricô e das pérolas. A última foto o mostrava diante de uma estante no escritório, sorrindo para a câmera com dentes grandes, à mostra. Atrás dele, havia uma coleção de agendas antigas, datadas de até trinta anos atrás.

Ainda bem que eles não têm os detalhes das polaroides, pensou Erika.

– Rah, o que pode nos dizer sobre quem alugou as bolsas e os vestidos?

– É uma maquiadora. Ela estava alugando para uma cliente.

– Qual o nome dela?

– Jessica Goldman.

– Você a conhece bem?

– Muito, mas só no lado profissional. Está no ramo há bastante tempo. Trabalha sobretudo com próteses. Bem talentosa. Curiosamente, foi ela quem retirou os figurinos desse trabalho, o que não é o comum. Disse que a cliente dela não podia vir.

– Ela disse o nome da cliente?

– Não. Por que diria?

– Certo. Que tipo de prótese? – indagou Erika, com o coração afundando para onde aquilo apontava.

– De tudo. Maquiagem de envelhecimento, ferimentos, sci-fi e fantasia. Sabe, se alguém é, por exemplo, meio-homem, meio-besta. Ela está sempre trabalhando. Já integrou equipes de grandes filmes em Leavesden e Pinewood. Foi onde cruzei com ela, quando eu transportava figurinos.

– Que tipo de maquiagem essa cliente queria? – perguntou Erika.

Ela suspirou e olhou de novo o jornal, onde viu a foto das cinco mulheres.

– Você só pode estar brincando...

– O quê? – perguntou Erika.

Rah ficou quieta e levou a mão à boca. Dahlia encarou-a.

– O que foi?

– A Jessica... Ela disse que as mulheres desse trabalho iam a um teste para um reality show em que precisavam parecer cinco irmãs muito parecidas. Disse que era um grupo de amigas se inscrevendo nesse reality.

Rah pegou o jornal e examinou de perto as fotos.

– E a Jessica acreditou nelas?

– Por que não acreditaria? Acho que a contrataram por meio período. E você está dizendo que uma dessas mulheres matou Jamie Teague? – Enquanto falava, seu dedo batucava o jornal.

– Achamos que sim. Que tipo de prótese Jessica disse que fez nessas mulheres? – quis saber Erika.

Rah largou o jornal, agachou-se e começou a afagar o pelo cinza liso da cabeça de Wolsey. Ele ergueu os olhos melancólicos.

– Desculpa... É muita informação. Parecia um trabalho divertido e lucrativo para a Jessica... Ela precisava de grana extra, o aluguel não para de subir. Mora em Kensington, imagina... Qual era a pergunta?

– Que tipo de prótese a Jessica fez nessas mulheres? – repetiu Erika, tentando conter a impaciência.

Rah deu tapinhas na cabeça de Wolsey e se levantou.

– A cliente queria que as garotas tivessem narizes maiores, tipo o estereótipo das sul-europeias. Posso falar isso? Foi um pedido bem específico. Faz sentido? E todas queriam o mesmo cabelo: longo, escuro e cacheado. Eu forneci as perucas, os vestidos e também as lentes de contato. Sei que a Jessica não tinha lentes de reserva, e nós trabalhamos com todo tipo de modelo. Ah, e elas queriam dentes brancos e destacados. Dentes brancos de Hollywood. Não sei onde ela conseguiu... – Rah parou e virou-se para Erika. – Como você soube que tinha que vir falar comigo?

– Uma das mulheres carregava uma bolsa com o nome da sua marca – disse Dahlia, falando pela primeira vez. – E um amigo de Jamie Teague viu.

– Putz. Uau.

– Quando a Jessica devolveu os figurinos? – continuou Erika.

Rah sentou-se na beirada da mesa e pareceu subitamente com medo.

– Não devolveu. O prazo era ontem. É muito estranho ela não ter devolvido.

– Você pode nos passar o contato dela?

Rah olhou de Erika para Dahlia.

– Vocês acham que aconteceu alguma coisa? Como eu disse, era pra ela ter trazido tudo ontem. Não é que eu desconfie dela. Pode ser que ela tenha sido chamada para um trabalho de última hora...

Erika não gostou daquilo e, apesar do aquecedor ao lado, sentiu um arrepio deslizar pelos ombros e a pele arrepiar.

– Se puder nos fornecer os dados de contato dela, seria muito útil.

CAPÍTULO 35

– Jessica Goldman não atende o celular – disse Erika, quando ela e Dahlia voltaram ao estacionamento vazio. Chovia, e elas correram para entrar no carro.

A detetive-inspetora ficou um momento ouvindo a chuva martelar o teto. Se a maquiadora fora contratada para aplicar maquiagem protética em Annabelle e nas outras do grupo, significava que vira de perto a identidade real dela. E, como profissional, teria estudado seus traços por bastante tempo. Erika chamou o controle e pediu que enviassem uma viatura ao flat da moça, em Kensington. Depois tentou o celular de novo.

– Ela é adulta. Pode só não estar atendendo? – indagou Dahlia.

A outra a encarou, sentada no banco do passageiro, rolando o Instagram no celular. A falta de interesse na situação deu em Erika vontade de sacudi-la.

– O que eu faria sem os seus dotes de detetive?

– Desculpa, o quê? – perguntou Dahlia, erguendo os olhos do telefone.

– Nada. Kensington fica a uns 6 quilômetros daqui. Vamos encontrar os policiais lá.

– É... é a melhor ideia – E fez de novo aquele gesto no cabelo, passando os dedos, que estava se tornando irritante.

Erika ligou o motor, e partiram sob a tempestade.

As duas chegaram a Scarsdale Villas vinte minutos depois; a chuva tamborilava com mais força no teto do carro e nuvens negras turbulentas pairavam sobre as casas geminadas de tijolos vermelhos. A tempestade escurecera tanto o céu que os postes de luz diante do prédio de Jessica Goldman piscaram e acenderam.

Havia uma viatura solitária do lado de fora e, quando Erika estacionou atrás dela, viu que a porta de entrada do edifício estava escorada – o que nunca é bom sinal.

O cheiro de corpo em decomposição atingiu-as primeiro no corredor comum e, quando chegaram à porta aberta do apartamento 2, viram uma mulher caída de bruços logo além do batente. A parte de trás da cabeça era uma massa empastada de sangue coagulado, e uma chave inglesa jazia no chão ao lado, embrulhada em plástico manchado de sangue. O ambiente estava quente, e o ar zumbia de moscas que voavam e rastejavam pelo corpo e pelos respingos de sangue nas paredes. Um policial surgiu de um dos cômodos.

Ele mantinha a dobra do braço sobre a boca e o nariz, por causa do cheiro. Erika e Dahlia mostraram suas identificações.

– É a Jessica Goldman? – perguntou Erika, tentando respirar pela boca.

– Não sei. Ainda não fiz a identificação – respondeu ele.

Ela ajoelhou-se ao lado do corpo, vestiu uma luva de látex e revistou os bolsos da mulher. Encontrou um iPhone no bolso direito e o ergueu. A tela de bloqueio estava acesa com uma longa lista de ligações perdidas e alertas. O número de Erika aparecia duas vezes.

– Tem um saco de evidências? – ela perguntou a Dahlia, que mantinha a mão sobre a boca.

– Não.

– Eu tenho – ofereceu o policial, tirando um saco de um compartimento no cinto. Ele o estendeu, e Erika deixou o telefone cair dentro. Em seguida, virou o corpo com cuidado. O rosto da mulher estava congelado numa careta de dor, marcado por faixas de sangue seco. Havia uma profunda depressão no centro da testa.

– Vamos precisar de identificação formal, mas tanto o celular quanto o apartamento são dela – disse, ainda amparando o corpo. Moscas percorriam o rosto da mulher, e a detetive as enxotou com a mão. O sangue havia impregnado o piso de madeira porosa; ela acompanhou o arco dos respingos pelas paredes até o espelho sobre a mesinha do hall.

Erika se levantou e avançou com cuidado pelo corredor. Em frente, havia um banheiro sem janela: vaso sanitário com revistas empilhadas sobre a caixa de descarga e na borda da banheira, e uma cortina de chuveiro que pendia na penumbra. À direita, ficava um quarto; à esquerda, uma sala integrada à cozinha. Os dois cômodos pareciam revirados.

Gavetas haviam sido despejadas. Papéis, pastas e livros cobriam o chão da sala; roupas, cosméticos e mais papéis estavam espalhados pela cama e pelo piso do quarto. Na cozinha, a mesa comprida estava tomada pelo que parecia ser o arsenal de trabalho de Jessica Goldman: peças de espuma e látex em forma de narizes e orelhas, frascos de todos os tamanhos, pincéis, maquiagem e várias cabeças de isopor brancas. Um computador de mesa sobre um carrinho no canto fora virado; a tela jazia de lado, ainda com o protetor de tela aceso. Moscas subiam pelas paredes manchadas de sangue, e uma delas zumbia pelo teto. Erika sacou o celular e fez fotos rápidas da sala, do quarto e do corpo no corredor.

– Por favor, senhora, precisamos sair daqui para não comprometer a cena até a chegada da perícia – disse o policial.

Ele estava no corredor do lado de fora da porta, junto de Dahlia. Erika conteve o impulso de vasculhar o apartamento. Contornou o corpo com cuidado e saiu para o corredor.

– Já chamou a perícia?

– Sim. Previsão de chegada em uma hora. Trânsito, pelo visto.

– Sabe quem está de plantão?

– Não.

– Como entrou?

– Precisei arrombar a porta.

– Então não há sinal de arrombamento prévio?

– Não.

A chuva agora rugia no telhado, e o ar fresco que entrava pela porta aberta era um alívio no corredor. O telefone de Erika tocou; era Moss.

– Que barulho é esse? – perguntou Moss.

Erika ergueu a voz:

– Chuva.

– Onde você está? Você não disse que iria a Acton? – perguntou Moss.

– Estou em Kensington, encontramos...

– Escuta. Acabei de saber que o Marsh tem uma reunião no Palácio de Westminster com o *líder da bancada* sobre o Neville Lomas. Recebi uma ligação de alguém dizendo que o seu nome foi confirmado para a liberação de segurança e que a sala da reunião mudou de 1a para 12b. O problema é que a reunião é em trinta minutos.

– O quê? – disse Erika, sentindo o sangue gelar. – Eu nem sabia que tinham marcado uma reunião. – Checou o relógio. Três horas da tarde.

Uma reunião com o *líder da bancada* no Parlamento era coisa grande. Os líderes de bancada eram responsáveis por garantir que os deputados votassem conforme a orientação do partido e sabiam tudo sobre seus parlamentares. Cada controvérsia, cada sujeira. Erika se lembrou das manchetes sensacionalistas envolvendo Neville Lomas e sentiu um mal-estar. O que aconteceria se esperassem por ela e ela não aparecesse? A viagem de metrô de Kensington High Street a Westminster levava pouco mais de vinte minutos.

– Pode me mandar todos os detalhes por mensagem? Vou correr para tentar chegar a tempo – disse Erika, encerrando a ligação. O policial havia fechado a porta da cena do crime, mas o cheiro de decomposição ainda impregnava o ar, e algumas moscas tinham escapado e agora circulavam a lâmpada do teto no corredor. – Dahlia, você dirige? – Era uma pergunta estranha a se fazer a uma colega policial, mas não duvidaria que justamente ela fosse a única da corporação que não dirigisse.

– Sim.

– Ótimo. Você vai me deixar na estação de High Street Kensington e, depois, voltar para a cena do crime para finalizar tudo e levar meu carro de volta para Lewisham Row. Certo? – Erika percebeu um tremor na própria voz, e as mãos tremiam.

– Hã... Certo. Sim.

Erika tirou um cartão de visitas do bolso e o entregou ao jovem policial.

– Fique aqui, guarde a porta até a chegada da perícia. Me avise de qualquer coisa que encontrarem e peça para os peritos entrarem em contato comigo.

– Use a entrada lateral quando chegar a High Street Ken – disse ele. – É menos movimentada.

– Obrigada – respondeu Erika, e ela e Dahlia se apressaram de volta para a rua sob a chuva torrencial.

CAPÍTULO 36

Erika ficou encharcada ao atravessar correndo a rua em frente à estação de metrô Kensington High Street para pegar o trem. Depois de saltar as catracas de segurança mostrando o distintivo, desceu as escadas rolantes até a plataforma. Um trem da District Line estava para partir, e ela escorregou para dentro do vagão no exato momento em que as portas se fecharam.

Encontrou um assento e despencou nele. As pernas ardiam e o coração martelava. O banco diante dela estava vazio e, quando o trem mergulhou no túnel escuro, ela viu seu rosto refletido na janela. "Assombrada" era a palavra que melhor descrevia seu reflexo. Com o cabelo colado à cabeça, seu rosto abatido denunciava o medo que tentava esconder. Alguém estava jogando com ela. Por que marcariam uma reunião, dariam a liberação de segurança e não a avisariam? "Eles", quem quer que fossem, queriam que ela sentisse medo. Medo era a arma mais poderosa para controlar alguém.

O celular de Erika vibrou. Moss mandara por e-mail os detalhes da reunião. O Parlamento e os edifícios do complexo parlamentar eram enormes, e Moss anexara um mapa. O líder da bancada chamava-se Richard Gaynor. Tinha uma cabeleira escura, cortada bem curta e até bem moderna. Não se parecia com os políticos oleosos que ela se lembrava de ver na TV no começo dos anos 1990. O trem parecia arrastar-se, parando em cada estação mais tempo do que o necessário, apesar de quase ninguém entrar ou sair.

Ele chegou à estação Westminster às 15h26, faltando quatro minutos para a reunião. Depois de subir às pressas por uma escada rolante interminável, Erika emergiu no mesmo temporal que açoitava a Ponte de Westminster. As luzes amarelas brilhavam intensas nas janelas altas e compridas do Parlamento, e um vento forte subia pelo rio, fazendo a chuva bater-lhe no rosto. Conferindo o mapa outra vez, Erika viu que precisava entrar pelo acesso Cromwell Green, do outro lado do prédio principal do Palácio de Westminster.

Ela finalmente chegou, ofegante, ao posto de segurança às 15h40. Marsh aguardava mais adiante na fila. Erika limpou o rosto com as mãos e tentou ajeitar o cabelo, mas estava encharcada, como se tivesse caído no Tâmisa e sido carregada pela correnteza desde Kensington.

– Boa tarde, senhor – disse Erika, tentando se recompor e mostrando o distintivo ao homem atrás dele.

Marsh virou-se e pareceu horrorizado ao vê-la. Recuperou-se rápido.

– Erika. Você veio – observou ele. Estava impecável como sempre, segurando um guarda-chuva preto.

– Sua secretária me avisou da mudança de sala.

– Avisou? – O sorriso dele vacilou. Era perturbador pensar aonde ela e Marsh tinham ido parar. Começaram como amigos, até aliados, quando faziam ronda juntos em Manchester, e agora ela era um estorvo. Um problema. E, no entanto, não deveriam estar do mesmo lado querendo a mesma coisa?

– Qual é o assunto desta reunião? Foi tudo tão de repente – comentou ela.

Marsh respirou fundo.

– Hã... o gabinete do líder da bancada quer compartilhar, sob estrito sigilo, algumas informações. E você foi convidada.

– Que informações?

– Sobre... Neville Lomas – disse em voz baixa.

Chegaram à frente da fila e precisaram pôr os pertences em bandejas para o raio-X. Ambos mostraram os distintivos, e uma secretária aguardando do outro lado se apresentou. Ela lançou um olhar curioso para o estado encharcado de Erika.

– Aqui estão seus crachás de visitante. Por favor, mantenham todos visíveis – orientou enquanto entregava um crachá pendurado num cordão para cada um.

Foram conduzidos por um corredor longo e sombrio, de iluminação fluorescente. Haviam reservado uma sala de reuniões simples e, quando chegaram, Erika viu três outras pessoas aguardando, além de Richard Gaynor.

– Paul, que bom vê-lo de novo – disse Richard, levantando-se e apertando a mão de Marsh com entusiasmo.

Chamando-o pelo primeiro nome, pensou Erika.

– Esta é a detetive-inspetora chefe Erika Foster – disse Marsh, apresentando-os.

Richard não sacudiu a mão dela com o mesmo fervor; limitou-se a um sorriso breve e protocolar. Erika olhou para os outros presentes: dois homens grisalhos e abatidos, usando ternos simples, e uma mulher de meia-idade, com o rosto de pele oleosa, o cabelo comprido e desgrenhado e um vestido verde mal-ajustado. Não se apresentaram; se estavam surpresos com a presença de Erika, não demonstraram.

– Eu... nós agradecemos por nos receberem e sabemos que se trata de um assunto extremamente sensível – disse Marsh, sentando-se à cabeceira da mesa. – E eu... nós agradecemos por terem concordado em nos encontrar.

Erika tirou o casaco encharcado, pendurou-o na cadeira ao lado de Marsh e sentou-se. Ele passou a mão pelo queixo, os olhos ziguezagueando pela sala.

Do que ele tem medo?, pensou Erika.

Os dois homens e a mulher os observavam, enquanto Richard pousava os dedos sobre uma pasta diante de si.

– Entendemos que vocês precisam investigar a morte do digníssimo Neville Lomas. Gostaríamos de oferecer, confidencialmente, uma visão sobre um aspecto sensível da vida dele, que, acreditamos, ajudará a orientar a forma como conduzem a investigação.

Ele falava com cuidado, enfatizando o peso das palavras. Erika sentiu os olhares dos três silenciosos pousados nela. Ele fez uma pausa, então prosseguiu:

– Não acreditamos que a informação que queremos compartilhar tenha ligação com a sua investigação, mas cremos que vocês possam se beneficiar da nossa visão.

Marsh balançava a cabeça, sério.

– Claro. Obrigado.

Richard olhou para Erika, esperando que ela também agradecesse – como se um "obrigada" fosse esperado de uma criança que recebe um doce de um estranho.

– Sim, obrigada – murmurou ela.

Richard assentiu e abriu a pasta, girando-a e empurrando-a pela mesa na direção deles.

– Esta é Damsa Afridi – disse, indicando a foto de identificação de uma jovem de cabelos escuros, por volta de 20 e poucos anos. Era bonita, pele muito clara e impecável. Encarava a câmera com ar desafiador, como se olhasse diretamente para a sala. – Vinte e três anos. Atualmente está detida num centro de imigração aguardando deportação.

Richard virou a página. Havia uma imagem do sistema de segurança com Damsa, de jeans justo e camiseta sem mangas, no saguão do prédio de Lomas, ao lado da OXO Tower. Depois, fotos dos dois caminhando na margem do Tâmisa e entrando num carro.

Erika lançou um olhar a Marsh. Não conseguiu ler sua expressão. Ele já sabia disso?

– Como isso ajuda a minha investigação? – ele perguntou.

– Não estamos mostrando para ajudar sua investigação. Estamos mostrando porque, na época da morte de Lomas, ele estava sendo chantageado por Damsa Afridi. Ela trabalhava como prostituta contratada por Neville. E engravidou dele.

Erika ouviu a voz de Dahlia dizer: *O termo certo é "profissional do sexo"*. Richard virou a página, mostrando Damsa caminhando por uma rua de Londres com a barriga saliente, ao lado de Neville.

– Quando essas fotos foram tiradas? E são todas dos sistemas de segurança? Não há data nelas – disse Erika.

Richard puxou a pasta de volta, fechando-a.

– Damsa Afridi é imigrante ilegal neste país. Trabalhava como prostituta. Neville Lomas a contratou e ela ficou grávida. Isso veio à tona apenas dois dias antes da morte de Lomas.

– Trabalho com a hipótese de que Lomas pode ter sido morto por uma profissional do sexo. É esse o elo com Jamie Teague e uma terceira vítima, Terry DeVille, que surgiu agora – disse Erika.

Richard balançou a cabeça.

– Não. Não acreditamos que Damsa Afridi tenha qualquer ligação com a morte de Lomas. O que nos preocupa é a chantagem. E ela continua sendo um risco. A imprensa faria a festa se soubesse disso, considerando a posição do partido sobre imigração e a narrativa predominante na mídia sobre o tema.

– Então, o que estão pedindo?

– Nada demais – disse Richard, lançando um olhar à mulher e aos dois homens que permaneciam calados. – Estamos compartilhando uma visão e pedindo que garantam que o escopo da investigação não se afaste do combinado.

– Posso fazer algumas perguntas?

Sem uma palavra, a mulher na ponta da mesa abriu um envelope pardo, retirou uma folha e a entregou a Richard. Ele a estendeu a Marsh, mas Erika se adiantou e pegou. No topo, em letras pequenas, constava o nome de uma agência de acompanhantes: Diamond Companions. Abaixo, um celular e o nome "Marie".

– Essa pessoa pode ajudar com todas as suas consultas sobre a investigação.

– Quem é ela? Não tem sobrenome.

– Erika, você realmente acha que alguém de uma agência dessas vai lhe dar o nome verdadeiro? Dou minha palavra de que esse contato é real.

– E ela sabe do que conversamos e já foi orientada a falar comigo?

– Sabe que uma policial vai ligar para fazer perguntas específicas sobre uma funcionária na noite de 12 de janeiro. É só do que ela falará.

– O que vocês sabem da noite de 12 de janeiro? Parece que sabem de tudo. Damsa Afridi é a mesma profissional do sexo que Lomas agrediu e deixou ensanguentada? A que foi encontrada caminhando pela margem do Tâmisa tarde da noite?

– Foi um incidente à parte, Erika. E a jovem sumiu antes que a polícia conseguisse tomar o depoimento para que ela prestasse queixa – disse Richard.

– O episódio não foi registrado no sistema HOLMES.

Pela primeira vez, Richard perdeu a calma:

– A jovem sumiu antes que a polícia conseguisse...

– Erika Foster é seu nome de casada; antes, era Erika Bole-diš-ova – disse a mulher, falando pela primeira vez. – Você nasceu em Nitra, na Eslováquia. Seu pai, Branislav, era membro do Partido Comunista. Ele trabalhou na fábrica Plastika até morrer num acidente, em 1980, quando você tinha 8 anos. Sua mãe teve relacionamentos com três homens entre 1980 e 2005, de que nem você nem sua irmã, Lenka, gostavam. Ela trabalhava na mesma fábrica e morreu de alcoolismo em 2005. – Erika ficou olhando, sem conseguir esconder o choque. – Fazemos questão de saber tudo, Erika. Sabemos tudo sobre Lomas. E sabemos tudo sobre você... O convite de hoje foi uma cortesia. Precisa entender que tratamos de assuntos muito acima da sua alçada. Deveria ser grata pela nossa ajuda, e aconselho que se abstenha de perseguir qualquer linha fora do que discutimos.

Erika se lembrou do que Dahlia lhe dissera sobre a noite em que a prostituta escapou do apartamento de Lomas, ferida e sangrando. Essas pessoas estavam envolvidas em encobrir aquilo? Ou a jovem realmente conseguiu sumir antes que a polícia obtivesse mais detalhes?

– Não peguei o seu nome – disse Erika à mulher. – Faço questão de saber o nome das pessoas que me ameaçam.

– Jesus, Erika! – rosnou Marsh.

A mulher a encarou friamente por um instante, empurrou a cadeira para trás e se levantou. Os dois homens a acompanharam.

– Boa tarde – disse, e todos saíram. Richard pareceu relaxar um pouco quando a porta se fechou.

Marsh soltou o ar, afundando-se na cadeira.

– Agradecemos muito, Richard. Isso é de grande valia.

O homem abriu outra pasta.

– Vou precisar que assinem aqui, comprometendo-se a não compartilhar nada do que foi discutido.

Erika viu que se tratava de um termo referente à Lei de Segredos Oficiais, relativa a crimes e poderes de investigação especial. Marsh agarrou a caneta e assinou sem ler. Em seguida, estendeu-a para Erika, que a pegou sentindo um nó no estômago. Por que mencionara os detalhes da segunda mulher? Enquanto assinava, Richard se levantou e apertou a mão de Marsh.

– Espero que isso ajude vocês a deter aquela vadia – disse ele. Por um segundo, Erika se perguntou se ele falava dela ou da assassina em série.

CAPÍTULO 37

A tempestade tinha piorado quando eles saíram pela entrada Cromwell Green. Erika não estava nada mais seca do que quando chegara, mas o calor do corpo aquecera o tecido encharcado das roupas. Uma lembrança remota lhe veio à tona – fazer xixi na cama –, com 5 ou 6 anos de idade, acordar com o pijama molhado e morno. Ela afastou a lembrança horrível.

Ela e Marsh se encolheram sob a marquise, olhando com esperança para o céu escuro e a chuva que caía sem cessar. O ar frio entrou pela gola, e Erika estremeceu.

Pelo olhar de Marsh, dava para ver que ele avaliava se devia oferecer abrigo sob o guarda-chuva e uma carona, ou deixá-la entregue ao temporal. Virou-se para ele.

– Nem começa – rosnou ele.

– Podemos falar daquela reunião?

– Não podemos. Acabamos de assinar que não podemos, porra.

– Eu teria apreciado um aviso prévio sobre uma reunião para a qual fui convidada.

– Tá. *Sim.* Eu não queria que você viesse. Sabe por quê?

– Por quê?

– Eu não queria sobrecarregar você com informações sensíveis.

– Não foi a primeira visita que recebi desse pessoal do serviço secreto.

– Não foi? – disse Marsh, surpreso.

– Já fui avisada. E eu estava preocupada que, se não aparecesse hoje, haveria consequências.

Marsh franziu a testa.

– Sinto muito. Eu realmente não sabia. – Ele ergueu o olhar para a água que descia em cascata pelas calhas antigas, borbulhante. – Pra onde você vai?

– Para a delegacia. Ou, pelo horário, direto pra casa.

– Estou indo nessa direção. Quer uma carona?

– Quero. Obrigada.

Ele tinha um guarda-chuva chique que se abriu com um *vupt* ao toque de um botão. Ofereceu o braço, e Erika o aceitou enquanto apressavam o passo pelo curto percurso até o carro no estacionamento.

Quando entraram, os vidros começaram a embaçar imediatamente. Marsh ligou o ar-condicionado e deu partida no motor.

– Quem eram aquelas três pessoas lá dentro? – perguntou Erika.

Marsh lhe lançou um olhar de soslaio enquanto conduzia em direção à barreira da entrada principal.

– Acha que eu sei? Podiam ser altos funcionários públicos ou do Serviço de Inteligência do Reino Unido.

– Você diz isso com uma certa indiferença, sendo que é o quinto na hierarquia da Polícia Metropolitana.

– É a realidade da situação. Sei de pelo menos duas outras ocasiões em que você teve que assinar a Lei de Segredos Oficiais. Eu já perdi a conta de quantas vezes assinei.

Marsh esperou uma brecha no trânsito e então entrou na via principal. A chuva estava diminuindo, deixando para trás poças enormes e trechos de rua alagados.

O celular de Erika tocou. Ela não reconheceu o número, mas atendeu.

– Senhora, aqui é o policial Mortimer, da cena do crime em Scarsdale Villas. A senhora me deu seu cartão.

– Obrigada por ligar. O que está acontecendo?

– A perícia ainda está aqui. Parece que vai demorar muito para colher as digitais. Há muita coisa no local e impressões por toda parte. Achamos que Jessica trabalhava em casa.

– Os parentes já foram informados? E quanto à identificação formal?

– Estamos com dificuldades para contatar alguém. Não há irmãos. A mãe está em um asilo no norte. O pai é falecido. Não sabemos se tinha algum relacionamento; ela estava registrada como única moradora do apartamento.

Erika fez uma anotação mental para ligar para Rah, da Folger Costume Hire, e perguntar se Jessica tinha algum envolvimento amoroso.

– E os computadores e o telefone dela? – indagou ela.

– Já foram ensacados e estão a caminho do departamento de crimes cibernéticos. Estou enviando por mensagem o número de referência. O corpo da moça acabou de ser levado para o necrotério. Escute, um dos motivos de eu estar ligando é que encontramos um diário. Muita coisa escrita à mão: compromissos, números de telefone e detalhes de seus movimentos desde janeiro.

– Onde vocês o encontraram?

– Em cima da caixa de descarga do vaso sanitário, junto a uma pilha de revistas. Material de leitura para... bom, a senhora entende.

Erika se lembrou de como o apartamento tinha sido revirado. O banheiro era o último lugar em que o invasor esperaria encontrar um diário. Ela se perguntou se Jessica Goldman não teria dado uma olhada no diário enquanto estava sentada no vaso e o deixado lá por engano.

– O diário já foi examinado em busca de impressões digitais?

– Sim, senhora.

Erika olhou o relógio. Passava das 5h30 da tarde. Marsh a levava para casa, mas o trânsito estava lento. E ela precisava tirar aquelas roupas molhadas. A última coisa de que necessitava era ficar doente durante uma investigação tão importante.

– Pode mandar o diário de moto até meu endereço residencial? Posso enviar por mensagem.

– Sim, senhora. Vou permanecer aqui até que tudo esteja finalizado. Ah, e sua colega, a detetive Dahlia, está aqui coordenando as coisas.

– Pode passar o celular para ela?

– Não, senhora. Ela está dentro da cena do crime com a perícia, e eu não estou usando equipamento de proteção. Posso pedir que ela ligue para a senhora?

– Está bem. Vou mandar uma mensagem para ela. E obrigada. Bom trabalho, oficial.

Erika encerrou a ligação e escreveu para Dahlia, pedindo que levasse o carro de volta à sua casa e trouxesse o diário. Em seguida, ficou olhando para outro semáforo fechado. O reflexo das luzes vermelhas se misturava à chuva no para-brisa, e ela não sabia dizer se já estava escurecendo ou se as nuvens tinham voltado a encobrir o céu. Enquanto isso, contou a Marsh sobre a Folger Costume Hire e a ligação com Jessica Goldman. Chegaram a mais um sinal fechado. O horário de pico estava em pleno vigor.

Marsh olhou para ela, e sua expressão suavizou.

– Bom trabalho – disse ele.

Erika assentiu.

– Sabe, você é minha amiga de mais longa data.

– Não sou tão velha assim.

Ele revirou os olhos.

– Não seja boba. Claro que entendeu o que eu quis dizer. É difícil equilibrar ser seu amigo, seu chefe e ainda cuidar de você. Eu prometi a Mark que cuidaria de você.

Erika virou o rosto para ele. Já fazia muito tempo que ele não mencionava o nome de Mark.

Marsh pousou a mão sobre a perna dela.

– Você está encharcada.

Erika pegou a mão dele com a manga do casaco e a devolveu para o colo dele.

– É o que acontece quando se é pego pela chuva.

– Eu devia ter te dado uma toalha para se sentar – disse ele, novamente com aquele tom petulante na voz.

Eles tinham namorado brevemente anos atrás, quando ainda estavam na academia de polícia, antes de Mark aparecer. E, alguns anos depois, houve uma recaída. Mesmo assim, Marsh continuava dando sinais confusos, como mencionar o nome do marido dela e ao mesmo tempo tocar sua perna.

Erika afastou a perna e abriu o papel com o nome de contato da Diamond Companions.

– Imagino que muita gente de alto escalão use essa agência de acompanhantes, não?

– Eu não! – apressou-se ele. – Eu sou... sou feliz no meu casamento com a Marcie.

– Eu não estava falando de você. Mas, pelo seu tom defensivo, parece que oficiais seniores da Polícia Metropolitana usam essa agência, sim.

– Eu não respondi de forma defensiva! – retrucou Marsh.

Erika se lembrou de uma ocasião, anos atrás, em que ligou para Marsh tarde da noite, e foi Marcie quem atendeu, deixando escapar que os dois dormiam em quartos separados.

Ele suspirou.

– Já ouvi boatos. Mas não vou dizer de quem.

– O superintendente Dan Fisk? – questionou ela. – Ele parecia ser o encarregado de encobrir as sujeiras de Neville Lomas... inclusive aquela com a garota de programa, que, de alguma forma, conseguiu escapar da polícia meio nua e toda espancada.

Marsh não respondeu. Agora já tinham atravessado o rio pela Ponte de Blackfriars, e o trânsito começava a fluir.

– Em que ponto a gente deixa de ser policial, e tudo vira apenas contenção de danos? – perguntou Erika. – É uma pergunta sincera.

Ele hesitou.

– Eu não sei. Talvez no momento em que você assume uma hipoteca gigantesca, duas filhas em escolas particulares caríssimas... E aí o pai da sua esposa precisa ir para um asilo. E, claro, tem que ser um lugar de primeira... Eu sei que te pressiono muito, Erika, mas, se eu te pressiono desse jeito, imagina o quanto me pressionam. É um nível completamente diferente. Mas para deixar claro: eu sou um policial de verdade. Está bem?

Ela pensou naquilo por um momento. Parte dela sentiu pena de Marsh, mas, por outra perspectiva... teria ele confessado que já vendera a alma ao diabo?

– Está bem – respondeu ela. – Como é que eu procedo? – Levantou o papel.

Marsh lançou um olhar ao documento.

– Não vá desenterrar sujeira desnecessária. Nem nada de que você não possa falar agora. E, se descobrir algo fora do escopo da sua investigação, eu preciso ser o primeiro a saber.

Havia algo de suplicante, quase patético, na forma como ele pediu.

Erika concordou com a cabeça.

– Eu prometo.

Esperava que fosse uma promessa que conseguiria cumprir.

CAPÍTULO 38

Quando Marsh deixou Erika em casa, ela teve a impressão de que ele queria entrar, mas, ao ver a luz acesa na janela da frente, disse que precisava voltar para casa.

– Obrigada pela carona – disse Erika.

Marsh virou-se para ela:

– Por favor, não faça nenhuma besteira – pediu, em tom sério.

– Boa noite – respondeu Erika.

Ela saiu do carro e o observou se afastar. Ouviu ao longe o som do piano vindo do caminho da entrada e se lembrou de que tinha combinado que Tom viria praticar.

Quando abriu a porta da frente, soava um arranjo complicado do tema de *Star Wars*, com notas graves batendo forte e outras agudas tilintando. George a esperava no corredor e miou; ela se abaixou, coçou atrás de suas orelhas e lhe deu um dos petiscos que sempre guardava para esse momento.

Erika foi até a porta da sala de estar, escutando a música e observando, fascinada, enquanto Tom estava sentado ao piano, os dedos abertos correndo furiosamente pelas teclas. Igor estava sentado no sofá perto da lareira; quando a viu, abriu um sorriso e, sem som, disse: *Oi*.

Tom terminou de tocar e recostou-se, sem fôlego. Ao se virar, notou Erika.

– *Ahoj!* – disse ele.

– Uau, isso foi incrível! Você está ficando muito bom – disse Erika.

– Ele encontrou um vídeo no YouTube de uma mulher tocando o tema de *Star Wars* no piano e aprendeu de ouvido. O piano era no formato da *Millennium Falcon* – explicou Igor.

– Calma, pai – Tom comentou, sorrindo diante do entusiasmo dele.

– Por que está pedindo que eu me acalme? Você tem talento. Eu daria tudo para ter algum tipo de talento. Você podia estar em uma banda. Eu cantei em uma banda, lembra? – falou Igor.

Erika olhou de Tom para Igor e balançou a cabeça.

– Havia muitas bandas boas em Nitra quando a gente era jovem – disse ela. – Eu não me lembro da sua.

– Você sabe cantar, pai? – o garoto quis saber.

– Sei, sim. Eu sempre canto junto com as músicas no rádio.

Tom revirou os olhos e riu. Igor levantou-se e foi até Erika. Inclinou-se, deu-lhe um beijo e tocou suas roupas.

– Você está encharcada.

– Peguei chuva.

– Vou preparar um banho para você. Comeu alguma coisa?

– Comi? Acho que não.

– Tem chilli com carne no fogão – disse Igor.

Erika se serviu de comida enquanto Igor enchia a banheira. Quando voltou para a sala, Tom estava praticando outra música no piano, usando um metrônomo que fazia um som seco de tique-taque.

Erika não tinha percebido o quanto estava faminta até começar a comer. O chilli de Igor estava delicioso e bem apimentado; ela colocou uma colherada de *sour cream* sobre a porção fumegante de carne com arroz. Ela devorou o prato enquanto observava Tom ensaiar uma versão mais lenta de algo que lhe soava familiar. Ele chegou a uma parte difícil, parou, e o metrônomo continuou marcando o silêncio: tique-taque, tique-taque.

– Desculpa. Quer assistir TV? – perguntou Tom, ao vê-la no sofá.

– Não. Gosto de ouvir você. O que estava tocando?

Ele desligou o metrônomo.

– Metade da *Rapsódia Húngara nº 2*, para duelo de pianos.

– Por que isso me soa tão familiar?

– Usaram no filme *Uma Cilada para Roger Rabbit*, naquela cena em que o Pato Donald e o Patolino tocam pianos no clube.

Erika riu.

– É isso mesmo.

Ela raspou o prato, comeu os últimos grãos de arroz com carne e foi para a cozinha.

– Tem algum caso de assassinato bom em andamento? – perguntou Tom, esperançoso, seguindo-a até a cozinha. Enquanto ela falava, ele encheu dois copos de Coca-Cola direto da garrafa na geladeira.

– Sim.

– O que esse assassino fez?

Erika ficou na dúvida sobre quanto deveria revelar. Decidiu falar em termos gerais.

– Assassinou três homens e uma mulher. Pelo menos, eu acho que também matou uma mulher. Hoje encontramos outro corpo.

– Onde estava o corpo dela?

Erika hesitou novamente, como quando estava no carro, mas Tom já tinha 16 anos, e ela queria tratá-lo como adulto. Ele lhe entregou um copo cheio de refrigerante borbulhante, os olhos brilhando de interesse.

– Caído no corredor. E havia uma chave inglesa no chão, ao lado do corpo.

– Foi com a chave inglesa que o assassino a matou?

Erika assentiu.

– Bateu na cabeça da vítima...

Ela apertou o copo com força. De repente, a cena do crime lhe veio à mente pela perspectiva do assassino: de pé atrás de Jessica Goldman, golpeando-a uma, duas vezes. Sangue jorrando. Foi um ataque frenético. O dia tinha sido tão cheio e tenso que Erika ainda não tinha parado para refletir sobre a configuração da cena: o padrão do sangue nas paredes e o ponto exato onde a chave inglesa fora largada no chão.

– O que foi? – questionou Tom, ao notar que ela ficara em silêncio, como em transe.

– Desculpa, Tom... acabou de me ocorrer uma coisa.

– Tipo uma pista?

– Sim. Talvez. – Erika foi até o casaco pendurado no corrimão da escada e pegou o celular.

Dahlia atendeu no primeiro toque.

– Você ainda está na cena do crime? – disparou Erika, direto ao ponto.

– Não. Estou chegando agora na sua rua, com o seu carro. Trouxe o diário.

– Certo. Te encontro aí fora em um minuto.

Igor desceu as escadas exatamente quando a porta da frente bateu.

– Onde está Erika? – ele indagou, enxugando a espuma de sabão das mãos com uma toalha.

– Ela acha que descobriu uma pista e saiu para encontrar alguém que veio trazer o carro – disse Tom.

– Quem está com o carro dela? Eu acabei de preparar um banho para ela. – Igor notou o casaco de Erika ainda pendurado no corrimão, ao pé da escada. – E ainda saiu com aquelas roupas molhadas. Está congelando lá fora.

CAPÍTULO 39

O ar frio a atingiu assim que saiu pela porta. O poste de luz do outro lado da rua estava queimado, e sua casa ficava imersa na escuridão. Havia uma vaga livre em frente, e Dahlia estacionou junto ao meio-fio. Erika fez sinal para que destravasse a porta do passageiro e entrou.

– Oi. Tudo bem? – perguntou Dahlia, alcançando a bolsa no banco de trás. – Já chamei um Uber.

– Agora?

– Chega em alguns minutos.

– Certo. Vai ser rápido.

Dahlia olhou para a mão de Erika, e ela percebeu que segurava o copo de Coca-Cola que Tom lhe dera.

– Este é o diário – disse Dahlia, abrindo a bolsa. Entregou a Erika um diário A4 amarelo, dentro de um saco de evidências. Havia vestígios prateados do pó de impressão digital na capa e na lombada. Ela desligou os faróis e o motor, e o interior do carro mergulhou na escuridão. – Você conseguiu ir à reunião no Parlamento?

– Consegui. Mas acabei de pensar em algo. A arma do crime estava à esquerda ou à direita do corpo da Jessica Goldman?

– A gente *acha* que é Jessica Goldman. Ainda não temos identificação oficial do corpo.

– Esquece isso por um momento. Consegue se lembrar de que lado a arma estava?

Dahlia hesitou.

– Estava do lado esquerdo do corpo.

– Isso. E os respingos de sangue eram mais marcados no lado esquerdo da parede do corredor, certo?

– Tinha sangue em todo lugar, mas sim – respondeu Dahlia. – Você está considerando se o assassino era canhoto ou destro?

– Exato. O assassino deve ser canhoto. Isso indica que ele, ou ela, ergueu a chave inglesa com a mão esquerda e a golpeou de cima para baixo, sempre pelo lado esquerdo do corpo de Jessica Goldman a cada vez que bateu na parte de trás da cabeça dela – explicou Erika, demonstrando o movimento com a mão esquerda. O gesto lhe pareceu estranho, já que ela era destra.

– Podemos ter certeza de que foi a mesma pessoa que matou Terry DeVille, Neville Lomas e Jamie Teague?

– Há uma probabilidade muito grande – disse Erika, sem querer considerar a hipótese de estar errada.

Nesse momento, houve uma batida no vidro ao lado de Dahlia. Ela se assustou, mas Erika viu que era Igor.

– Está tudo bem. É o meu... namorado – comentou Erika.

Dahlia ligou a ignição e abaixou o vidro.

– Oi. Ela está do outro lado.

– Trouxe o casaco da Erika – disse ele, segurando-o. – Ela se molhou toda durante o dia, e não queria que pegasse frio.

Dahlia passou o casaco pelo banco.

– Obrigada – respondeu Erika, tentando equilibrar o casaco, o diário na bolsa de evidências e o copo cheio de Coca.

– Oi, sou a detetive Dahlia Beck.

– Nós já nos vimos, no restaurante... em janeiro, na OXO Tower. Na noite em que aquele político morreu...

– Ah, sim. Oi – respondeu Dahlia, sem demonstrar que se lembrava de fato.

Ele estendeu a mão pela janela, e eles se cumprimentaram.

– Erika, seu banho está pronto.

– Já vou.

– Não se resfrie.

– Desculpa por isso – acrescentou Erika quando ele foi embora.

– Imagina. Ele é fofo.

Erika não gostou do jeito que ela disse *fofo*, mas deixou passar.

– Enfim. Estava falando sobre a assassina ser canhota. Isso me fez pensar em uma coisa: se soubermos que ela é canhota, talvez possamos reduzir o grupo das garotas "falha na Matrix" nos vídeos do sistema de segurança, verificando quais são destras e quais são canhotas.

– Você acha que alguma delas vai responder ao apelo da mídia?

Erika achou engraçado como o termo garotas "falha na Matrix" já tinha virado o apelido oficial delas.

– Elas podem ter medo de se apresentar. Eu realmente espero que consigamos confirmar a ligação com a Jessica Goldman, que fez a maquiagem prostética delas.

– A mulher da Folger confirmou que tinha alugado os figurinos.

– Sim, mas é só o que temos. Precisamos saber onde Jessica fez a maquiagem delas. Quem a pagou? Será que só uma delas estava envolvida ou todas estavam?

– Quer dizer... foi um assassinato encomendado? – perguntou Dahlia.

– Colocando dessa forma, acho que não. Ainda não sabemos qual seria o motivo... Jamie Teague tinha seguro de vida? Se sim, alguém teria se beneficiado com sua morte?

Erika olhou para a rua escura e deserta. Mais adiante, um poste de luz estava aceso, e um gato preto atravessou rapidamente o círculo iluminado. Ela se perguntou se era George. Sempre se preocupava com ele quando saía à noite, cruzando ruas.

– Erika?

– McGorry já tinha pedido para a equipe verificar se Jessica tinha algum seguro de vida. Você chegou a ver algo sobre isso? – perguntou Erika, olhando para o diário dentro da bolsa.

– Não. Assim que a perícia chegou, parecia que todo mundo no prédio estava voltando do trabalho. Recolher impressões digitais no corredor comum foi um pesadelo.

– E os vizinhos?

– Tem uma senhora idosa no térreo, ao lado do apartamento da vítima, mas ela é bem surda e não viu nem ouviu nada... E a sua reunião, como foi?

Erika hesitou. Precisava confiar em Dahlia. Ela fazia parte da equipe e estava a par de tudo.

– Recebi um contato, só o primeiro nome, de alguém que trabalha na Diamond Companions.

– Você já ligou para essa pessoa?

– Ia ligar antes de você chegar. Você lembra o nome da garota... aquela que você disse que foi encontrada no calçadão, com o nariz sangrando, depois que Neville Lomas supostamente a agrediu?

– Desculpa, não... – Um farol surgiu atrás do carro, e o celular de Dahlia apitou. – É o meu Uber. Não esquece do seu banho.

Erika esperou até que ela estivesse em segurança no Uber e o carro partisse.

Algo ainda incomodava Erika sobre Dahlia e sua ligação com Dan Fisk. Colocou o copo, o diário e o casaco sobre o muro da frente e ligou para a central em Lewisham Row.

– Vicky? Aqui é Erika Foster. Consegue me dizer se o superintendente Dan Fisk está trabalhando ou quando volta?

Houve um breve silêncio, seguido de vozes ao fundo.

– Ele saiu de férias – disse Vicky. – Consta especificamente que está fora do país pelas próximas três semanas.

– Ah. Você sabe quando ele saiu?

– Um momento. – Erika ouviu o som de teclas sendo pressionadas. – Ontem. Quer que eu deixe um recado na caixa de entrada dele?

– Não. Obrigada.

Erika desligou. Havia ligado para Fisk na segunda-feira, e sua caixa postal não mencionava absolutamente nada sobre sair de férias no dia seguinte, como era de praxe. Muito estranho.

Um arrepio percorreu-a. Um véu tênue de neblina começava a se formar sobre a luz dos postes. Ela pegou suas coisas e entrou rapidamente. Fechando a porta em silêncio, passou de mansinho pela sala e subiu para o banho.

Antes de entrar na água quente, tentou o número que Richard lhe dera no Parlamento. Chamou até cair na caixa postal. Tentou de novo. Na terceira tentativa, deixou um recado breve, dizendo quem era, seu número e pedindo retorno sobre um assunto discreto.

O banho estava delicioso, mas Erika não conseguia relaxar nem parar de pensar. Ficou olhando para o teto enquanto ouvia o piano sendo tocado lá embaixo. A história que Richard Gaynor lhe contara sobre Damsa Afridi, a prostituta imigrante ilegal... parecia conveniente demais. Sim, seria devastador se viesse à tona. Mas por que ainda seria prejudicial após a morte de Neville Lomas?

O líder da bancada era responsável por manter os deputados alinhados ao partido. Mantinham segredos sobre os próprios deputados para controlá-los. Agora, com Neville morto, seu voto não importava mais. Ele já não era um deputado. E era muito mais fácil inventar ou distorcer uma história sobre um homem morto.

Tinha outra coisa também: as fotos de Damsa Afridi, grávida, andando com Neville. Por que o registro de data tinha sido cortado? Eram mesmo reais?

Ou será que tinham enfiado um monte de bobagem, como se fosse segredo de Estado, apenas para atrapalhar e impedir que a verdade viesse à tona?

Após alguns minutos, lavou o cabelo e saiu do banho.

Vestiu o roupão e foi até o pequeno escritório improvisado no quarto de hóspedes. O diário ainda estava na bolsa sobre a mesa, mas ela teve outra ideia. Ao longo da carreira, Erika tivera contato com muitos informantes de baixo nível. Criminosos pequenos que passavam informações em troca de uma nota de 10 ou 20.

Desde a pandemia, não tinha visto muitos deles, mas lembrou-se de uma em particular: Curly Sue.

Não sabia seu nome verdadeiro, mas Curly Sue já tinha sido uma acompanhante de luxo por alguns anos e depois migrara para o lado administrativo, ajudando a gerenciar uma das maiores agências de acompanhantes do oeste de Londres.

Erika revirava as gavetas, procurando uma de suas antigas agendas de contatos, quando Igor apareceu na porta.

– Já terminou o banho? – perguntou, vendo-a agachada, de roupão, com o cabelo molhado.

– Não, ainda estou lá deitada, com xampu no cabelo – resmungou. Depois viu Tom atrás dele. Ela respirou fundo. – Desculpa.

Ainda não se acostumava a ter a casa cheia enquanto trabalhava em um caso. Levantou-se e apertou o cinto do roupão.

– Vamos indo – disse Igor.

– Desculpa, Tom. Estava conversando com você e precisei sair correndo.

– O papai disse que você pode me buscar na escola esta semana.

Erika olhou para Igor.

– Claro. Hoje é quarta. Que tal amanhã?

– Legal!

– Tem certeza de que pode amanhã? – insistiu Igor.

– Claro que sim.

Igor inclinou-se e lhe deu um beijo.

– Então te ligo.

– Bate aqui – disse Tom, levantando a mão. Eles bateram as palmas, e, quando estavam descendo as escadas, Erika já estava novamente imersa na agenda de contatos antiga e no diário de Jessica Goldman.

CAPÍTULO 40

Erika estava de volta à delegacia às 7 da manhã, trabalhando em seu escritório. Conseguira apenas algumas horas de sono agitado. A reunião com Marsh pesava em sua mente, deixando-a ora temerosa de prosseguir com a investigação, ora furiosa por estar de mãos atadas quanto ao caso de Neville Lomas. Acordara às 5h, sem conseguir dormir de novo, com dor de garganta, que tentava ignorar e abafar com analgésicos.

O diário de Jessica Goldman estava sobre a mesa, e Erika o revisava mais uma vez. A maquiadora registrava anotações pessoais em azul e em vermelho os compromissos de trabalho. Havia se mantido bastante ocupada registrando cerca de quinze a vinte dias de trabalho por mês. Erika percebeu que ela anotava os nomes das produtoras, incluindo BBC Studios, além de algumas independentes, como Fountain Films e EBA Entertainment. Em 2 de março, em tinta azul, estava escrito: "Folger, 14h".

Erika recostou-se na cadeira. Sabia que autônomos costumam manter um diário com os compromissos de trabalho, algo que podiam mostrar às autoridades fiscais caso fossem investigados, e esse mesmo registro servia para disfarçar serviços não declarados, como o que Jessica fizera para Annabelle.

Já se aproximava das 8 da manhã quando Erika pegou o telefone e ligou para Rah Zahora.

– Aqui é a detetive-inspetora chefe Erika Foster. Conversamos ontem...

Ela ouviu o cachorro, Wolsey, latindo ao fundo. Contou a Rah sobre Jessica Goldman.

– Meu Deus – reagiu Rah. – Eu não sabia.

– Sim. Ainda não foi divulgado. Estamos tratando a morte de Jessica como suspeita.

A mulher pareceu apreensiva.

– Você acha que tem a ver com aquele trabalho do qual falamos ontem?

– Acho que sim. Você pode responder a algumas perguntas?

– Pelo telefone? Agora?

– Sim. Mas isso precisa permanecer confidencial.

Erika ouviu as molas de uma cadeira rangendo quando Rah se sentou.

– Claro. Mas você está me assustando.

– Não há razão para ter medo. Tenho aqui comigo o diário dela.

– Meu nome está nesse diário?

Erika olhou para a palavra "Folger" escrita com a caligrafia vermelha e caprichada.

– Não. Seu nome não aparece aqui.

– Ah, que bom saber – disse Rah, visivelmente mais calma. – Passei a noite em claro pensando no que você me contou ontem. Fiquei com medo de que viessem atrás de mim. Fico sozinha o dia todo neste parque industrial... e Wolsey não serve muito como cão de guarda.

– Não, você não está ligada a isso. E o trabalho de maquiagem prostética que acreditamos que Jessica fez para aquelas cinco mulheres não aparece listado no diário.

– Então ela provavelmente fez por fora, pago em dinheiro vivo – sugeriu Rah após uma pausa.

– Ela pagou em dinheiro para alugar os figurinos?

A outra suspirou, a voz ainda trêmula.

– Vou ter problemas com o fisco se eu disser que sim?

– Não. Não estou interessada nisso. O que importa é a investigação do assassinato.

– Sim, foi em dinheiro. Só dessa vez aluguei os figurinos para ela sem registro. Por isso, Jessica mesma veio buscar. Assim, não há ligação entre o cartão dela e meu negócio.

Rah novamente soava aliviada. Erika não quis lembrá-la de que o nome "Folger Costume Hire" figurava nas etiquetas de todas as bolsas das garotas "falha na Matrix".

– Você sabe quanto Jessica cobrava por um dia de trabalho de maquiagem prostética?

– Ela era uma das melhores que conheci. O valor ficava em torno de 500 libras por dia, mais o material. Isso se fosse um dia inteiro de doze horas no set. Não sei se cobraria mais ou menos para um cliente particular – explicou ela.

– E você sabe onde ela comprava os materiais? Existe algum lugar que venda peças de prótese para maquiagem? Nem sei como se chamam exatamente.

– É mais complexo. Dá para comprar peças genéricas, mas, quando se chega ao nível da Jessica, os moldes eram criados por ela com materiais especiais de látex para modelagem. Às vezes, os artistas faziam até um molde de gesso da cabeça, caso fosse preciso transformar totalmente as feições.

O coração de Erika afundou.

– Você nos disse que as cinco mulheres queriam narizes falsos, perucas pretas e lentes de contato.

– Sim.

– Parece que Jessica trabalhava em casa. Tinha algum escritório ou estúdio separado?

– Não. Ela não tinha condições financeiras. O que mais a frustrava era não conseguir expandir o negócio. Tinha o sonho de fazer grandes projetos de efeitos especiais.

– Ela comentou mais alguma coisa sobre esse trabalho? Qualquer detalhe.

Rah suspirou.

– Ela disse que o trabalho seria em um hotel em Marylebone. Não sei se era para o teste de elenco ou se apenas tinham alugado um quarto.

– Certo. Obrigada. E, por favor, me avise se souber de mais alguma coisa pelos seus colegas.

– Achei que você tinha pedido para eu não comentar nada.

– Quis dizer não falar com a imprensa.

– Fique tranquila. Não preciso de má fama.

Ela desligou. Assim que Erika retomou as anotações, o telefone tocou. Era Curly Sue, a informante com quem havia feito contato na noite anterior.

Meia hora depois, Erika desceu até a sala de investigação e atualizou a equipe sobre os acontecimentos do dia anterior – omitindo os detalhes da reunião no Parlamento. Dahlia já havia atualizado o painel de fotos no quadro branco, incluindo as imagens da cena do crime de Jessica Goldman.

– Acabei de falar com Rah Zahora, da Folger Costume Hire, e ela disse que Jessica comentou que o "teste de elenco" para esse reality show das cinco mulheres idênticas seria em um hotel em Marylebone. Verifiquem se Jessica Goldman reservou alguma acomodação na região na sexta-feira, 3 de março. Ela não especificou qual hotel. Além disso, é um tiro no escuro, mas verifiquem se algum estabelecimento reservou sala de conferências para um teste de elenco de programa de TV.

– Eu achei que esse lance do programa de TV fosse invenção – disse McGorry.

– Também acho que foi, mas e se essa Annabelle reservou uma sala de conferência sob o pretexto de um teste de elenco para encobrir seus rastros? – respondeu Erika.

Ela se aproximou do quadro branco e apontou para as fotos da cena do crime, mostrando o corpo de Jessica Goldman caído no corredor, ao lado da chave inglesa.

– Acho que essa Annabelle precisou voltar e matar Jessica Goldman porque ela podia ser o único elo que nos levaria até ela. Não temos ainda a hora oficial da morte, mas imagino que tenha acontecido antes do apelo público na imprensa. Revisei a lista de ligações e e-mails recebidos após o apelo, e o nome de Jessica Goldman não aparece. Se descobrirmos os detalhes desse trabalho de próteses que ela fez, podemos chegar até Annabelle.

– E se ela resolver ir atrás das outras quatro mulheres que foram ao apartamento de Jamie Teague? – perguntou McGorry.

– Se eu fosse esperta o suficiente para contratar alguém para me transformar com maquiagem e próteses para cometer um assassinato, garantiria que a única pessoa que me visse sem a caracterização seria a maquiadora que fez o trabalho. Posso estar errada, mas as outras quatro talvez nem soubessem no que estavam se metendo. É possível que tenham acreditado mesmo nesse papo de reality show. Então, elas podem ter sido maquiadas no mesmo dia, mais tarde. Daí a necessidade de um hotel ou de uma sala de conferência para dar legitimidade à encenação. Isso também me lembra: verifiquem se houve anúncios de testes de reality show na imprensa especializada nas últimas semanas.

Moss levantou um papel.

– Preparei o texto para outro apelo que queremos divulgar nas redes sociais, como Facebook, X, TikTok, sobre as garotas "falha na Matrix" – disse ela.

Erika pegou o papel e leu o texto.

– Como é que é? A Polícia Metropolitana tem conta no TikTok? – questionou, erguendo os olhos para os oficiais.

– Tem, sim. E já passa de quase 100 mil seguidores – respondeu McGorry.

Ele pegou o celular e mostrou. Erika se aproximou e viu que os vídeos da conta @Metpolice somavam mais de 1 milhão de curtidas, além dos seguidores. Ela rolou para baixo e se deparou com o rosto de McGorry em um vídeo postado semanas antes.

– O que é isso?

– Fiz um vídeo para a conta. Me pediram para mostrar um "dia na vida de um detetive da Polícia Metropolitana à paisana" – contou ele, meio envergonhado.

– Você tem que assistir. É hilário – comentou Peterson.

– Foi o vídeo com mais curtidas da conta – completou McGorry.

– Até postarem aquele do cão farejador com a carinha fofa – acrescentou outro oficial, arrancando risadas da sala.

Erika devolveu o celular para McGorry. Fez uma anotação mental de assistir depois.

– Certo, certo. Podemos nos concentrar? Esse texto está bom. Pode ser publicado.

Por um instante, Erika chegou a se questionar seriamente se existia um "departamento do TikTok" e visualizou Marsh dançando coreografias em sua sala junto com o comandante Tate e a secretária. Sacudiu a cabeça para espantar a imagem.

– Tivemos vários apelos bem-sucedidos no TikTok – disse McGorry, ainda um pouco magoado. – Meu vídeo ajudou a conquistar seguidores.

– E é por isso que é importante publicarmos esse apelo para as cinco mulheres nas redes sociais. É bom termos incluído nesse texto que elas não precisam se preocupar em serem presas – ela acrescentou, olhando para Moss.

– E vamos manter essa promessa? – perguntou Moss, com um meio-sorriso.

– É o que estamos colocando no post. Depois veremos o que acontece – respondeu Erika. Ela conferiu o relógio. – Certo. Sigam com as verificações do que discutimos. Eu tenho um encontro com uma das minhas informantes, que já trabalhou como acompanhante, para tentar esclarecer mais sobre a Diamond Companions. Nos reunimos de novo amanhã de manhã.

CAPÍTULO 41

– Não posso comentar sobre o resto daqueles pobres homens, mas Neville Lomas... Eu não sou política, mas talvez ele merecesse morrer de forma dolorosa – disse Curly Sue.

Erika estava sentada em frente a ela no bar Brasserie of Light, no primeiro andar da loja de departamentos Selfridges. Havia acabado de dar a Sue um resumo do caso do assassinato, omitindo, no entanto, as informações sobre as polaroides.

O nome verdadeiro de Curly Sue era Susan Forrester. Tinha idade parecida com a de Erika e começara a trabalhar como garota de programa no fim dos anos 1980. Ainda mantinha o longo cabelo preto encaracolado que lhe dera o apelido – embora fosse óbvio que agora fosse tingido. Sue tinha um ar reconfortantemente à moda antiga: cabelo armado, ombreiras enormes, maquiagem carregada, que poderia competir com Joan Collins. E, como Joan Collins, gostava do que há de mais luxuoso.

Erika normalmente jamais se encontraria com uma testemunha, muito menos uma informante, em um bar de luxo como aquele. Mas Sue sabia tudo sobre o mercado de acompanhantes em Londres e até além.

– Por que você acha que ele merecia morrer de forma dolorosa?

– Porque era um sujeito asqueroso.

– Você chegou a...?

– Tê-lo como cliente? – Sue mordeu o lábio, pensativa. – Nunca transei com ele. Talvez tenha andado sobre as costas dele uma vez, usando um par de saltos agulha...

A voz dela sumiu quando o garçom chegou com as bebidas. Um negroni para Sue e um café puro para Erika. Assim que ele se afastou, a informante ergueu o copo:

– Maravilhoso. Um brinde?

– Saúde – disse Erika, brindando com sua xícara de porcelana.

Sue deu um longo gole. Sua boca enrugada se contraiu, e Erika percebeu como o batom escorria pelas linhas profundas de fumante ao redor dos lábios.

– Como você sabe, o mercado mudou desde a minha época. Hoje é mais perverso. Máfia albanesa traficando meninas. Russas e do leste europeu dispostas a fazer qualquer coisa por muito menos. Ainda existe público para o tipo "garota da porta ao lado", e algumas ainda tratam isso como negócio. Se você souber aproveitar, dá para ganhar muito dinheiro.

– Você ainda trabalha para a Savannah Secretarial Services? – perguntou Erika.

– Não. Larguei tudo em março de 2020. Fiz 50 anos e resolvi organizar minhas prioridades. Tenho alguns imóveis alugados. Parei de vez aos 40, meus peitos já não davam conta do recado, então passei a fazer a parte administrativa da Savannah. É horrível como eles caem, não é? Você tem sorte de ter peitos pequenos... – Ela mal fez uma pausa antes de beber mais do negroni. – Mas tive uma boa carreira. Quarenta não é uma idade avançada, mas, para prostituição, você precisa saber quando se aposentar. Um dia você viaja para locais exóticos, coberta de dinheiro; no outro, está na Old Kent Road fazendo programas por 15 libras a cada cliente.

Erika sorriu.

– Podemos voltar a Neville Lomas?

– Desculpe, querida. Sim. Eu me lembro de algumas vezes em que Neville foi violento com as garotas da Savannah.

– Quando foi isso?

– Anos atrás. Início dos anos 2000, talvez.

– Ele chegou a machucar alguma mulher gravemente?

O rosto de Sue escureceu.

– Quebrou o nariz de uma coitada uma vez.

– Ela denunciou?

Sue balançou a cabeça.

– Ele pagou para silenciá-la. A agência ficou com uma parte – disse, arqueando a sobrancelha fina.

– Quanto ele pagou?

– Não lembro, Erika. Mas foi o suficiente para ela tirar duas semanas de férias e viajar para algum lugar agradável.

Erika lembrou-se das fotos que tinha visto da prostituta Damsa Afridi, que estaria grávida do filho de Neville Lomas e o chantageando.

– Já ouviu falar de garotas de programa chantageando clientes? Em especial, Neville Lomas.

– Chantagem? Não. A maioria das garotas da Diamond ganhava uma fortuna. Mas me lembro das histórias de "beija e conta" nos tabloides sobre Lomas. As mulheres envolvidas receberam muito dinheiro, mas isso foi lá pelos anos 1980 e 1990.

– Vocês já tiveram imigrantes ilegais cadastrados?

Sue fez uma careta.

– O que você acha? Quantas opções mulheres desesperadas têm para ganhar dinheiro? É claro que tivemos.

– O que você sabe sobre a agência Diamond Companions?

– É uma agência de peso, bem grande. Opera on-line. A Savannah passou totalmente para o digital em 2007.

– E qual a diferença entre uma agência on-line e um bordel? – perguntou Erika.

Sue arqueou a sobrancelha.

– Está tentando me arrancar informação? Você já sabe a resposta. A maioria dos bordéis, não todos, mas a maioria em Londres, trafica jovens vindas do exterior. É escravidão, e não é o tipo de negócio do qual eu participaria. Já as agências on-line são mais legítimas: funcionam só como portais de intermediação. Depois disso, é entre as garotas e os clientes. Eles pagam antecipadamente e on-line, e as meninas repassam uma porcentagem para o site.

– E elas vão até os clientes? Em vez de haver um lugar fixo para os encontros?

– Sim. Hotéis, casas particulares, às vezes até escritórios. Algumas usam a própria casa ou alugam locais. Mas isso pode dar problema com vizinhos, então os hotéis são a opção mais segura. – Sue inclinou-se um pouco mais. – O que está acontecendo com Neville Lomas?

Erika hesitou, mordendo o lábio. Precisava medir bem as palavras.

– Recebi um contato na Diamond Companions relacionado a Neville Lomas.

Sue tomou outro gole do coquetel.

– De quem?

– Não posso dizer.

– Pode, ao menos, me dar o nome desse contato?

– Marie.

– Sem sobrenome?

– Sem sobrenome.

Sue mudou de posição na cadeira.

– E por que veio falar comigo? Por que não foi direto ao escritório deles, se isso é investigação de homicídio?

– Porque, se eu aparecer com crachá e cassetete, todo mundo se fecha. Quando eu finalmente conseguisse um mandado, se conseguisse, tudo já teria sido triturado; e o escritório, transferido.

Sue terminou o coquetel e fez sinal para o garçom trazer outro. Os negronis custavam 20 libras cada, então Erika torceu para que conseguisse algo útil antes da terceira rodada.

– Pode me contar mais alguma coisa sobre Neville Lomas?

Sue hesitou.

– Talvez você já saiba disso. No escritório, fomos instruídas para que, se Neville contratasse uma das garotas da Savannah e algo acontecesse... se ele ficasse violento, deveríamos ligar para um policial.

– Era o superintendente Dan Fisk?

Sue se encolheu levemente ao ouvir o nome.

– Erika, não trabalho mais para eles.

– Ele a ameaçou?

– Não, mas nos disseram que tínhamos de ser discretas. E, claro, havia o dossiê.

Erika decidiu fingir que sabia do que ela falava.

– Sim. O dossiê.

– Que eu nunca vi, diga-se de passagem – disse Sue, levantando as mãos. – Só ouvi boatos de que existe. É mais um motivo para vocês, da polícia, ficarem de olho na agência.

– O que acha que tem nesse dossiê?

Sue se mexeu, desconfortável.

– As polaroides, obviamente. Aqueles velhos idiotas, completamente bêbados ou drogados, e ela, seja lá quem for, tirando fotos.

O coração de Erika disparou. Ela bebeu um gole do café, tentando manter a expressão neutra.

– Para chantagem – continuou Sue. – E, como você deve saber, muitos homens importantes usam os serviços da Savannah e da Diamond Companions. Ministros, celebridades, juízes da Alta Corte.

Caramba, pensou Erika. *É isso que Rick Gaynor e os comparsas em Westminster estão tentando esconder?*

– Há quanto tempo você sabe do dossiê?

Sue refletiu por um momento.

– Alguns anos. Ninguém sabe quem é a mulher que tira as fotos. Sei que, na Savannah, sua colega nos pressionou para descobrir, mas esse é um mundo muito secreto. Como eu disse, somos apenas um portal de agenciamento.

– E a Diamond Companions? Também foi pressionada?

– Você é quem devia me responder isso.

Felizmente, o garçom voltou com o segundo negroni. Sue bebeu quase metade num gole.

– Por que acha que ela usa polaroides? – perguntou Erika, adotando um tom mais leve, quase fofoqueiro.

– Porque é mais seguro. Não dá para hackear algo que só existe em papel.

– Nós, da polícia, não sabemos quem é essa mulher que fotografa homens ricos e influentes. Presumivelmente, as fotos são...

– Explícitas e comprometedoras – completou Sue, engolindo mais um quarto do líquido rubi. Erika percebeu que os movimentos dela estavam mais lentos e que já arrastava um pouco as palavras.

– Se ninguém sabe quem é a mulher, como essa informação começou a circular? Existe algum nome?

Sue pousou o copo, pegou a bolsa e tirou um celular.

– Meu marido é mecânico, faz revisões de carros. Sempre aparece algum aprendiz. Se o rapaz for alto e forte, eu o indico como acompanhante. Eles ganham uma miséria no estágio.

– *Acompanhante*... ou seja, o homem que acompanha as garotas de programa quando vão a um hotel encontrar um cliente?

Sue assentiu, folheando uma agenda até achar um papel.

– Tem um rapaz, Daniel. Faz esse trabalho há alguns anos para a Savannah, e acho que também para a Diamond. Está quase se formando para mecânico, então não deve continuar por muito tempo. – Ela anotou um número. – Só o primeiro nome. Não posso garantir que ele vai querer falar com você. Mas ele convive com muitas garotas, pode saber de algo. Se não souber, deixe-o em paz. Entendido?

– Obrigada – disse Erika, guardando o papel.

CAPÍTULO 42

Naquele dia, Annabelle estava visitando um de seus clientes fixos, Alan. Ele não era um homem mau, tampouco particularmente interessante. Um banqueiro perto da aposentadoria, cuja esposa havia perdido o interesse nele. Ele lhe pagava mil libras em dinheiro, toda semana, por duas horas em um hotel.

– Deus, você é tão linda – ele sussurrou um instante antes de ejacular. Desabou sobre ela, esmagando-a. Seus cabelos grisalhos eram ásperos, e, incomum para a idade, ele ainda tinha a cabeça cheia deles.

Annabelle envolveu as pernas ao redor das costas dele o quanto pôde e ouviu o coração dele batendo – *tum-tum-tum* – contra o peito dela. Agarrou-se forte. Alan era um de seus clientes fixos mais lucrativos, um dos cinco que pagavam em dinheiro toda semana. Quatro meses antes, Annabelle havia abandonado as duas agências que exibiam sua foto nos catálogos. Ficara com quatorze clientes regulares. Aos poucos, esse número caiu para cinco. Não importava. Não faltava muito agora. Logo ela iria embora de vez, para nunca mais voltar.

– Eve, você é tão linda – repetiu Alan. Ele saiu de dentro dela e rolou para o lado, ocupando a maior parte da cama king size. Passou a mão pelos grossos fios de cabelo.

– Quer um copo d'água? – ela perguntou.

– Sim, por favor, minha querida.

Annabelle deslizou até a beirada da cama e alisou os longos cabelos. Alan gostava que ela usasse meias vermelhas, cinta-liga e saltos altos. Ela se levantou devagar, passando as mãos pelos seios até a cintura, onde ajustou a cinta vermelha. Havia um copo na mesa de cabeceira. Não estava baixo, mas ela se inclinou, expondo-se. Sentiu os olhos dele sobre ela e olhou por cima do ombro.

– Menino travesso – sorriu.

Atravessou o carpete até o banheiro, sentindo os saltos altos ressaltarem seu quadril e alongarem as pernas.

– Deixa a torneira correr um pouco – ele acrescentou, abandonando o tom de safadeza e voltando a ser Alan, o perfeccionista.

Alan tinha muito dinheiro, mas sempre insistia em beber água da torneira. Para ele, a água engarrafada era um dos maiores golpes de todos.

Annabelle ligou a torneira e deixou a água correr. Viu-se no espelho. Era bonita e sensual, mas o brilho da juventude começava a se apagar. O corpo já não tinha mais aquele breve "brilho dourado", como outra garota certa vez descrevera. A juventude insaciável que os homens pareciam adorar em mulheres de 18 a 23 anos. Ela estava com 25. Já não acendia mais a luz do banheiro dos hotéis.

Quando voltou com o copo d'água, Alan estava sentado, a enorme barriga e as partes íntimas à mostra. Colocara os óculos e agora mexia no controle remoto da TV.

Annabelle forçou um sorriso. Só precisava ficar deitada ao lado dele pelos próximos 45 minutos, enquanto ele bebia sua água da torneira e assistia à Bloomberg. Depois poderia ir embora.

Alan sempre deixava o quarto de hotel primeiro. Ela tomava um banho, removia toda a maquiagem e então trocava para uma roupa limpa de ginástica: calça de moletom fina, um casaco com capuz confortável e tênis esportivos. O resto de suas coisas era enfiado em uma bolsa de viagem. Era fácil passar despercebida usando roupas esportivas e sem maquiagem. As pessoas pensavam que ela era uma "mãe estilosa" ou uma estudante, e era mais fácil entrar e sair de hotéis em Londres quando você não estava toda produzida. Annabelle voltou para casa em seu prédio meia hora depois.

Gostava do silêncio e da calma de seu pequeno apartamento. Trancou a porta da frente e foi direto para o quarto, deslizando a porta do guarda-roupa para revelar um pequeno cofre embutido no chão. Digitou o código de quatro números no teclado, e a tampa se abriu, mostrando uma pequena cavidade no piso do armário. No topo, havia uma pasta verde de papelão. Annabelle a retirou e colocou cuidadosamente no chão, depois puxou uma ampla caixa de metal, apoiou-a no piso e abriu com uma pequena chave de prata.

Estava cheia com 30 mil libras em maços organizados de notas de 50 libras. Annabelle adicionou as mil libras de Alan, fechou e trancou a caixa, colocando-a de volta no cofre. 31 mil libras eram pouco mais de três semanas de trabalho. Estava se tornando cada vez mais difícil depositar o dinheiro, e Annabelle usava vários cartões de crédito e contas bancárias para colocar pequenas quantias sem levantar suspeitas. Ela também tinha dinheiro em ações, títulos e criptomoedas. Nos tempos em que ainda era uma acompanhante com perfil ativo na web, um de seus clientes tinha sido obcecado por criptomoedas, e ele lhe ensinara muito sobre como investir com sabedoria.

Annabelle então voltou sua atenção para a pasta verde. Abriu-a e folheou até a primeira página das polaroides que vinha colecionando ao longo dos últimos anos. O rosto do homem nas primeiras fotos era muito conhecido. Ele era um homem sério, poderoso, um "homem de família", mas nas fotos estava nu, drogado, com as pernas abertas e um enorme brinquedo sexual saindo de seu ânus. Ela continuou passando pelos retratos de pura depravação. Aquele era o seu dossiê de homens ricos e poderosos, repleto de fotos embaraçosas e explícitas. Imagens que poderiam acabar com um casamento, destruir uma carreira ou até uma eleição. Era a sua garantia de sobrevivência.

Ela devolveu a pasta verde ao cofre, fechou-o e digitou o código para trancá-lo. Ao sair do quarto, parou e olhou para a moldura na parede. Era um quadro de animação do filme original da Disney *O Patinho Feio*. O patinho estava sentado em um tronco, fitando, melancólico, o reflexo na água. Tinha custado 8 mil libras em um leilão. Mas aquilo não era apenas um investimento. Era um lembrete de que ela havia sobrevivido – e continuaria sobrevivendo.

Annabelle também tinha sido um patinho feio. Fora uma criança pequena, magra e de aparência desgrenhada até pouco antes de seu décimo sexto aniversário, quando se transformou, de repente, em uma jovem de beleza rara. Isso foi sua salvação no orfanato. As outras garotas bonitas tinham sofrido com atenções indesejadas e, no caso de uma delas, a atenção havia sido sufocante e aterrorizante.

Quando Annabelle se transformou em uma jovem bonita, restavam apenas algumas semanas para completar 16 anos e ser considerada legalmente responsável por si mesma. Estava livre para deixar o orfanato.

Ela passara quase oito anos vivendo em Drexel Hill, e algumas das coisas que vira lá ficariam para sempre gravadas em sua mente. Mas sempre tivera uma certa maturidade. Annabelle nunca se permitiu se perder no presente. Algo, no fundo de sua mente, sempre lhe dizia que nada era para sempre. Ela deixaria aquele lugar e alcançaria coisas maiores.

Naquele dia ensolarado, logo após a morte da mãe, ela levantara as pernas de Mac – e ele caíra pela janela. Isso lhe ensinara que tinha o poder de mudar as coisas.

E, agora, ainda havia mais uma coisa que precisava mudar antes de partir para sempre.

CAPÍTULO 43

Quando Erika chegou de volta a Lewisham Row, a sala de investigação estava meio vazia. Moss e Crane trabalhavam em suas mesas.

– Onde está todo mundo? – perguntou, tirando o casaco e pendurando-o sobre a cadeira.

– Refeitório ou foram pegar um sanduíche – disse Moss.

– E o seu almoço?

– Minha adorável esposa me preparou uma porção de torta de carne caseira – disse Moss, erguendo um pote vazio.

– Queria que minha esposa soubesse cozinhar – disse Crane. – Comprei para ela uma panelinha da Le Creuset. Perfeita para duas pessoas, mas ela usa como fruteira.

Erika foi até a mesa de Crane e viu que ele estava vasculhando imagens de câmeras da Oxford Street na noite de sexta-feira, 3 de março. Ela notou que o horário marcado era 21h47.

– O que é isso? – indagou ela.

Crane deu uma risada seca e esfregou os olhos.

– Lembra que eu consegui a placa do táxi que deixou as garotas "falha na Matrix" na Old Compton Street?

– Sim. Você tinha deixado duas mensagens para ele, a última vez que me contou.

Crane pegou o caderno de anotações e folheou as páginas.

– Ele atendeu mais cedo hoje. Justo quando consegui rastrear a corrida pelas câmeras até Camden. Foi um inferno, mas, felizmente, eu tinha os horários e um amigo que trabalha no prédio central do sistema de segurança da empresa de transportes londrina. Enfim, quando finalmente rastreei até Camden, o taxista me ligou de volta. Ele se lembra das garotas. Pegou elas em frente ao Camden Market.

– Onde no Camden Market?

Crane clicou entre as abas abertas do computador e encontrou um clipe de vídeo.

– Aqui é a Jamestown Road, perto da ponte de ferro em Camden Lock. Elas estavam todas esperando em frente ao Wagamama.

No vídeo, a rua estava lotada de gente, mas era possível ver as cinco garotas esperando na calçada, diante do que parecia ser um prédio de escritórios. A placa do Wagamama aparecia acima da porta no térreo. As garotas estavam paradas de braços cruzados, e então o táxi preto parou e elas entraram.

– Elas comeram no restaurante?

– Não. Não saíram de lá. Ficaram seis minutos em frente, sem trocar muitas palavras entre elas, só esperando o táxi...

Crane voltou o vídeo. Pedestres passavam apressados, mas as cinco garotas "falha na Matrix", com seus vestidos pretos curtos, luvas pretas e longos cabelos escuros, permaneciam imóveis e sérias.

– Aqui, veja, elas vieram do outro lado da rua. – As cinco garotas atravessavam em sentido contrário. – Saíram do mercado coberto.

– Droga. Jessica Goldman contou para a mulher da loja de figurinos que o trabalho de maquiagem e próteses tinha sido em Marylebone.

– Elas podem ter estado em Marylebone mais cedo no dia, mas agora vou ter que rastrear os movimentos delas dentro do mercado coberto, ver onde entraram. E quando. Foi mais fácil seguir o táxi porque eu tinha hora e lugar certos.

– Eu sei. Bom trabalho – disse Erika, dando um tapinha em seu ombro. – Você almoçou?

– Comi uns salgadinhos de queijo.

Erika revirou a bolsa e tirou uma nota de 20 libras e o sanduíche barato de queijo que comprara.

– Vai tomar um ar fresco e comer algo decente.

Ele sorriu e balançou a cabeça.

– Chefe, não precisa.

Erika forçou a nota na mão dele.

– Você tem trabalhado sem parar com essas imagens. Isso não passou despercebido. Agora vá comer uma refeição quente. Tire uma hora, ou mais, se precisar. Isso é uma ordem.

– No máximo uma hora, depois volto – concordou ele, pegando o casaco e saindo sorridente.

– Você devia praticar o que prega – comentou Moss, olhando para o sanduíche barato de Erika. – Está com uma cara meio abatida.

A garganta de Erika estava piorando, e ela acabara de tomar mais analgésicos. Procurou o número de Daniel, o que Curly Sue lhe dera. Toda vez que surgia uma nova pista, sempre vinha acompanhada de um porém. As imagens das câmeras para rastrear o percurso das garotas acabaram chegando a um beco sem saída. Erika já estivera no Camden Market antes e, uma vez, perseguira traficantes por lá. Era um labirinto de corredores e pequenos prédios onde era fácil se perder.

Ela olhou para Moss, tão dedicada e leal. Parecia errado ter de ocultar dela o que descobrira na reunião com Marsh e o líder da bancada do Parlamento. E o que dizer daquele dossiê de fotos explícitas que, segundo boatos, uma profissional do sexo teria reunido?

Ela se lembrou do que a mulher dissera na reunião em Westminster: "Precisa entender que tratamos de assuntos muito acima da sua alçada. Deveria ser grata pela nossa ajuda, e aconselho que se abstenha de perseguir qualquer linha fora do que discutimos".

Com as revelações sobre o dossiê, Erika estava ainda mais convencida de que a história sobre Neville Lomas e a imigrante ilegal grávida, Damsa Afridi, era apenas uma cortina de fumaça. Será que tinha esbarrado em algo perigoso?

– Tem certeza de que está bem, chefe? – perguntou Moss.

Erika estava com o sanduíche suspenso no ar, olhando distante.

– Sim, obrigada. Só um pouco cansada.

Com o coração pesado, voltou à sua mesa, forçou o último pedaço do sanduíche garganta abaixo e pegou o telefone, discando o número de Daniel.

– É – respondeu uma voz grave, sem saudação nem identificação.

Erika se surpreendeu. Explicou quem era e mencionou quem lhe dera o contato.

– Não sei do que está falando – murmurou ele e desligou. Quando Erika tentou de novo, a chamada foi cancelada após dois toques e caiu na caixa postal. Ela não deixou recado. O que esperava? Por que Curly Sue não havia avisado ele antes?

De repente, sentiu muita sede e se levantou. Pessoas estavam voltando do almoço para a sala de investigação. Erika revirava a gaveta da mesa para ver se tinha algum trocado para a máquina de vendas do corredor quando ouviu um assobio de Moss.

– O que foi?

– Acabou de chegar uma mensagem na linha de apelos de alguém que diz ser uma das garotas “falha na Matrix” – disse Moss.

CAPÍTULO 44

Erika foi até a mesa de Moss. A mensagem chegara pelo portal da Polícia Metropolitana. Parecia ter sido escrita às pressas, por alguém sob estresse.

> *À Polícia Metropolitana,*
>
> *Oi, acabei de ver o apelo nas redes sociais/Tiktok. Sou atriz. Fui contratada para um teste de elenco para um reality show no canal TLC chamado GIRLS' NIGHT OUT. Eu fui paga, mas também me pediram para assinar um acordo de confidencialidade e um termo de cessão de imagem. Eu vi a notícia sobre Jamie Teague ter sido assassinado. Fiquei com medo de entrar em contato com vocês, com receio de pensarem que eu tive algo a ver com a morte dele. Eu não tive. Nos pediram para não conversarmos entre nós, mas eu e outra das garotas trocamos números de telefone depois da noitada, e foi aí que começamos a falar sobre o quão estranho tudo parecia. Estamos dispostas a ir até vocês e dar um depoimento, só precisamos ter a certeza de que não seremos acusadas de nenhum crime, porque não cometemos nenhum. Não sei sobre as outras duas garotas. Havia uma que estava no comando, mas eu não tenho nomes.*
>
> *Eu moro em Orpington. Tenho 22 anos e vivo com meus pais. Eles não sabem disso, então, por favor, posso ir até vocês para conversar, em vez de vocês virem até aqui.*
>
> *Kirsty Vardy*

Houve silêncio, e Erika viu que Dahlia, Peterson e mais alguns membros da equipe agora estavam atrás dela, lendo a tela do computador de Moss.

– O que você quer que eu responda? – perguntou Moss.

– Traga-a aqui. Ofereça enviar um carro sem identificação. Orpington fica o quê... a meia hora daqui? Deixe claro que é voluntário, claro, mas faça uma leve pressão para ela falar.

Moss rolou a tela.

– Ela deixou um celular. Vou mandar mensagem agora.

Erika voltou-se para os quadros brancos com as fotos da cena do crime das quatro vítimas. Em ordem cronológica: Terry DeVille, o diretor de elenco, em novembro passado; Neville Lomas, o político, em janeiro; Jamie Teague, o jogador de futebol, em 3 de março; e, mais recentemente, Jessica Goldman, a maquiadora. Como todos se ligavam? Erika achava que o elo eram as profissionais do sexo que tiveram contato com Neville e Jamie. Mas agora tinham a resposta de Kirsty, que dizia ter participado do que pensou ser um teste para um reality show – e esse teste exigia maquiagem e próteses feitas por Jessica Goldman. Será que isso tinha alguma relação com Terry DeVille? Como? Ele era diretor de elenco, mas seu interesse era por atores e modelos homens.

Havia um mapa enorme de Londres na parede, com setas vermelhas marcando cada cena de crime: Barnes, Embankment, Greenwich e depois Kensington. Terry DeVille e Jessica Goldman trabalhavam na indústria do entretenimento, ainda que em áreas bem diferentes. Mas ambos moravam no oeste de Londres.

– Como está nosso progresso com Terry DeVille? – ela perguntou. Tinha a sensação de que ele ficara de lado na investigação.

McGorry estava tirando o casaco.

– Mandei todos as polaroides que pegamos na casa dele, incluindo as assinadas por Annabelle, para colher digitais. Peguei de volta da perícia hoje cedo. Vou digitalizar tudo.

– E o que a perícia disse?

– Os resultados de impressões digitais e DNA só saem em alguns dias. Vou tentar analisá-los e ver se identifico algum dos caras nas fotos.

– E o trabalho do Terry? Temos detalhes dos projetos de seleção em que ele trabalhou? E as pessoas que ele conhecia? Amigos, colegas do meio?

McGorry foi até a mesa e pegou o caderno.

– Ele era membro do CDG, o *Casting Directors Guild*. Enviei e-mail perguntando se algum membro poderia nos dar mais informações, mas ainda não tive retorno.

Isso sempre parecia ser o bordão na polícia: "Ainda não tive retorno".

– E o cara que estava morando na casa dele?

– Russel Milligan – disse McGorry, folheando o caderno.

– Isso. Onde ele está agora?

– Ele tem ficado num albergue em Neasden.

– E se pedirmos pra ele vir conversar? Em troca, faríamos vista grossa quanto a ele voltar à casa em Barnes. Ele tem a chave, e, pelo jeito, aquilo não vai ser vendido tão cedo.

– Certo. Eu ligo para o Russel. Quando?

– O quanto antes. O tempo está correndo.

– Ah, e recebi um e-mail mais cedo sobre a apólice de vida do Jamie Teague – disse McGorry. – A mãe e a irmã são as beneficiárias.

– Quanto elas vão receber?

– Meio milhão.

– E quanto ao testamento? Ele não era casado. A família não herdaria?

– Não há testamento; ele morreu sem deixar um testamento válido, então a família deve herdar.

Erika voltou a olhar os quadros e as fotos de Jamie Teague amarrado. Os olhos injetados de sangue encarando a câmera. Olhava aquelas imagens todos os dias e era difícil não se acostumar a elas e esquecer o que realmente eram.

Dahlia se aproximou da mesa de McGorry.

– Chefe, tem coisa estranha aqui. A irmã do Jamie Teague, a Karen... Acabou de pipocar no noticiário que ela abriu uma página no OnlyFans.

– O quê?

– Vi no jornal enquanto almoçava no Starbucks, ali na frente.

Era uma página inteira da Karen Teague. Havia três fotos: em uma delas, ela estava numa praia na Espanha, encostada numa falésia. Não vestia nada além de óculos escuros, e o cabelo longo e escuro estava todo para trás. O jornal tinha colocado três estrelas douradas sobre os mamilos e a virilha. Nas outras duas, ela estava deitada numa cama usando meias 7/8, cinta-liga e chifrinhos de diabinha vermelhos; de novo, três estrelas amarelas foram sobrepostas. Erika leu o texto embaixo:

> **Karen Teague, irmã de Jamie Teague, compartilhou um vídeo no TikTok anunciando que entrou para o OnlyFans. A modelo, irmã caçula do jogador da Premier League falecido**

recentemente, fez 21 anos em fevereiro e disse aos seguidores: "As pessoas acham que estou desrespeitando ele, lançando meu perfil no OnlyFans, mas eu já vinha conversando com o Jamie sobre isso há meses. Ele me apoiava 1.000% e gostaria que eu fizesse. Ele tinha orgulho de mim e ainda sinto a presença dele. Meu irmão está comigo a cada hora de cada dia, e eu sinto muita falta dele."

OnlyFans é um serviço de assinatura de conteúdo na internet focado principalmente em profissionais do sexo que produzem pornografia mediante taxa de assinatura. Também hospeda o trabalho de outros criadores de conteúdo, como personal trainers e músicos.

O que você acha? É cedo demais para Karen Teague entrar no OnlyFans? Tem uma história sobre a Karen? Mande um e-mail!

– O que ela está fazendo? – disse McGorry. – Ela precisa mesmo de 19,99 libras por mês de alguns milhares de caras? Se vai herdar os milhões do irmão?

– É isso que custa por mês? – perguntou Dahlia. Ela e Erika olharam para McGorry.

– Eu... ouvi dizer que é esse o valor – respondeu ele, corando.

Erika tornou a olhar o artigo.

– Consegue falar com a Cheri Shelton para confirmar? De novo, temos mais um aspecto de trabalho sexual entrando na nossa investigação.

– Chefe – chamou Moss, da mesa dela. – A Kirsty Vardy acabou de responder à minha mensagem. Pode vir hoje, no fim da tarde, para falar com a gente.

CAPÍTULO 45
AGOSTO DE 2006

A mulher assentiu de forma brusca. Tinha o cabelo curto, tingido de castanho, dentes tortos e óculos grossos e redondos.

– Meu nome é Sal. Estou aqui para te levar ao seu novo lar – disse ela, de forma rígida. Fria.

Na noite em que Mac morreu, Annabelle foi levada para um lar temporário com uma senhora mais velha chamada Margaret, que tinha uma casa acolhedora e quentinha, onde Annabelle ganhou um quarto só dela, com vista para o jardim. Mas sua estadia com Margaret foi breve. Três dias depois, ela recebeu uma vaga no Lar Infantil Drexel Hill.

– Adeus, querida – disse Margaret, ajoelhando-se para abraçá-la. Ela pressionou algo na pequena mão suada de Annabelle.

Sal pegou a mala de Annabelle, e elas seguiram até um micro-ônibus que as aguardava, com um homem no banco do motorista.

Margaret acenou da porta da frente enquanto Annabelle subia no banco de trás. A porta deslizante da van bateu com força, e a mulher se sentou ao lado dela.

– Coloque o cinto de segurança – disse. Seus olhos eram enormes, e a pele pálida parecia papel. Quando a mulher se virou para olhar pela janela traseira, Annabelle viu a ponta superior de uma tatuagem de teia de aranha azul-claro despontando acima da gola de sua blusa. – Pode ir, Gav.

Annabelle só conseguiu ver a parte de trás da cabeça de Gav e seu pescoço grosso e avermelhado enquanto o veículo partia pelas ruas movimentadas.

– O que você tem na mão? – perguntou Sal.

A ponta da teia de aranha se mexia nas dobras de pele do seu pescoço. Ela cheirava mal – cigarro e alho velho. Suava debaixo do suéter azul encardido. O cabelo estava molhado onde encostava na gola.

Annabelle abriu a mão. Havia uma nota dobrada quatro vezes. Quando a desdobrou, viu que era uma nota de 50 libras.

– É uma "pinkie", uma nota de 50 libras – disse Annabelle. Era assim que ela ouvira Mac chamá-las.

Os olhos de Sal se arregalaram por trás dos óculos, e ela olhou de relance para ver se Gav observava. Nos cantos dos olhos, havia remelas amareladas.

– Crianças não podem ter dinheiro além da mesada semanal – murmurou, arrancando a nota e enfiando-a no bolso. – Você enjoa em viagem?

– Não.

– Ótimo. Porque, se vomitar, é você quem limpa.

– Para onde estamos indo?

– Para sua nova casa – respondeu Sal. Ela deslizou pelo banco, deixando um rastro úmido no plástico gasto.

A viagem até o lar infantil durou duas horas. No entanto, para Annabelle, parecia interminável em sua memória, e ela se lembrava de como estava escuro quando viu o Drexel Hill pela primeira vez. Era uma grande casa de campo afastada da estrada principal, numa parte arborizada e montanhosa de Kent. Quando passaram entre dois altos pilares de granito, a paisagem mudou.

Era agosto, mas as árvores que ladeavam a estrada de cascalho estavam mortas. O sol atravessava os galhos nus, e o chão ao redor dos troncos manchados tinha um tom avermelhado. Annabelle descobriu depois que as árvores haviam sido tomadas por um fungo, mas naquela noite, naquela viagem que parecia não ter fim, ela acreditou que tinham viajado no tempo e que, de algum modo, tinham chegado a um lugar onde já era inverno.

O Drexel Hill era um lugar frio. Os monitores eram cruéis; e a comida, terrível. Mas Annabelle percebeu que, de certa forma, tinha sorte: ela era feia. Tinha rosto de rato e cabelo curto – a própria encarnação do patinho feio. Além disso, confiava em si mesma, e essa confiança, somada à sua falta de atratividade, afastava os predadores – e havia muitos.

Annabelle aprendeu rapidamente que os abusos vinham de várias formas. Havia as funcionárias sádicas, como Sal, que nunca batiam, mas sentiam prazer em causar desconforto. Sal era mais velha. Algumas outras mulheres, também mais velhas, embora não fossem carinhosas nem calorosas, ao menos eram justas. No fundo, Annabelle percebia que se importavam. Mas Sal era a chefe delas.

Também havia alguns funcionários muito jovens, quase na mesma idade de alguns internos – um rapaz bonito chamado Fred e uma jovem atraente chamada Tamsin. Eles sempre tinham seus "favoritos", e o jeito como tocavam as crianças ou a atenção exagerada que davam a esses escolhidos era sutil, tão sutil que era difícil não achar que fosse acidente.

E então havia Pipes...

Annabelle só descobriu o verdadeiro nome dele algumas semanas depois de sua chegada. Lewis. Lewis Crowe. Mas as crianças o chamavam de Pipes.

Pipes poderia ter sido bonito. Era alto, musculoso, com a cabeça raspada, pele escura, queixo marcado e nariz largo. Chegava todas as manhãs barbeado, mas à tarde já estava com barba cerrada, como se o tempo corresse mais rápido nele. Seus olhos eram grandes e castanhos, e o branco deles era tão intenso que parecia assustador quando sorria – e verdadeiramente aterrorizante quando se irritava.

Sal estava no comando, mas Pipes também. Eles eram uma dupla, ligados de alguma forma. Ele fazia semanas de turnos diurnos e depois trocava para noturnos. Mas, mesmo quando estava escalado de dia, surgia à noite, percorrendo os corredores escuros e arrastando as chaves pelos canos.

O Drexel Hill tinha sido uma mansão antes da Primeira Guerra Mundial. A família proprietária empobreceu, e o lugar ficou vazio por anos, até ser requisitado pelo Exército na Segunda Guerra. Foi nessa época que o governo ergueu paredes internas e instalou um imenso sistema de aquecimento a vapor, alimentado por uma caldeira no porão. O sistema já não funcionava, mas a rede de canos continuava percorrendo os corredores e dormitórios. E, por eles, não passava mais calor, mas sim o som de Pipes e de suas chaves arranhando o metal.

Uma noite, cerca de um ano depois de Annabelle ter chegado ao Drexel Hill, ela acordou no meio da madrugada com vontade de ir ao banheiro. Dividia o dormitório com outras sete meninas, e o banheiro coletivo era amplo, mas gelado e cheio de correntes de ar. As janelas ficavam abertas, mesmo à noite. O chão de pedra estava gelado quando Annabelle correu até os sanitários. Ela entrou no quarto cubículo, o único cuja porta não rangia. Tinha acabado de urinar quando ouviu os passos pesados de um funcionário se aproximando.

Annabelle se inclinou para a frente e espiou pela fresta da porta do cubículo. Sal estava parada em frente ao cubículo vizinho, iluminando com uma lanterna o emaranhado de velhos canos de aquecimento que corriam pelo canto do teto. Seus olhos, ampliados pelas lentes grossas dos óculos, pareciam de iguana.

Houve um leve ruído metálico, como se ela estivesse colocando algo ali.

Annabelle prendeu a respiração. O assento de plástico rangeu quando ela se mexeu, e Sal girou a cabeça na direção dela.

Rapidamente, Annabelle ergueu as pernas, ficando agachada sobre o vaso, tentando desaparecer nas sombras.

O feixe da lanterna varreu o chão, passando por baixo das portas, indo de um lado a outro. Depois, Sal se virou e saiu.

Não!, pensou Annabelle, apavorada. *Se ela perceber que eu saí da cama, vai saber que vi alguma coisa!*

Um instante se passou, e Annabelle ouviu a porta que dava para o dormitório abrir e fechar.

Pouco tempo depois, uma garota loira e bonita, alguns anos mais velha que Annabelle, entrou no banheiro. Ela usava um vestido vermelho de alças finas – claramente de menina mais velha – e carregava uma pequena bolsa pendurada no braço.

Annabelle a observava pela fresta. A garota parou diante do espelho. O banheiro estava mergulhado na penumbra, iluminado apenas pela luz fraca da lua que atravessava o vidro fosco. O rosto da menina tinha uma expressão estranha: mistura de medo e repulsa.

Ela pegou o sabonete líquido rosa do dispenser de plástico, esfregando por dentro da boca e a língua, enfiando os dedos até o fundo da garganta para limpar. Cuspiu, enxaguou, repetiu o processo duas vezes e saiu.

Annabelle sabia que aquela menina dormia no mesmo dormitório que ela, mas estava sempre ausente. Pensava que fosse doente. Agora percebia que ela estava chegando tarde da noite de algum lugar.

Quando o banheiro ficou vazio, Annabelle desceu do vaso. Não sentia mais os pés de tão gelados. Caminhou devagar até a fileira de pias, bem onde Sal estivera iluminando com a lanterna. Olhou para cima: nada.

A curiosidade falou mais alto.

As pias eram de porcelana pesada, com colunas de apoio também de porcelana. Annabelle ergueu a camisola e subiu em uma delas. Com cuidado, alcançou o espaço entre os canos.

Entre poeira e teias de aranha, ela encontrou um pequeno espaço no alto do cano – uma parte plana, com uma portinhola. A tampa se levantou facilmente, sem ruído, e dali veio um cheiro de óleo fresco. Tinha sido lubrificada recentemente. Enfiou a mão e sentiu um objeto, parecido com um livro pequeno.

Puxou-o para fora, com cuidado, agachou-se dentro da pia e deixou a luz da lua iluminar a capa: era de cor vinho, com o brasão de um leão brilhando sob o reflexo prateado.

Um passaporte.

Abriu a primeira página e viu a foto da garota loira, de vestido vermelho, olhando para a câmera com expressão desafiadora.

Um movimento repentino na porta a fez erguer os olhos.

A mesma menina agora estava lá, já sem o vestido – de roupas comuns – parada no batente, encarando Annabelle.

– Coloque de volta. Se não, vão matar a nós duas – sussurrou.

CAPÍTULO 46

QUINTA-FEIRA, 9 DE MARÇO DE 2023

Kirsty Vardy chegou à delegacia de Lewisham Row acompanhada de outra jovem chamada Ella Berry. Erika e Moss as encontraram na recepção. As duas vestiam agasalhos de grife, usavam muita maquiagem, unhas longas e bem-feitas, e carregavam bolsas de marca. Tinham uma certa atitude – uma confiança que Erika até admirava.

– Pedi para a Ella vir comigo – disse Kirsty. – A gente tem trocado mensagens.

Ella tinha enormes olhos azuis, destacados pela maquiagem mais ousada e bonita que Erika já tinha visto. Kirsty tinha um rostinho de boneca, olhos castanhos e uma maquiagem igualmente impecável.

– Obrigada por virem tão rápido. E só para reforçar: vocês estão aqui por vontade própria e podem ir embora a qualquer momento – Erika garantiu.

Ella, de cabelos escuros presos num longo rabo de cavalo liso e brilhante como madeira polida, olhou ao redor da recepção malcheirosa e decadente, observando a fileira de cadeiras verdes de plástico presas ao chão e o quadro de avisos abarrotado de cartazes de pessoas desaparecidas. No rosto dela, misturavam-se medo e repulsa.

– Temos uma sala aconchegante esperando por vocês lá em cima. Podemos pedir algo no Starbucks – disse Moss, oferecendo seu melhor sorriso. – Vai ser só uma conversa informal. Vocês podem ajudar muito com o que sabem.

Elas conduziram as garotas pela entrada de funcionários, passando pelo corredor até o escritório de uma das assistentes civis. O local tinha um sofá azul com almofadas coloridas e fotos de cachorros sobre a mesa. Ainda era um local de trabalho, mas não parecia uma delegacia.

Moss deixou que elas escolhessem bebidas pelo aplicativo de entrega. Ambas quiseram um Cotton Candy Frappuccino com chantili, o que horrorizou Erika; ela nunca tinha conhecido alguém que realmente pedisse aquilo.

Enquanto esperavam, Erika convidou as duas a se sentar.

– Só para repetir: vocês não estão encrencadas. Podem ir embora quando quiserem. Mas são as únicas duas pessoas que encontramos que viram a assassina.

Elas largaram as bolsas no chão e se sentaram no sofá, trocando olhares para decidir quem começaria a falar.

– Foi ela que matou o Jamie Teague? – perguntou Ella.

– Sim. Depois que vocês saíram do apartamento dele.

– Ela disse que era produtora. Eu acreditei.

– Eu também – disse Kirsty.

Moss puxou duas cadeiras e se sentou ao lado de Erika, de frente para as jovens.

– Vamos começar do início? Como surgiu esse teste de elenco? – questionou Erika.

– Vi o anúncio num site chamado Casting Call. Eles postam trabalhos de modelo e algumas coisas de TV – Kirsty respondeu.

– Eu também vi lá – completou Ella.

– Quando o anúncio foi publicado?

– Duas semanas atrás – continuou Kirsty. Ela ainda segurava o celular e começou a deslizar a tela com as unhas longas, clicando. Ella espiava. – Aqui – disse, estendendo o aparelho.

Erika leu:

EPISÓDIO PILOTO DE SÉRIE ON-LINE ROTEIRIZADA

Publicado: 23 de fevereiro de 2023, Londres – Show roteirizado – 350 libras por dia

Descrição: procurando talentos para uma série online sobre amizade feminina.

Data e local: filmagens em 3 de março, em Londres.

Erika devolveu o celular.

– Como responderam ao anúncio? Tinha número de telefone ou e-mail?

– No Casting Call, você responde pelo próprio site. Assim não precisa dar detalhes pessoais logo de cara – explicou Kirsty.

– Nós duas temos perfil lá. Você manda fotos, medidas, altura, cor de cabelo e olhos, trabalhos anteriores, se dança, toca instrumento... essas coisas – disse Ella.

– Recebi resposta no dia seguinte – contou Kirsty.

– Que dia foi? – indagou Erika.

– 24 de fevereiro.

– Eu também – confirmou Ella.

– Quem entrou em contato?

– Uma mulher chamada Michelle, da Bandit Productions – Kirsty informou, mostrando outra mensagem no celular:

> *Oi, aqui é Michelle, da Bandit Productions. Gostamos muito do seu perfil e queremos convidá-la para um teste em 3 de março, no centro de Londres. Será meio período, começando às 13h e indo até a noite. Pagaremos 350 libras, além de despesas de viagem e refeição. Figurino e maquiagem serão fornecidos, e será necessário assinar um contrato de confidencialidade. Confirme se tiver interesse.*

Erika devolveu o aparelho.

– Podemos ficar com cópia dessas mensagens?

– Sim.

– Vocês duas receberam isso e depois ligaram para o número dela?

– Sim. Isso é normal. O que era estranho era ser pago, ainda mais esse valor, para um teste de meio período – acrescentou Kirsty.

– Vocês se lembram da pessoa com quem falaram?

– Era uma mulher, a Michelle. Soava inglesa, sem sotaque aparente. Parecia mais velha que a gente; foi simpática. Explicou que era para um programa sobre amigas que espionavam familiares em saídas noturnas – contou Ella.

Erika e Moss trocaram olhares.

– Como assim? – perguntou Moss.

– Ela disse que a ideia era, por exemplo, pegar o pai, o irmão, o tio ou algum amigo homem de alguém pra sair à noite com os amigos – explicou

Kirsty. – Aí eles chamam um grupo de garotas, e uma delas é a esposa, a irmã ou a mãe desse cara. Elas vão disfarçadas e pregam peças nele.

– Um programa de câmera escondida? – quis saber Erika.

– É, algo assim. Michelle disse que ainda estavam desenvolvendo o formato, mas que a gente seria contratada para testar maquiagens e filmagens, numa saída à noite, com gravação escondida.

Droga, isso é inteligente, pensou Erika.

– E eram 350 libras em dinheiro vivo, mais despesas e refeição – disse Ella. – Eu pago 150 libras de ajuda de custo à minha mãe todo mês, então era ótimo para mim.

– Eu também aceitei de imediato – confirmou Kirsty.

– Vocês pesquisaram essa empresa, Bandit Productions? – perguntou Moss.

As garotas se entreolharam, sem entender.

– A gente nunca pesquisa. O Casting Call é confiável, nunca tem nada suspeito – confessou Kirsty, após um instante.

– Já tinham experiência em testes?

– Eu não muito – disse Ella. – Entrei no site há pouco tempo. Esse foi meu primeiro trabalho de verdade.

– Fiz alguns vídeos corporativos e um ensaio de banco de imagens – informou Kirsty.

– Já ouviram falar de um diretor de elenco chamado Terry DeVille? – perguntou Erika.

As duas balançaram a cabeça.

– O que ele fazia? – quis saber Kirsty.

– TV e cinema. Trabalhava em Barnes, oeste de Londres.

– Nunca ouvi falar. Só encontrei mulheres em testes – Ella respondeu.

Erika suspirou. *Seria bom demais se houvesse conexão direta.*

– Ok. Então vocês receberam a oferta de trabalho dessa Bandit Productions. O que aconteceu depois? – interpelou Moss. As garotas trocaram um olhar.

Kirsty abriu a bolsa e tirou um maço de papéis amassados.

– Nós duas assinamos esses contratos, acordos de confidencialidade.

Erika os pegou e leu. No geral, as garotas tinham assinado um acordo que dizia que, se falassem sobre qualquer aspecto do trabalho ou do formato do programa, poderiam ser processadas em 250 mil libras, além de eventuais danos e custas.

– Isso não é um contrato legal de verdade – constatou Erika, passando a Moss. As meninas ficaram tensas.

– Como pode ter certeza? – quis saber Kirsty.

– Porque um contrato de confidencialidade de verdade sempre inclui uma cláusula dizendo que nada impede a divulgação exigida por lei ou autoridade competente. Então, mesmo que fosse válido, falar com a polícia nunca seria quebra de contrato.

As duas relaxaram um pouco.

– Podemos copiar isso?

Elas assentiram.

– Ótimo. Depois disso, receberam outra mensagem com os detalhes?

– Sim. Ela dizia que deveríamos encontrar a Samantha, a produtora do programa, no saguão do hotel Landmark, em Marylebone, na sexta-feira à tarde, às 4 da tarde.

Eu cheguei primeiro. A Ella veio em seguida, e logo apareceram mais duas garotas – contou Kirsty.

– Ficamos esperando no saguão, que era enorme, todo de mármore. Então chegou a Samantha, a tal produtora – disse Ella.

– Como ela era? – perguntou Erika.

– Estranha. Mas disse logo que estava maquiada igual ficaríamos – disse Kirsty. – Cabelo preto comprido, vestidinho de renda, scarpins prateados. Disse que nos transformariam em irmãs, todas da mesma idade, magras, com narizes falsos e retoques sutis.

– Foi quando nos fez assinar o contrato de confidencialidade – completou Ella.

– Lembram da voz dela?

– Um pouco esganiçada, empolgada. Parecia arrogante. Disse que estava animadíssima – lembrou Kirsty.

– Reservara uma suíte júnior no quarto andar. Não era enorme, mas tinha quarto, dois banheiros e uma salinha. Lá estava a maquiadora, Jessie, que parecia totalmente profissional.

– Sim, ela era uma profissional de verdade. Achava também que o trabalho era verdadeiro – confirmou Moss.

– Vocês conversaram com ela? – perguntou Ella.

Erika se inclinou para frente.

– Não. Ontem encontramos Jessica Goldman morta. Ela foi assassinada em seu apartamento em South Kensington.

CAPÍTULO 47

Houve uma batida na porta, que fez todos se sobressaltarem. Pela vidraça, Erika viu que era McGorry com o pedido do Starbucks. Moss se levantou para pegar os cafés.

– A Jessica morreu? – questionou Kirsty.

Erika confirmou com a cabeça.

Moss voltou com a bandeja de papelão e aqueles enormes frappuccinos cor-de-rosa, cobertos de chantili e cerejas. Eles pareciam profundamente inadequados naquele momento da conversa.

Houve um silêncio enquanto as garotas desembalavam os canudos de papel.

– Quem vocês acham que matou ela? – perguntou Ella, com os olhos azuis arregalados.

– Achamos que foi a Samantha, a mulher que estava no comando – contou Erika. – Posso retomar de quando vocês subiram para o quarto do hotel? O que aconteceu então?

– A Sam, ou melhor, Samantha, disse que faríamos filmagens discretas para ver como a maquiagem funcionava no meio de pessoas de verdade.

– A Jessica torceu o nariz para isso – disse Kirsty. – Ela falou que a maquiagem e as próteses dela eram para TV em HD. E, quando perguntou onde estava a equipe de câmera, a Sam disse que a gente gravaria só num iPhone e que tinha combinado com a produtora de conseguir as imagens das câmeras de segurança dos lugares que a gente ia visitar.

– Vocês não acharam isso estranho? – indagou Moss.

– Parecia tudo muito legítimo: o hotel chique, o contato pelo portal de casting... A Jessica, na caixa de maquiagem dela, tinha dois crachás antigos de visitante dos estúdios Leavesden, onde filmaram *Harry Potter*, e também da BBC. E havia os termos de cessão de imagem. Ela pagou a gente adiantado em dinheiro: 350 libras para cada, e disse que o trabalho não passaria de oito horas – mencionou Ella. Ela vasculhou a bolsa por um lenço e enxugou os olhos.

– Que tipo de maquiagem a Jessica fez em vocês? – Moss perguntou.

– A Sam pediu para ela nos deixar parecidas com ela. Então eu coloquei um nariz postiço; a Jessica também alterou o formato do meu queixo e das bochechas porque meu rosto é bem fino – disse Kirsty.

– Em mim foi só um nariz diferente e umas coisinhas nas bochechas, tipo duas próteses discretas de silicone – relembrou Ella. – Não vi o que as outras duas fizeram. Quando a Jessica terminou com a gente, a Sam nos levou para experimentar os vestidos e nos deu as bolsas, as informações das personagens e outros adereços.

– Adereços? – insistiu Erika.

– É. Uma das coisas que a Sam disse que os produtores queriam para o programa era que, quando revelassem a pegadinha, o cara "vítima" fosse laçado por todas nós.

– Laçado? – estranhou Moss.

– É. Cada uma tinha um pedaço comprido de corda na bolsa.

Erika e Moss trocaram um olhar. A *corda*.

– O quê? – estranhou Kirsty.

Erika balançou a cabeça; não queria contar a elas para que Sam – ou Annabelle – usara a corda. Dava para ver que as garotas não sabiam.

– Nada. Por favor, continuem.

– Enquanto esperávamos as outras terminarem a maquiagem, a Sam deixou a gente pedir o que quisesse no serviço de quarto... E tinha bebida liberada e Netflix no quarto – disse Ella.

– Há alguma coisa sobre a Sam de que vocês se lembrem? Qualquer detalhe que chame a atenção: a maneira como ela andava, falava... qualquer coisa.

Ella e Kirsty ficaram em silêncio um instante.

– Ela era legal – foi a vez de Kirsty responder. – Até que uma das meninas não quis usar as luvas.

– As luvas pretas que todas usaram?

– Sim. A Holly disse que ficava ridículo, tipo crupiê. A Sam disse que era obrigatório. Ela estava de luvas desde que chegamos e nunca as tirou.

– Assim ela não deixava impressões digitais. E só a Jessica sabia como ela era de verdade – deduziu Moss.

– Quando vocês estavam prontas, maquiadas, o que aconteceu? – perguntou Erika.

– Pegamos um táxi na porta do hotel – declarou Kirsty.

– Não. Antes teve uma coisa que me deixou put... quer dizer, chateada – corrigiu Ella. – Quando descemos para o saguão do hotel, a gente teve que entregar os celulares!

– Onde?

– Num cofre de segurança atrás do balcão do hotel. E ela disse que teríamos que voltar lá para pegar. Minha vida está no meu celular. Mas o contrato dizia que a gente tinha que entregar, e nós ficamos com medo, então entregamos.

– Que horas vocês saíram do hotel?

– Por volta das 8h30 da noite.

– Sim. Depois disso, todas nós pegamos um táxi e rodamos por Londres inteira. Parecia interminável. E então terminamos em Covent Garden e fomos a um pub embaixo dos Arches. Ficamos lá aproveitando, ela filmou a gente e continuou comprando bebidas – contou Kirsty.

– Muitas bebidas. Começou a parecer realmente uma noite de diversão – falou Ella. – Fomos a alguns pubs, e a Sam ficava indo até o balcão falar com os atendentes. Ela disse que estava combinando com a produtora para conseguir as imagens dos bares.

– Vocês acreditaram nisso? – sondou Erika.

Houve um longo silêncio. Ella e Kirsty se remexeram desconfortáveis no sofá.

– Me sinto uma idiota – desabafou Kirsty. – Mas, na hora, parecia tudo tão real: o hotel, a Jessica, os contratos de confidencialidade, sermos pagas em dinheiro vivo. A gente terminou em Camden, e a Sam disse que tinha organizado uma surpresa especial pra gente. Perguntou se queríamos conhecer uma celebridade.

– E foi quando pegamos um táxi até Soho... Espera! – lembrou Ella, de repente. – O nariz da Sam, o falso, estava soltando, e, quando chegamos lá, paramos numa lojinha de conveniência, e ela comprou cola.

– Que tipo de cola? – perguntou Erika, lembrando das imagens que Crane havia encontrado delas.

– Copydex, aquela que tem cheiro de peixe. Uma das outras meninas a ajudou a colar o nariz de novo no banheiro da boate G-A-Y, pra onde fomos depois.

– Você lembra o nome da garota?

– Jenny, acho – disse Kirsty.

– A gente bebeu mais na G-A-Y, e então a Sam disse que tinha arranjado pra gente ir ao Red Velvet, aquela boate. E foi lá que vimos o Jamie Teague. Estávamos muito bêbadas, mas a Sam disse que a produtora tinha organizado pra gente conhecer o Jamie Teague, e então ele estava lá. Não tinha motivo para pensar que ela estava mentindo.

– O que aconteceu na boate? – pressionou Erika.

– Bebemos mais. Era tão barulhento.

– O Jamie Teague e os amigos dele não acharam estranho vocês estarem com narizes falsos e próteses no rosto? – Moss indagou.

– Não – falou Kirsty. – A Jessica era excelente, e os caras estavam mais interessados em tocar em outras partes do que no nosso rosto.

– Alguém usou drogas?

As duas garotas trocaram um olhar.

– Está tudo bem. Vocês não vão ter problemas – assegurou Erika.

– Um dos amigos do Jamie estava com drogas. Acho que era anfetamina. O nome dele era Jim ou Finn. Era Finn.

– E essa Sam sabia que ele tinha drogas?

– Ela comprou algumas pílulas dele. Algumas das outras meninas tomaram, mas nós não, não é? – replicou Kirsty.

Ella balançou a cabeça.

– A noite passou muito rápido. O Jamie foi tão legal com a gente. Ele era melhor do que os amigos dele, e era muito sexy. Ele nos convidou para ir ao apartamento dele. Então fomos – contou Ella.

– O que aconteceu lá? – a pergunta veio de Moss.

– Quando chegamos, a Sam levou todas nós ao banheiro e disse que queria que entregássemos a corda que tínhamos nas bolsas.

– Alguma de vocês teve relações sexuais com Jamie Teague? – perguntou Erika.

– Não. As outras meninas foram com os amigos dele, mas nós ficamos na varanda conversando e fumando cigarros. A Sam estava conosco o tempo todo. Ela ficou tentando convencer o Jamie a tomar anfetamina a noite inteira, mas ele não quis, por causa do treino. – Ella levou as unhas postiças longas à testa.

– O que foi?

– A Sam disse, por volta das 5 da manhã, que a gente devia ir embora porque ela só tinha pago o cofre do hotel até as 7 horas... Então fomos embora com os amigos do Jamie. Mas a Sam quis ficar, então ficou. – Ella começou a chorar. – Meu Deus, me sinto uma idiota.

Kirsty meneou a cabeça.

– O que vocês fizeram depois?

– Tinha um carro esperando a gente, um Uber, e ele nos levou de volta ao hotel. Devolveram nossos celulares. As outras duas meninas pegaram suas coisas e foram embora. Acho que moravam em Londres. Nós ficamos no quarto. Ela não tinha dito como tirar a maquiagem. Usamos sabão e água quente, literalmente arrancando aquilo do rosto. Depois pegamos um café e fomos embora.

– Minha mãe ficou furiosa por eu não ter ligado – confidenciou Kirsty.

– Meus pais também ficaram loucos de preocupação – contou Ella.

Houve um longo silêncio. As duas garotas encararam os copos vazios.

– Ela o amarrou? – Kirsty quis saber.

– Sim – disse Erika.

– Como ela matou ele?

– Ela se ajoelhou sobre o peito dele, colocou a mão sobre a boca e o sufocou. Vocês duas estariam dispostas a assistir ao vídeo da noite no Red Velvet e no apartamento do Jamie? Isso ajudaria se vocês pudessem se identificar e apontar qual delas era a Sam.

Ou Annabelle, pensou Erika.

CAPÍTULO 48

McGorry e Crane subiram até o escritório com um notebook para que Crane pudesse mostrar a Ella e Kirsty as filmagens da noite de 3 de março. Erika olhou o celular pela primeira vez desde o almoço e viu oito chamadas não atendidas de Igor. E mais duas de um número desconhecido.

Oh, não. Não, não, não. Erika conferiu o relógio. Eram 6h15 da tarde. Tom. Ela havia se esquecido de buscá-lo na escola às 3h30.

Pediu desculpas e saiu da sala. O corredor estava movimentado, e ela encontrou uma das pequenas salas de descanso. Fechou a porta e discou o número de Igor.

– Erika, você está bem? – ele perguntou, a voz cheia de preocupação, fazendo-a se sentir ainda pior.

– Sim. Estou bem.

– O que aconteceu? Você tinha que buscar o Tom na escola.

A mentira chegou a tocar a ponta da língua; podia simplesmente inventar uma desculpa, mas não conseguiu. Dizer a verdade tinha se tornado um mau hábito que ela havia adquirido.

– Igor, me desculpa. Esse caso em que estou trabalhando me distraiu.

– Você esqueceu?

– Sim. Me desculpa mesmo.

Houve uma longa pausa.

– Você ainda está aí? – perguntou Erika.

– Sabe o que realmente me deixa puto? Eu não me importo tanto se você me dá bolo. Mas era o meu filho. Você deixou ele esperando na porta da escola.

– Ele está bem?

– Sim, ele está bem. Esse não é o ponto. Felicity Brogues-Houghton o levou de carro até em casa.

– Isso é bom.

– Não, não é bom. A Felicity fez questão de destacar que eu e a Denise esquecemos de buscá-lo! – Igor baixou a voz, e ela o ouviu entrar em outro cômodo e fechar a porta.

– Mas... ele tem 16 anos – ela retrucou.

– Esse não é o ponto.

Erika mordeu o lábio. Estava prestes a dizer que Tom poderia pegar um ônibus, mas a escola ficava em uma área perigosa.

– Você já disse isso duas vezes. Eu sinto muito. Qual é o ponto?

– A Denise acabou de me contar que está grávida.

– Sério? Quem é o pai?

– O Frank, o companheiro dela.

– Ah, sim, claro. Desculpa.

– E não só isso: Denise e Frank estão falando em se mudar pra Espanha! Ele quer abrir um negócio lá. Tem dinheiro suficiente pra tirar um visto e trabalhar...

– Quando pretendem se mudar?

– Assim que possível. Talvez no fim de junho. E a Denise não quer deixar o Tom pra trás.

Erika conseguia perceber, do outro lado da linha, o quão destruído ele estava pela maneira como falava.

– Certo. Mas ele tem 16 anos, não tem? – repetiu. – Ele pode escolher.

– Erika, desde o divórcio, temos uma ordem judicial sobre a guarda, e agora existe um acordo legal em vigor até o fim do ano, quando o Tom completa 17. Ele mora com a Denise e passa duas noites por semana comigo. Eu te disse que o divórcio foi complicado.

– O tribunal leva em conta a vontade de um filho a partir dos 16 anos.

– Eu não quero ter que ir ao tribunal! – disparou Igor.

Erika apertou o telefone. Não fazia ideia de que tudo isso estava acontecendo entre Igor e Denise.

– Não, claro que não. Onde você está?

– Estou no meu apartamento com o Tom, e a Denise está aqui. Eles estão no outro cômodo.

– Eu posso ir agora mesmo. Bota a culpa toda em mim. Eu posso ser a vilã. Eu sou a vilã. Mas, se você quiser gritar e descontar em mim, tudo bem. Eu não fazia ideia disso tudo.

– Por que você não foi buscar o Tom, Erika? Por que não posso contar com você?

Erika se sentiu péssima, como se fosse a pior pessoa do mundo.

– Você pode contar comigo.

A porta da sala de descanso se abriu, e uma jovem funcionária da custódia entrou para pegar algo na geladeira.

– Estou indo agora pro seu apartamento – disse Erika e desligou.

No corredor, deu de cara com Moss.

– Aí está você, chefe. A Kirsty e a Ella se identificaram no vídeo do sistema de segurança, assim como as outras duas jovens. Agora sabemos qual das garotas "falha na Matrix" é a Annabelle.

– Pode garantir que as meninas cheguem em casa em segurança? E peça a alguém da equipe que investigue essa Bandit Productions, o site Casting Call, e pegue capturas de tela das mensagens trocadas entre elas e essa "Sam", o codinome que achamos que a Annabelle estava usando.

– Sim, e vamos descobrir quem reservou o quarto no hotel Landmark e providenciou o cofre pra guardar os celulares das meninas... Está tudo bem?

Erika fez uma careta e massageou as têmporas, onde a dor de cabeça começava a latejar.

– Esqueci de buscar o Tom, o filho do Igor, na escola.

– Putz. Mas ele não tem 16 anos?

– Tem, mas isso causou um problemão que eu preciso resolver.

– Se serve de consolo, eu e a Celia já esquecemos de buscar o Jake na escola. Duas vezes.

– Sim, mas vocês duas são as mães dele. E eu fiz uma promessa. Eu sou a madrasta má da história – disse Erika.

Moss fez uma expressão constrangida.

– Desculpa. Espero que você consiga resolver.

– Obrigada. Te vejo amanhã.

Já estava escuro quando Erika deixou a delegacia. Dirigiu de volta para Blackheath, sentindo-se cada vez mais culpada. Teria apenas que aceitar a bronca e baixar a cabeça. Como ela pôde ter esquecido? Ela amava Tom. Como iria seguir em frente e ter uma vida se continuasse estragando tudo?

O apartamento de Igor ficava a duas ruas do dela e, ao estacionar, viu Tom saindo pela porta da frente com a mochila nas costas. Erika foi ao encontro dele.

– Tom. Me desculpa pelo que aconteceu hoje – disse, apressando-se até ele.

Ele olhou para ela e sorriu.

– Tá tudo bem.

– É gentil da sua parte dizer isso, mas não está tudo bem. A investigação em que estou trabalhando é complicada, não está indo bem, e consegui que duas testemunhas viessem hoje para um depoimento... O dia simplesmente escapou de mim. Eu devia ter colocado um lembrete no celular. Me desculpa.

– É aquele caso da mulher que matou quatro pessoas?

– Sim.

– E você está tentando encontrá-la?

– Isso. Achamos que ela está usando um disfarce.

– Sério?

– Eu te conto tudo quando resolver o caso.

– Você vai me mostrar as fotos da cena do crime?

Erika riu.

– Não sei se sua mãe ia gostar disso, nem o seu pai. E provavelmente não sou a pessoa favorita deles agora.

– Eu já vi fotos de cenas de crime antes, na internet.

– Onde estão sua mãe e seu pai? – perguntou Erika, mudando de assunto.

– Lá em cima – respondeu ele, indicando o apartamento no segundo andar com um gesto da cabeça. – Gritando um com o outro.

– Ah! Eu sinto muito mesmo. Eu fodi com tudo.

Tom olhou para o chão, chutou algumas pedrinhas soltas e sorriu.

– O quê?

– Você acabou de falar palavrão.

– Ah. Eu falei mesmo, né? É a primeira vez que você me ouve falar isso?

Ele riu.

– Não. É que a maioria dos adultos da minha vida pega no meu pé quando eu xingo.

– Você não xingou. Eu que xinguei. – Erika pousou a mão no ombro dele e o puxou para um abraço. – Desculpa. De verdade. – Ela o soltou. – Estamos bem?

Ele alisou o cabelo cacheado.

– Você me mostra os arquivos do caso, quando resolver?

Erika hesitou.

– Vou pensar no assunto.

A porta da frente bateu, e Denise saiu pisando duro, vestindo um casaco roxo acolchoado. Viu Erika e parou, pendurando a bolsa no ombro.

– Boa noite – disse; os lábios tinham se reduzido a uma linha fina. Quando Denise estava feliz, era bonita, com traços delicados, mas, quando estava irritada, seu rosto ganhava uma expressão severa. Erika se perguntou de quantas semanas era a gravidez dela e se Tom sabia. Não a via fazia alguns meses, mas ela ainda não aparentava estar grávida.

– Oi, Denise. Desculpa pela confusão na hora de buscar o Tom. Acabei de pedir desculpas a ele.

– Você devia ter avisado que não podia buscá-lo. Bishop's não fica numa área muito segura, e este rapaz não parece ter pinta de durão pra andar sozinho por lá – disparou Denise.

– O que isso quer dizer? – perguntou Tom.

– Estou te elogiando.

– Eu sou só um garotinho bonito, é isso?

Denise bufou, exasperada, e olhou para Erika em busca de apoio.

– Eu falei isso?

– Eu diria que ele é bonito – Não queria contrariar Denise, mas parecia mais importante elevar a autoestima de Tom.

Denise tirou uma caixinha de chicletes da bolsa e colocou um na boca.

– Ele está lá em cima. De mau humor. Agora é com você... Vamos, Tom. Você tem lição de casa.

– Desculpa de novo.

Denise dispensou com um gesto.

– Duvido que a gente vá ter que te pedir de novo.

– Tchau – Tom se despediu, sorrindo para Erika. Eles foram até o carro de Denise.

Ela tocou o interfone. Demorou um pouco para Igor atender.

– Oi. Sou eu.

– Erika, não estou com humor pra te ver agora.

Erika cruzou os braços contra o frio.

– Acabei de pedir desculpas ao Tom e à Denise.

– E pra mim?

– Pedi desculpas a você pelo telefone, mas posso fazer isso de novo se me deixar subir.

Houve silêncio. Erika olhou por cima do ombro e viu Denise passar devagar de carro, observando-a falar pelo interfone. Erika acenou, mas Denise seguiu sem retribuir.

– Não precisa ser assim. Vamos conversar.

– Eu só preciso de um tempo – retrucou ele.

Isso preocupou Erika. Sabia que aquilo ia além dela: Denise estava seguindo em frente, formando uma nova família, e talvez levasse o Tom junto. Se ele fosse para a Espanha, será que ia querer voltar?

– Certo. Me liga se quiser que eu volte. Boa noite.

Houve um clique quando ele desligou o interfone. Erika se virou e começou a andar de volta para o carro.

CAPÍTULO 49
VERÃO DE 2008

Durante o tempo que passou no Lar Infantil Drexel Hill, Annabelle fez dois amigos. Duas outras crianças em quem podia confiar.

A menina do passaporte se chamava Casey. Era dois anos mais velha que Annabelle. O outro amigo era um garoto; tinha a mesma idade de Casey e se chamava Zach. Annabelle gostava da sonoridade dos nomes deles – Zach e Casey, Casey e Zach –, e, nos dois anos seguintes, eles andavam juntos e cuidavam uns dos outros.

Só mais tarde ela percebeu que a amizade deles com ela era uma forma de fuga. Zach e Casey tinham uma beleza que chamava atenção. Até a menina conseguia ver isso. E essa beleza atraía olhares de pessoas erradas: adultos.

Ela nunca os pressionava a falar sobre as coisas que aconteciam com eles, mas, pelos fragmentos que ouvia, Sal e Pipes eram os agentes dessa crueldade repugnante. Tempos depois, Zach contou que, no caso dele, o abuso cometido por Pipes sempre ocorria do lado de fora, nos terrenos do lar infantil. Com Casey, era diferente. Nada de terrível se passava com ela dentro de Drexel Hill. Tudo acontecia longe dali, em outro país – e era Sal quem a levava.

Foi Sal quem solicitou o passaporte dela. Todas as crianças em Drexel Hill estavam sob "cuidados", e havia uma ordem judicial determinando que os funcionários do lar cuidassem delas até completarem 16 anos. Assim, Sal conseguiu solicitar um passaporte em nome de Casey, e havia viagens regulares para uma casa na França. Havia outros homens e, às vezes, mulheres nessa casa, além de outras crianças.

Annabelle se esforçava para que, quando estavam todos juntos – ela, Zach e Casey –, se divertissem, ou pelo menos se distraíssem o máximo possível.

Um de seus passatempos favoritos era atormentar Sal. Desde o dia em que fora levada para Drexel Hill, Annabelle a odiava. Sal era cruel por esporte, conhecida por mandar crianças para a cama sem jantar pela menor infração. Também gostava de supervisionar quando as meninas tomavam banho e havia removido a tranca da porta do banheiro coletivo. E, por estar envolvida com Pipes, suas ações ganhavam uma dimensão ainda mais sombria, e ela se tornou facilitadora dos abusos dele.

Num dia de verão, as crianças foram levadas a um passeio em Hepworth House, uma mansão histórica com extensos jardins. Fizeram um piquenique nos gramados, houve passeios de pônei e brincadeiras. À tarde, seguiram por um dos caminhos que levava a uma enorme estufa cheia de plantas exóticas.

Zach vivia com o nariz enfiado em livros da biblioteca e sabia bastante sobre botânica. Annabelle, por outro lado, não se interessava muito pela estufa: estava quente demais, e eles eram obrigados a observar árvores e arbustos sem graça, com nomes compridos em latim. Mas ela se lembrava de Zach parar ao lado de uma plantinha com flores amarelas bonitas, com vagens parecidas com ervilhas penduradas. Ele olhou em volta para se certificar de que ninguém via e ajuntou um punhado das vagens que estavam caídas no chão.

– Não digam nada – sussurrou ele, enfiando-as nos bolsos do jeans.

Annabelle não deu importância até alguns dias depois, quando Zach as chamou para ir ao banheiro do dormitório masculino.

Ele entrou num dos cubículos, subiu no assento da privada e alcançou a caixa d'água lá no alto, típica dos banheiros antigos de Drexel Hill, em que se puxava uma corrente para liberar a descarga.

– Esse negócio é explosivo – disse, tirando um frasco de vidro alto de dentro da caixa e mostrando para Annabelle e Casey. Estava cheio de água escura e vagens. Ele sacudiu o pote, mexendo o sedimento.

– O que é isso? – perguntou Annabelle.

– Vagens de sene. Duas colheres disso e você vai cagar como um vulcão.

Annabelle nunca esqueceu o tamanho dos olhos de Casey quando ouviu aquilo.

– O que vai fazer com isso? – indagou ela.

Zach sorriu.

– Se eu contar, vocês podem se meter em encrenca.

– Você não vai dar isso pra gente, né? – quis saber Annabelle.

– Claro que não. Somos família. Nunca faria isso com vocês – respondeu Zach.

– Que gosto tem? – perguntou Casey.

– Li que é amargo – disse ele. Abriu com cuidado a tampa do pote e deixou que cheirassem. Tinha um aroma estranho, meio agridoce. – As vagens dessa planta podem ser usadas como laxante. Você não ia querer beber nem uma gotinha disso. Pra quem vamos dar?

– Sal – foi a resposta dos três ao mesmo tempo.

Annabelle não sabia como ele faria, mas se lembrava bem do que aconteceu no dia seguinte.

Era uma tarde abafada que se estendeu pelo início da noite, e Sal estava de plantão. Ela havia proibido as meninas de abrirem as janelas do dormitório, mesmo no calor sufocante, alegando que os mosquitos entrariam.

Aquela noite de agosto estava insuportável, e uma das meninas, gordinha e que suava muito, abriu um pouco a janela sobre sua cama.

Annabelle não sabia que horas eram, mas de repente a porta do dormitório se abriu com força, e Sal apareceu no batente.

– Quem abriu a janela?! – gritou, acendendo a luz. – Estou toda picada!

A menina teve a má sorte de estar dormindo, e Sal a encontrou com a janela entreaberta. Marchou até lá, pronta para arrancá-la da cama, mas parou de repente, com a mão suspensa sobre os cabelos castanhos da garota. Então, soltou um gemido horrível e se curvou. O estômago dela fez um som pavoroso de borbulhar, e a malvada saiu correndo para o banheiro.

Nas horas seguintes, as meninas ficaram acordadas, agora com as janelas abertas, ouvindo Sal no banheiro – gemendo, xingando e gritando de dor. Annabelle nunca soube como Zach havia conseguido, mas anos mais tarde ele contou: colocara algumas colheres da mistura na garrafa térmica de chá que Sal sempre carregava quando estava de plantão.

Era uma história horrível, pensava Annabelle já adulta. Enquanto tantas crianças tinham lembranças felizes das coisas que as faziam rir, as dela eram diferentes.

Mas, naquela noite quente de verão, ouvir Sal cagar as tripas no vaso fez cada criança que sofrera sua crueldade sentir que havia, afinal, justiça no mundo.

Annabelle nunca havia contado a ninguém sobre Zach e as vagens de sene. E guardara os segredos de Casey.

Mesmo agora, com Zach e Casey já mortos.

CAPÍTULO 50

QUINTA-FEIRA, 9 DE MARÇO DE 2023

Erika começou a dirigir de volta para casa pelas ruas escuras. Igor parecia muito deprimido. Não era bom para ele ficar sozinho. Ela decidiu comprar uma porção de peixe com fritas e levá-la para o apartamento dele, onde poderiam conversar.

Ao virar a esquina e ver as janelas embaçadas do Wetherby's, o cheiro celestial de peixe e batatas fritas recém-preparados invadiu seu nariz. O lugar estava cheio, e o grupo que aguardava se estendia até a porta. Erika posicionou-se atrás de um homem com um garotinho, que ela já vira outras vezes comprando esse lanche.

– Está frio hoje, não está? – disse ele, esfregando as mãos.

– Sim. Estou torcendo para que a primavera esteja logo ali na esquina – respondeu Erika.

Ele era devia ter quase 40 anos e usava uma boina. O menino estava bem agasalhado com um gorro de lã grosso, casaco e luvas, e as bochechas coradas pelo frio. A fila avançou, e Erika pôde fechar a porta atrás de si. O calor abafado do interior a envolveu.

Ela pensou em Igor e em seus medos de perder Tom, e vasculhou a mente em busca de algum contato que pudesse ajudar com a situação da custódia. Os tribunais de família eram notoriamente sigilosos, mas, àquela altura da idade de Tom, será que chegaria mesmo a esse ponto? Erika se perguntou com quem o garoto escolheria morar, caso tivesse de decidir.

Era uma lanchonete britânica à moda antiga, com um longo balcão de fórmica verde ao lado de uma grande fritadeira prateada, atrás de um vidro onde o peixe empanado era colocado para escorrer.

A fila andava rápido, e, quando o homem à frente fez o pedido, ergueu o menino para ver os peixes.

– Aquilo é uma minhoca-do-mar? – perguntou o garoto, apontando para a superfície transparente.

– Não, aquilo é uma salsicha empanada. As salsichas vêm do porco.

– Da Peppa Pig? – questionou, virando a cabeça para olhar o pai.

– Todos os nossos peixes e porquinhos morrem de velhice, depois de uma vida muito longa e feliz – disse o homem mais velho atrás do balcão, mergulhando filés frescos de peixe na massa crua.

O garoto olhou para o pai, que confirmou com um aceno.

– Quantos anos tem a Peppa Pig?

– Quatro ou cinco. A Peppa ainda tem muitos bons anos pela frente – respondeu o pai, lançando um olhar cúmplice para Erika. Ela sorriu e assentiu.

Na sua vez, Erika pediu duas porções de peixe com batatas fritas, purê de ervilhas e duas latas de refrigerante. Ao pagar e pegar a sacola plástica transparente com a comida embrulhada em papel, recebeu uma mensagem de Igor:

> *Acabei de ser chamado para um*
> *plantão noturno de última hora.*
> *Nos falamos amanhã.*

Ao sair da lanchonete, o ar frio a envolveu. Mesmo sabendo que a situação com Tom não era sobre ela, ainda assim se sentia a vilã. Estava arrasada por ter se esquecido de buscá-lo na escola – um erro honesto, mas grave –, e não ter mentido para se justificar só reforçava sua culpa. Tom parecia tê-la perdoado mais facilmente que Igor. *Não*, pensou, *isso não era realmente sobre ela*. Igor estava magoado, e descontar nela era mais fácil do que encarar as outras pessoas de sua vida.

Além disso tudo, os acontecimentos do caso ainda pesavam em sua mente. A conversa com Kirsty e Ella voltava como um eco. E se ninguém souber como Annabelle realmente se parece? E se até mesmo as câmeras do hotel só a tivessem registrado disfarçada? E se Jessica fosse a única que a tinha visto de verdade? Cada segundo dos vídeos das câmeras em que aparecia mascarada era inútil. Cada detalhe que Kirsty e Ella haviam contado ajudava a formar uma linha do tempo, mas, no fim, não levava a lugar nenhum.

E ainda havia Neville Lomas – que confusão. E Terry DeVille, por sua vez, parecia ter ficado em segundo plano, mas fazia parte da investigação tanto quanto os outros.

Erika reduziu o passo e percebeu que estava diante da casa de Isaac. Ele morava em uma pequena rua tranquila, em uma área mais afastada. Era a única casa com luz acesa. Decidiu arriscar e apertou a campainha.

Isaac abriu a porta usando agasalho escuro, descalço, o cabelo preto comprido desgrenhado e preso atrás das orelhas.

– Está ocupado? Trouxe peixe com batatas – disse ela, erguendo a sacola.

– Uau. Que luxo. Estava prestes a encarar uma lata de feijão, então você chegou na hora certa – respondeu Isaac, abrindo espaço para que ela entrasse.

– Andou muito quieto esses últimos dias.

Ele fechou a porta e a observou por um instante.

– Quer uma bebida?

– Sim, com certeza.

– Então vem.

Ele a conduziu até a cozinha: elegante, toda branca – armários pintados à mão, bancadas de madeira clara e uma pia de cerâmica pesada. Até a geladeira em estilo americano era branca. Erika sempre se perguntava se, como patologista forense, Isaac evitava superfícies de aço inoxidável de propósito.

– Vinho serve? – ele perguntou, pegando pratos e talheres. Arrumou dois lugares lado a lado no balcão da cozinha, de frente para a TV pendurada na parede.

– Branco, por favor.

Ela desembrulhou a comida e colocou tudo, ainda no papel, sobre dois pratos. Isaac voltou com duas taças de vinho branco, finas, geladas, com gotas de condensação. Eles brindaram e beberam um gole.

– Obrigada, está ótimo.

Sentaram-se para comer. Estranhamente, Isaac ligou a TV no noticiário. Enquanto comiam, ele parecia tenso, atento, especialmente quando passou uma nota sobre Jamie Teague. A apresentadora dizia que havia várias pistas após o apelo da polícia e que o corpo do jogador seria liberado em breve para a família organizar o funeral, previsto para dali a três semanas.

– *Várias pistas.* O que ela sabe? – murmurou Erika. – Isso é verdade? O corpo já vai ser liberado? Primeira vez que ouço falar.

Isaac mastigava distraído, mergulhando a última batata no purê de ervilhas.

Erika empurrou o prato vazio e limpou as mãos.

– O que está acontecendo? Pensei que você me avisaria sobre o corpo de Jamie.

Ele limpou a boca, levou os pratos para a pia e respondeu:

– Fui substituído como patologista forense nesse caso. Um colega meu, Maurice Calderwood, assumiu.

– Substituído? Quem fez isso? – perguntou Erika.

– Na verdade, é mais correto dizer que eu me afastei. – Isaac largou os pratos no balcão e virou-se de costas para ela. – O corpo de Neville Lomas será exumado amanhã, e Maurice fará uma nova autópsia.

– Por que eu não sabia disso?

Ela o observava empilhar os pratos na lava-louças e fechá-la. Quando voltou para junto dela, Erika percebeu o medo estampado em seu rosto. E então algo inesperado aconteceu: ele desmoronou. Sentou-se na cadeira ao lado, enfiou a cabeça nas mãos e começou a chorar.

Erika pousou a mão em seu ombro.

– O que houve? Está me assustando.

Ele enxugou os olhos e se recompôs.

– Desculpe. Não queria fazer isso. – Pigarreou, tentando firmar a voz. – Desculpe.

– Isaac, me conte. Você pode me contar.

– Eu não posso. Não quero colocar você numa situação perigosa.

– Fizeram você assinar a Lei de Segredos Oficiais? Porque eu tive que assinar.

Ele arqueou a sobrancelha perfeita, surpreso. Erika assentiu.

– Num encontro com o gabinete do líder da bancada do Parlamento, em Westminster.

Isaac balançou a cabeça, solidário.

– Dois dias atrás, eu estava aqui, tranquilo, tomando vinho na cozinha, quando alguém bateu na porta dos fundos. Era o homem de terno cinza, com a marca de nascença debaixo do olho. – Isaac levou a taça à boca, mas a mão tremia. – Ninguém nunca bate naquela porta. Ele fez isso de propósito, para me assustar.

– Ele apareceu no meu jardim outro dia, quando eu pegava lenha no galpão – disse Erika.

– Que valentão.

– E o que ele queria de você?

– Que eu assumisse a culpa por ter certificado, de forma incorreta, a morte de Neville Lomas como causas naturais.

Erika franziu o cenho.

– Espera. Não foram essas mesmas pessoas que te pressionaram a declarar justamente que ele tinha morrido de causas naturais?

Isaac esboçou um sorriso amargo.

– Exato. Eu disse isso a ele, e foi aí que ficou desagradável... Eles sabem tudo sobre mim, Erika. Sobre Stephen, sobre coisas antigas. Sabem até quando fui preso, ainda estudante, por importunação sexual em um banheiro público. Não houve acusação, fui liberado. E sobre quando fui flagrado com cocaína na época da faculdade, na residência estudantil... Nem foi a polícia, foi o zelador que me pegou. Mesmo assim, esse sujeito sabia de tudo.

Erika pensou em Stephen Linley, o ex-namorado de Isaac, morto no caso da *Sombra*, sete anos atrás, quando o próprio Isaac chegou a ser suspeito.

– Ele deixou claro que eles têm um dossiê sobre mim. E não hesitarão em usá-lo se eu não obedecer.

Erika sentiu uma pontada no peito. Não era que o passado de Isaac a surpreendesse; todos têm histórias. O que a dilacerava era ver o amigo acuado, encurralado por gente poderosa. *Até onde isso vai?*

– Então, o que você tem que fazer?

– Quando exumarem Neville Lomas, terei que admitir publicamente que errei no laudo.

Erika o encarou em silêncio.

– Acontece... erros acontecem na ciência forense – disse, cautelosa.

– E ainda tenho que pedir uma licença temporária.

– Você só pode estar brincando.

– Acha que inventei isso?

– Não, claro que não. Só estou pensando alto.

– Ele disse que os danos seriam "controlados". Que eu poderia voltar quando tudo se acalmasse. Mas preciso me sacrificar.

Erika bebeu um gole de vinho.

– E você está bem? Tirando isso?

– Não. Isso fere meus princípios. Querem me usar para acobertar alguma coisa. Primeiro, me forçaram a declarar morte natural. E agora que o caso está ligado a uma série de assassinatos, querem que eu limpe a sujeira deles. Eu serei o bode expiatório.

– E se você disser não?

– Você não está me ouvindo?

Erika ergueu as mãos.

– Está bem.

– Só estou te contando porque confio em você.

– Claro.

– Preciso de mais uma taça. E você?

Erika aceitou. Ele encheu novamente as taças, desligou a TV e voltou a se sentar. Enquanto servia o vinho, Erika refletia: até onde eles vão interferir? E se tentarem encerrar de vez a investigação?

Não, pensou. Ela não deixaria isso acontecer.

– Há algo ligado a Neville Lomas que eles querem manter em segredo – disse ela. – Não posso te contar.

– Deixe-me adivinhar. Algo embaraçoso para os altos membros do governo?

Erika hesitou. Fora advertida a não falar de Damsa Afridi e assinara a Lei de Segredos Oficiais por isso. Mas não assinara nada sobre as fotos comprometedoras do dossiê. Mesmo assim, não queria arrastar Isaac para algo que poderia colocá-lo em risco.

– Sim – respondeu, após a pausa. – E agora tenho que pisar em ovos com minha própria equipe, decidindo o que posso ou não investigar.

– O que você faria se não pudesse mais ser policial? – perguntou Isaac.

– Não sei. Não me imagino simplesmente sumindo em silêncio. Talvez virasse detetive particular. Mas sem recursos, eu enlouqueceria. E você?

– Se eu tivesse que deixar a medicina forense agora? Não sei. Amo meu trabalho, mas isso abalou minha fé no mundo. Sempre achei que podia nadar contra a maré e fazer a diferença. Mas... e se o sistema for podre até a raiz e nada do que façamos puder impedir o mal?

– Não podemos deixar o mal vencer o bem – disse Erika. – O que você vai fazer?

– Vou fazer o que eles mandam. E você vai esquecer que essa conversa aconteceu.

CAPÍTULO 51

Já passava da meia-noite quando Erika e Isaac saíram para a rua. Ele insistiu em acompanhá-la até em casa, mesmo sendo apenas duas ruas de distância.

– O que vai fazer com seu tempo livre? – perguntou Erika.

– Acho que vou viajar para fora. Passar uns dois meses longe.

– Quando?

– Amanhã preciso escrever para o diretor de Serviços Forenses. Não tenho dúvida de que logo divulgarão as novas conclusões da autópsia de Neville Lomas.

– Vai dar tudo certo, você sabe – disse Erika, embora não tivesse certeza se acreditava naquilo. – E quanto à família de Neville Lomas? – indagou quando dobraram a esquina de sua rua.

– Não sei se pressionaram a esposa dele ou se também chegaram até os filhos já adultos – respondeu Isaac.

– Preciso falar com a esposa. Ela tem ignorado nossas ligações. Não faço ideia do quanto ela sabe. – Chegaram à porta da casa de Erika. – Sabe, Isaac... talvez tudo isso simplesmente se dissipe. Essas pessoas têm muitos outros incêndios para apagar.

Mesmo enquanto falava, Erika sabia que soava ingênua. Abriu a porta da frente, e George estava à espera. Isaac se abaixou para coçar atrás das orelhas do gato.

– O que mais me abriu os olhos, e me assustou, foi perceber como tudo já estava decidido por uma força invisível. Anunciaram à imprensa que Neville havia morrido de causas naturais antes mesmo de eu escrever meu laudo oficial. Alguém devia estar monitorando meu computador... E, teoricamente, eu sou o médico-legista. O único que pode tomar essa decisão legal.

– Quer entrar para uma última taça?

– Não. Obrigado. Estou exausto.

– Vai manter contato? – perguntou Erika.

– Sim.

Ele a abraçou e foi embora. Erika fechou a porta e ficou parada na escuridão da casa, com as costas apoiadas na madeira. Estava exausta e tinha uma reunião marcada para bem cedo no dia seguinte com Marsh e Melanie para atualizá-los sobre o caso – embora se perguntasse se não deveria ser o contrário. Era óbvio que Marsh sabia mais sobre a investigação do que ela própria.

Erika pegou George no colo e subiu as escadas. Enquanto se preparava para dormir, pegou o celular para programar o alarme para as 6 da manhã e viu uma chamada perdida e um correio de voz de um número desconhecido.

Quando ouviu, era a mensagem de um jovem de voz arrastada:

"Alô, aqui é o Daniel. Sue me passou seu número. Disse que você queria falar comigo sobre o serviço de acompanhante. Disse que você é de confiança... Olha, eu não faço mais isso, foi só por um tempo, mas eu trabalhava como acompanhante de algumas garotas da Diamond. Posso te encontrar. Sue disse que você paga um trocado. Estou atrasado com a conta do celular. Se puder pagar isso, a gente conversa."

Levou um instante, em seu estado de cansaço, para Erika perceber quem era. Era o número que Curly Sue lhe dera: o rapaz que trabalhara como acompanhante para garotas de programa.

Erika enviou uma mensagem de texto perguntando se eles poderiam se encontrar na tarde seguinte. Pouco depois, apesar da hora avançada, o rapaz respondeu dizendo que sim e acrescentando:

Pode ser em dinheiro?
Minha conta do celular é 40 libras.

Normalmente, Erika dava 20 libras a um informante pelo tempo deles – Curly Sue custava mais, e agora esse garoto. Mas quem precisa não tem muito como escolher. Ela respondeu que sim, largou o celular e se jogou na cama, ainda vestida. Ficou olhando para o teto, cansada demais para processar os acontecimentos do dia.

Estava preocupada com Isaac, dividida entre ser colega de trabalho e amiga. Acabara de prometer manter em segredo o que ele lhe confiara. E se precisasse quebrar essa promessa?

Era muito tarde, e Erika estava cansada demais para tentar se embrenhar nesse labirinto moral. Caiu num sono superficial e agitado.

– O corpo de Neville Lomas será exumado hoje – disse Marsh.

Era manhã do dia seguinte, e eles estavam sentados no escritório de Melanie.

– Quem lhe disse isso? – perguntou Erika. Ela olhou para Melanie; parecia que também era novidade para ela.

– O diretor de Serviços Forenses da Polícia Metropolitana foi solicitado a reavaliar os resultados da autópsia de Neville Lomas. Algumas irregularidades foram apontadas no trabalho de Isaac Strong... Eu sei que ele é um colega próximo seu – disse Marsh.

Erika levantou a mão.

– Ele sempre foi muito profissional – disse.

Marsh a encarou por um instante.

– Sim, mas Isaac talvez tenha sido um tanto descuidado desta vez.

– E como o diretor de Serviços Forenses chegou a essa conclusão? – perguntou Erika. – Se o corpo de Neville Lomas ainda nem foi exumado.

– Ele me disse que encontrou irregularidades no laudo do Isaac.

– Eu achava que essas irregularidades tinham sido apontadas por ele – retrucou Erika.

– Sim.

– Então... foi ele mesmo que "apontou" as irregularidades *para si próprio*?

Marsh fechou os olhos e suspirou, como se estivesse lidando com uma criança que não obedecia.

– Erika, não preciso disso agora. Você deveria estar feliz com essa notícia, não? As coisas não estão sendo varridas para debaixo do tapete. O corpo de Neville Lomas passará por outra autópsia.

– Não sei de que forma outra autópsia mudaria a minha investigação, senhor – disse Erika. Olhou para Melanie, que escutava, mas mantinha um olho fixo na tela do computador. Erika sentia-se de mãos atadas por não poder falar sobre a reunião no Palácio de Westminster.

– Você é investigadora, Erika, não é? – disparou Marsh.

– Claro.

– Então por que iria querer atrapalhar uma investigação adicional?

– Não quero, senhor. Só estou fazendo perguntas.

– Sim, sim, claro que está – disse Marsh, impaciente. – Agora, estamos aqui para receber sua atualização. O que pode nos contar de novo sobre suas investigações?

Erika relatou tudo o que havia acontecido nos últimos dias, finalizando com as entrevistas do dia anterior com Kirsty e Ella. Ela decidiu omitir a reunião com Curly Sue, a revelação do dossiê e o encontro marcado com um *acompanhante* da Diamond Companions.

– Então você está concentrando seus esforços no assassinato de Jamie Teague? – perguntou Marsh.

– Sim. Esse é o caso em que temos mais imagens de sistema de segurança disponíveis. Agora contamos com uma linha do tempo fornecida pelas duas garotas, e, com sorte, poderemos retroceder e tentar traçar os passos de Annabelle antes de ela chegar ao hotel Landmark, na tarde do assassinato de Jamie Teague.

– Muito bom – disse Marsh. – Você está ciente de que o corpo de Jamie Teague será liberado para a família, para o funeral, em alguns dias?

– Sim. Vi no noticiário. Seria útil ser informada dessas coisas com antecedência, para não depender de assistir à TV todas as noites – rebateu Erika.

– Eu também não sabia. Acho que foi uma decisão tomada ontem no fim do dia – disse Melanie, erguendo os olhos da tela.

– Mas imagino que Cheri Shelton soubesse antes de mim, já que é a oficial responsável pela investigação do assassinato.

Marsh recostou-se na cadeira e cruzou os braços.

– Erika, por que você acha que todos estão contra você?

– E por que o senhor parece conduzir os assuntos da polícia como se fosse um reality show? – retrucou Erika. – Não foi só no noticiário que anunciaram que o corpo de Jamie Teague seria liberado. Já divulgaram também que o funeral será em três semanas! Para isso, a família já teria de ter tomado a decisão, baseada justamente nessa liberação do corpo.

– Cuidado com o seu tom, Erika – disse Melanie.

– Sim, *esse* é o problema, não é? O meu tom.

Erika odiava reuniões como aquela. Só serviam para atrapalhar seu trabalho. Parecia até que Melanie também estava criando obstáculos, o que era estranho. Normalmente, ela sempre estava ao seu lado.

Houve um silêncio constrangedor. Erika encarou os dois, sem pedir desculpas. Melanie manteve os olhos fixos nela, enquanto Marsh desviou o olhar.

Covarde, pensou Erika.

– Como tem avançado com aquele contato que Rick Gaynor, de Westminster, nos forneceu sobre a Diamond Companions? – perguntou Marsh.

– Era um número de celular não listado. Nada útil. Se não obtiver retorno logo, vou ter de considerar pedir um mandado de busca. Acredito que nossa assassina possa ser uma profissional do sexo em busca de vingança. Já foram quatro vítimas, e a quinta?

Marsh se remexeu, desconfortável, na cadeira.

– Quando tiver qualquer informação, por menor que seja, sobre a Diamond Companions, quero ser informado. E você só deve agir a partir dessas informações depois de me consultar primeiro. Entendeu?

– Sim, senhor.

Erika empurrou a cadeira para trás e se levantou. Já estivera nessa situação antes: quando sabia que provas estavam sendo suprimidas e seus superiores tentavam impedi-la de investigar. Mas agora era deprimente ver isso acontecer sob a supervisão de Melanie – uma oficial sênior que ela admirava.

CAPÍTULO 52

Erika foi até a sala de investigação e pediu a Moss e Peterson que falassem em particular com ela.

– Você parece bem puta da vida – disse Moss, quando já estavam dentro do minúsculo escritório dela, de porta fechada.

– E ainda são só 8h30 da manhã – acrescentou Peterson.

Erika esfregou os olhos cansados.

– Ouçam. Não posso contar exatamente como sei disso, mas está acontecendo algum tipo de acobertamento no caso de Neville Lomas. Fui advertida a não mexer com ele.

– Quem te advertiu? Alguém da sua reunião no Parlamento? – perguntou Moss.

Erika assentiu.

– E agora o corpo de Neville Lomas está sendo exumado.

– Exumado? Com que base legal?

– Supostamente, o primeiro laudo da autópsia, que apontava morte por causas naturais, estaria incorreto – disse Erika.

– Estaria mesmo? – questionou Peterson. – Eu li o relatório, o de Isaac, certo? Ele dizia que, devido ao histórico de Neville Lomas de pedir a profissionais do sexo que realizassem atos violentos com ele, somado à sua péssima saúde, ele poderia, sim, ter morrido de causas naturais, mas recomendava um veredito em aberto.

– Exato. Mas acredito que o gabinete do líder da bancada informou à imprensa, antes mesmo de o laudo estar concluído, que ele havia morrido de causas naturais. Agora que a morte de Neville Lomas foi ligada a um assassino em série, correm o risco de serem expostos e querem exumar o corpo para lançar dúvidas sobre o veredito de Isaac – explicou Erika.

– E o Isaac, como está?

– Nada bem. E ainda tenho Marsh e Melanie vigiando de perto a nossa investigação, com o gabinete do líder da bancada atuando nos bastidores...

– E você precisa que sejamos discretos em relação a certas linhas de investigação? – completou Moss.

– Sim. A ponto de só compartilharem o que descobrirem comigo.

Peterson olhou para Moss.

– Sei que nunca pedi isso antes, mas estou preocupada com a equipe e com possíveis vazamentos.

– *Vazamentos*? A Dahlia? – perguntou Peterson.

– Não sei. Nem sei se ela seria esperta o suficiente para ser uma infiltrada. Mas o nome de Dan Fisk aparece em tudo que envolve Neville Lomas. E Dahlia trabalhou na equipe dele, e agora está na nossa. E não fui eu quem pediu isso. Não quero sobrecarregar vocês com muitos detalhes, mas digamos apenas que homens de terno cinza andam aparecendo. E o superintendente Dan Fisk, de repente, tirou três semanas de férias no exterior, o que para mim soa como um grande sinal de alerta.

– O que exatamente você quer que façamos? – perguntou Moss.

– Marquei um encontrou com um rapaz que trabalhou como *acompanhante* para a agência Diamond Companions. Quando eu tiver os dados, quero que rodem a ficha dele no sistema, mas de forma discreta, sem ligação comigo nem com este caso.

– Claro – disse Peterson. – Tenho um amigo no setor de Trânsito.

– Obrigada. E preciso de outra coisa que exige ainda mais *discrição*. Tenho o nome da jovem que, ao que tudo indica, chantageava Neville Lomas. Ela é uma imigrante em situação irregular e, supostamente, estaria, ou ainda está, grávida de um filho dele. Tudo o que sei é que o nome dela é Damsa Afridi e que está detida em um centro de imigração aqui no Reino Unido.

– Tenho um contato na imigração que pode ser discreto – sugeriu Moss.

– Não. Preciso que procurem em todos os centros de imigração e detenção do Reino Unido. Uma busca ampla, feita por alguém, ou por alguns oficiais da imigração, de forma que o nome dela seja misturado a várias outras pistas falsas. Não quero que essa consulta seja rastreada até vocês, até mim ou até esta delegacia.

– Quais informações você precisa?

– Idade, antecedentes, se trabalhava como profissional do sexo e, se estiver grávida, de quantos meses. Enquanto isso, quero que a equipe continue trabalhando nos assassinatos de Jamie Teague, Terry DeVille e Jessica Goldman. Também temos que descobrir os nomes das mulheres que receberam pagamentos da agência de Cheri Shelton. E, ainda, ver se conseguimos falar com Rebecca Reid, a mulher que acusou Jamie Teague de estupro. Cheri já tentou me despistar com essa história de contratos de confidencialidade. E precisamos levantar mais informações sobre Terry DeVille. Ele parecia não ter amigos próximos. Apenas o parceiro dele, Russel, ou então só colegas de trabalho.

– Sei que McGorry tem trabalhado no caso de Terry DeVille – disse Peterson.

– E eu e Crane estamos trabalhando no de Jamie Teague – disse Moss. – A irmã e o perfil dela no OnlyFans estão me incomodando. Estou me perguntando se há alguma ligação com profissionais do sexo. Pedi para conversar com ela na surdina. Não sei se ela vai topar.

– Ótimo. E obrigada. Não quero colocá-los em uma posição ruim, mas preciso da ajuda de vocês.

– Tem certeza de que não quer envolver Crane e McGorry nisso? – perguntou Peterson.

– Não. Eles estão trabalhando junto com Dahlia, e não quero que ela saiba disso.

– Você acha que Dahlia está trabalhando para Dan Fisk? – perguntou Moss.

Erika balançou a cabeça.

– Não sei se ela sabe de muita coisa. Pode ter sido instruída apenas para me vigiar nesta investigação. Não gostei do modo como ela passou por cima de mim naquela noite de janeiro, na cena do crime de Neville Lomas, e depois foi jogada de paraquedas na investigação de Jamie Teague.

– Mas isso não faz sentido, chefe. Isso significaria que quem a colocou na equipe já sabia de antemão sobre esses assassinatos de Annabelle e sabia que a morte de Jamie Teague estava ligada à de Neville Lomas.

Os três ficaram em silêncio, e Erika ergueu as mãos.

– Não, não podemos seguir por esse caminho. Se algo está fora do nosso controle ou da nossa alçada, nunca saberemos. Lembrem-se: estamos aqui para prender uma assassina. Não me interessa gente rica e influente tentando salvar a própria pele. Então, vamos continuar investigando com discrição e só avançar quando tivermos algo realmente sólido, algo que ninguém possa ignorar.

Moss e Peterson assentiram.

– Tem mais uma coisa. Também quero, e isso pode sair pela culatra, bater à porta da esposa de Neville Lomas e encontrar um jeito de falar com ela.

– Vou sondar – disse Moss.

Erika assentiu.

– Algum lugar público, onde ela não possa fugir ou armar um escândalo.

CAPÍTULO 53

INVERNO DE 2008

Na noite em que Casey morreu, Annabelle enfrentava uma gripe forte. Do lado de fora nevava muito, e ela estava no dormitório, incapaz de dormir, suando e tremendo. Algumas horas depois das luzes se apagarem, Sal abriu a porta e entrou apressada no quarto, seguida por Pipes. Não houve aviso algum – nenhum passo, nenhum som de chave raspando o metal. Eles foram direto à cama de Casey. Sal tapou a boca dela, e Pipes a arrastou para fora. Tudo aconteceu de forma rápida e silenciosa e, quando fecharam a porta atrás deles, o quarto mergulhou na escuridão.

Annabelle levantou-se da cama, trôpega, e caminhou na ponta dos pés até a porta, abrindo-a devagar. No fim do corredor comprido e mal iluminado, Pipes e Sal seguravam Casey pelos braços, e ela lutava contra eles. Casey mordeu a mão de Sal e conseguiu se soltar.

– Ela me mordeu! – gritou Sal, surpresa, enquanto Casey corria em direção à escadaria principal. Pipes e Sal dispararam atrás dela, e Annabelle, sem pensar nas consequências caso fosse pega, também os seguiu.

Casey começou a descer as escadas. Annabelle nunca entenderia por que ela fez aquilo. Será que entrou em pânico? Será que pensou que poderia se esconder? Estavam no andar térreo, e as escadas levavam ao porão.

A antiga mansão de Drexel Hill era um prédio vasto e comprido, e o porão era aberto, como um imenso estacionamento subterrâneo sem paredes – apenas colunas intermináveis, sombras profundas e teias de aranha cobrindo pilhas de móveis e caixas antigas. Uma longa fileira de pequenas janelas perto do teto deixava entrar a luz da lua cheia, e o chão era de terra batida. Annabelle seguiu Pipes e Sal, que perseguiam Casey, sem que seus próprios passos fossem ouvidos.

Eles pararam no fim do porão, perto de uma fornalha de ferro que havia aquecido a casa durante a guerra. Annabelle se agachou entre duas pilhas de cadeiras de madeira próximas e os observou.

– Você tem uma lanterna? Essa vadiazinha pode estar em qualquer lugar – disse Sal.

Pipes tirou a lanterna do cinto, e o facho varreu as cadeiras, mesas velhas e armações de cama. Annabelle se encolheu, tremendo. Sentia teias de aranha grudando em seu rosto quente e suado, e o coração batia tão forte que ela temia que eles ouvissem. Onde estava Casey? Será que tinha voltado correndo para cima?

Ouviu-se um estrondo e um grito. Annabelle viu Pipes puxar Casey de trás de um monte de caixas empilhadas, agarrando-a pelo braço. Sal correu até ela.

– Você me mordeu, sua vadiazinha! – gritou, dando um tapa no rosto de Casey.

Em sua defesa, a menina revidou e acertou um tapa estrondoso na lateral da cabeça de Sal, que caiu no chão, sumindo atrás de uma coluna.

– Para! Fica quieta! Não se mexa! – rosnou Pipes, tentando segurar Casey, que se debatia e gritava.

– Sai de cima de mim! – gritou Casey.

E, no instante em que conseguiu se soltar, Sal reapareceu atrás da coluna. Sem os óculos, segurava uma grande pá. Ergueu-a alto e desceu com força contra a cabeça de Casey, atingindo-a duas vezes.

– Vadiazinha! – gritou Sal.

Ela deu uma terceira pancada quando Casey já estava caída no chão. Preparava-se para bater de novo, mas Pipes a impediu. Tomou a pá de suas mãos, e os dois ficaram parados sobre o corpo imóvel de Casey, ofegantes. Havia sangue na testa e no cabelo dela, que brilhava sob o luar.

– O que diabos você fez? – disse Pipes. Tudo tinha acontecido tão rápido. Annabelle permaneceu encolhida nas sombras, tão perto deles que não ousava se mexer. Observou Pipes largar a pá. Ele se ajoelhou e sacudiu Casey, tentando reanimá-la.

– Ela está morta – constatou.

– Não seja ridículo! – retrucou Sal. – Está fingindo. – Ajoelhou-se e verificou o pulso de Casey, depois ergueu os olhos para Pipes.

– Você a matou. Não consegue se controlar? – rosnou ele.

Foi a primeira vez que Annabelle viu um corpo sem vida. Sempre ouvira histórias de que os mortos pareciam estar apenas dormindo, mas havia algo terrível em Casey morta. Era como se começasse a ressecar. A pele parecia amarelada e sedosa, e até o cabelo, que sempre fora brilhante, estava opaco. Sangue escorria acima do olho e na parte de trás da cabeça, encharcando os fios.

– Queria que ela escapasse? Era isso? – disse Sal, a voz trêmula.

– O que vamos fazer? – Pipes também soava assustado. Ficaram ali parados por um momento, em silêncio. Annabelle suava em bicas e estava apavorada de que ouvissem seu coração batendo no peito.

– Queriam que a gente acendesse a fornalha – disse Sal. – Vamos colocar o corpo dela lá dentro. Queimamos e depois jogamos as cinzas fora.

– O quê?

– Você me ouviu.

Pipes desapareceu atrás de uma coluna e voltou com um lençol velho. Eles o estenderam, enrolaram Casey nele e, de repente, a praticidade tomou conta dos dois. Sal foi até a fornalha e abriu a porta. A abertura tinha cerca de 1 metro quadrado, e ela iluminou o interior com a lanterna enquanto Pipes levantava o corpo de Casey como se fosse um tapete. Annabelle nunca esqueceu a forma como ele a colocou lá dentro, acomodando-a com cuidado, e depois o rangido e o clangor metálico ao fechar a porta.

– Aquela vadiazinha quebrou meus óculos – disse Sal, recuperando-os do chão. Ela arrastou o pé pela terra batida, espalhando-a para cobrir as manchas de sangue, e acendeu a chama-piloto. Houve um estalo e, com um *vuuum*, o porão foi inundado pelo brilho dourado das chamas trêmulas.

Annabelle recuou ainda mais nas sombras, sentindo o calor se espalhar pelo ambiente gelado. Precisou tapar a boca com força para não gritar com a dor física da perda. Ficou ali por muito tempo, entorpecida de horror e choque, enquanto as chamas dançavam e queimavam. Pipes e Sal permaneceram junto à fornalha, olhando pelo pequeno visor de vidro. E um terrível silêncio pairou no escuro. Quando o cheiro adocicado de carne queimando começou a tomar o ar, Annabelle não aguentou mais. Fugiu, subindo cambaleante de volta ao dormitório, com lágrimas discretas escorrendo pelas bochechas quentes e mil gritos engolidos, enterrados fundo no peito.

As outras meninas dormiam como se nada tivesse acontecido. Annabelle foi até o banheiro, subiu na pia e pegou o passaporte de Casey do esconderijo no cano. Depois voltou para a cama e o escondeu dentro do travesseiro.

No dia seguinte, a rotina seguiu normalmente, e Drexel Hill se aquecia com o calor da fornalha recém-acesa. Quando uma das meninas perguntou por Casey, Sal respondeu que ela havia sido transferida para outro abrigo.

E nunca mais se falou dela.

SEXTA-FEIRA, 10 DE MARÇO DE 2023

Annabelle observava pelos binóculos enquanto Pipes revirava a faixa de terra. Ele fora um homem alto, largo e imponente quando ela vivia em Drexel Hill, mas agora parecia menor; os ombros curvados, o cabelo ralo e o rosto gordo e flácido. Pipes parecia estar cavando contra a vontade. Não queria estar ali, no frio, remexendo o solo duro com uma velha pá.

Um momento depois, juntou-se a ele Sal, de algum modo envelhecida, mas exatamente igual à mulher que Annabelle se lembrava de tantos anos atrás. Ela carregava duas canecas fumegantes e usava óculos enormes, de lentes grossas; embora o cabelo ainda fosse cortado em cuia, agora estava grisalho.

Desde que deixara Drexel Hill e conquistara a independência da vida adulta, Annabelle vinha acompanhando a vida de Pipes e Sal. Chegou até a contratar um detetive particular para investigá-los. Eles haviam vivido juntos, de forma platônica, por muitos anos. A casa era pequena, malconservada, cercada por um grande terreno, e o vizinho mais próximo ficava a cinco minutos de caminhada em qualquer direção. O lugar ficava a cerca de 40 quilômetros de Drexel Hill, na divisa com Kent.

Annabelle os observava da floresta do outro lado, separada do quintal de Pipes e Sal por um campo recém-arado. Estava vestida com roupas de caminhada – casaco impermeável, mochila e binóculos. Era seu equipamento de observação de pássaros, e parecia um golpe de sorte ter descoberto um abrigo para observação de aves do outro lado do campo, bem em frente à casa deles.

Ela se mexeu no banco de madeira. A perna estava dormente, mas não ousou mudar de posição. A visão era perfeita, nítida como cristal, como se estivesse por cima deles, encarando-os bem nos olhos.

Eu vejo vocês, mas vocês não me veem.

Havia algumas cadeiras quebradas ao lado do terreno, e os dois se sentaram pesadamente. Os binóculos de Annabelle eram tão potentes que ela conseguia ver que, além do chá, Pipes bebia cerveja especial extraforte Carlsberg, e aquela já era sua segunda lata da manhã. Sal desenroscou um cantil e acrescentou o que parecia ser uísque à sua caneca de chá. Pipes estendeu a dele, e ela lhe serviu uma dose.

Annabelle ajustou os binóculos para os rostos deles e deu zoom. Sal encarava na direção dela, o que lhe causou a estranha sensação de estarem trocando olhares. Tinha feito o mesmo nas últimas vezes em que viera ali – alternava o foco entre o rosto de Sal e o de Pipes, tentando perceber se havia algum traço de remorso em um deles.

Não havia nenhum. Apenas raiva e insatisfação.

Ela continuou observando enquanto Pipes terminava o chá. Sal se levantou e esticou as costas com dificuldade. Foi até a pá, puxou-a da terra e começou a cavar. O rosto se contraía com o esforço.

Annabelle pensou em Casey. Abaixou os binóculos, e o vento assobiou pelas frestas de madeira do abrigo. Enfiou a mão no bolso e tirou o passaporte da amiga.

Não era o original que havia recuperado do esconderijo na noite da morte dela. Já o renovara duas vezes desde então, a mais recente dois anos antes.

Encarou a foto, com o nome e os dados de Casey logo abaixo, e então voltou a olhar para Pipes e Sal, reduzidos agora a figuras distantes na mira dos binóculos – ele curvado sobre a lata de cerveja, e ela golpeando a terra dura com a pá.

– Cuidado. Estou vindo atrás de vocês dois – disse Annabelle.

CAPÍTULO 54

Daniel, o "acompanhante" da Diamond Companions, pediu para se encontrar com Erika num café simples e de higiene duvidosa na esquina de uma rua residencial em Neasden, no noroeste de Londres. Ela chegou às 10h30, e o lugar estava quase vazio. Uma senhora idosa, com fita adesiva nos óculos, vestindo um avental florido e um par de pantufas velhas, recolhia pratos sujos das mesas de fórmica. Um homem sozinho, de macacão com faixa refletiva, estava no balcão, absorto no celular, com o capacete de obra e uma caneca fumegante de chá ao lado.

O rádio tocava "Dancing Queen", do ABBA, e havia cartazes na parede anunciando noites de bingo, carros usados à venda e alguns daqueles anúncios de quartos para alugar, com número de telefone em tiras destacáveis na parte de baixo do papel. Erika reparou quanto custava agora um quarto de casal numa casa compartilhada na periferia de Londres e se perguntou como alguém conseguia fazer qualquer coisa depois de pagar o aluguel.

Erika pediu uma xícara de chá e um sanduíche de ovo e sentou-se numa mesa próxima à janela embaçada nas bordas, o que achou reconfortante. Ela estava mordendo o pão quando Daniel chegou, vestindo um macacão azul coberto de graxa. Era um rapaz parrudo, cabelo ruivo raspado e rosto sardento.

– Você é a Erika? – murmurou ele.

– Sou, sim. Oi.

Eles apertaram as mãos, e ele foi até o balcão fazer o pedido.

– Fiquei com medo de você vir de farda – disse, quando voltou à mesa.

– Não. Trabalho à paisana. – Erika abriu a bolsa, tirou duas notas de 20 e empurrou-as pela mesa.

– Ainda não te contei nada.

– Não, mas combinamos 40. Você tem algo pra me contar?

Ele esticou os braços e bufou.

– Só sei que ganhava mais grana sendo acompanhante do que ganho agora.

– Você está num programa de aprendizagem?

Ele assentiu.

– Mecânico. Quatro anos. Tô no último.

– Acho que essa é a escolha mais inteligente.

– É mesmo?

– Sim. Tem uma porção de jovens indo pra universidade estudar um monte de coisa que não tem relação com a vida real e saindo endividados até o pescoço.

Ele deu de ombros.

– É uma suspensão da realidade. Uma chance de crescer. Dizem que você vai pra universidade mesmo é pra conhecer gente que pode te ajudar no futuro.

– Não saberia dizer. Não fui pra universidade.

Ele olhou em volta e pegou um jornal.

– Digo, olha isso: *The Masked Singer.* Todo mundo no trabalho só fala disso. E dá pra ver que é divertido, mas adulto devia mesmo se empolgar com quem está fantasiado de camarão cantor? Você assiste?

Erika olhou a matéria.

– Não... Acho que há vinte anos isso seria um programa infantil, e agora está no horário nobre. Assustador. Querem manter todo mundo burrinho.

Ele riu e concordou, e Erika teve a sensação de que, enfim, tinham quebrado um pouco o gelo. A velhinha voltou com o chá e o sanduíche de ovo que ela pedira. A detetive continuou:

– Há quanto tempo você trabalhou para a Diamond Companions?

– Fiz uns plantões à noite e nos fins de semana, aqui e ali, nos últimos quatro anos.

– Em que consistia o trabalho?

– Ah, você sabe. Eu acompanhava uma jovem até um hotel, restaurante ou prédio residencial e garantia que ela chegasse em segurança à pessoa com quem tinha marcado. Qualquer coisa que ela fizesse depois disso era totalmente por conta dela.

Erika assentiu. Pegou umas fotos de Neville Lomas.

– Você reconhece este homem?

– Sim. Neville era o deputado de North East Surrey. Foi encontrado morto em janeiro. Nunca acompanhei nenhuma cliente que o visitou, mas eu acompanho política.

– Conheceu alguma garota que foi até ele? Ouviu alguma história sobre ele? – perguntou Erika.

– Tinha uma mulher. Candy era o nome, mas duvido que fosse o verdadeiro. Ela dizia que atendia vários deputados. Segundo ela, os da direita adoravam levar palmada e chicotada. Não lembro se ele estava no meio.

Erika mostrou a foto de Jamie Teague.

– Teague? Ele pagava por sexo? – Ele balançou a cabeça. – Não. Não. Ele não precisaria pagar por sexo.

– E modelos de alto nível que talvez transassem por muito dinheiro?

– A Diamond não é agência de modelos. Bom, eram mais sofisticadas do que as coitadas que são traficadas. Mas as garotas da Diamond não eram do tipo que são levadas de avião para o palácio de um sultão e recebem 50 mil por serem virgens. Isso aí seria mais o tipo de "modelo" que o Jamie Teague contrataria... Provavelmente por meio de uma agência de modelos. Uma agência que poderia, sabe, oferecer de graça em troca de publicidade por ser fotografada ao lado dele, ou de um belo diamante.

Erika estava guardando as imagens quando uma de Terry DeVille escorregou da pasta para a mesa.

– Por que você tem foto desse cara? – perguntou Daniel, com um sorriso estranho.

– Ele foi nossa primeira vítima. Como você o conhece?

– Eu não conheço – disse ele, erguendo as mãos. – O meu chefe, na oficina onde trabalho, deixa o canal UKTV Gold ligado o tempo todo. Estão reprisando aquele reality que ele fez anos atrás: *Find Me A Soap Star!*

– Ouvi falar.

– Foi quando lançaram uma novela chamada *The Boulevard*, num canal a cabo há uns anos, aquela que se passava num conjunto habitacional em Milton Keynes e acabou sendo cancelada. O reality show *Find Me A Soap Star!* era o Terry e outros três jurados fazendo audição com um monte de ator desesperado pra *The Boulevard*. O Terry era o "jurado bonzinho". Entenda: não assisto por vontade própria. Fica de fundo na oficina.

– O que você acha dele? – perguntou Erika, erguendo a fotografia, que parecia ter sido tirada nos anos 1980. Terry tinha cabelo castanho ralo e comprido, barba e uns óculos grandes de armação vermelha.

– Puxa vida. Parece que ia ao mesmo oculista da Su Pollard... Uma garota que eu acompanhei disse que o amigo tinha acabado de ter uma overdose na casa de um diretor de elenco. Ela estava arrasada e precisou beber algo no bar antes de subir pra encontrar o cliente.

– Lembra qual bar?

– Foi no hotel Ritz.

– Quando?

Daniel bufou e pensou.

– Novembro, talvez depois... Já tinha decoração de Natal.

– E o diretor de elenco era o Terry? – perguntou Erika, sentindo os pelos da nuca arrepiarem.

– Era. Terry DeVille. Não significou nada na hora, mas o nome marca, tipo Cruella de Vil.

– O que exatamente ela disse? Consegue lembrar?

– O amigo se chamava... Não. Esqueci o nome, mas ele foi pra uma audição e, de algum jeito, teve uma overdose. O Terry chamou a ambulância, levaram o cara pro hospital, e aí ele morreu.

– E essa profissional do sexo era amiga do cara que foi à audição na casa do Terry DeVille?

Erika se lembrou dos álbuns de polaroides que encontraram na casa de Terry DeVille e das fotos de tantos rapazes.

– É. Lembro dela dizer que o Terry se livrou porque a polícia não conseguiu provar nada. E o Terry ligou pra ambulância, falou com vocês... Não tentou encobrir.

– O Terry se livrou do quê?

– Ué, de matar o amigo dela, ou de ter colocado ele nas drogas que o mataram.

– Que drogas eram?

– Não lembro. Acho que não era nada muito pesado, tipo heroína, mas aquilo me soou familiar porque eu vinha assistindo ao reality de elenco.

– Consegue lembrar o nome da profissional do sexo?

– Consigo. Ela era uma belezura. O nome dela era Annabelle.

CAPÍTULO 55

Erika deixou Daniel dentro do café e saiu para ligar para Moss.

– Você não vai acreditar! – disse Erika, lutando para esconder a empolgação e tendo que erguer a voz por cima do barulho de um ônibus vermelho e de um caminhão de mudanças que passavam.

– Você é que não vai acreditar! – gritou Moss. Ela parecia irritada.

– O quê? Está tudo bem?

– Sim. Estou aqui com McGorry, em Surrey. Ouvimos que Isabella, a esposa de Neville Lomas, estava de volta à cidade, então viemos tentar falar com ela. Quando chegamos, sentimos cheiro de fumaça e chamamos os bombeiros.

– Houve um incêndio?

– Sim. A empregada estava no quintal queimando papéis em um enorme tambor de óleo... espera aí.

Houve um clique, e logo depois o telefone de Erika tocou de novo, agora uma chamada de vídeo. Moss aparecia ao lado de McGorry no enorme jardim de uma mansão em estilo Tudor. Apesar de ser a segunda semana de março, o gramado estava cortado em listras perfeitas, mas no meio havia um tambor de óleo fumegando sobre uma lona. Ao lado, outra lona cobria recipientes de plástico cheios de pedaços de papel chamuscados, enquanto um perito, vestido com o macacão branco, retirava mais fragmentos de dentro do tambor usando uma pinça longa.

– Está me vendo? – perguntou Moss, virando a câmera para o próprio rosto e o de McGorry.

– Sim. Onde está a empregada?

– Dentro da casa, com uma agente de apoio com a família e um advogado.

– O que ela estava queimando?

– Os diários de Neville – disse Moss. Ela se aproximou do tambor com McGorry. Erika conseguiu ver restos da capa plástica de um diário com o ano de 2014 e outro de 1999.

– Conseguiram salvar alguma coisa?

– Quase nada. A empregada estava queimando o último quando chegamos. O plástico da capa exalou um cheiro acre.

Moss atravessou o gramado até um conjunto de portas francesas brancas. McGorry abriu uma delas, revelando um escritório com móveis de couro verde-escuro com tachas e prateleiras de madeira escura. Atrás da escrivaninha vazia, duas prateleiras estavam completamente vazias.

– Era aqui que os diários ficavam. Vou te mandar uma captura de tela de uma entrevista que Neville deu há dois anos, em que ele aparece exatamente diante dessa estante, com diários acumulados por trinta anos. Na entrevista, ele dava a entender que um dia escreveria um livro explosivo contando os bastidores da política. Usaram essa mesma foto nos tabloides esta semana.

Erika ficou parada na calçada, sentindo a fuligem quente no rosto enquanto outro caminhão enorme passava roncando. Ela se lembrou do artigo que tinha visto na Folger Costume Hire e da foto de Neville sorrindo para a câmera, com sua fileira de dentes enormes em destaque. Atrás dele, na estante, estava a longa coleção de diários.

– Sabe quem pediu para a empregada queimar os diários? – perguntou Erika.

– Não. E ela não fala nada. Chamou o advogado da família assim que percebeu que tínhamos descoberto.

– Droga.

– Você está bem? – perguntou Moss.

– Estou. Acho que encontrei alguém que conheceu Annabelle. Bom... pode ser outra pessoa chamada Annabelle. – Erika explicou a conversa que tivera com Daniel e a estranha ligação com Terry DeVille. – Não sei se é algo concreto. Pode não ser nada. Mas, se conseguirmos que Daniel trabalhe com um retratista, já é um começo. Podemos ter um rosto de Annabelle. Depois voltar às meninas contratadas para o falso reality show.

– Você acha que ele é uma testemunha confiável?

– Ele foi *acompanhante* da Diamond Companions e conseguiu ligar essa Annabelle ao Terry DeVille, o que eu nunca esperava.

Moss tinha voltado para o jardim da casa de Neville.

– O que diabos você acha que havia nesses diários para justificar queimar trinta anos da vida dele? – perguntou Erika.

– Não sei. A empregada está apavorada. Alguém botou um medo terrível nela para queimar tudo rápido. Ela está coberta de fuligem e queimou os dedos no fogo. Estava usando gasolina do cortador de grama como acelerante.

– Que requinte... Podemos levá-la para depor? – perguntou Erika.

– Com que justificativa? O advogado dela é bem intimidador.

– Não seria absurdo pedir uma conversa informal, já que investigamos o assassinato. Ou pedir uma declaração por escrito, explicando por que fez isso. Temos motivos para suspeitar que ela destruiu provas relacionadas a um homicídio.

Moss olhou para a tela.

– Estou recebendo outra ligação da superintendente Hudson. Quer que eu tente te incluir na conferência?

– Sim – disse Erika, curiosa para entender por que Melanie ligaria para Moss e não para ela.

Moss tocou a tela, mas a chamada caiu. Outro caminhão passou buzinando, forçando Erika a se afastar da beira da calçada.

Nesse momento, Daniel apareceu à porta do café.

– Erika, você vai demorar? Preciso voltar ao trabalho.

– Escuta, preciso que venha fazer um retrato falado com a gente.

– Quando?

Erika olhou o relógio. Era quase meio-dia.

– Hoje à tarde. Quero que venha comigo até a delegacia de Lewisham Row.

Ele revirou os olhos e suspirou.

– Você disse que seria só uma conversa informal. Tenho trabalho. Tenho chefe – disse, mudando o tom.

Erika perdeu a paciência.

– E eu tenho uma investigação de quatro assassinatos. Ou você vem comigo voluntariamente, ou te prendo agora por obstrução à polícia.

– Calma aí, querida – disse ele, levantando as mãos. – Não precisa perder a linha.

Erika guardou o celular na bolsa.

– Vou perder é a ponta da minha bota dentro do seu traseiro se não colaborar.

– Você não pode falar isso.

– Acabei de falar. – Erika apontou para onde havia estacionado. – Por aqui, por favor. Posso ligar para o seu chefe e resolver isso. A esposa dele me conhece.

– Como é que a esposa dele te conhece?

– Ah, você bem que gostaria de saber. Agora anda. Vamos.

CAPÍTULO 56

Trânsito. Sempre esse maldito trânsito, pensou Erika enquanto se metia por entre os carros que lhe abriam passagem, avançando velozmente por Londres, de volta à Lewisham Row.

Daniel estava ao lado dela, espremido no banco do passageiro, o corpo alto mal cabendo, os joelhos encostados no painel.

– Por que você ligou as luzes e a sirene? – perguntou ele, agarrado à porta, quando Erika acelerou por um vão minúsculo entre dois caminhões e avançou o sinal vermelho.

– Porque esta é uma investigação de homicídio, e acho que você é uma das únicas pessoas vivas que viram a assassina – respondeu Erika. Pegou o rádio e chamou a central, perguntando se a retratista já estava preparada.

– Sim. Ela vai estar na delegacia em quarenta minutos – disse a voz do outro lado.

– O que você quis dizer com "única pessoa viva"? – perguntou Daniel, nervoso, olhando para Erika.

– Ela matou todos os outros que viram o rosto dela.

– Ah, ótimo. Sem pressão, então.

– Nenhuma pressão – disse Erika, com um sorriso.

– Jesus! Cuidado! – ele gritou, ainda segurando a porta enquanto Erika avançava outro sinal vermelho e fazia uma curva brusca à direita.

– Você não fica enjoado em carro, fica?

– Não.

– Então está tranquilo. Está em boas mãos comigo – disse Erika, pisando fundo quando abriu uma brecha no trânsito.

Moss estava chegando ao estacionamento de Lewisham Row quando Erika parou com Daniel.

– O que está acontecendo com a empregada? – perguntou Erika, enquanto saíam do carro.

– O advogado dela vai nos fornecer uma declaração por escrito – disse Moss.

Daniel, em pé, parecia uma torre diante delas.

– Este é Daniel Blakeson – apresentou Erika.

– Caramba. Você é alto.

Daniel revirou os olhos e cumprimentou.

– Desculpa. Eu não tenho filtro – acrescentou Moss.

Eles caminharam até a entrada da delegacia, onde uma mulher fumava. Usava calças cargo e uma jaqueta de couro, parecendo mais alguém levado para interrogatório do que uma funcionária.

– Oi, gente – disse ela.

– Esta é Kim Faulkner, nossa perita em retrato falado – disse Erika, apresentando-a a Daniel.

– Tudo bem, cara? – cumprimentou Kim.

Daniel pareceu surpreso com o jeito casual dela.

– É... nervoso.

– Não tem por que ficar nervoso. A gente toma um chá, conversa. Vão nos dar um lugar confortável, e então começamos a falar sobre as feições e a linguagem corporal da pessoa que estamos tentando recriar. Eu vou montando o rosto devagar, com base na sua memória – explicou Kim. Ela apagou o cigarro fumado pela metade na sola dos tênis Vans e o enfiou de volta no maço.

– Quanto tempo vai levar?

– Algumas horas, no máximo. E ainda podemos pedir uns sanduíches e café na conta da Polícia Metropolitana. – Sorriu.

O telefone de Erika tocou: era Marsh. Ignorou a chamada.

– Vamos entrar – disse, abrindo a porta.

Moss e Erika deixaram Daniel com Kim e seguiram para a cozinha dos funcionários no primeiro andar. O telefone de Erika tocou de novo: Marsh mais uma vez. Ela recusou, mas logo depois recebeu uma mensagem:

> *Onde você está? Se estiver na delegacia, suba agora ao escritório da superintendente Hudson.*

– Está tudo bem? – perguntou Moss, enchendo a chaleira.

– Acho que o caldo entornou por termos ido à casa de Neville Lomas. Marsh quer falar comigo.

– Se existe mesmo algum tipo de encobrimento, parece que está sendo bem desajeitado – disse Moss.

– Em que pé estão você e Peterson com aquelas outras coisas que pedi?

– Trabalhando o mais rápido possível.

O sistema de alto-falantes da delegacia soou, seguido de uma voz:

– Detetive-inspetora chefe Foster, por favor, compareça imediatamente ao escritório da superintendente Hudson.

A porta da cozinha se abriu, e McGorry entrou.

– O comandante Marsh acabou de descer à sala de investigação procurando você – disse ele a Erika.

O sistema soou novamente; desta vez era a voz de Marsh, e ela podia perceber pela tremedeira que ele tentava não perder o controle:

– Este é um recado para a detetive-inspetora chefe Erika Foster. Erika, se você está no prédio, suba imediatamente ao escritório da superintendente Hudson.

Ouviu-se um chiado no microfone, depois a voz dele, irritada:

– Achem ela. O sargento da recepção a viu! Esta delegacia não é tão grande assim, caralho!

E então outra voz:

– Senhor, o microfone precisa ser desligado.

– Ah, merda.

Houve mais chiados, e o alto-falante ficou mudo. Moss olhou para Erika, e as duas caíram na risada.

– Chefe... isso não tem graça. É o comandante. Você vai subir? – perguntou McGorry.

– Ele não pode ser um detetive tão bom assim se não pensou em me procurar na cozinha dos funcionários – disse Erika. Ela mordeu o lábio. – Desculpa, isso não é nada profissional. O que foi, John?

McGorry segurava um papel.

– Acabei de falar com uma diretora de elenco chamada Valerie Drummond. Ela trabalhou com Terry DeVille e o conhecia bem. Disse que sabe sobre o rapaz que teve overdose na casa dele.

– Qual é o endereço?

– Oeste de Londres, de novo – respondeu ele.

Erika olhou o relógio.

– Vou pegar o trem agora. Só preciso fazer baldeação em Waterloo para chegar a Barnes Bridge.

Ela já estava na porta quando o sistema soou novamente com outra mensagem.

– Vá pela área de custódia e saia pela porta dos fundos – sugeriu Moss.

– Boa ideia. E, por favor, não deixem ninguém atrapalhar a perita do retrato falado – disse Erika. – E quando o advogado deve nos entregar a declaração da empregada que queimou todos os diários de Neville Lomas?

– Em até 24 horas.

– Não podemos prendê-la por destruir provas?

– Podemos, mas precisamos provar que o que ela queimava realmente eram provas. Melhor esperar a declaração primeiro.

Erika assentiu e saiu apressada da cozinha, enquanto os avisos pelo alto-falante ficavam cada vez mais insistentes e o telefone voltou a tocar. Dessa vez, era Melanie. Erika recusou a chamada e colocou o celular no silencioso.

CAPÍTULO 57

Estava anoitecendo quando Erika chegou à casa de Valerie Drummond, em Richmond. O lugar lhe lembrava sua primeira casa no Reino Unido. O sol atravessava as janelas, iluminando o pó suspenso no ar, e os relógios marcavam as horas e soavam no silêncio. Parecia que o resto do mundo estava a quilômetros de distância.

Valerie era uma mulher pequena e magra, de costas curvadas. O cabelo, tingido de vermelho vivo, estava cortado em estilo tigela. Tinha um nariz adunco e olhos muito brilhantes, que analisavam Erika atentamente quando a convidou para entrar, deixando-a na sala de estar enquanto preparava o chá.

Uma lareira crepitava, e dois gatos dormiam sobre um arranhador alto, ao lado da janela.

– Pode se sentar, querida – disse Valerie. Um instante depois, reapareceu equilibrando uma bandeja com chá, dando um pequeno chute na porta com seu sapatinho preto para abri-la.

Erika sentou-se numa poltrona perto dos gatos.

– Não aí, querida, essa é a minha cadeira – corrigiu Valerie, inclinando a cabeça para a poltrona oposta.

Erika trocou de lugar, e Valerie serviu o chá. Com as costas arqueadas e os olhos brilhantes, parecia se impor sobre Erika quando lhe entregou a xícara.

– Obrigada. A senhora ainda trabalha como diretora de elenco? – perguntou Erika.

– Sim, querida – disse Valerie, acomodando-se pesadamente em sua poltrona.

A detetive observou a sala: prateleiras cheias de livros, dos clássicos à literatura moderna, e paredes cobertas de pôsteres emoldurados de peças e filmes do West End. Valerie tomou um gole de chá e assentiu, satisfeita.

– Tem mais leite, mas não acho que vá precisar.

Erika provou o chá. Era forte e delicioso.

– Seu colega disse que você queria saber tudo sobre o Terry.

– Sim. Temos tido dificuldade em encontrar pessoas dispostas a falar. Parece que ele não tinha muitos amigos.

– Ele tinha dois lados muito distintos. Um lado adorável, quase carinhoso. E outro lado que buscava encontros obscuros.

– "Encontros obscuros"? A senhora quer dizer...?

– Sexo com outros homens, querida. É isso que quero dizer. Quando Terry era jovem, ser homossexual era ilegal. Para ele, e provavelmente para toda uma geração de homens gays, isso não é algo fácil de esquecer. Suponho que ele nunca tenha se sentido confortável com sua sexualidade. Mas ele era muito bom no que fazia. Trabalhamos juntos em várias produções. Fizemos elenco para um dos musicais que ficou mais tempo em cartaz no London Palladium e outras produções longas, que precisavam ser refeitas a cada seis ou doze meses.

– Qual é a principal função de um diretor de elenco? – perguntou Erika, percebendo que não sabia muito além da parte dos testes.

– Bem, cabe a nós convidar atores a testar papéis para teatro, televisão ou cinema. Mas uma grande parte do trabalho é sair por aí, assistir a peças, oficinas de talentos, ficar de olho em quem está se formando nas escolas de teatro a cada ano.

– Deve ter visto milhares de atores.

– Mas só uma vez fui procurada pela polícia para dar depoimento sobre um ator.

– Quando foi isso?

– No fim de 2019. Em novembro.

– Pode me contar o que aconteceu?

– Eu e Terry estávamos trabalhando em uma nova rodada de testes para um musical, não lembro qual. Zach Selby, esse era o nome dele, tinha acabado de se formar na escola de teatro. Ele tinha 21 anos e, pelo que sei, teve uma infância difícil em um abrigo para crianças. Saiu de lá aos 16, conseguiu emprego num teatro no litoral, onde impressionou quem precisava impressionar. Foi incentivado a prestar provas para a escola de dramaturgia, entrou, e acho que foi na RADA (Royal Academy of Dramatic Art). Formou-se cheio de energia e entusiasmo. Sei que Terry foi à apresentação de formatura dele, ficou encantado e lhe deu seu cartão, chamando-o depois para uma "audição geral".

– O que é uma "audição geral"?

– Um teste geral. Eu costumava fazer muitos. Serve para ver o ator, conhecê-lo e guardá-lo no banco de dados aqui em cima – disse, tocando a têmpora com o dedo torto.

– Então Terry fez um teste geral com Zach.

Valerie ergueu a sobrancelha.

– Acho que fizeram muito mais do que um teste, se entende o que quero dizer. Terry logo ficou obcecado e disse a Zach que o ajudaria a se tornar famoso. Resumindo, a carreira de Zach empacou. Ele culpava o Terry e, ao mesmo tempo, os dois estavam presos em uma relação disfuncional. Eu gostava do Zach. Sempre que fazíamos testes, era comum precisar de outro ator para ler os papéis de apoio, e ele fez isso comigo por um tempo.

– Por que a senhora acha que a carreira do Zach não deu certo? – perguntou Erika.

– Acho que o Terry o sufocava. Era ciumento, controlador. Zach teve algumas oportunidades, mas desperdiçou: chegava bêbado a audições ou simplesmente não aparecia. Uma vez, faltou a um teste importantíssimo com um diretor de elenco influente. Dizer que "adormeceu" não é desculpa que redima alguém. Um dia, eu estava conduzindo testes aqui em casa. Tenho uma sala de música grande ao lado, usava muito para isso. Zach e Terry chegaram atrasados, transtornados, lá pela metade da manhã. Os dois sumiam o tempo todo para ir ao banheiro. Até que Zach voltou, parecia pior do que nunca... e desabou no carpete. Sangue jorrando do nariz, da boca, dos olhos. Foi horrível. Horrível. Chamamos uma ambulância, que chegou rápido, mas ele já foi declarado morto ao dar entrada no hospital

– Eu tinha entendido que o Zach tinha passado mal na casa do Terry.

– Não. Ele estava hospedado lá, até registrado em algumas contas, mas colapsou aqui. O que acabou sendo melhor para o Terry, sem querer desrespeitar o Zach, claro.

– A morte foi registrada como acidental.

– Sim. Overdose acidental de drogas.

Valerie se levantou devagar, com dificuldade. Foi até uma escrivaninha no canto e pegou um livro.

– Este é o diretório *Spotlight Graduates*. – Ela conferiu a capa. – De 2018 a 2019. Traz todos os atores e as atrizes que se formaram naquele ano. Aqui estão os dados do Zach.

Erika folheou e encontrou a foto de um rapaz bonito, cabelo castanho cacheado, olhos castanhos expressivos e um sorriso aberto.

Zach Selby
Idade para interpretação: 16 a 21 anos
Altura: 1,80 m
Filiações: Equity
Cor ou raça: branca
Cor dos olhos: castanhos
Cor do cabelo: castanho-avermelhado
Comprimento do cabelo: cacheado, médio
Barba/bigode: não
Qualidade da voz: forte, natural
Peso: 64 kg

– Tinha 21 anos quando morreu?
– Sim.
– E Zach Selby era o nome real dele?
– Era.
– Sabe o nome do lar infantil onde cresceu?
– Não, querida. Não sou enciclopédia.
– Posso ficar com isto?

Valerie assentiu. Erika hesitou por um instante. Não queria contar sobre as polaroides que haviam encontrado na casa de Terry. Talvez fosse melhor tentar abordar de outra maneira.

A claridade do lado de fora já tinha praticamente sumido. Valerie circulou pela sala, fechando as cortinas compridas e acendendo alguns abajures. Ainda eram 5h30 da tarde, mas aquilo deu a Erika a sensação de que o dia tinha terminado antes da hora.

– Quem a senhora acha que matou Terry?

– Não sei, querida, mas esse Zach foi a única pessoa por quem eu já vi o Terry realmente se descontrolar. Chame do que quiser: ele estava apaixonado. O Terry sabia compartimentar a própria vida, mas o Zach acabava interferindo até no trabalho. Ele ficou arrasado quando o jovem morreu.

– Ele se sentia culpado?

– Acho que sim.

– Por quê?

– Ele nunca admitiu, mas destruiu a vida do rapaz.

– Conhecia mais alguém da vida do Zach?

Valerie acariciava um dos gatos, que levantou a cabeça, sonolento.

– Não.

– A senhora foi ao funeral dele?

– Fui. Pouca gente apareceu: quatro no total, e o vigário. Foi cremação. Terry pagou tudo.

– Consegue lembrar quem eram os outros dois presentes?

Valerie levou a mão à cabeça e, por um instante, Erika achou que ela fosse dizer que não.

– Havia um homem de Brighton, mais velho, chamado Carl, acho. O Terry me contou que o Carl também tinha sido apaixonado pelo Zach. Largou a esposa e os filhos para ficar com ele, e então o Zach foi embora para a escola de teatro. E havia uma jovem que tinha crescido com ele no lar infantil. O nome dela era... Arabella.

– Ou seria Annabelle?

– Isso. Uma moça linda, traços delicados, cabelo longo e escuro. Parecia uma pessoa intensa, pelas poucas palavras que trocamos. Sim, disse que se chamava Annabelle.

CAPÍTULO 58

Annabelle esperou na pequena cabana ventosa até o sol se pôr. Pelos binóculos, observava Sal cavar a terra atrás da casa. Por volta das 4 da tarde, Pipes levantou-se da cadeira e começou a cortar lenha de uma pilha ao lado da casa com um machado. Tinha acabado de cortar o primeiro tronco quando Sal largou a pá, fincando-a de volta na terra, e foi até ele.

Annabelle desejou saber ler lábios. Pelos gestos, parecia que Sal achava que ele estava cortando a lenha errado. Após uma troca ríspida de palavras, Sal apontou para a pilha de madeira empilhada ao lado da casa. Pipes ficou parado um instante, fitou-a com os olhos apagados e o rosto pesado, flácido. Tirou o boné, deixando o vento levantar os poucos fios grudados em sua cabeça pálida e quase careca, e entrou.

Havia uma garagem aberta ao lado, onde estava estacionado um velho Volvo azul. Sal continuou cavando, e, poucos minutos depois, Pipes saiu de novo, trazendo outra lata de cerveja, que largou perto da lenha, antes de pegar o machado. O som surdo e seco da madeira rachando ecoou pelo campo.

Annabelle os observava enquanto a luz se desfazia em tons de dourado e azul-escuro. Quando a noite caiu como um manto escuro, Sal terminou de cavar o resto do terreno, e Pipes levou um cesto de lenha para dentro. A luz se acendeu na sala de estar, e logo ele apareceu com o cesto, alimentando a lareira.

Havia outras duas casas naquele trecho isolado de terra. À direita, uma estava vazia e à venda. À esquerda, mais distante, via-se apenas uma janela iluminada – longe demais para distinguir o que havia dentro.

Só quando escureceu de vez que Annabelle se atreveu a sair da cabana para respirar ar fresco. A meia-lua iluminava a floresta o suficiente para que ela se orientasse. Depois, voltou para a cabana e fez um inventário: em sua pequena mochila havia duas cordas de escalada, uma faca de caça afiada em um coldre de couro, lenços umedecidos, luvas de látex, sua câmera Polaroid com filme novo carregado e um *taser*. Conferiu se o cartucho de nitrogênio comprimido estava corretamente acoplado ao dispositivo. Era ele que lançava os eletrodos de cobre que conduzem o choque elétrico. Tinha ainda dois cartuchos extras caso precisasse recarregar.

Ela vinha os observando por vários dias e noites. Quase nunca saíam. Não tinham cachorro. Sal costumava ir cedo para a cama, enquanto Pipes ficava acordado até tarde vendo TV ou consumindo pornografia no notebook, bebendo até apagar em um torpor alcoólico.

Annabelle sabia que essa última caçada seria arriscada. Por isso a deixara para o fim. Com todas as outras vítimas, conseguira drogá-las antes de amarrá-las, garantindo que estivessem debilitadas. Mas agora teria de lidar primeiro com Sal e, em seguida, com Pipes. Ele estava mais fraco, fora de forma e já havia bebido seis latas de cerveja, mas ainda assim era um homem corpulento.

Para passar as horas seguintes, manteve-se ocupada: caminhou pela floresta para não deixar os músculos travarem, bebeu bastante água, comeu um sanduíche e patrulhou os campos ao redor.

Naquela noite fria de março, não havia mais ninguém por perto.

Quando Erika deixou a casa de Valerie, em Richmond, e saiu para a rua escura, pegou o celular. Havia mais ligações não atendidas de Marsh. Ela as ignorou e ligou para Moss.

– Precisamos marcar um retrato falado com Valerie Drummond. Ela disse que uma mulher chamada Annabelle foi ao funeral de Zach Selby – explicou.

– A Kim acabou de terminar o retrato falado com o Daniel. Vou digitalizar e te enviar uma cópia – respondeu Moss.

– Obrigada. Alguma notícia do advogado da empregada de Neville Lomas?

– Nenhuma. Só amanhã de manhã, no mínimo.

– Quem ainda está na delegacia?

– Só eu e McGorry.

– Pode fazer uma checagem sobre o Zach Selby? Valerie disse que ele estava registrado nas contas da casa de Terry DeVille. Vê se consegue levantar o histórico, se há algo no sistema sobre ele – antecedentes criminais, endereços anteriores, qualquer coisa.

– Pode deixar. É mais uma pista, chefe; sinto que estamos chegando a algum lugar.

– Ótimo. Te vejo amanhã – disse Erika.

Ela voltou andando até a estação e acabou pegando um trem lento de volta para Waterloo. O horário de pico já havia passado, e o vagão seguia quase vazio, viajando na contramão do fluxo dos trabalhadores. Ela refletiu sobre a conversa com Valerie e se perguntou por que não se sentia otimista. Parecia que estavam muito atrasados em relação a Annabelle. Era absurdo terem horas de gravações dela e, ainda assim, por estar tão disfarçada, dependerem apenas do retrato falado feitos por Daniel, que a vira pela última vez um ou dois anos atrás.

Erika abriu um e-mail de Isaac, com um link para uma matéria no *Daily Mail*:

> Oi, Erika.
> Acabei de chegar ao meu hotel na Islândia. Não esperava estar aqui, sempre quis visitar, mas estou tentando aproveitar. Parece tudo muito distante. Dá uma olhada nesse artigo do jornal. Não é tão ruim quanto pensei. Me mantenha informado.
> Beijo, Isaac.

O corpo de Neville Lomas, membro conservador do Parlamento por North East Surrey, foi exumado de sua sepultura no Cemitério de Highgate.

Em janeiro, o patologista forense Dr. Isaac Strong havia conduzido uma autópsia e registrado um veredito em aberto. Em uma reviravolta dramática, o Dr. Strong pediu a reabertura do caso após levantar dúvidas sobre sua decisão inicial.

Com novas evidências, agora acredita-se que Neville Lomas tenha sido vítima do mesmo assassino em série que matou o jogador da Premier League Jamie Teague.

Um novo veredito sobre a causa da morte deve ser registrado pelo Dr. Maurice Calderwood, patologista forense do Ministério do Interior do Reino Unido, convocado para substituir o Dr. Strong.

Dr. Calderwood não pôde se pronunciar sobre a investigação de homicídio em andamento, mas declarou:

> "A tarefa mais importante que tenho agora é concluir respeitosamente minha investigação e devolver os restos mortais do Sr. Lomas à sua família, para que ele finalmente possa descansar em paz."
> Entramos em contato com o escritório do Dr. Strong, mas ele não estava disponível. Este jornal entende que ele pediu licença temporária de suas funções.

Será que essa notícia seria suficiente para que "as pessoas no poder" deixassem Isaac em paz? Erika viu que não era apenas o *Daily Mail* cobrindo a história: o site da BBC News também havia publicado uma versão mais neutra, mas ainda assim o nome de Isaac aparecia.

O trem avançava na escuridão rumo a Waterloo, e Erika viu seu próprio rosto cansado refletido no vidro. Pensou na empregada que havia destruído os diários de Neville Lomas – e em como queimara os dedos e o braço na pressa de se livrar de todos eles.

CAPÍTULO 59

Não havia cortinas na sala de estar. Às 11 da noite, Annabelle viu, pelos binóculos, Pipes cochilando em sua poltrona na sala. Sal já havia se recolhido para o quarto uma hora antes.

Era o momento.

Ela conferiu se as luvas de látex estavam bem ajustadas, guardou os binóculos na mochila e saiu da pequena cabana. O vento agora uivava pelo campo aberto, e Annabelle teve que lutar contra ele enquanto andava. A luz da casa iluminava a grama ao redor. O homem estava de olhos fechados, com o boné caído de lado na cabeça.

Annabelle deu a volta rapidamente pela lateral da casa, passando pela garagem. A entrada ficava ali, fechada e bem trancada, feita de PVC rígido. Ela continuou até a parte da frente, virada para a estrada. A escuridão era total, sem tráfego algum. As árvores do outro lado balançavam preguiçosamente na brisa, como se estivessem debaixo d'água.

Em uma visita anterior, Annabelle descobrira que eles deixavam a janela pequena da área de serviço destrancada. Aliviada, viu que continuava do mesmo jeito. Tirou a mochila das costas e se apoiou no peitoril estreito e alto. Enfiou as mãos enluvadas pela abertura, retirou uma fileira de produtos de limpeza do parapeito interno e deixou-os cair na grama. Depois, teve que se equilibrar no peitoril, virar-se e entrar de costas. A calça ficou presa no batente, e por um instante ela ficou pendurada, os pés balançando no ar. Com um esforço de quadris, conseguiu se soltar, escorregou e pousou no chão de azulejo sem fazer barulho.

Annabelle ficou alguns segundos imóvel, respirando fundo para desacelerar o coração, que estava aos pulos. A pequena área de serviço dava para a cozinha, onde as luzes estavam apagadas. Dali, via o corredor e, ao fundo, o clarão da sala iluminada pela televisão ligada.

Havia um banheiro no fim do corredor e dois quartos. Annabelle levou a mão ao coldre da faca e avançou silenciosamente pelo carpete até o quarto de Sal, cuja porta estava entreaberta. Parou no batente e escutou. Conseguia ouvir os roncos da mulher, mesmo com o som alto da televisão.

Annabelle tirou a mochila de um ombro, puxou o *taser* e o manteve apontado, pronto para disparar. Não sabia se teria coragem de encarar Sal novamente. A lembrança daquela noite em que ela matara Casey com a pá ainda a assombrava, assim como o cheiro da fornalha acesa com o corpo queimando.

O equipamento fora testado várias vezes, até com ensaios em seu apartamento. Ela empurrou a porta e entrou. O quarto estava levemente iluminado pelo clarão vindo da sala. Sal estava deitada de costas sob um cobertor grosso. Na mesa de cabeceira, repousavam os óculos e uma dentadura num copo com água.

Ela estremeceu de repulsa – não sabia que Sal usava dentadura. Mas o cheiro era o mesmo de anos atrás: suor rançoso, alho e, por baixo de tudo, um odor residual de sabão em pó.

Annabelle ficou diante dela, imóvel, olhando para aquela mulher. Tantos anos sonhando com esse momento – e agora, será que teria coragem? Na mente, ecoaram as palavras de Sal na noite em que matou Casey: "*Queriam que a gente acendesse a fornalha. Vamos colocar o corpo dela lá dentro. Queimamos e depois jogamos as cinzas fora*".

Ela se inclinou e puxou o cobertor para trás. Sal usava uma camisola velha e desbotada. Seus olhos se abriram, alarmados. O *taser* foi acionado; a luz na frente piscou, iluminando a manta de crochê desbotada, e os dois fios de cobre dispararam, prendendo-se ao peito de Sal. Ela ficou rígida, os olhos reviraram e, em seguida, ficou imóvel.

Colocou o dispositivo de choque no colchão e girou a mochila, abrindo-a. Mantendo os olhos em Sal, retirou um rolo de fita adesiva, arrancou um pedaço e colou-o sobre a boca da mulher. Depois pegou uma corda. O corpo de Sal era flácido e pesado. Annabelle precisou subir na borda para virá-la de bruços. Amarrou as mãos da mulher firmemente nas costas. Sal acordou enquanto a jovem dava o primeiro nó, unindo os pés, e a força da prisioneira era surpreendente. Ela se contorceu e lutou. Annabelle conseguiu dar o segundo nó, e Sal escorregou do leito, batendo a cabeça na parede com um estrondo alto.

Arrastou-a pelo carpete até ter espaço para manobrar. A camisola subira, revelando as coxas brancas. Quando virou o corpo de Sal, deparou-se com olhos em chamas de ódio. A mulher se contorceu, soltando gemidos abafados. Annabelle subiu sobre o peito dela, agarrou sua garganta, pinçou-lhe o nariz com os dedos e abafou-lhe a boca.

– Eu te odeio! – sussurrou entre lágrimas. – Morre, sua desgraçada! Morre, morre!

O peso do corpo dela forçou as costelas de Sal, que estalaram sob a pressão. A luta terminou em espasmos e silêncio. Annabelle manteve as mãos no lugar e contou três minutos inteiros. Só então se afastou, ofegante.

Tirou os fios do *taser* do peito sem vida, pegou tesoura, mais corda e a câmera Polaroid. Estava em transe, só voltou a si quando percebeu que um anúncio alto de seguro de carro, vindo da televisão na sala ao lado, terminou.

Ela recarregou o dispositivo e pegou sua mochila. Olhou para o corpo de Sal e sentiu repulsa e uma estranha sensação de frustração, de ter sido enganada. Não deveria sentir triunfo ou alívio? Mas não sentiu. O corpo morto não lhe trouxe nenhum prazer. Sentiu-se tola. Envergonhada. Quase com medo.

Pipes. Ele ainda estava na sala.

A boca de Annabelle estava seca, e ela suava com as roupas quentes e as luvas. Engoliu em seco e deu um passo para o corredor. A porta da sala estava entreaberta, e o som da televisão ficava cada vez mais alto. Pelo vão, ela pôde ver Pipes recostado sob o brilho de uma luminária de leitura, com os olhos fechados e a boca aberta. Mantendo o *taser* apontado à frente, ela entrou e caminhou pelo carpete. Parou entre a TV e a poltrona dele. As cores vibrantes dos comerciais iluminavam as paredes e o rosto pálido de Pipes.

Não percebeu que o temporizador de desligamento automático do aparelho estava contando, e a tela ficou preta, mergulhando a sala no silêncio. Pipes abriu os olhos e viu Annabelle parada diante dele. Congelou e começou a se erguer.

Ela ouviu-se gritar "não!" enquanto acionava o choque. A luz dianteira piscou, e os dois fios de cobre se prenderam ao peito dele. Pipes ficou rígido, os olhos reviraram e ele caiu de volta na poltrona.

Annabelle ficou olhando para ele por um momento. Estava sem respirar. Inspirou fundo, e uma voz em sua cabeça gritou: "VÁ! FAÇA!

AMARRE-O!". Ela se preparou para colocar o dispositivo no chão. "NÃO! RECARREGUE O CARTUCHO!", gritou a voz novamente. As mãos tremiam enquanto retirava o cartucho vazio de nitrogênio do aparelho. Pipes permanecia imóvel na cadeira enquanto ela atrapalhava-se. Deixou cair o novo cartucho no chão e se abaixou para pegá-lo. Quando olhou para cima, Pipes estava em pé diante dela. Parecia ainda maior do que quando ela era pequena. O branco dos olhos dele reluzia, e as pupilas eram minúsculos pontos pretos de ódio.

Ele agarrou a mão direita dela, que segurava o *taser*, e torceu. Annabelle gritou de dor e o aparelho caiu no chão. Pipes ergueu a outra mão livre e lhe deu um soco. A dor explodiu em seu rosto quando a cabeça foi jogada para trás, e ela caiu no chão, vendo estrelas.

Pipes grunhiu e se aproximou dela arrastando os pés. Olhou para baixo e percebeu que os dois fios de cobre ainda estavam presos ao tecido de seu suéter e cravados em seu peito. Ele os arrancou de uma vez e os deixou cair no carpete. A cabeça de Annabelle se moveu, e ela lutou para se levantar. Pipes se inclinou, agarrou o casaco dela e a ergueu, forçando-a a ficar de pé.

– Quem é você? Sua maldita!

Os olhos dele ainda estavam dilatados, e um fio de saliva espirrou no rosto dela quando ele cuspiu as palavras.

– Eu... eu vivia em Drexel Hill – disse Annabelle, esforçando-se para manter o foco. Ele continuava com a expressão confusa.

Pipes a examinou de cima a baixo, então agarrou um punhado de seu cabelo e a arrastou pelo carpete. O horror da situação a despertou de vez. Ele ia matá-la. Não havia tempo para enfrentá-lo. Tinha que fugir. Annabelle sentia o coldre da faca embaixo de si e a mochila pressionando dolorosamente sua coluna. Já estava sendo arrastada até a porta quando conseguiu alcançar o cabo da faca de caça. As pernas dele ainda se moviam, mas ela acertou o ponto exato: enterrou a lâmina até o punho no músculo da coxa. Ele largou seu cabelo.

O grito dele demorou a sair, mas, quando veio, foi de gelar o sangue. Ele cambaleou para trás, e Annabelle se levantou às pressas e correu. Entrou na direção errada ao sair da sala e só percebeu o engano quando se chocou com o minúsculo banheiro.

Ela correu de volta pelo corredor até a porta da frente. Estava trancada. Virou-se, pegou as chaves sobre a mesa do hall e agarrou também as do Volvo estacionado do lado de fora.

Pipes surgiu na porta, apoiado no batente. A faca ainda se projetava de sua perna. Annabelle tentou duas das chaves na fechadura enquanto ele avançava, trôpego. Fazia careta de dor, mas não puxava a lâmina. Atirou o *taser* contra ela, mas errou. A terceira chave finalmente abriu a porta, e Annabelle disparou para o ar gelado, batendo-a atrás de si.

O Volvo estava mais ao fundo a garagem, voltado para a estrada. Era uma relíquia, e foram necessárias várias tentativas até que as portas destravassem. Annabelle entrou pelo lado do motorista, fechou e travou tudo. As pernas e os braços tremiam descontroladamente. As chaves caíram no assoalho; ela se abaixou e tateou no escuro até encontrá-las. Quando ergueu a cabeça, Pipes estava diante do carro. A faca já não estava na perna, e ela viu uma mancha de sangue se expandindo onde ele amarrara um pedaço de tecido para estancar o ferimento. Ele segurava o machado para rachar lenha com as duas mãos. E o olhar era de pura fúria assassina.

Annabelle enfiou a chave na ignição, engatou a marcha e ligou o motor. O carro roncou, e ela pisou fundo no acelerador. Por causa da perna ruim, Pipes não teve agilidade para sair da frente. O carro o atingiu em cheio, e Annabelle sentiu um solavanco brutal ao passar por cima dele. Ela cruzou a entrada da casa sem conseguir reduzir a tempo e só parou quando pisou no freio com força, derrapando até parar no meio da estrada vazia.

Annabelle virou-se e viu o corpo de Pipes caído na entrada da garagem, no feixe de luz que escapava pela porta aberta. Sua perna e seu braço direitos estavam dobrados em ângulos estranhos, e sua cabeça calva estava coberta de sangue, mas ele ainda se movia, lutando para se levantar.

Uma fúria cega e branca tomou conta de Annabelle. Ela segurou o encosto do banco e olhou pelo para-brisa traseiro. Engatou a marcha à ré e dirigiu mais devagar desta vez; enquanto recuava pela entrada, sentiu outro estalo e um solavanco ao passar por cima do corpo dele. Freou, colocou a primeira marcha e passou por cima dele novamente, sentindo o impacto do crânio sob a roda dianteira direita.

Annabelle avançou e recuou várias vezes, reduzindo o corpo de Pipes a uma vasta mancha vermelha. Ela deve ter bloqueado os minutos seguintes, porque sua próxima lembrança era de estar de volta ao seu carro, estacionado a três quilômetros dali, em um acostamento.

Só quando chegou ao Aeroporto de Heathrow e devolveu o carro na locadora percebeu que estava faltando uma luva e sua câmera Polaroid.

CAPÍTULO 60

De forma incomum para Erika, ela adormeceu na cama sem nem trocar de roupa e só acordou às 7 da manhã seguinte.

Seu celular estava descarregado e, ainda grogue, ela se levantou, encontrou o carregador e conectou o aparelho. Depois de um banho quente, saiu enrolada na toalha e viu o celular piscando com mensagens. A primeira era de Moss, com a imagem do retrato falado que Kim havia montado a partir da lembrança de Daniel sobre Annabelle.

Retratos falados sempre tinham aquele aspecto estranho, de olhar vazio, mas aquela imagem arrepiou até mesmo Erika. O rosto era comprido e fino, com nariz pequeno e olhos penetrantes. Os cabelos caíam em volta do rosto, e os lábios estavam contraídos em uma carranca.

– Quem é você? – perguntou Erika à imagem, enquanto George se esfregava em suas pernas.

Ela também tinha várias outras mensagens: de Marsh, Melanie e Igor – Igor! Ela havia se esquecido completamente dele no dia anterior. A última mensagem era de Moss, perguntando se estava tudo bem e lembrando que havia uma reunião às 8 da manhã.

– Merda! – exclamou Erika, ao ver que faltavam apenas vinte minutos e ela ainda estava apenas de toalha.

A sala de investigação estava lotada quando Erika chegou, ofegante e pedindo desculpas. O retrato falado de Annabelle estava preso no quadro branco, e Moss a esperava com um maço de papéis.

– Está bem, chefe?

– Sim. Ontem foi um dia longo. O que temos? Posso atualizar vocês sobre a minha conversa de ontem à noite com Valerie Drummond.

– Sim, e eu tenho um detalhe interessante sobre isso – disse Moss.

Erika contou sobre a conversa: a ligação de Zach Selby com Terry DeVille e a garota, Annabelle, que foi uma das quatro pessoas a comparecer ao funeral dele.

– Usando o endereço de Terry DeVille, levantamos alguns dados de Zach Selby ontem à noite e nesta manhã. Estudou dramaturgia na RADA, uma das melhores escolas de teatro de Londres. Fez o curso por três anos, até os 21. Antes disso, morou em Brighton com um diretor de teatro juvenil chamado Carl Trapp. Ele ainda mora lá e é divorciado da esposa...

– Valerie comentou ontem algo sobre Zach ter tido um relacionamento com um homem em Brighton – disse Erika. – Embora, se ele tinha 16 anos e foi consensual, isso não entre na nossa investigação.

Moss assentiu.

– Voltamos ainda mais no tempo e descobrimos que Zach Selby esteve sob tutela do Estado. Ele morou no Lar Infantil Drexel Hill, perto de Maidstone, em Kent, desde 1 ano de idade até os 16. Ele saiu de lá em 2013 e foi transferido poucos meses antes do fechamento da instituição, após falhas sistemáticas na proteção das crianças... Acessei o relatório de inspeção governamental do Ofsted sobre Drexel Hill. Depois da visita em 2013, dois funcionários foram encaminhados à polícia e outros seis foram demitidos. O local fechou um mês depois, e todas as crianças foram realocadas.

Um telefone tocou, e Crane atendeu.

– O lar funcionava em uma antiga mansão no interior de Kent, a cerca de 50 quilômetros de Londres – disse Moss. – Depois, foi vendido para um proprietário privado, reformado e reaberto como um retiro de bem-estar.

– Claro que foi – disse Erika, com ironia.

Crane tapou o fone.

– Desculpe interromper. É a Grace Mahunda, uma das assistentes que levantou os dados de Drexel Hill para Moss. Ela acabou de ver um registro no sistema de ocorrências. Um incidente aconteceu hoje cedo em uma vila a 16 quilômetros de Maidstone. Um entregador encontrou os corpos de um homem e uma mulher. Acredita-se que sejam Lewis Crowe e Sally Hunt. Ambos trabalharam como auxiliares no Lar Infantil Drexel Hill por dez anos, até o fechamento, em 2013.

A sala ficou em silêncio.

– Há mais detalhes de como eles morreram? – perguntou Erika.

– A polícia está na cena, mas há algumas peculiaridades. O corpo de Sally Hunt foi encontrado amarrado na cama. Lewis Crowe foi atingido com um *taser*, esfaqueado e depois repetidamente atropelado por um carro. O veículo estava abandonado em frente à casa, e a perícia está trabalhando lá agora.

– Amarrada? Isso é coincidência demais para o meu gosto. Drexel Hill. Algum dos dois tinha antecedentes criminais? – perguntou Erika.

– Grace já está levantando e vai mandar tudo – disse Crane.

Erika se aproximou do enorme mapa da Grande Londres na parede, que se estendia até os limites de Kent. Viu Maidstone, logo depois da M20, no sudeste de Londres. A sala ficou em silêncio por um instante enquanto ela refletia sobre o que estava acontecendo. Agora havia dois corpos ligados a um lar para crianças e um possível encobrimento envolvendo um político. O peso em seu peito era ainda maior do que quando chegara ao trabalho.

– Sim – disse Crane. – Lewis Crowe foi acusado de possuir imagens indecentes de crianças em seu computador e também denunciado por dois outros funcionários de Drexel Hill por comportamento abusivo e violento contra menores. Ficou no registro de agressores sexuais por seis anos, e a licença expirou há quatro anos.

– Ele chegou a ser preso?

– Não. Sentença suspensa. Foi a primeira infração.

– Primeira que conseguiram pegar, aposto – disse Erika.

Ela viu as expressões de repulsa na sala e compartilhava do mesmo horror. Erika voltou o olhar para o rosto espectral de Annabelle no retrato falado. Como ela se encaixava em tudo isso? Era vítima ou culpada?

– Temos um artista de retrato falado a caminho para visitar Valerie Drummond em Richmond?

– Sim. Deve chegar lá em meia hora – disse Moss.

– Sei que só temos o primeiro nome, mas vejam se conseguem levantar uma lista de todas as crianças que foram residentes no Drexel Hill nos últimos vinte ou trinta anos. Será um volume grande de dados, mas precisamos filtrar residentes e funcionários que tenham o nome "Annabelle".

Todos na equipe assentiram. Erika abriu a bolsa e tirou um maço de notas de 20 libras.

– Certo, preciso de um voluntário para buscar café. Peçam o café e os bolos mais elaborados que quiserem, por minha conta. Sei que é sábado e tivemos uma semana longa, mas sinto que estamos cada vez mais perto de resolver este caso. Agradeço todo o trabalho duro de vocês, mas vamos continuar com açúcar e cafeína.

A sala ganhou vida. Erika se dirigiu a Moss e Peterson.

– Quero vocês dois comigo hoje. Temos que seguir essas pistas rapidamente. Preciso de um carro para irmos à cena do crime.

CAPÍTULO 61

O que chamou a atenção de Erika sobre a casa de Lewis Crowe e Sally Hunt foi o quão isolada era: perto da rodovia, mas escondida em uma depressão discreta da planície, cercada por floresta.

Eles passaram por apenas duas casas naquele trecho deserto, e Moss chegou a questionar se tinham o endereço certo, até avistarem o grupo de viaturas mais adiante e perceberem que a estrada estava fechada.

Moss estacionou em frente à fita de isolamento, e todos saíram do carro. O vento uivava pelos campos ao redor, fazendo os olhos de Erika lacrimejarem. Peterson e Moss vestiram os grossos casacos de inverno, e Erika ficou grata pelo próprio casaco quente e pelas luvas. Ela ouviu um grasnado e, ao erguer os olhos, viu um grupo de corvos circulando no alto.

Os três mostraram suas identificações ao policial no isolamento, e ele acompanhou o olhar deles até as aves.

– Estão com fome – disse ele. – Eu fui o primeiro a chegar. Havia um bando bicando as entranhas.

Moss fechou os olhos por um instante.

– Ah, não... – murmurou. – Precisaremos de estômago forte?

O policial confirmou e Peterson olhou para Erika.

– Três dos meus colegas vomitaram o café da manhã... Eu não – completou o policial, orgulhoso.

Eles passaram por baixo da fita e foram recebidos por uma detetive à paisana, de idade próxima à de Erika.

– Olá. Sou a detetive-inspetora Becky Ashe – disse ela, apertando a mão de todos.

Ao contornarem a casa até a garagem, Erika viu um Volvo azul parado na beira da entrada, com o capô voltado para a estrada. O para-choque dianteiro e a placa estavam cobertos de sangue seco, e havia respingos no para-brisa. A porta do motorista estava aberta, e um perito com macacão branco trabalhava dentro dele.

– O corpo está atrás do veículo. Vocês acreditam que isso tem ligação com a investigação de vocês? – perguntou Becky.

– Sim – respondeu Erika. Ela queria dizer mais, mas então perceberam um rastro vermelho na entrada da casa, com os restos quase irreconhecíveis de um homem. Ficaram em silêncio por um instante.

– A cabeça da vítima está quase separada do corpo, mas o rosto está surpreendentemente intacto. Conseguimos uma identificação preliminar pelo entregador que o encontrou. Ele foi levado ao hospital. Entrou em choque logo depois que chegamos. Acreditamos que o corpo encontrado lá dentro seja o de Sally Hunt, a amiga que morava com ele.

– Há sinais de arrombamento? – perguntou Erika.

– Não, mas havia uma janela aberta na área de serviço.

Erika, Moss e Peterson vestiram os trajes de perícia e entraram na casa. Foram primeiro ao quarto onde os peritos trabalhavam. O corpo da mulher tinha sido deixado em uma posição já familiar: nua com braços e pernas presos atrás das costas. Fita adesiva cobria a boca, e os olhos arregalados eram ampliados por óculos de lentes grossas e encardidas.

– O que é aquilo? – perguntou Moss, apontando para a vagina da mulher, de onde algo sobressaía.

– A dentadura dela – disse Becky. – Também encontramos fios de cobre e um cilindro de nitrogênio de um *taser*...

– Quem fez isso teve trabalho para conseguir um dispositivo desses – disse Moss. – Não é fácil colocar as mãos em um por aqui.

– A menos que trabalhasse na polícia – acrescentou Peterson.

– E encontramos isto na beira da cama. – Becky ergueu três polaroides da vítima, amarrada na cama. Erika notou que ela parecia já estar morta em todas. Em cada uma estava escrito:

ANNABELLE

– Vejo que isso é familiar pra vocês.

– Infelizmente, sim. Tem hora estimada da morte? – perguntou Erika.

– Dentro das últimas doze horas, entre 10 da noite e meia-noite.

Foram até a sala de estar, onde uma pequena mesa estava tombada, e revistas e almofadas espalhadas pelo chão.

– Achamos isto perto da porta – disse Becky, mostrando um saco plástico com uma câmera Polaroid dentro.

– Impressões digitais? – perguntou Erika, trocando olhares com Moss e Peterson.

– Nenhuma. Mas parece que ainda há filme dentro.

Erika olhou em volta, tentando juntar as peças. Aproximou-se da janela panorâmica, de onde se via os campos e a floresta, e avistou uma pequena cabana de observação de pássaros escondida entre as árvores, bem em frente.

– Ainda precisamos coletar impressões digitais dentro da casa – disse Becky. – Já identificamos três diferentes no carro. E havia uma luva de couro no assoalho do motorista.

Erika explicou rapidamente a natureza da investigação e como poderia estar ligada aos assassinatos de Neville Lomas, Jamie Teague e outros dois.

– Podem agilizar essas impressões no sistema? Quero que sejam enviadas para minha equipe em Lewisham Row.

– Claro. Minha unidade de apoio deve chegar a qualquer momento.

– Obrigada.

Ela passou os contatos do sargento Crane e de McGorry. Depois, Erika, Moss e Peterson ficaram juntos à janela, observando o campo nu, as árvores e a cabana.

– Pensando o mesmo que eu? – perguntou Peterson.

Erika assentiu.

– Se fosse um intruso, que lugar perfeito para observar as vítimas – disse Moss.

– Vamos dar uma olhada – disse Erika.

A distância pelo campo arado era ilusória, e levaram apenas cinco minutos para alcançar a cabana de observação de pássaros. Ao olharem para trás, a casa parecia minúscula na estrada, e os carros e a van da polícia eram apenas pequenos relevos ao lado dela. O interior da cabana era simples: apenas um longo banco de madeira sob duas aberturas de observação, ambas fechadas. Erika foi até a primeira abertura e estava prestes a abri-la quando notou um monte de lascas de madeira no chão. ANNABELLE estava talhado em letras grandes e incisivas, feitas com uma faca afiada.

– Fico imaginando por quanto tempo ela os observou daqui – disse Erika, colocando um par de luvas de látex e abrindo a portinhola de madeira. Uma rajada de ar frio entrou, levantando a poeira e as lascas no chão.

Moss e Peterson olharam ao redor.

– Ela pode ter permanecido aqui por bastante tempo – disse Peterson. Ele se agachou e examinou o banco. – Há migalhas de algum tipo de comida.

– Também deve ter precisado urinar em algum momento – comentou Moss.

– O que vocês acham que aconteceu? Ela planejava seguir seu *modus operandi*, mas algo saiu errado – disse Erika.

– Ela entrou em pânico – respondeu Peterson. – Ou o sujeito era forte demais para ela. Deixou cair a câmera Polaroid e perdeu uma luva.

– Deus, espero que consigam encontrar impressão digital dela. Se ao menos tivéssemos uma, já seria alguma coisa – acrescentou Moss.

Erika observou ao redor da cabana.

– Se ela realmente urinou aqui, precisamos chamar a perícia para examinar este lugar e os arredores, atrás das árvores.

CAPÍTULO 62

Eu devia ter voltado, eu devia ter voltado... O pensamento se repetia na cabeça de Annabelle enquanto ela tentava dormir no quarto do hotel do aeroporto. O aquecimento estava no máximo, e ela não conseguia encontrar onde desligá-lo.

Estava tudo planejado nos mínimos detalhes. Annabelle mataria Pipes e Sal e os deixaria amarrados e humilhados. Ela havia passado tanto tempo fantasiando em sufocá-los, matá-los e amarrá-los... E no momento em que a luz se apagaria em seus olhos.

Matar Sal não lhe dera o conforto ou a vingança que ela esperava. E o que acontecera com Pipes fora um banho de sangue... e ela havia cometido erros fatais. Quando Annabelle voltou para devolver o carro alugado no aeroporto de Heathrow, viu no espelho o quão descontrolada parecia. Ela trocou de roupa antes de ir até o balcão. A manga do suéter estava rasgada e havia sangue em sua calça. Esfregara o rosto e as mãos com lenços umedecidos e fez o possível para cobrir um grande hematoma na bochecha com um pouco de maquiagem.

Pegou o ônibus de traslado até o hotel e tentou reconstruir na mente os acontecimentos que a levaram de volta ao carro alugado. Devia ter corrido pelas estradas escuras, os 3 quilômetros até onde havia estacionado. Pipes devia estar morto; ela se lembrava de tê-lo atropelado várias vezes. Mas a luva. A maldita luva.

Eu devia ter voltado. Eu devia ter voltado para pegar a luva.

E a câmera. Não. A câmera não importava. Tomara cuidado para nunca tocá-la com as mãos nuas. Não tinha? Sim. *Sim.*

O despertador de Annabelle tocou às 5 da manhã e, à luz fria do espelho do banheiro do hotel, o hematoma parecia ainda pior. Todo o lado esquerdo do rosto estava inchado e deformado, e sua pele exibia um tom roxo-escuro intenso. Ela tomou banho e vestiu sua roupa cara: um vestido estampado da Louis Vuitton e botas pretas da Chanel. Secou o cabelo até deixá-lo liso e impecável e passou quase uma hora aplicando maquiagem pesada, com olhos esfumados e muito contorno. Finalmente, acrescentou várias joias. O formato estranho do rosto ainda era perceptível no lado esquerdo, mas o tom arroxeado da pele estava disfarçado. Agora, ela não parecia mais uma criminosa em fuga. Podia se passar por uma mulher atraente, excêntrica e rica.

Conferiu sua bagagem: duas malas pesadas e sua bolsa da Louis Vuitton, que continha maquiagem, passaporte, carteira, alguns analgésicos, um romance de bolso e uma pequena chave de prata – a única chave que carregava –, que guardou no bolso interno.

Saiu do hotel às 6h30 da manhã e pegou o ônibus de traslado até o Terminal 5 de Heathrow, onde pagara uma pequena fortuna por um bilhete de primeira classe para Los Angeles. Com seu passaporte no nome de Casey Silver, estava prestes a desaparecer e começar uma nova vida.

Annabelle chegou três horas antes do voo, programado para 11h20 da manhã. O terminal de primeira classe era uma bela estrutura de vidro e aço, quase vazio.

Foi até o balcão de check-in e se apresentou com suas duas malas. A funcionária pesou sua bagagem e passou o passaporte no leitor magnético. Houve um longo momento enquanto ela encarava a tela.

– Você tem visto? – perguntou, virando o passaporte e folheando até encontrar o visto B-1/B-2, com a foto de Annabelle e o nome de Casey. – Ah, sim, um visto.

A moça digitou mais algumas coisas, franziu levemente a testa e, após outra pausa, a impressora cuspiu a passagem de primeira classe de Casey Silver e duas etiquetas para as malas.

Annabelle suspirou de alívio. Tinha passado pelo primeiro grande obstáculo.

– Tenha um bom voo, Srta. Silver – disse a funcionária, estendendo o passaporte e a passagem.

Annabelle passou pelo controle de segurança sem problemas e seguiu para a sala VIP, onde pediu uma dose generosa de vodca, tomou metade de um comprimido de Xanax e sentou-se para esperar o embarque.

Mesmo respirando fundo, tudo em que conseguia pensar era na luva. Se ela perdeu a luva, o que mais havia tocado?

Erika, Peterson e Moss pararam em um posto de gasolina na M20, nos arredores de Londres, às 10h40 da manhã. Enquanto Erika abastecia o carro, Moss e Peterson entraram para comprar café.

Erika tinha estômago forte, mas depois de ver os restos mortais de Lewis Crowe espalhados pela entrada da casa, só conseguia pensar em beber café puro. A bomba de combustível travou, e ela entrou para pagar. Estava digitando a senha quando o celular tocou. Era Crane. Ela segurou o aparelho entre o ombro e o queixo, terminou de pagar e se juntou a Moss e Peterson na pequena área de mesas, onde eles já a esperavam com café.

– Chefe, recebi as impressões digitais enviadas pela detetive-inspetora Ashe. Rodamos as três no sistema.

– E aí? – perguntou Erika.

– Lewis Crowe e Sally Hunt têm antecedentes por agredirem um vizinho alguns anos atrás, durante uma disputa de limite de terreno. As digitais deles estavam no carro, como era de se esperar. A terceira impressão não apareceu no Banco Nacional de Dados Criminais. Mas fizemos uma busca mais ampla e as digitais pertencem a uma mulher de 25 anos chamada Casey Silver. Seus registros foram coletados na embaixada dos EUA em Londres, no dia 9 de fevereiro, durante a solicitação de um visto.

– Onde essa digital foi encontrada? – perguntou Erika.

– Foram três no total. Uma na maçaneta do Volvo, outra na luva de couro deixada no assoalho do carro e a terceira no painel. Mas há um grau de urgência aqui, chefe. Casey Silver está com voo marcado para Los Angeles, saindo de Heathrow, em trinta minutos.

– Merda... – Erika olhou para Moss e Peterson, tomada por um instante de pânico. – Temos alguma impressão dessa Casey Silver dentro da casa?

– Não. Outra coisa: Casey Silver foi residente do Lar Infantil Drexel Hill até 2008, mas os registros estão incompletos.

– Como assim "incompletos"?

– Não há nada que indique que ela tenha saído oficialmente do lar.

Erika olhou para o relógio na parede. O ponteiro mudou de 10h50 para 10h51.

– A que horas esse voo decola?

– Onze e vinte, chefe.

– Vou te retornar.

Erika desligou e imediatamente discou para Melanie.

– Não tenho tempo para explicar. Preciso de autorização para impedir a decolagem de um voo em Heathrow... – O celular apitou, e ela olhou para a tela. Era uma mensagem de Crane com os detalhes do voo. – É o voo da British Airways, BA4591, partindo do Terminal 5 de Heathrow às 11h20, com destino a Los Angeles.

– Ele sai em 29 minutos! – disse Melanie.

– Tente. Por favor, tente.

Annabelle estava sentada na primeira classe, com o cinto de segurança bem preso, e apertava com força os apoios de braço enquanto o enorme Airbus se posicionava na pista. Pela janela, via a parte dianteira do avião girar lentamente até parar. A pista, queimada e riscada pelas marcas de pneus, estendia-se diante dela como se não tivesse fim, ladeada pelas luzes piscando.

– Tripulação, preparar para decolagem – anunciou a voz do capitão pelo interfone.

– Primeira vez voando? – perguntou uma mulher elegante sentada ao seu lado. Annabelle assentiu.

– Férias ou negócios?

– Um pouco dos dois – respondeu.

Faria uma conexão de Los Angeles para Las Vegas. Reservara duas semanas no hotel Bellagio. O plano era encontrar um homem rico – e em Vegas não faltavam – e, se isso não desse certo, iria simplesmente desaparecer. Levava 10 mil dólares em dinheiro e outros 20 mil em uma conta corrente nos Estados Unidos. De qualquer maneira, era fácil se reinventar na América.

Os motores do avião aumentaram o ruído, e Annabelle sentiu que finalmente iam disparar pela pista quando uma luz azul brilhou do lado dela. Os motores reduziram, e duas viaturas policiais, com luzes piscando e sirenes em alarme, encostaram ao lado da aeronave. Atrás delas vinha correndo uma escada móvel.

Annabelle olhou para os dois comissários de bordo presos em seus assentos à frente. O interfone tocou, e um deles se levantou para atender.

Não, não, isso não pode estar acontecendo, pensou Annabelle. *Eles não poderiam ter juntado as peças tão rápido. Eu cobri todos os rastros...* E então a voz em sua cabeça gritou: A *luva. Você perdeu a luva – o que você tocou?*

Um estrondo ecoou na fuselagem, e ela viu dois policiais subirem a escada, agora diante da porta do avião.

– Não abram! – Annabelle gritou. – Esses homens não são policiais de verdade. São terroristas!

A mulher ao lado dela gritou, e o pânico se espalhou quando os dois comissários foram ajudados por outro, vindo da classe executiva.

– Eles são terroristas e, se vocês abrirem essa porta, todos nós vamos morrer! – Annabelle berrava.

Ela revirou a bolsa da Louis Vuitton até achar a chave no pequeno bolso interno.

A *chave*. Sua garantia. Se fosse presa, vasculhariam tudo e acabariam achando a chave. Tudo que possuía estava dentro daquele avião. No meio da confusão e da histeria, quando o comissário de bordo girou a maçaneta da porta, Annabelle tomou uma decisão em frações de segundo: levou a chave até o fundo da língua. Sentiu o metal enorme e áspero em sua boca e, com uma careta de dor, engoliu-a.

CAPÍTULO 63

Era início da tarde quando a mulher que Erika acreditava ser Annabelle foi levada para a delegacia de Lewisham Row em um comboio de carros da polícia. A prisão, realizada no voo British Airways BA4591, havia sido caótica. A polícia finalmente conseguira entrar na cabine do avião e, em meio ao pânico generalizado, prendera Annabelle.

Erika e sua equipe observavam pelas janelas do corredor, olhando para a entrada da custódia, quando Annabelle saiu do carro da polícia algemada. Era uma mulher baixa, elegante, de longos cabelos castanhos, com uma bolsa de grife enorme pendurada no braço e usava óculos escuros apoiados sobre a cabeça.

– O passaporte dela diz que é Casey Silver, e as impressões digitais encontradas na cena do crime também – disse Erika. – Mas Casey Silver desapareceu em 2008.

– Ela se parece com os retratos falados feitos a partir de Daniel e Valerie – comentou Moss.

Eles observaram enquanto Annabelle era escoltada pelas portas dos fundos até a ala de custódia, onde Erika havia solicitado que fosse colocada em uma cela. Outro carro parou logo atrás do primeiro, e um policial retirou duas malas grandes, embaladas em sacos de evidência.

Só três horas depois é que Erika ficou cara a cara com a mulher que acreditava ser Annabelle. Uma advogada de plantão havia sido designada, e Erika sentou-se diante das duas, junto com Moss.

– São 7 da noite de sábado, 11 de março de 2023 – disse Erika, olhando para a câmera de vídeo que gravava no canto da sala. Ela sabia que toda a equipe assistia da sala ao lado. – Sou a detetive-inspetora chefe Erika Foster. Esta é a detetive-inspetora Kate Moss, e estamos acompanhadas pela representante legal da suspeita, a advogada Maureen Clark. A suspeita possui um passaporte em nome de Casey Silver, mas acreditamos que seu verdadeiro nome seja Annabelle Wallis.

Erika encarou a jovem à sua frente. Ela parecia confiante e até despreocupada.

– Pode confirmar seu nome legal completo?

A mulher lançou um olhar à advogada e cruzou os braços.

– O que diz no meu passaporte?

A voz dela era suave e um pouco afetada, pensou Erika, *como aquelas mulheres condescendentes que fazem narração de comerciais de seguros.*

Erika puxou uma cópia do passaporte de Casey Silver e uma imagem digitalizada de um cartão bancário. Empurrou os dois papéis pela mesa.

– Você tem um passaporte com sua foto em nome de Casey Silver. Mas, quando foi presa, também tinha em sua mala um cartão bancário em nome de Annabelle Wallis. Qual desses é o seu nome legal?

Annabelle permaneceu em silêncio, braços cruzados, sem nem sequer olhar para os papéis.

– Você possui algum documento oficial com foto em nome de Annabelle Wallis? – perguntou Moss.

– Se estamos falando de nomes, o seu nome é mesmo Kate Moss, como a supermodelo? – retrucou.

– Sim, já trabalhei como sósia, mas ganho melhor sendo detetive-inspetora – respondeu Moss secamente. Erika viu a advogada conter um pequeno sorriso. – Estou curiosa para ver como você vai se safar de tudo isso – completou, batendo nos papéis sobre a mesa.

Houve silêncio.

– Uma Annabelle Wallis alugou um apartamento em Canary Wharf pelos últimos quatro anos – disse Erika. – Além disso, a empresa que administra o imóvel identificou positivamente sua foto, afirmando que você é Annabelle Wallis.

– Que foto?

– A que tiramos na nossa ala de custódia – respondeu Erika.

– Uma foto de fichamento policial – disse Moss.

Annabelle descruzou os braços e recostou-se na cadeira.

– Por que você estava viajando com um passaporte em nome de Casey Silver?

– É ilegal tirar férias nos Estados Unidos? Eu tinha o visto correto.

– Ter um passaporte forjado é crime – disse Erika.

– Não é forjado. É um passaporte legal emitido pela autoridade de passaportes do Reino Unido.

– Usar um documento obtido de forma imprópria também é crime.

Annabelle suspirou e se inclinou para frente.

– Correto, Erika. Segundo a Seção 6 da Lei de Cartões de Identidade de 2010, é crime uma pessoa, sem justificativa razoável, possuir ou controlar um documento de identidade falso, obtido de forma imprópria, documento de outra pessoa, aparelho ou qualquer material destinado à falsificação de documentos de identidade... Qualquer uma dessas infrações prevê pena máxima de dois anos de prisão, ou multa, ou ambos – recitou. – Se é só isso que podem me acusar, no máximo vou cumprir dois anos; saio em um ou menos. É isso que vão me imputar?

Maureen, a advogada, não conseguiu esconder a surpresa e levantou as sobrancelhas.

– Como você conseguiu um passaporte em nome de Casey Silver? – perguntou Erika.

Houve um longo silêncio. Annabelle não respondeu nem desviou o olhar.

– Você foi presa pelos assassinatos de Lewis Crowe e Sally Hunt. Também estamos interrogando você sob advertência em relação aos assassinatos de Terry DeVille, Neville Lomas, Jamie Teague e Jessica Goldman.

– Vocês acham que eu matei todos eles? Até o jogador da Premier League, Jamie Teague? – Ela revirou os olhos, como se tudo fosse ridículo.

– Lewis Crowe e Sally Hunt eram funcionários no Lar Infantil Drexel Hill. Você viveu lá dos 8 aos 16 anos. Casey Silver também foi residente da instituição. Hoje de manhã, os corpos dos dois foram encontrados na casa deles, perto de Maidstone, em Kent.

Erika colocou fotos da cena do crime diante de Annabelle: imagens do corpo mutilado de Lewis Crowe na entrada da garagem e de Sally Hunt no quarto. A advogada demonstrou choque diante da brutalidade. Annabelle, porém, permaneceu impassível. Olhou rapidamente as fotos e depois voltou os olhos para Erika.

– Eu não os matei. Mas, para ser sincera, eu adoraria apertar a mão de quem fez isso. Eles eram os piores tipos de abusadores, principalmente Sal.

– Encontramos três impressões digitais suas dentro do Volvo azul na cena do crime – disse Erika, indicando a foto do capô ensanguentado.

– Uma na maçaneta da porta do motorista, outra em uma luva de couro deixada no assoalho e outra no painel.

Annabelle hesitou e perdeu a compostura por apenas um instante.

– Impressões de quem? Minhas ou de Casey Silver?

– De ambas. Quando a prendemos hoje, coletamos suas digitais. Também temos registrado, graças à embaixada norte-americana, um conjunto idêntico colhido em 9 de fevereiro para a solicitação de visto em nome de Casey Silver. Você e Casey são a mesma pessoa. Pode explicar isso?

Annabelle suspirou e pressionou os dedos contra a testa.

– Eu vi Lewis Crowe algumas semanas atrás. Ele me procurou querendo fazer as pazes, parte de algum programa patético de doze passos dos Alcoólicos Anônimos. Eu me encontrei com ele no carro. Isso explicaria minhas impressões lá. E devo ter deixado cair uma luva.

– Por que suas impressões estariam na porta do lado do motorista?

– Ele ainda estava dentro do carro quando fui até o lado do motorista para me despedir. Devo ter tocado na porta – respondeu sem hesitar.

– Onde exatamente se reuniram?

– Em frente à casa dele.

– E você não percebeu que deixou uma luva dentro do carro? Deve ter sido um dia frio, se se encontraram há algumas semanas.

– Foi um encontro estressante. Revê-lo depois de tantos anos...

– Você entrou na casa dele?

– Não. Encontraram alguma digital ou vestígio de DNA que provasse que estive dentro da casa?

Erika hesitou. Ainda aguardavam os resultados das análises da casa e da cabana na floresta.

– Eu imaginei que não.

– O que aconteceu com Casey Silver? – perguntou Erika.

Annabelle olhou para sua advogada.

– Eu posso me recusar a responder perguntas, certo?

– Isso mesmo – confirmou Maureen.

– Então não quero responder a essa.

– Por que não? Está com medo?

Annabelle ficou em silêncio. Erika respirou fundo e mudou de estratégia.

– Pode me dizer onde estava no ano passado, segunda-feira, 7 de novembro?

– Eu teria que conferir minha agenda – respondeu como se fosse um simples convite para café.

– E na sexta-feira, 13 de janeiro, deste ano?

– De novo, teria que verificar.

– Sexta-feira, 3 de março?

– Agenda.

– Onde está essa agenda? – foi a vez de Moss perguntar. – Não encontramos nada na sua bagagem de mão nem nas malas despachadas.

– Está tudo aqui – respondeu, batendo com o dedo na testa. – Deixe-me pensar.

– Você trabalhou como prostituta para a Diamond Companions?

– Eu trabalhei como acompanhante. Isso significa que mulheres atraentes como eu são pagas por homens ricos e feios para irem a encontros. E, antes que pergunte, nunca transei com nenhum deles, e declarei todos os meus rendimentos – respondeu com confiança.

– Já trabalhou com um acompanhante chamado Daniel Blakeson?

Annabelle pensou por um instante.

– Talvez. Como ele é?

– Ele a identificou neste retrato falado – disse Moss, mostrando a imagem.

– Isso aí é pra ser eu? – Annabelle riu, segurando o papel. Erika teve que admitir que a mulher no retrato tinha o rosto mais longo, duro e lábios menores, mas não comentou. – E você? Acha que isso se parece comigo? – indagou, mostrando à advogada.

– Não estou aqui para opinar – respondeu Maureen.

– Pois é. E quando esse tal Daniel diz que me viu?

Erika consultou as anotações.

– Ele se lembra de ter conversado com você no hotel Ritz, em novembro de 2019.

– Então, provavelmente, sim. Trabalhei muito lá como acompanhante.

– Daniel a vinculou a Terry DeVille, o diretor de elenco. Ele disse que, naquela noite de novembro de 2019, você estava arrasada porque seu amigo Zach Selby tinha acabado de morrer. Zach era ator e estava em um relacionamento com Terry DeVille – detalhou Erika, observando atentamente Annabelle.

– Você se lembra de Terry DeVille? – perguntou Moss.

– Não, não me lembro dele. Só sabia dele porque Zach mencionava.

– Zach Selby era um amigo próximo?

– Sim.

– Vocês dois eram residentes no Lar Infantil Drexel Hill?

– Sim – respondeu, depois de uma longa pausa. – Não era um bom lugar.

– O que Casey achava de Drexel Hill? – questionou Erika. Ela sabia que era uma pergunta desajeitada, mas estava determinada a voltar ao assunto do paradeiro de Casey.

– Sem comentários.

– Você sabia que Drexel Hill foi fechado após uma inspeção em 2013? Sally Hunt e Lewis Crowe foram demitidos e encaminhados à polícia depois de denúncias de abuso infantil. Outros seis funcionários foram suspensos durante a investigação. Você testemunhou ou sofreu abusos em Drexel Hill?

– Deixa eu adivinhar. A investigação nunca aconteceu? Lewis e Sal nunca foram acusados?

– Não. Não havia provas suficientes. O lar foi fechado um mês depois, e todas as crianças foram realocadas. Você tem provas dos abusos que sofreu ou presenciou? Sabe o que aconteceu com Casey Silver?

Por um breve instante, Erika achou que Annabelle havia reagido, mas seu rosto permaneceu imóvel. Decidiu mudar de rumo novamente, mais sutil.

– E sobre seu outro amigo de Drexel Hill, Zach Selby? Conversei com Valerie Drummond, diretora de elenco e colega próxima de Terry DeVille. Ela me contou que Terry era obcecado por Zach e o introduziu às drogas.

O silêncio que se seguiu durou quase um minuto. Erika manteve contato visual; Annabelle também não desviou o olhar.

– Terry tirou essas fotos de Zach – disse Erika. Ela abriu a pasta e deslizou duas polaroides pela mesa. Eram imagens de Zach nu, no sofá da casa de Terry. – Encontramos isso em uma pasta junto com fotos de outros jovens. Zach parecia completamente fora de si. Drogado, não acha? Ele tinha essa aparência antes de conhecer Terry? – A detetive colocou ao lado uma foto oficial de Zach, tirada para o catálogo *Spotlight Graduates*, na qual ele parecia saudável e sorridente. – Esta foi feita poucas semanas antes de ele conhecer Terry.

– Se você diz.

Erika bateu com o dedo nas fotos.

– Essas imagens provam a ligação entre você, Zach e Terry DeVille, a primeira vítima. Nós acreditamos que a morte de Zach lhe deu motivo para matar Terry. Você o amarrou e o sufocou.

Ela espalhou sobre a mesa outras polaroides retiradas nas cenas do crime.

– Você assinou estas fotos – afirmou Erika, apontando para o nome escrito em cada uma:

ANNABELLE

– Assinei? Conseguem provar? Têm minhas impressões digitais? – respondeu Annabelle, sarcástica.

De repente, ela fez uma careta, levou a mão ao quadril e limpou o suor da testa. Erika notou que a maquiagem grossa começava a se desfazer.

– Onde conseguiu esses hematomas? – interpelou Moss, apontando para o lado esquerdo do rosto dela.

– A polícia me jogou no chão quando me prenderam no avião. Minha cabeça bateu na base de um dos assentos. – Annabelle gemeu, esfregando a lateral da cintura.

– Talvez minha cliente queira uma pausa? – sugeriu a advogada Maureen.

Erika teve que admitir que Annabelle parecia pálida, mas ainda assim parecia conveniente demais ficar mal quando ela puxava as fotos de Zach.

– Sim, eu preciso de uma pausa – confirmou Annabelle, ofegante.

Erika sentiu vontade de gritar de frustração, mas respirou fundo.

– Certo, vamos fazer um intervalo de dez minutos. Estou pausando esta entrevista às 5h13 da tarde.

CAPÍTULO 64

Erika e Moss saíram da sala de interrogatório. O resto da equipe, que assistia a tudo, saiu para o corredor para se juntar a elas. Todos pareciam frustrados, refletindo exatamente como Erika se sentia.

– Você está bem? – perguntou Peterson em voz baixa.

– Nem tanto – respondeu Erika. – Você ouviu tudo?

Ele assentiu.

– Você precisa pressionar mais sobre o caso de Drexel Hill. Não tenha medo de pegar pesado com ela.

– Eu sei.

A porta da sala de interrogatório se abriu, e Annabelle foi conduzida para fora, algemada, por dois policiais fardados. Eles observaram enquanto ela descia o corredor. Estava curvada e se movia de forma estranha, como se estivesse com dor, até ser levada para o elevador aberto que a levaria às celas.

– Deve ter sido um quebra-pau digno de ringue quando a prenderam no avião – comentou McGorry quando as portas do elevador se fecharam.

– Não. Acho que ela é só uma atriz muito boa – disse Moss.

Dahlia aproximou-se de Erika.

– Chefe, posso falar com você?

– Preciso conversar com a superintendente Hudson – disse Erika.

– Acho que está ligado a todo esse caso – respondeu Dahlia, com uma expressão aflita.

– Está bem. Podemos nos encontrar no meu escritório em dez minutos? – disse ela à Moss e Peterson.

Erika estava morrendo de vontade de fumar, então saiu com Dahlia para o estacionamento. Acendeu um cigarro, tragou fundo e soltou a fumaça, observando o rosto ansioso da colega.

– Então? O que é? Está frio aqui fora – disse ela.

– É sobre o superintendente Fisk, o Dan.

Erika soube, no instante em que Dahlia o chamou de "Dan", o que viria a seguir.

– Há quanto tempo?

– Há quanto tempo o quê?

– Há quanto tempo você tinha um caso com ele?

– Dois anos. Mas não é sobre isso que quero falar. Você lembra que eu disse que ele me pediu para ficar de olho em Neville Lomas quando eu patrulhava perto do apartamento dele?

Erika assentiu e tragou fundo novamente.

– Houve outra coisa que não te contei, porque Dan disse que era estritamente confidencial.

– Algo é confidencial ou não é. Não existe "estritamente confidencial".

– Há rumores entre os altos escalões de que uma profissional do sexo em Londres tem fotos comprometedoras de vários homens poderosos.

O coração de Erika disparou ao ouvir aquilo, mas Dahlia olhava para o chão.

– Comprometedoras como? – perguntou Erika, tentando manter a voz firme.

– Não sei. Coisas sexuais. Drogas. Menores de idade. Eles não sabem ao certo.

– E Neville Lomas era um dos que apareciam nessas fotos?

Dahlia balançou a cabeça.

– Não tinham certeza. Só sabiam que Lomas costumava dar festas com outros políticos, juízes... gente do setor financeiro.

– Policiais também?

– Sim. Foi isso que Dan, o superintendente Fisk, insinuou...

Erika se perguntou se Dahlia podia ouvir seu coração batendo forte de empolgação. O dossiê havia surgido de novo. Curly Sue sabia sobre ele, e agora via que os altos escalões também. Mas ela não queria aliviar a barra de Dahlia.

– Eu realmente não sabia muito... – continuou Dahlia. – Ele me pôs como policial de patrulhamento por um ano inteiro naquele maldito trecho do calçadão do Tâmisa.

– Ele que arranjou sua promoção para a minha equipe? Você era a espiã dele?

Dahlia suspirou, e lágrimas escorreram pelo rosto.

– Eu não sei.

– Você não sabe? Ah, por favor.

– Quero acreditar que sou uma boa policial e que fui promovida pelo meu desempenho.

Erika quase acrescentou: *Sim, pelo seu desempenho na cama*. Mas se conteve.

– Uma boa policial teria vindo até mim no primeiro dia desta investigação e contado tudo isso. Eu veria isso como lealdade e te protegido. Não passaria disso. Jesus, Dahlia! Você viu como essa investigação se desenrolou. Viu como fomos bloqueados toda vez que tentamos investigar o passado de Neville Lomas.

– Mas eu realmente não sabia de nada!

– Você sabia que Neville Lomas e qualquer um ao redor dele estavam sendo protegidos pela polícia. E um dossiê com fotos? Isso já seria suficiente para eu ter munição contra esses canalhas.

Erika achou mais seguro deixar Dahlia acreditar que ela não sabia do dossiê caso Dan Fisk ainda estivesse na discagem rápida dela.

– Mas estou te contando agora – chorou Dahlia, o rosto contorcendo-se em lágrimas. – Eu assisti ao interrogatório. Annabelle. Casey. Ela fez coisas horríveis. Mas, de alguma forma, senti pena dela. Então percebi o estrago que eu poderia causar não te contando isso. Podia ser a prova de que você precisava.

– Ótimo. Obrigada, Dahlia. Bem-vinda ao caso. Finalmente você criou coragem.

– Ele tinha razão sobre você – disse Dahlia, fungando. – O Dan.

– Razão em quê? Que eu sou uma megera?

– Não. Ele disse para eu tomar cuidado. Que nada passava despercebido por você.

– Todos dos altos escalões sabem desse dossiê?

– Eles têm fortes suspeitas. Não sabem se é real. Só rumores.

Erika jogou a bituca do cigarro no meio-fio.

– O que você vai fazer? – perguntou Dahlia, num fio de voz.

– Eu não sei. Tem muita coisa acontecendo. Mas certamente não confio em você para continuar na minha equipe.

– Não. Por favor. Eu sei que fui estúpida.

– Volte para dentro e espere com o resto da equipe. E não diga nada a ninguém.

Dahlia entrou, cabisbaixa, de forma até um pouco teatral, tomada pela vergonha.

Onde está esse dossiê?, pensou Erika.

CAPÍTULO 65

– Alguma dessas provas se sustentaria em tribunal caso chegássemos a julgamento? – perguntou Erika.

A advogada de Annabelle havia pedido mais dez minutos de pausa antes que o interrogatório fosse retomado, e a cabeça de Erika girava. Ela conversava com Moss e Peterson em seu escritório. Depois de um silêncio prolongado, ele falou:

– Ela foi meticulosa em cobrir os rastros. Nenhuma impressão digital, nenhum DNA em cena alguma. Só no carro de Lewis Crowe.

– Acho que foi aí que ela vacilou, deixando a luva e as digitais – disse Moss.

– E não há nenhuma filmagem de segurança nem testemunhas na cena do assassinato de Neville Lomas – acrescentou Erika.

– Ela foi esperta pra caramba com o assassinato de Jamie Teague. Só conseguiu porque fez tudo em um local público, cheio de câmeras, mas usou um disfarce o tempo todo e contratou um grupo de mulheres para se passarem por sósias dela... todas usando luvas. E nem conseguimos provar que foi ela quem as contratou – disse Moss.

– E depois matou a única pessoa que a viu sem maquiagem, o que também não conseguimos provar. E nem a interrogamos sobre isso ainda – concluiu Erika.

– E se a acusássemos pelo assassinato de Lewis Crowe? Pelo menos ganharíamos tempo – sugeriu Moss.

– Mas com o histórico dele, os antecedentes de violência sexual... e as alegações de Annabelle de que ele a procurou e que se encontraram no carro dele, o Ministério Público poderia arquivar o caso. Mesmo que conseguíssemos ligar a morte dele a ela, podem concluir que foi legítima defesa – disse Erika.

– E ainda vamos ter que colher um depoimento de Annabelle sobre o tempo em que esteve no Lar Infantil Drexel Hill, e os supostos abusos por parte dos funcionários, que podem incluir Lewis Crowe e Sally Hunt – lembrou Peterson.

– Jesus... – Erika apoiou a cabeça nas mãos. Esfregou os olhos e encarou os dois colegas, que pareciam tão cansados quanto ela. – Annabelle acabou de admitir que fazia parte da Diamond Companions. Temos o retrato falado feito a partir do Daniel, que trabalhava como acompanhante da agência e confirmou a identidade dela. Isso nos dá base para conseguir um mandado amanhã de manhã e vasculhar as instalações da empresa. Isso pode nos dar uma ligação com Neville Lomas.

– Que ele a contratava como acompanhante? – indagou Moss. – E quanto a Jamie Teague? Não temos nenhuma prova forense ou filmagens que a liguem à morte dele. Nem mesmo um motivo. Como ela o conhecia? E, se conhecia, por que o matou?

– Ela assinou as polaroides em todas as cenas de crime – disse Erika.

– Em *quase* todas – corrigiu Peterson. – E se a acusássemos só por usar um documento de identidade fraudulento?

– Ela sairia sob fiança e pagaria uma multa. Não tem antecedentes, então seria considerada primeira infração – rebateu Erika, irritada.

– Só estou pensando em voz alta – observou ele. – Você realmente quer ter que soltá-la sem nenhuma acusação?

Seis andares abaixo do escritório de Erika, Annabelle estava deitada na cama dura de plástico da cela da ala de custódia da delegacia de Lewisham Row. Ela não sabia por que aquilo era chamado de suíte; estava longe de ser um hotel, mas havia algo estranhamente tranquilizador naquele espaço. Havia apenas um banco baixo, uma privada de aço inox e paredes esfregadas até quase apagar as pichações.

As cólicas em seu estômago se intensificavam. As pontadas ficavam mais fortes quando tentava se deitar normalmente, então precisava se encolher em posição fetal para suportar. A polícia não tinha nada. Ela precisava manter isso em mente. Podiam até tentar incriminá-la, mas teriam que provar no tribunal – e ela ainda tinha várias cartas na manga.

Annabelle gemeu e se levantou com dificuldade. A cela minúscula girava ao seu redor, e ela ardia em febre. Foi até a abertura da porta e encostou a cabeça no metal frio. Havia um pequeno orifício, e por ele conseguia ver apenas um círculo do corredor úmido de concreto lá fora, iluminado por uma luz alaranjada.

O chão pareceu estremecer violentamente sob seus pés, e ela teve a estranha sensação de estar deitada contra a porta, como se fosse o chão. Então seus joelhos cederam, e ela desabou no piso de concreto.

– O que aconteceu com Rebecca Reid, a jovem que acusou Jamie Teague de estupro? – perguntou Erika, andando de um lado para o outro no pequeno espaço de seu escritório. – Pedi ao McGorry para tentar falar com ela. Pode haver alguma ligação com Annabelle.

– Ela não quer falar conosco – disse Moss. – Rebecca Reid fez uma declaração oficial quando denunciou o estupro, teve que passar pela horrível humilhação de um exame médico e depois ficou dois dias no tribunal sendo interrogada agressivamente pela defesa de Jamie Teague. Ela trabalhava para a Rush Models e havia sido contratada para ser fotografada com ele numa estreia de cinema. O único motivo pelo qual Teague não foi condenado por estupro é porque ela havia feito uma piada, em mensagem de texto para outra modelo, sobre brincar de "verdade ou desafio" com ele. E ele usou preservativo quando a estuprou.

– Então qual é a ligação com Jamie Teague? – insistiu Erika, elevando a voz de frustração. Moss e Peterson permaneceram em silêncio. – Desculpem. Não estava gritando com vocês. E a irmã dele, com essa história do OnlyFans?

– Cheri Shelton abafou isso rapidinho, como quem esmaga um inseto. Agora ela representa Karen como modelo. Ao que parece, Karen Teague queria ganhar muito dinheiro, sempre quis ser famosa e sair da sombra do irmão – disse Moss.

Erika parou de andar e voltou a se sentar atrás da mesa.

– Temos a ligação entre Terry DeVille e Annabelle. Valerie Drummond identificou uma mulher chamada Annabelle que compareceu ao funeral de Zach Selby. Ela nos deu um retrato falado que corresponde ao que Daniel Blakeson nos forneceu. E se falarmos com aquele cara, Russel, de novo? Ele foi companheiro de longa data de Terry. Passou mais tempo morando com ele. Será que ele poderia nos dar algum vínculo com Annabelle? Ou, pelo menos, podemos mostrar o retrato falado para ver se desperta alguma lembrança.

– Ele está hospedado em um albergue em Neasden. McGorry tem acompanhado seus passos – informou Peterson.

Erika levantou-se novamente e começou a circular pela mesa, olhando as pilhas de papéis e os arquivos referentes a esse caso que foram rejeitados durante essa investigação labiríntica. Percebeu uma troca de olhares entre Moss e Peterson

– O que foi?

– É sobre Damsa Afridi – disse Moss. – A imigrante ilegal que você pediu para verificarmos. Não havia nada.

– Nada?

Moss balançou a cabeça.

– Nada no sistema. Vasculhamos todos os dezoito centros de detenção de imigração no Reino Unido. Ninguém com o nome Damsa Afridi está detida aguardando deportação.

– Também checamos informações do Serviço Nacional de Saúde – disse Peterson. – Imaginamos que, se ela estivesse grávida ou tivesse dado à luz recentemente, haveria registros. Não há ninguém no sistema. Encontramos outra Damsa Afridi, mas ela tem 70 anos e vive legalmente aqui a vida inteira.

Erika sorriu, amarga, e balançou a cabeça.

– Então era tudo mentira para me despistar. Para nos despistar.

– E quanto ao dossiê que a Curly Sue mencionou? – perguntou Moss.

– Ah, sim. Era sobre isso que eu queria falar – pontuou Erika, contando a eles sobre a conversa que tivera mais cedo com Dahlia. – Eu estava preocupada que só tivéssemos a palavra de uma prostituta aposentada e alcoólatra. Curly Sue tinha tomado dois Negronis quando me contou, e já arrastava as palavras, mas agora temos confirmação, através de Dan Fisk, de que os altos escalões acreditam que há um dossiê – completou.

– E se for apenas o mesmo boato que a Curly Sue ouviu, só que subiu de nível? – questionou Moss.

De repente, ouviram um alarme soar nas profundezas da delegacia.

– Merda. Esse é o alarme de emergência da ala de custódia – comentou Erika.

Todos saíram correndo do escritório e pegaram o elevador até o subsolo. Assim que as portas se abriram, viram dois paramédicos com uma maca levando Annabelle para fora. Ela estava inconsciente, sob um pesado cobertor vermelho. Um dos sargentos responsáveis pelo setor os acompanhava.

– O que aconteceu? – perguntou Erika, enquanto observava Annabelle ser colocada no elevador.

– Eu a estava monitorando a cada vinte minutos – garantiu o sargento. – Eu a achei caída no chão, sem resposta. Tinha vomitado.

– Já sabem o motivo? Drogas? – indagou Erika, quando as portas se fecharam.

– Não. Ela foi revistada quando a registramos. Retiramos os sapatos e o cinto quando voltou para a cela. Os paramédicos disseram que pode ser apendicite. Estão levando-a para o Hospital de Lewisham.

Outro elevador se abriu, e Marsh surgiu. O rosto estava vermelho, e ele parecia furioso.

– E aqui está ela, finalmente! – gritou. – Sabe há quanto tempo estou tentando falar com você?

Erika suspirou.

– Desculpe, senhor. Foram dias caóticos e estressantes, e tenho muita coisa para atualizá-lo.

– Espero que sim – disse Marsh, pego de surpresa.

– Venha até meu escritório.

Erika passou por Moss e Peterson enquanto a boca de Marsh se abria de espanto, e então ele a seguiu para dentro do compartimento.

CAPÍTULO 66

Às 11 da noite, após uma longa reunião com Marsh – em que o colocou a par de tudo, exceto dos rumores sobre o dossiê –, Erika chegou ao prédio de Igor. Alguém estava saindo, então ela não precisou tocar o interfone. Subiu até o andar dele e bateu na porta. Igor abriu vestindo pijama. Seus olhos estavam sonolentos; e o cabelo, despenteado.

– Oi. Acordei você? – perguntou Erika.

– Não. Não consigo dormir – disse Igor.

– Desculpe por tudo. Eu te amo.

– Eu também te amo e sinto muito – ele respondeu.

Erika ergueu a garrafa de uísque que havia comprado.

– Com sede?

– Estamos comemorando o quê?

– Nada. Minha principal suspeita foi hospitalizada e está na UTI. Se ela morrer... não tenho mais caso.

– Merda. Sinto muito. O Tom pediu à Denise para ficar em Londres quando ela se mudar para a Espanha. Ele quer terminar o último ano da escola aqui.

– Isso é ótimo.

– Denise precisa concordar.

– Quer que eu ameace prendê-la?

– Por quê?

– Estou cansada demais para pensar agora – ela brincou com um sorriso.

Igor se afastou para o lado.

– Entra e abre essa garrafa. Eu pego o gelo.

Erika sorriu e entrou no apartamento, feliz por, pelo menos uma vez, ter a distração de uma vida fora do trabalho.

Na manhã de domingo, não havia novidades sobre o estado de Annabelle. O hospital ainda estava realizando exames, e o médico descreveu seu estado como "estável". Erika não sabia bem como prosseguir com as investigações. Eles não tinham autorização para acessar Annabelle e continuar o interrogatório, então ela liberou sua equipe na manhã de domingo. Decidiu visitar o apartamento que Annabelle havia alugado em Canary Wharf.

Ficava em uma das torres ao lado de West India Quay, com vista para a água, o cinema e o complexo de restaurantes. O porteiro entregou a chave a Erika e a acompanhou na subida até o 16º andar. Era um flat moderno de um quarto, com piso de madeira que fazia ecoar os passos. Não havia móveis, e o sol entrava pelas janelas sem cortinas.

– A inquilina anterior mandou limpar tudo com uma equipe grande de faxina – disse o porteiro, um senhor ágil, de cabelos cheios e grisalhos.

– Estava uma bagunça? – ela quis saber.

– Não. Pelo contrário. Muito arrumado. Algumas vezes precisei subir para deixar entrar o técnico do gás ou o leitor de medidor.

– A empresa de administração do prédio pagou pela limpeza?

Ele bufou e riu.

– Não. Aqueles lá não dariam nem o vapor do próprio mijo. Foi ela quem pagou.

– Annabelle Wallis?

– Sim, a Srta. Wallis.

– O que pode me dizer sobre ela? – perguntou Erika, aproximando-se da janela e olhando a vista do horizonte de Londres. – Ela recebia visitas?

– Nunca. Nem uma única vez que eu tenha visto. Sempre pagava o aluguel em dia. Era educada. Muito correta.

– E correspondência? Precisou separar cartas para ela?

– O aluguel incluía todas as contas, então estavam no nome do proprietário. Acho que ela não instalou telefone nem internet. Só chegava correspondência de propaganda de vez em quando.

Erika percorreu o pequeno apartamento, o porteiro a seguindo com um ar divertido. Tudo era moderno e bonito. O banheiro era revestido de mármore branco-claro, cortado por delicados veios dourados. O quarto tinha um guarda-roupa embutido e, ao deslizar a porta espelhada, Erika encontrou um pequeno cofre. Mas assim como o resto do apartamento, o móvel estava impecável – e vazio.

– Todos os apartamentos têm cofre?

– Sim. Aqui é só gente rica.

Eles voltaram ao pequeno corredor. Não havia nada para ver.

– Tem câmeras de segurança?

– Claro. Só no saguão.

– E as imagens ficam guardadas por quanto tempo?

– Trinta dias.

Voltaram em silêncio para o saguão. Quando saíram do elevador, o celular de Erika tocou. Era Moss. O porteiro retornou para sua mesa, e Erika atendeu.

– Chefe. Estou no hospital. Tiveram que operar a Annabelle. Ela está bem, mas você precisa vir ver isso.

Erika já ia sair quando o porteiro gritou atrás dela:

– Tem aqui uma propaganda endereçada a ela. Não tinha reparado antes na caixa de correio.

Erika agradeceu, pegou o envelope e correu para pegar o metrô.

– Encontramos a causa da obstrução no intestino delgado dela – disse o cirurgião, erguendo uma chave prateada dentro de um saco plástico transparente. Erika e Moss estavam do lado de fora da enfermaria, onde Annabelle ainda estava inconsciente, se recuperando do pequeno procedimento cirúrgico.

– Isso estava causando a obstrução no intestino delgado? – repetiu Erika.

– Sim – confirmou ele. Era um homem atento, de olhar curioso. – Veja, tem só uns 5 centímetros, mas a cabeça da chave é arredondada e traz esse número gravado.

Erika e Moss se inclinaram para observar a chave prateada, que felizmente já havia sido limpa. O número 456 estava gravado na extremidade arredondada.

– Você acha que ela engoliu isso de propósito? – perguntou Moss.

– Sim. É altamente improvável que uma inserção retal – ele enfatizou o "r" de retal – tivesse conseguido subir tanto, atravessando o intestino grosso até alcançar o delgado.

Todos ficaram olhando para a chave.

– Aposto que foi difícil de engolir. Eu não consigo nem tomar comprimidos de vitamina – comentou Moss.

– Pois é – concordou o cirurgião. – No ano passado, atendi um paciente que era o que chamam de "regurgitador profissional".

Moss fez uma careta.

– Sim, ele engolia bolas de bilhar, relógios de bolso e até um celular. Uma noite, foi trazido às pressas com um Nokia 3310 entalado no intestino grosso. Foi uma operação um pouco mais complicada, mas ele se recuperou totalmente. E, claro, também temos o que chamamos de "o pessoal dos fundos". Mas esses são outro departamento. Você não acreditaria na quantidade de gente que aparece no pronto-socorro alegando que caiu de forma estranha sobre um pepino.

– Podemos levar isso conosco? – indagou Erika, erguendo a chave no saco plástico.

– Sim, por favor. Entendo que minha paciente está sob custódia policial? – disse ele, com certo entusiasmo no olhar.

Erika assentiu.

– E... o que a Srta. Wallis fez? – ele perguntou, olhando ao redor com cautela e baixando a voz.

– Não podemos dizer.

– Ah. Valeu a tentativa. – Ele sorriu.

– Podemos falar com ela quando acordar?

– Vamos ter que avaliar antes de permitir que a interroguem. Mas ela vai se recuperar totalmente. Fizemos cirurgia laparoscópica, então deve estar de pé rapidamente.

Erika e Moss desceram até a lanchonete e pediram café. Ali, Erika se lembrou da correspondência que o porteiro do prédio de Annabelle havia lhe entregado. Ela a abrira no trem, mas não tinha feito muito sentido. Mostrou a carta para Moss.

– É uma fatura de uma empresa chamada Vonnegüt, com endereço na Wardour Street – disse Moss, examinando a folha única. – O valor é de 400 libras, descrito como "Despesas diversas – abril de 2023".

Erika não tivera tempo no trem, mas agora pegou o celular e pesquisou.

– É um banco privado. – Ambas olharam para a chave com o número 456 gravado. – Jesus. Ela engoliu a chave de um cofre de segurança.

CAPÍTULO 67

Erika nunca tinha reparado no pequeno banco privado escondido em uma esquina da Wardour Street, em Londres, até chegar lá com Moss às 9 da manhã da segunda-feira. Era um prédio alto e estreito, espremido entre uma antiga embaixada desativada e o escritório moderno de uma produtora de filmes.

Quando Erika mostrou a chave prateada para a mulher serena, mas de expressão severa, que estava atrás de uma mesa de mármore no saguão, elas foram conduzidas por uma ampla escadaria até um cofre que parecia saído de um filme antigo de assalto.

– Precisamos mostrar nossa identidade? – perguntou Erika a um homem alto, de sotaque germânico, que estava atrás de uma mesa.

– Vocês têm a chave, o que já é identidade suficiente. Sigam-me – respondeu ele, secamente, saindo em direção a um corredor.

– E ainda é poeta e nem desconfia – murmurou Moss, enquanto o seguiam.

Ele as levou até uma pequena sala revestida de cofres de segurança com frentes douradas.

– Se me permitem – disse, pegando a chave da mão de Erika.

Ele a inseriu no cofre número 456 e girou. A portinhola saltou e se abriu, e ele puxou uma caixa metálica de dentro. Conduziu as duas a uma cabine pequena, com cortina, e as deixou a sós. Ambas estavam nervosas: as mãos tremiam e demoraram para descobrir como abrir a tampa larga da caixa. Quando conseguiram, encontraram uma pasta de papelão presa com um elástico.

Erika enfiou a mão no bolso e tirou dois pares de luvas de látex, um saco de evidências numerado e seu caderno de anotações da polícia. As duas colocaram as luvas em silêncio. Um relógio marcava o tique-taque em algum ponto do corredor.

– A honra é sua – convidou Moss, indicando a pasta. Erika assentiu e a abriu.

Dentro da pasta havia outra, menor, semelhante às que haviam encontrado na casa de Terry DeVille. Estava cheia de polaroides explícitas. Conforme folheava, a detetive-inspetora reconheceu alguns rostos.

– Jesus Cristo, esse não é...? – disse Moss.

– Sim, é ele – confirmou Erika, olhando a foto de um político de altíssimo escalão. Ela continuou virando as páginas.

– É um verdadeiro "Quem é Quem" do fetiche e do pornô – murmurou Moss.

O que mais perturbava Erika era que os homens pareciam estar drogados. Não, isso não era o que mais a incomodava. O que a deixava realmente assustada era o fato de esse dossiê existir. Ela olhou para Moss, que estava muito pálida.

– O dossiê existe – constatou.

– Por que você acha que ela não queria que encontrássemos isso?

– Pode ser a apólice de seguro dela.

– Não quero ver mais nada – disse Moss.

Erika assentiu, respirou fundo e foi fechar a pasta. As páginas do álbum eram feitas de plástico transparente e, justamente ao fechar a última, Erika notou o verso das polaroides. Ela parou e ficou encarando.

– Não... Não... – murmurou, sentindo o coração acelerar de empolgação.

– O que foi? – perguntou Moss.

– Ela se achava esperta. Tinha certeza de que não deixara nenhuma prova forense. Achava que tinha apagado todos os rastros.

Rapidamente, Erika colocou a pasta de papelão dentro do saco de evidências numerado e o lacrou. Fez uma anotação em seu caderno policial e fechou o cofre de segurança.

– Acho que sei como podemos ligar Annabelle aos assassinatos – afirmou Erika. – Precisamos encontrar Russel Milligan.

CAPÍTULO 68

Depois de cinco dias de recuperação, Annabelle foi transferida de volta para a custódia em Lewisham Row, para que Erika pudesse continuar os interrogatórios. O atraso de cinco dias acabou funcionando a favor de Erika, que se sentiu confiante quando voltou a encarar Annabelle do outro lado da mesa. Sua advogada estava de volta, e, desta vez, Erika estava acompanhada por Peterson, enquanto o resto da equipe assistia da sala de observação ao lado.

Annabelle parecia assustada. Erika já esperava que ela estivesse abalada depois que a chave foi retirada de seu corpo durante a cirurgia de emergência.

– Como está se sentindo? – perguntou Erika.

– Não muito bem. Acho que não tenho condições para isso.

– O médico declarou que você está apta a ser interrogada, mas vamos com calma.

Peterson tinha uma pasta-arquivo sobre a mesa e a abriu de modo que Annabelle não pudesse ver o conteúdo. Ele retirou a chave prateada dentro de um saco plástico de evidência e a empurrou na direção dela.

– Pode nos dizer como isso foi parar no seu intestino delgado?

– Alguém aqui colocou na minha comida. Na semana passada, comi uma bandeja de espaguete à bolonhesa aqui na custódia. Foi quando engoli isso.

A resposta fez Erika perceber que Annabelle estava desesperada.

– Então você reconhece que engoliu a chave?

Annabelle hesitou, olhou para a advogada e depois assentiu.

– Pode nos dizer o que é isso? – perguntou Erika, deslizando uma cópia da carta do banco Vonnegüt pela mesa.

– Não sei.

– Está no seu nome. Confirma que você paga uma taxa mensal para alugar o cofre número 456 do banco Vonnegüt? O mesmo número gravado na chave que você engoliu, que abre esse cofre.

– E se eu disser que armaram para mim?

– Como assim?

– Tudo isso foi plantado por alguém.

– Quem?

Annabelle recostou-se e cruzou os braços.

– Nós abrimos o cofre. E encontramos esta pasta, este dossiê, lá dentro – informou Peterson, colocando a pasta de papelão sobre a mesa.

Os olhos de Annabelle se arregalaram.

– Eu sei o que tem aí, mas não tem nada a ver comigo.

– Não estamos interessados nessas fotos – disse Erika.

– Não estão? – Annabelle parecia surpresa.

– Você sabia que, no verso de cada polaroide, há um número único de cada filme já produzido? – perguntou Erika, abrindo o dossiê.

A advogada não conseguiu esconder o choque. Erika retirou uma das polaroides do plástico e a colocou sobre a mesa. Annabelle a encarava sem reação. Mais tarde, Erika sempre se lembraria desse momento como se o cérebro dela tivesse travado, como a tela de um computador congelada.

– No verso de cada polaroide, se você reparar, em letras bem pequenas, há um código de dez a onze dígitos. Os filmes fabricados antes de abril de 2018 têm dez dígitos. Depois dessa data, têm onze. Os números no verso revelam muitas informações: os dois primeiros indicam qual máquina e em qual fábrica o filme foi produzido; o terceiro dígito mostra o turno do dia em que foi fabricado, atualmente, todas as fábricas da Polaroid trabalham em dois turnos, acredite se quiser. Os próximos pares de números indicam o dia, o mês e o ano de fabricação, e o último mostra o tipo de filme. Isso é muito importante para este caso. Todas as fotos deste dossiê, e as encontradas nas cenas dos assassinatos de Lewis Crowe e Sally Hunt, Jamie Teague, Neville Lomas e Terry DeVille, foram produzidas na mesma fábrica, no mesmo dia e até no mesmo turno: o da manhã, em 10 de fevereiro de 2019, em Enschede, nos Países Baixos.

Erika observou Annabelle, que continuava inexpressiva.

– Também conversamos com Russel Milligan, companheiro de longa data de Terry DeVille. Usando os retratos falados de Valerie Drummond, ele confirmou que você trabalhou algumas vezes como assistente de elenco de Terry no verão de 2019, quando Zach Selby se envolveu com ele. Russel também confirma que você pediu para comprar caixas de filmes Polaroid dele. Terry comprava no atacado e guardava na geladeira de casa. Rastreando os recibos, vimos que todos tinham o mesmo código de fabricação do lote de 10 de fevereiro de 2019.

Peterson continuou:

– Suas impressões digitais estavam no carro de Lewis Crowe, junto com três polaroides desse mesmo lote. Você também deixou sua câmera Polaroid para trás. Não havia impressões digitais, mas encontramos um cílio seu preso ao visor.

– Então, temos DNA. Temos os códigos de fabricação do filme. E temos Russel Milligan disposto a depor em tribunal que vendeu a você quinze pacotes de filmes em fevereiro de 2019.

O silêncio tomou a sala. De repente, Annabelle ergueu os braços e começou a aplaudir, mantendo o olhar vazio. Continuou assim por um minuto inteiro, sob os olhares de Erika, Peterson e da advogada.

– Muito bem, detetive. E agora? Vai ganhar um bônus?

– Não... quero saber o porquê.

Passou-se um longo instante de quietude. Annabelle pareceu desabar.

– Quer saber por que fiz isso? Terry matou Zach com sua obsessão e manipulação... Neville Lomas me contratou e me espancou tanto que quase morri, e ninguém quis saber. Ninguém se importou.

– Você denunciou à polícia? – questionou a detetive.

Ela confirmou, fitando a mesa. Uma lágrima escorreu.

– E nada aconteceu. Nada. Jamie Teague fez o mesmo. Embora não tenha me espancado, não aceitava ouvir "não". – Annabelle ergueu o olhar para Erika. – Sabia que foi na noite em que foi absolvido da acusação de estupro? A noite em que comemorou... foi a mesma em que me estuprou. Ele não se importava em ferir mais uma mulher. – Ela enxugou mais uma lágrima com o dorso da mão.

Erika sentiu compaixão.

– Annabelle, isso não precisa ser sobre você ser culpada. Pode nos contar tudo. Só porque é culpada não significa que outras pessoas podem escapar do que fizeram com você. E o que aconteceu com a Casey?

– Você sabia que Sal e Lewis mataram Casey Silver no porão de Drexel Hill? Eu vi. Sal bateu nela com uma pá, e eles queimaram o corpo na fornalha. Foi em novembro de 2008.

Ela falou como se contasse um fato qualquer, mas seus olhos estavam vazios.

– Por que não denunciou? – perguntou Erika.

Annabelle balançou a cabeça. Ela parecia estar olhando para algo além da pequena sala de interrogatório.

– Eu tinha *10* anos. Era menor, estava à mercê daqueles monstros. Você acha mesmo que teria terminado bem pra mim se eu tentasse denunciá-los? Para quem eu contaria? Eles mandavam no lugar. Vocês acham que é fácil para uma criança num lugar assim? Eles são donos de você.

Erika, Moss e a advogada trocaram olhares, e Annabelle completou:

– Estou disposta a dar uma declaração sobre meu tempo lá. As coisas que vi.

Ela pareceu sair de seu estado de transe e virou-se para Erika.

– Verifiquem os terrenos de Drexel Hill. Eles planejavam enterrar as cinzas de Casey. Se procurarem, vão encontrar algo e vão acreditar em mim.

– Nós acreditamos em você – garantiu Erika.

– Mentira. – A voz dela saiu baixa. – Matei Sal e Lewis pelo que fizeram comigo, com Casey e com todas aquelas crianças que nunca tiveram ninguém que as amasse. A única morte que eu realmente lamento é a da Jessica Goldman. Ela não merecia isso, e eu sinto muito.

O silêncio tomou a sala. Erika colocou a mão sobre o dossiê, como se quisesse conter todas aquelas imagens horríveis.

– Foi você quem tirou essas fotos?

– Sim. Era, e ainda é, minha apólice de seguro. Esses homens sempre acham que vão escapar impunes.

– Você estava fugindo para a América. Teria sido um processo longo e complicado conseguir sua extradição – disse Erika.

– Isso se vocês me encontrassem. Eu tinha dinheiro guardado, tenho minha aparência. Pretendo viver muito, e não faz mal ter uma apólice como esta – ela rebateu, indicando o dossiê.

Pela primeira vez, Erika não sabia o que dizer.

– Parece desapontada, detetive. Esperava que eu lutasse mais?

– Não – disse Erika.

A mulher pequena e frágil diante dela acabara de confessar os assassinatos. E agora Erika tinha provas.

– Você acredita que matei todas aquelas pessoas? – perguntou Annabelle, voltando-se para Maureen, sua advogada.

– Não estou aqui para opinar – repetiu Maureen, visivelmente desconfortável.

– É. Aposto que pensa que eu deveria ter escamas verdes. Ou parecer um monstro. Eu era uma criança feia, e acho que isso me salvou em Drexel Hill. Os homens que iam lá em busca de meninos e meninas só queriam os bonitos. Posso mostrar alguns deles nesse dossiê.

Erika manteve a mão sobre a pasta.

– Está dizendo que alguns desses homens iam até Drexel Hill enquanto você morava lá?

– Sim... – Annabelle olhou para a advogada. – Acho que preciso de uma pausa. Mas tudo o que disse continua valendo. Confesso tudo.

Ela se levantou e foi escoltada por dois policiais de volta à custódia.

Quando Erika saiu para o corredor, um grito de comemoração ecoou: sua equipe saiu correndo da sala de observação.

– Pegamos ela! – gritou McGorry, abraçando Crane, que sorria de orelha a orelha.

Moss e Peterson também a abraçaram.

– Incrível, Erika! Incrível! – gritou Peterson.

– Ela vai apodrecer na prisão! – vibrou Moss. – Eu pago as bebidas quando tudo isso acabar!

Erika sorriu e parabenizou os colegas, mas algo a incomodava. Ela não sabia explicar o quê.

Tinha prendido Annabelle.

Tinha resolvido o caso.

EPÍLOGO

SEIS MESES DEPOIS, 15 DE SETEMBRO

Quando o caso de Annabelle Wallis finalmente foi a julgamento, muita coisa já havia acontecido na vida de Erika. Ela resolvera mais dois casos de assassinato e acrescentado outros quatro à sua lista de investigações.

Denise tinha se mudado para a Espanha em julho, mas concordara em deixar Tom ficar com Igor para concluir o último ano escolar em Londres. Durante as férias de verão, Erika tirou alguns dias de folga com Tom e Igor para fazer "coisas de Londres". Visitaram o Madame Tussauds, o Palácio de Buckingham e a Torre de Londres, onde Erika refletiu sobre como muitos de seus casos de assassinato teriam terminado se ela fosse policial na época antiga, quando os criminosos eram enforcados, arrastados e esquartejados.

Era uma manhã ensolarada de sexta-feira, logo após o retorno das crianças às aulas, quando Erika encontrou Isaac, Moss, Peterson e McGorry diante do enorme prédio de tijolos marrons, sem qualquer característica marcante, da Corte da Coroa de Southwark, para o primeiro dia do julgamento de Annabelle Wallis por homicídio. O tribunal ficava de costas para o Rio Tâmisa, de onde vinha um vento cortante. O pátio estava lotado de jornalistas, parentes das vítimas e curiosos. Demoraram tanto para passar pela segurança que quase perderam o início do caso, precisando correr pelos corredores movimentados.

Na sala de audiência número um, a maior, a galeria pública estava lotada, e eles conseguiram se sentar bem no final. Erika viu que Crane já estava lá, guardando lugares, e se sentou ao lado dele. Ele estava muito pálido e abalado, segurando o celular nas mãos.

– Está tudo bem? – perguntou Erika.

– Não – respondeu ele. – Você viu as notícias? Russel Milligan foi encontrado morto.

– Morto? – repetiu Erika. Isaac, que se sentou ao lado dela, tirou o celular do bolso. Moss e Peterson se inclinaram para ouvir. – Mas eu falei com ele ontem à noite. Ele estava bem...

– Aí diz como ele morreu? – indagou Moss.

– Diz que foi encontrado na banheira do albergue onde estava hospedado. Afogamento – informou Isaac.

Erika ia perguntar mais, mas o escrivão anunciou:

– Todos de pé.

E todos se levantaram.

Annabelle parecia mais magra do que seis meses atrás, mas estava bem-vestida e entrou no banco dos réus caminhando com confiança. O juiz pediu que todos se sentassem e começou a ler a declaração de abertura.

Erika olhou ao redor da sala. Melanie e Marsh não haviam comparecido ao primeiro dia do julgamento, o que a surpreendeu. Então, com um choque súbito, ela viu alguém conhecido do outro lado da galeria pública. Foi apenas um vislumbre, mas reconheceu o homem de terno cinza, com a marca de nascença sob o olho, deixando o tribunal pela porta de saída.

Erika sentiu a mão de Isaac em seu ombro, indicando que voltasse a olhar para a frente. Annabelle estava de pé, sendo questionada pelo juiz.

– Como se declara? – perguntou ele, com a voz ecoando pelas paredes de madeira.

Annabelle inclinou-se em direção ao microfone e percorreu o tribunal com os olhos. Quando encontrou o olhar de Erika, manteve-o firme e desafiador por um longo momento antes de responder:

– Inocente.

UMA NOTA DE ROBERT

Eu adoro escrever os livros da detetive Erika Foster, e agradeço por você ter escolhido *Vingança letal*. Este pode ser o primeiro livro da Erika Foster que você lê, ou o segundo, ou talvez você já tenha lido a série inteira.

Se gostou de *Vingança letal*, por favor, recomende a seus amigos e familiares. O boca a boca continua sendo a melhor forma de novos leitores conhecerem meu trabalho.

Já estou planejando escrever o próximo e quero continuar a escrever mais romances da detetive Erika Foster pelo tempo que vocês quiserem continuar lendo. Então, quero lhes fazer uma pergunta: o que gostariam que acontecesse a seguir? Ela certamente evoluiu bastante desde o primeiro livro da série. Que tipo de casos gostariam de vê-la resolvendo? E onde acham que ela estará em cinco ou dez anos?

Tenho uma ideia bem clara de onde pretendo levar a história a seguir, mas é sempre maravilhoso ouvir o retorno de vocês, queridos leitores. Quero agradecer a Henry Steadman por mais uma capa incrível e agradecer a Jan Cramer, por suas fantásticas interpretações nas edições em audiolivro desta série.

Agradeço às minhas excelentes editoras, Haley Miller Swann, Kellie Osborne e Tara Whitaker, e aos talentosos editores e tradutores ao redor do mundo que dão vida ao meu trabalho.

E, finalmente, um grande abraço e meu muito obrigado à minha primeira leitora, Janeken-Skywalker, e ao restante da equipe Bryndza/Raven Street Publishing: Maminko Vierka, Riky e Lola. Amo todos vocês e obrigado por me manterem firme com seu amor e apoio!

Rob

FSC
www.fsc.org
MISTO
Papel | Apoiando uma gestão florestal responsável
FSC® C092828

2023
CARBON NEUTRAL
SAVE cerrado

Este livro foi composto com tipografia Electra Std e impresso em papel Off-White 70 g/m² na Formato Artes Gráficas.